M.V.

BIBLIOTHEK DER WELTLITERATUR

Conrad Ferdinand Meyer

Ausgewählte Werke in Einzelausgaben

Erster Band

Conrad Ferdinand Meyer

Angela Borgia

und andere Novellen

Moewig Verlag KG
München

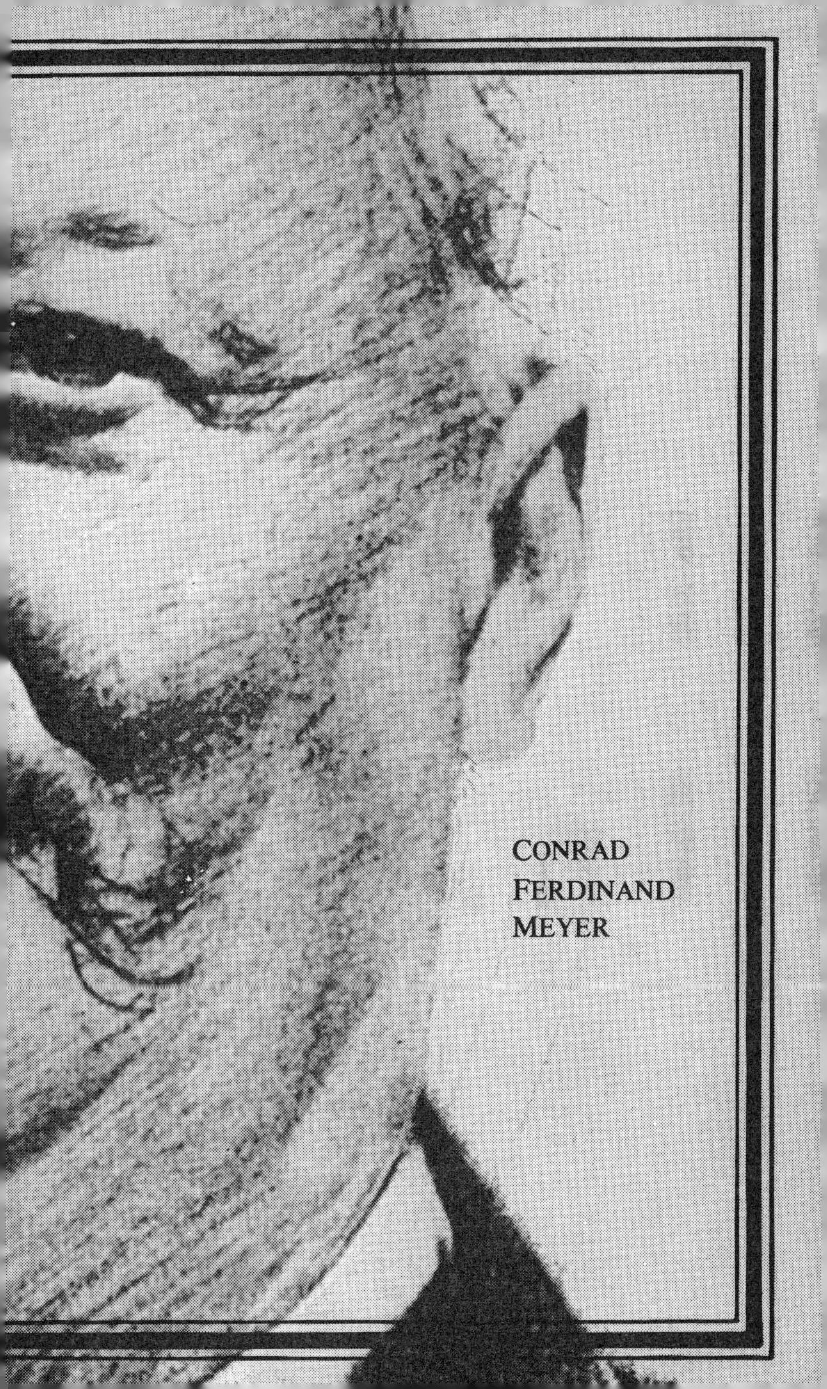

CONRAD FERDINAND MEYER

Herausgegeben von R. W. Pinson
Neubearbeitung unter Verwendung der Erstausgaben von 1885 bis 1891

Gesamtausstattung: Creativ Shop München
Adolf und Angelika Bachmann, München
Satz: Knauer Layoutsatz GmbH, Stuttgart
Druck und Bindung: Nuova Stampa di Mondadori, Cles
Printed in Italy
ISBN 3-8118-0018-3

Angela Borgia

ERSTES KAPITEL

Als die Angetraute des Erben von Ferrara, die Tochter des Papstes Donna Lucrezia, von ihrem Gatten, Don Alfonso von Este, im Triumph nach ihrer neuen Residenz geholt wurde, ritt sie, während er den glänzenden Zug anführte, in der Mitte auf einem schneeweißen Zelter unter einem purpurnen Thronhimmel, den ihr die Professoren der Universität zu Häupten hielten.

Die würdigen Männer schritten feierlich je vier an einer Seite des Baldachins, neben dem acht andere gingen, um sie an den vergoldeten Stangen abzulösen und ihrerseits des Dienstes und der Ehre teilhaftig zu werden. Hin und wieder erhob der eine und der andere den sinnenden Blick auf die zart gefärbte, lichte Erscheinung im wehenden Goldhaar. Der Professor der Naturgeschichte erforschte und bedachte die seltene Farbe ihrer hellen Augen und fand sie unbestimmbar, während der Professor der Moralwissenschaften, ein Greis mit unbestechlichen Falten, sich ernstlich fragte, ob auf dem unheimlichen, mit Schlangen gefüllten Hintergrund einer solchen Vergangenheit ein so frohes und sorgenloses Geschöpf eine menschliche Möglichkeit wäre, oder ob Donna Lucrezia nicht eher ein unbekannten Gesetzen gehorchendes dämonisches Zwitterding sei. Der dritte, ein Mathematiker und Astrologe, hielt die Fürstin für ein natürliches Weib, das nur, durch maßlose Verhältnisse und den Einfluß seltsamer Konstellationen aus der Bahn getrieben, unter veränderten Sternen und in neuer Umgebung den Lauf gewöhnlicher Weiblichkeit einhalten werde.

Der vierte, ein Jüngling mit krausem Haar und kühnen Zügen, verzehrte die ganze schwebende Gestalt vom Nacken bis zur Ferse mit der Flamme seines Blickes. Das war Herkules Strozzi, Professor der Rechte, und trotz seiner Jugend zugleich der oberste Richter in Ferrara. Wäre es nicht seine Fürstin gewesen, er hätte sie als florentinischer Republikaner vor sein Tribunal geschleppt, aber gerade dieser strahlende rechtlose

Triumph über Gesetz und Sitte nach so schmählichen Taten und Leiden riß ihn zu bewunderndem Erstaunen hin.

Unangefochten von dieser Gedankenfolge, aber es leicht erratend, klar und klug, wie sie war, verbreitete die junge Triumphatorin Licht und Glück über den Festzug mit ihrem Lächeln. Doch auch sie hing unter ihrer lieblichen Maske ernsten Betrachtungen nach, denn sie erwog die Entscheidung dieser sie nach Ferrara führenden Stunde, welche die Brücke zwischen ihr und ihrer gräßlichen Vergangenheit zerstörte. Diese würde noch hinter ihr drohen und die Furienhaare schütteln, aber durfte nicht nach ihr greifen, wenn sie selbst sich nicht schaudernd umwandte und zurücksah, und solche Kraft traute sie sich zu.

Eine zarte Pflanze, aufwachsend in einem Treibhaus der Sünde, eine feine Gestalt in den schamlosen Sälen des Vatikans, den ersten Gatten durch Meineid abschüttelnd, einen anderen von ihrer Brust weg in das Schwert des furchtbaren und geliebteren Bruders[1] treibend, hatte Lucrezia Mühe gehabt in den Kreuzgängen der Klöster, wohin sie sich mitunter nach der Sitte zu mechanischer Buße zurückzog, die einfachsten sittlichen Begriffe wie die Laute einer fremden Sprache sich anzulernen; denn sie waren ihrer Seele fremd. Höchstens geschah es, daß ihr einmal ein Buße predigender Mönch, den dann der Heilige Vater zur Strafe in den Tiber werfen ließ, eine plötzliche Röte in die Wangen oder einen Schauder ins Gebein jagte. Mit der von ihrem unglaublichen Vater ererbten Verjüngungsgabe erhob sie sich jeden Morgen als eine Neue vom Lager, wie nach einem Bade völligen Vergessens. Dergestalt verwand sie ohne Mühe, was eine gerechte Seele mit den schwersten Bußen zu sühnen für unmöglich erachtet, was sie zur Selbstvernichtung getrieben hätte. Und wenn sie nach einer unerhörten Tat verfolgende Stimmen und Tritte der Geisterwelt hinter sich vernahm, so verschloß sie die Ohren und gewann den Geistern den Vorsprung ab auf ihren jungen Füßen.

Nur ihr Verstand, und der war groß, überzeugte sie durch die Vergleichung der römischen Dinge mit den Begriffen der ganzen übrigen, der lebenden und der vergangenen Welt, oder

[1] Cesare Borgia (1475–1507).

durch ein irgendwo gehörtes männliches Urteil, oder durch das von ihr wahrgenommene Erschrecken eines Unschuldigen bei ihrem Anblick – ihr Verstand allein überführte sie nach und nach von der nicht empfundenen Verdammnis ihres Daseins, aber allmählich so gründlich und unwidersprechlich, daß sie mit Sehnsucht, und jeden Tag sehnlicher, ein neues zu beginnen und Rom wie einen bösen Traum hinter sich zu lassen verlangte.

Ihr Begehren, dessen Heftigkeit sie verbarg, erfüllte ihr dritter Gemahl, der Erbe von Ferrara. Beim Anblick dieser ruhigen, geschlossenen Miene hatte sie sich gesagt: Jetzt ist es erreicht. Mit diesem bin ich gerettet. Sicherlich kennt er meine Vergangenheit und täuscht sich darüber, so reizend ich bin, keinen Augenblick. Es kostet ihn Überwindung, mit mir den Ring zu wechseln bei dem Geschrei, in dem ich stehe, und bei seiner bürgerlichen Ehrsamkeit; wenn er sich nun aber entschlossen hat, mich zum Weibe zu nehmen zur Wohlfahrt seines Staates und um mit vollen Händen aus dem Schatz des heiligen Petrus zu schöpfen – aus welchem Grunde es sei, so wird der Mann, wie er ist, einen mutigen Strich durch meine Vergangenheit ziehen und mir dieselbe niemals vorhalten, fall' ich nicht in neue Schuld ... davor aber werde ich mich wahren. Und er wird meine Gaben kennenlernen, meine Regentenkunst bewundern – Donna Lucrezia hatte schon Fürstentümer und während der Abwesenheit des Vaters selbst die apostolische Kirche verwaltet – meine unverwirrbare Geistesgegenwart, meine Billigkeit, meine Leutseligkeit ... Niemals werde ich ihm den Schatten eines Anlasses geben, Treue oder Gehorsam seines Weibes zu beargwöhnen ... wenn nicht, außer wenn – – eine Furche senkte sich zwischen die fröhlichen Brauen, und sie schauderte – – außer wenn der Vater befiehlt; aber der sitzt in Rom – oder der Bruder ruft; aber der liegt in seinem spanischen Kerker.

Sie lächelte das Volk an, um die Schmach ihrer Abhängigkeit tief zu verstecken, kraft deren sie mit Vater und Bruder zu einer höllischen Figur verbunden war. Dann nahm sie ihre ganze Kraft zusammen, und mit einem kräftigen Ruck entschlug sie sich der Sache.

In diesem Augenblicke hielt der Zug vor einem Kastell, von

dessen ausdrucksvoller Mauerkrone ein Seiltänzer herabschwebte. Sie sah das Kunststück an und sagte sich: „Du gleitest und stürzest nicht, und ich ebensowenig.“

Es war ein Amor, der unten vom Seil sprang, vor ihr das Knie bog und ihr einen Myrtenkranz bot mit den huldigenden Worten: „Der keuschen Lucrezia!“ Unter dem Jubel der Menge krönte sie sich und ergab sich ganz der Lust des Augenblickes.

Jetzt fuhren Blitze aus der Brüstung des runden Turmes, der sich donnernd in Rauch hüllte. Don Alfonso war ein leidenschaftlicher Liebhaber von Geschütz – ganz Kanone – und konnte sich zur Zeit und zur Unzeit des Pulverknalls nicht ersättigen. Dem Zelter Donna Lucrezias dagegen zerriß der gewaltsame Ton das feine Ohr. Er stieg, und die Fürstin glitt sanft aus dem Sattel in die Arme der Professoren, während dicht hinter ihr ein herrliches Mädchen mit krausem Haar und leuchtenden Augen ihren erschreckten Rappen ohne Zagen bändigte und beruhigte.

Neben ihr klemmte ein hagerer Kavalier mit eisernen Schenkeln die Seiten seines Pferdes. Diese höhnische Larve gehörte Don Ferrante, der bei der Vermählung in Rom Don Alfonso, seinen Bruder, vertreten hatte, und den die Ferraresen kurzweg den Menschenfeind hießen. Er hatte es sich zur Aufgabe gemacht, seiner heutigen Reisegefährtin Ferrara und das Fürstenhaus, dem er selbst angehörte, auf seine Weise zu beleuchten und auf jede zu verleiden.

Die sichere Reiterin aber war Angela Borgia, eine nahe Verwandte der Fürstin und ihr Fräulein, das sie nach Ferrara begleitete und hinter der Berückenden bescheiden die Bühne der Welt betrat.

Und dieses Theater entfaltete sich heute in ungewöhnlicher Pracht: Strahlender Himmel, glänzende Trachten, öffentlicher Jubel, der festliche Verkehr der Begünstigten und Glücklichen dieser Erde, berauschende Musik, stolzierende Rosse, reizende Frauen, verliebte Jünglinge, schmeichelnde Huldigungen, klopfende Pulse, die Welt, wie sie sich schmückt und lächelnd im Spiegel besieht, alle diese Lust und Fülle lag vor ihr ausgebreitet und wurde ihr vergällt durch den spottenden Teufel an ihrer Seite.

„Seht, junge Herrin“, so höhnte er jetzt, „wie anmutig Donna Lucrezia fällt und wie sie von den Tugenden und Wissenschaften“, er wies auf die Professoren, „feierlich wieder zu Rosse gehoben wird. Ich halte es mit dem Gaukler und preise ihre Keuschheit. Nur stand sie in der Familie vereinzelt und litt unter dem Zwange des Vaters und Bruders. Darum ergriff sie die Hand Don Alfonsos, um hier“, er zeigte die nahen Türme und Kuppeln Ferraras, „einen passenderen Umgang zu finden; aber Donna Lucrezia irrt. Ohne uns mit Seiner Heiligkeit oder dem erlauchten Don Cesare messen zu wollen, sind wir Söhne des Herzogs, und er selbst doch in unserer Art ein ruchloses Geschlecht, natürlich jeder von uns nach seinen Kräften und nach seinem Maße, so weit es für Laien tunlich ist.

Ihr erstaunt, daß ich hier im Zuge des Herzogs so ungebunden rede! Aber seht, Fräulein, es ist meine Charaktermaske, öffentlich zu schmähen und zu lästern, die mir der Herzog mein Vater erlaubt und zugesteht, insofern ich mich enthalte, mich insgeheim gegen ihn zu verschwören, eine Untugend, die von alters her im Blute der Familie versteckt ist.

Und wisset, tapferes Mädchen, damit habt Ihr mich gleich für Euch gewonnen, daß Ihr nicht fade seid, sondern, wie ich, der Wahrheit Zeugnis gebt, ohne Menschenfurcht – wenn es sein muß, auf offenem Markte. Die anderen, die da hinter uns“, er wies verächtlich auf die folgenden Paare des Hofstaates, „was sind sie? Geputztes Gesindel, Schelme und Dirnen! Heuchler und Bübinnen! Nicht wert, daß sie die Sonne bescheint – mit Ausnahme selbstverständlich der hundert Maultiere, die den Brautschatz Donna Lucrezias tragen. Das sind redliche und verdiente Geschöpfe. Aber Mühe hat es uns gekostet, mich und den Bruder Kardinal, diesen Brautschatz dem Heiligen Vater und der Kirche unter den Krallen hervorzuziehen! Doch ich sagte: Entweder – oder! Wie mich der Herzog, mein Vater, beauftragt hatte. Leichter gelang es uns, die Heiligkeit mit dem von unserem Vater Herkules der Braut zugestandenen Wittum hinter das Licht zu führen.“ Don Ferrante kicherte. „Wir schwatzten nämlich dem Heiligen Vater unsere berühmten flavianischen Güter auf, die zwar von unserem ferraresischen Fiskus verwaltet, aber ihm von dem

Grafen Contrario gerichtlich bestritten werden. Ihr wißt, von dem liebenswürdigen Grafen Contrario, dem zähesten Widersprecher und Rechthaber in ganz Italien! Und das war es eigentlich, was den Herzog Herkules, unsern sparsamen Vater, an dieser Heirat am meisten erfreut hat. So wurde alles nach Gerechtigkeit geordnet! Und mit welcher Wollust schrieb ich nach der Vermählung die Depesche für den harrenden Kurier: Mitgift zugestanden. Heiligkeit überlistet. Donna Lucrezia getraut und gar nicht unheimlich. Das wollte sagen: diesmal trägt sie kein weißes Pülverchen in der Tasche. Und wirklich, ich glaube, Bruder Alfonso darf heute abend ohne Gefährde sein Haupt mit diesem Goldhaar", er wies mit dem Spitzbart unter den Thronhimmel, „auf dasselbe Kissen legen."

Diese Anspielung auf die Giftmischereien der Borgia preßte dem Mädchen eine Träne aus, die sie zornig von der langen Wimper schüttelte. „Eure Zunge meuchelt, Don Ferrante!" sagte sie.

Angela Borgia stammte aus einer Seitenlinie des berühmten spanischen Geschlechtes und wurde, nachdem sie, wie viele Kinder ihrer Zeit, früh auf tragische Weise ihre Eltern verloren hatte, mit anderm weiblichen Edelblut in einem Kloster des Kirchenstaates eher aufgenährt als erzogen. Als beschützte Verwandte des Papstes erfreute sie sich der Bevorzugung der Nonnen und der Führerschaft unter den Gespielinnen.

Es bestand damals eine seltsame, von den grellsten Widersprüchen gepeitschte Welt, die selbst einem italienischen Mädchen, das sonst alles, was Wirklichkeit besitzt, unbefangen angreift und durchlebt, ernstlich bange machen und Kopf und Herz verwirren konnte. Der jungen Angela wurde in Bild und Predigt eine sittliche Schönheit und Vollkommenheit vorgehalten, deren irdischer Vertreter, der Greis, auf welchem, wie der gleichzeitige Sultan sich ausdrückt, das Christentum beruhte, milde gesagt, ein entsetzlicher Taugenichts war, über dessen Ruchlosigkeiten die Schwestern weinten und die Schlimmsten ihrer Gespielinnen insgeheim sich lustig machten.

Angela aber erschrak und brachte es nicht über sich, das Leben als einen Widerspruch zu verspotten.

Sie begann nun, sich schwere Bußen und Geißelungen aufzuerlegen zugunsten ihres Verwandten, des Heiligen Vaters, und ihrer Base Lucrezia, von welcher im Kloster gleichfalls mit geheimen Seitenblicken des Abscheus geredet wurde. Von diesen Peinigungen brachten sie die verständigen Schwestern indessen bald zurück, indem sie ihr vorhielten, alle ihre Anstrengungen wären einem solchen Unmaß der Sünde gegenüber gänzlich unzureichend und vergeblich.

Dafür entwickelte sich in Angela gegen die herrschende Nichtswürdigkeit ein Bedürfnis verzweifelter Gegenwehr und, mit einem zarten Flaum auf den Wangen und dem Feuer ihrer Augen, eine gewisse ritterliche Tapferkeit, nicht nach dem duldenden Vorbild ihrer weiblichen Heiligen, sondern mehr nach dem kühnen Beispiel der geharnischten Jungfrauen, die in der damaligen Dichtung umherschweiften, jener untadeligen Prinzessinnen, die sich der Schwächen ihres Geschlechtes schämten und welche zu handeln und sich zu verteidigen wußten, ohne dabei die Grazien zu beleidigen.

So erwuchs Angela kraft einer edlen Natur zu einem widerstandsfähigen und selbstbewußten Mädchen, zu dem, was das Jahrhundert in lobendem Sinne eine Virago[1] nannte.

Nun begab es sich an einem Sommertag, daß aus dem Dunkel des Waldes, der den Fuß des das Kloster tragenden Felsens umnachtete, auf weißem Zelter die erlauchte Donna Lucrezia mit ihren Frauen emporstieg und an die Pforte klopfte.

Wirklich, es war diese. Sie wurde von der Äbtissin empfan gen, der sie die Hand küßte und von welcher sie gesegnet wurde. Dann ließ sie sich die Nonnen und die Klosterzöglinge vorstellen und richtete an jede holdselig das ihr nach Rang und Stand gebührende Wort mit einer wohllautenden Stimme, die noch lange nachklang, nachdem sie gesprochen hatte. Zuletzt nahm sie Angela bei Seite, und, Hand in Hand mit ihr durch einen Lorbeergang des Gartens auf und nieder wandelnd, sagte sie ihr fröhlich, daß sie die Verlobte des Thronerben von Este sei, und daß sie Angela als ihre Verwandte und ihr Hoffräulein nach Ferrara mitnehmen werde. „Base“, lächelte sie, „ich will dein Glück machen. Du gefällst mir, und ich behalte dich, bis ich dich vermähle.“

[1] lat. Mannweib.

Ebenso vetterlich wohlwollend begrüßte sie im Vatikan, den sie mit geheimem Grauen betrat, Lucrezias furchtbarer Bruder, ein Jüngling von vornehmer Erscheinung und grün schillerndem Blick. Unbefangen mit der Base tändelnd, sagte er: „Ich werde euch beide nicht nach Ferrara begleiten, die Geschäfte verbieten es; doch möchte ich euch Don Giulio empfehlen, den ihr dort finden werdet, einen jüngeren Bruder Don Alfonsos. Er ist ein bescheidener, aber hochbegabter Jüngling, nur daß er den Sinnen noch zu viel einräumt. Er wäre es aber wert, und ich möchte es ihm gönnen, daß er sich durch eine edle Frau fesseln ließe."

Und jetzt ritt Angela hinter Donna Lucrezia, und wiederholte Kanonenschläge verkündigten die Nähe des Tores.

Don Ferrante mußte sich beeilen, wenn er noch vor dem Betreten der Stadt die Brüder in der Meinung seiner jungen Begleiterin völlig entwurzeln wollte; er ging aber rüstig ans Werk.

„Mich wundert", sagte er, „wie Donna Lucrezia, der die öffentliche Stimme oder doch die Einbildungskraft der Männer etwas Außerordentliches und Geflügeltes verleiht, mit meinem Bruder, ihrem künftigen Eheherrn, dem Gewöhnlichsten aller Sterblichen, der von früh bis spät an Essen und Öfen Geschütze gießt, wird haushalten können! Venus neben dem rußigen Vulkan. Doch es mag gehen, so gut es dort ging. Sie wird seine herrlichen Fayencemalereien bewundern und ihn damit glücklich machen. Aber sie hüte sich", fuhr er fort, und seine höhnende Stimme wurde drohend, „sie hüte sich! Don Alfonso ist der Rachsüchtigste unter uns, nur daß er seine Stunde abwartet und seine Rache das Recht heißt. Doch nein, ich tue dem Bruder Kardinal Unrecht. Seine Rache ist die grausamste, da er der größere Geist ist und als der uns allen Unentbehrliche keinen Prätor zu fürchten hat. Er ist der Diplomat unseres Hauses; die Fäden unserer Politik laufen alle durch seine gelenken Finger, und er kennt unsere schlimmsten Geheimnisse. Fürchtet diesen Geier, junges Mädchen!"

Eben dieser Kardinal Ippolito, der Staatsmann, die hagere Gestalt im Purpur, die gleichfalls zur Freite nach Rom gekommen und jetzt noch dort war, um mit dem Papst die Übergabe der Ländermitgift zu regeln, hatte sich viel und herablassend mit Angela beschäftigt, sie ermutigend, Ferrara mit ihrer Gegenwart zu verschönern.

Eine bange Angst bemächtigte sich Angelas. Sonne, Staub und Lärm, die vergiftenden Reden Don Ferrantes, das vor ihr aufsteigende hagere Bild des Kardinals! Ein Gefühl der Verlorenheit und Hilflosigkeit brachte das kräftige Mädchen einer Ohnmacht nahe – es entfuhr ihr ein leiser Schrei.

Da wandte sich die vor ihr schwebende Donna Lucrezia rasch nach ihr um, ein bleicher Blitz schoß aus ihren bläulichen Augen, und sie rief: „Womit ängstigt er dich, Angela? Wisset, Don Ferrante, und präget Euch ein: wer Angela zu nahe tritt, der tritt mir zu nahe. Und Lucrezia Borgia wollet Ihr nicht zur Gegnerin haben!"

Das wollte Don Ferrante von ferne nicht. Er lächelte liebenswürdig. „Keine Rede davon, erlauchte Frau! Ich tue mein Mögliches, Donna Angela angenehm zu unterhalten und unserm Hause ihre Gunst zu erwerben."

„Was beschreib' ich Euch noch Schönes, junge Herrin?" fuhr er fort, nachdem sich die Fürstin wieder abgewendet hatte. „Die unvergleichlichen und verbrecherischen Augen meines Bruders Don Giulio! Ihr kennet ihn?" fragte er, da er eine Bewegung auf ihrem Gesicht sah. „Wohl nur seinem Rufe nach! Denn der ist groß. Über ein kurzes aber wird er persönlich vor Euch stehen, wenn Ihr seinen Kerker öffnet, Donna Lucrezia und Ihr."

„Seinen Kerker öffnen?" fragte sie erstaunt.

„Gewiß! Und den aller Missetäter", erklärte ihr Don Ferrante lustig. „Donna Lucrezia wird durch ihr Erscheinen die Verbrecher unschuldig machen. Solches ist in Ferrara Herkommen bei jeder fürstlichen Vermählung und durchaus keine Allegorie. Es sind wirkliche Verbrecher, und sie werden auch tatsächlich freigelassen, so daß wir während der Feste wohl daran tun werden, unsern Schmuck festzuhalten und nachts nicht ohne Fackeln und Bewaffnete auszugehen."

„Was hat denn Don Giulio verbrochen?" fragte sie.

„O, nichts! Er hat mit seinen Augen ein Weib bezaubert und ihrem Manne den Degen durch die Brust gerannt."

„Schmachvoll!"

„Er ist ein ungezogener Knabe! In den Weingarten des Lebens eingebrochen, reißt er, statt sich ordentlich eine Traube zu pflücken, deren, so viele er mit beiden Händen erreichen kann, vom Geländer, zerquetscht vor Gier die süßen Beeren und besudelt sich mit dem roten Saft Brust und Antlitz."

Und mit diesem freveln Jüngling hatte sie Don Cesares Gedanke zusammengestellt!

Wieder donnerten die Stücke. Beim Schall der Zimbeln und Pauken ging es durch das Tor. Die Professoren beschleunigten den Schritt, und bald langte Lucrezias Triumphzug vor dem Schloß an, unter dessen Bau die Kerker lagen.

Der herantretende alte Herzog hob die Fürstin vom Pferd und schritt mit den Neuvermählten und Angela die Stufen hinunter nach der tiefen Pforte. Dort stand der Kerkermeister und überreichte Donna Lucrezia auf einem Sammetkissen einen gewaltigen verrosteten Schlüssel. Sie ergriff ihn, und die Tür, kaum von ihm berührt, drehte sich in den Angeln und sprang wie durch Zauber weit auf. Jetzt brach die Schar der Gefangenen hervor, Lucrezia zu Füßen stürzend und ihr die Hände küssend. Alle hatten sie sich zuvor gereinigt, und ihre leidenschaftliche Dankgebärde ermangelte nicht des Anstandes. Doch gab es unter ihnen erbarmenswürdige Jammergestalten und abschreckende Verbrechermienen.

Zuletzt, nachdem der Kerker sich seines Inhalts entleert hatte, stieg noch ein Jüngling von edelster Bildung mit gekreuzten Armen die dunklen Stufen empor. Ans Tageslicht tretend, erhob er die Hände, als ob er die Sonne begrüße; dann beschirmte er mit ihnen die Augen, als blende ihn der scharfe Strahl oder die Schönheit der oben stehenden beiden Frauen. Ein Knie vor Donna Lucrezia beugend, bedankte er sich bei ihr mit den Worten: „Erlauchte Frau und Schwägerin, ich begrüße in Euch die Barmherzigkeit, die jedes weibliche Herz bewohnt, und die fürstliche Gnade, vor welcher die Fesseln fallen."

Mit diesen und noch schöneren Reden huldigte er der neuvermählten Fürstin, dann richteten sich seine Augen, die wirklich in ihrer tiefen Bläue unter dem edlen Zuge der dunklen Brauen von seltenem Zauber waren, auf die jüngere Borgia und er erstaunte aufrichtig über die strenge Haltung des kaum erwachsenen Mädchens.

„Doch, rettende Fürstin", fuhr er fort, „wen bringt Ihr in Eurem Gefolge? Ist es die Göttin der Gerechtigkeit, besänftigt durch die Göttin der Huld?"

Angela war schon von der Reise und durch die Bosheiten Don Ferrantes aufgeregt; jetzt empörte sie das Gaukelspiel der Begnadigung des Sünders durch die Sünderin und der Flitter der Phrase. Wie sie nun gar in den Born dieser wunderbaren Augen blickte, wurde sie von Zorn und Jammer aufs tiefste erschüttert. Ihre innerste, starke Natur überwältigte sie, und jede Verschleierung abwerfend, trat ihr Wesen unverhüllt hervor. Ihre redlichen Augen richteten sich auf die seinigen, und es bewegte sich etwas Undeutliches auf ihren ausdrucksvollen Lippen.

„Was meint die Herrin?" fragte Don Giulio.

Da brach es hervor. Angela sprach deutlich vor den hundert und hundert Zeugen, und ihre Stimme klang über den Platz: „Schade, jammerschade um Euch, Don Giulio! Fürchtet Gottes Gericht!" – Ein großes Schweigen entstand.

Und noch einmal erscholl die Stimme des Mädchens über Don Giulio:

„Schade um Euch!" –

Seltsam! Die Ferraresen teilten vollständig Angelas Gefühl und Urteil über das verwerfliche und gefährliche Treiben des Fürstensohnes, das Bedauern seiner Entwertung und ihr Leid um ihn, den sie liebten um seiner Schönheit und Anmut willen.

Rings erhob sich ein Gemurmel und Echo: „Schade! Sie hat recht! Es ist wahr! Schade um ihn!"

Donna Lucrezia aber ergriff die Hand Angelas, wie die ältere Schwester die einer jüngeren, welche sich etwas Unziemliches hat zuschulden kommen lassen.

„Wie kannst du dich so vergessen?" fragte sie und führte die Bewegte hinweg, die vor Scham und Aufregung in ein krampfhaftes Schluchzen ausbrach, worüber auch der bisher gelassen gebliebene Don Giulio die Haltung verlor.

ZWEITES KAPITEL

Da, wo der weite Park von Belriguardo in die ferraresische Ebene ohne Grenzmauer verläuft, saßen auf einer letzten verlorenen Bank im Schatten einer immergrünen Eiche zwei, die, aus Haltung und Miene zu schließen, voneinander Abschied nahmen.

Bald legte der junge, in die schwarze Tracht von Venedig gekleidete Mann die Hand beteuernd auf das Herz, bald betrachtete er die still in sich versunkene Gestalt Lucrezias, wie um sie sich auf ewig einzuprägen.

„So gehet Ihr denn, Bembo", sagte sie, „und ich halte Euch nicht, da Ihr damit erfüllet, um was ich Euch bat, ohne es auszusprechen. Ihr geht, und wie lange wird es dauern, bis Ihr mich vergesset!"

„Donna Lucrezia", erwiderte der Venezianer bewegt, „wie lange ich Euer gedenken und Euch lieben werde, wahrlich, das ist mir verborgen, denn ich kenne nicht meine Todesstunde."

Er sagte es mit so trauriger Zärtlichkeit in der Stimme, daß die Herzogin gerührt erwiderte: „Um mein Andenken in Euch zu erhalten, sollt Ihr etwas von mir mit Euch nehmen, mein Freund", und sie winkte eine schlanke, dunkle Mädchengestalt heran, die am Waldsaum auf und nieder schritt, wohl um die Herrin vor sich selber zu hüten, oder um das Nahen eines unwillkommenen Zeugen zu verraten.

„Setze dich neben mich, Angela", sagte sie, „und schneide mir eine Locke vom Haupt!" Sie öffnete ihr Gurttäschchen, zog daraus ein kleines, scharfes Messer mit goldenem Griff hervor und bot es Angela, die, den Befehl ausführend, ihr vom Überfluß eine flutende Locke raubte.

Die Fürstin suchte nach einer Hülle, um den Ringel hineinzulegen, fand aber nichts, als in derselben Gurttasche eine in Gold und gepreßtes Leder gebundene Ausgabe der sieben Bußpsalmen, ein beliebtes Handbüchlein der damaligen Hofwelt. Unbefangen legte sie ihre Locke hinein und reichte

Bembo das Liebespfand. Dieser drückte es an die Brust, dann an den Mund und dankte für den süßen Kern in der herben Schale mit einer seelenvollen Miene, durch welche sich ein ganz leises, ironisches Lächeln schlich.

„Schreibt mir“, sagte sie dann, „durch sichere Gelegenheit, jedesmal, wenn Ihr ahnt, daß mir Gefahr droht und ich Eures Rates bedarf. Bleibt um mich, auch in der Ferne! Ich weiß, Ihr verlasset mich nicht, nachdem Ihr mir geholfen habt, den Bau meines neuen Glückes in Ferrara aufzurichten.“

„Es war eine Freude“, erwiderte Bembo, „Eure klugen Hände bauen zu sehen. Euer Werk ist untadelig und schwer zu erschüttern. Ich frage mich noch mit schmerzlichem Zweifel: Fordert Eure Sicherheit von mir das Opfer, daß ich Ferrara meide und mich Eurer Gegenwart beraube, die wie eine goldige Luft das Dasein erhellt und verklärt?“

„Das habe ich vom Vater“, sagte sie harmlos.

Der feine Venezianer zog die Brauen zusammen.

„Die Bande Eures Blutes und der Dämon Eures Hauses sind Eure Gefahr“, seufzte er. „Und darum verlasse ich Euch ungern. Dennoch ist es besser, ich gehe. Eure Sicherheit, Madonna, ruht auf dem Vertrauen, das Don Alfonso Euch schenkt. Unsere geistige Liebe würde er kaum beargwöhnen, sachlich, wie er ist; und doch ist es besser ... wer liebt, der opfert sich.“

„Es ist besser“, bestätigte sie leise.

„Erlaubt mir nun zum Abschied, geliebte Frau, ein freies und schützendes Wort!“ bat er. „Die Verhältnisse liegen vor Euch im Licht Eures scharfen Verstandes, aber dieser helle Tag reicht nur bis an den Schattenkreis, wo Eure Liebe zu Vater und Bruder beginnt.“

Hier verfärbte sich Lucrezia, und ihr bleiches Auge erstarrte zu einem Medusenblick.

„Zürnet nicht, Madonna“, rief Bembo. „Weiß ich doch, wie Ihr als unschuldiges Kind in diese schwere Verstrickung gerietet! Reden muß ich zu Eurem Heil. Erinnert Euch: Jahre waren vergangen seit Eurem Einzug, Euer Gemahl war regierender Herzog geworden, Ihr hattet Wurzeln geschlagen in Ferrara und die Liebe des Volkes gewonnen; da starb Euch der Vater. Ihr aber ergabet Euch maßloser Trauer und unendlichen Tränen, bis ich kam und Euch ins Ohr flüsterte: Ihr beleidigt mit Euern Tränenergüssen Don Alfonso und vergesset die unleidlichen Dinge, denen er Euch entriß."

Lucrezia hörte ihm aufmerksam zu, und ihr Verstand mußte ihm gegen ihr leidenschaftliches Gefühl recht geben.

„Wenn dergestalt Euer Urteil über den weiland Heiligen Vater ein verblendetes ist, so entsteht jetzt, da er dahingefahren, für Euch daraus kein Unheil mehr. Ein anderes aber ist es mit Cäsar, Eurem furchtbaren Bruder: er lebt und besitzt noch seine Drachenkraft. Er ist ein Jüngling und wird sicherlich heute oder morgen seine Fesseln durchfeilt haben und wieder aus dem Orkus[1] steigen, um ganz Italien zu verwirren. Diese schwarze Klippe bedroht Eure Barke; möge sie nicht daran scheitern! Das Wiederkommen Cäsars ist Eure Schicksalsstunde. Und Ihr werdet" – er besann sich, ob er ihr die bittere Arznei erspare, fuhr aber mit entschlossener Liebe fort: „Wehe Euch, Ihr werdet folgen, wenn Euch Don Cäsar ruft. Ihr werdet dem Teufel gehorchen, wie sie erzählen, daß Euer Vater auf dem Sterbebett sagte: Du rufst, ich komme."

Lucrezia bekreuzte sich.

„Teure Herrin!" Bembo machte eine Bewegung, ihr zu Füßen zu fallen, hielt sich aber zurück, da die wandelnde Angela sich gerade nach ihnen umwandte.

„Ich beschwöre dich, Lucrezia", flüsterte er, sich zu ihr beugend, „sobald diese gefährlichen Stunden kommen und du fühlst, daß du die Herrschaft über dich verlierst, so wirf dich vor dem Herzog nieder und bekenne, daß du sein Verbot übertreten willst, denn sicherlich wird er seinen Untertanen bei Todesstrafe verbieten, mit Cäsar zu zetteln, dessen Erscheinung Italien wie ein Erdbeben erschüttern würde ... Doch ich beschwöre Euch vergeblich, Madonna! Denn ich weiß, Ihr werdet die Zügel verlieren, Ihr werdet des Herzogs Verbot unter die Füße treten."

„Werde ich?" fragte Lucrezia wie abwesend. Doch erschien ihr glaublich, daß sie es tun werde, denn sie kannte ihre Bande.

„Herrin", schluchzte der Venezianer, „wann immer ich erfahre, Cäsar sei aus dem Kerker gebrochen, ich eile auf Windesflügeln nach Ferrara und umklammere Euch, daß Ihr ihm

[1] Unterwelt in der römischen Sage

nicht in die Arme stürzet – doch käme ich zu spät, so gedenket meines Rates, sobald Ihr Euch wieder besitzt und besinnet. Schützet und berget Euch vor der Strafe des Herzogs an seinem Herzen. Und habt Ihr menschliche Werkzeuge angewandt, um Euch mit dem Bruder zu verbinden, opfert sie unbedenklich und gebet sie der Rache des Herzogs preis. – Der Herzog liebt Euch ...“

„Ich glaube, daß er mich liebt“, sagte Lucrezia sich wieder erhellend.

„Seid dessen gewiß“, beteuerte der Venezianer. „Jüngst an der Tafel nannte er den Namen Cäsars – nicht unabsichtlich – und sprach von einem dunklen Gerücht seiner Entweichung. Dabei beobachtete er Euch scharf ... Ihr bliebet ruhig, nur Eure Hand zitterte, die den Becher hielt, daraus Ihr schlürftet. Er betrachtete Euch lange, doch wohlwollend und wie mit der gerechten Erwägung, was Eurer Natur gemäß und welcher Widerstand Euch möglich sei. Gewiß, er wird Euch halten und retten, wenn Euch nicht das Verhängnis gewaltig fortreißt.“

Die Herzogin, die wieder völlig heiter war, sagte jetzt mit wunderbarem Leichtsinn: „Ich werde Eure Sorge beherzigen. Aber, Freund, nun genug von mir! Spendet mir lieber einen Rat für jene dort“ – sie blickte nach der wandelnden Angela, „die mir in weit näherer Gefahr zu schweben scheint. Seht hin!“

Ein schreiender Raubvogel erhob sich aus dem Wald und kreiste über den Wiesen. Zugleich rauschte es im Gebüsch, und ein hagerer, in Purpur gekleideter Mann trat auf Angela zu, wandte sich aber, Bembo neben der Herzogin entdeckend, grüßend an diese.

„Ihr findet uns, Eminenz“, sagte die Herzogin unbefangen, „wie sich mein liebenswürdiger venezianischer Besuch, den ich schwer missen werde, von mir verabschiedet.“

„Ihr verlaßt uns, Bembo?“ sagte der Kardinal leutselig. „Das sollte mir leid tun. Wohin geht Ihr?“

„Nach Urbino, Eminenz.“

„Um wieder zu uns zurückzukehren? ... Denn uns gehöret Ihr an, und wir können Euch nicht entbehren, ebensowenig als eine andere, die man auch von uns fortsenden will.“

Die Fürstin zog das neben ihr stehende Mädchen zu sich auf die Bank nieder und behielt seine Hand in der ihrigen, als nähme sie von Angela Besitz.

„Wir bilden hier einen festgeflochtenen, farbigen Kranz", fuhr er fort, „aus dem es Unrecht wäre, eine Blume zu entfernen, geschweige die süßeste Knospe wegzureißen!"

Lucrezia erhob ihre Augen groß gegen den Kardinal, überlegend, ob jetzt, da Bembo noch als Zeuge hier stehe, nicht der Augenblick gekommen sei, ein längst im Finstern schleichendes Übel an die Helle zu ziehen und durch das darauf fallende Tageslicht zu vernichten.

Geistesgegenwärtig, wie sie war, besann sie sich nicht lange.

„Kardinal", sagte sie, „wenn Ihr unter der andern uns bald Verlassenden diese hier versteht, so wisset, ich trachte danach, daß sie von uns scheide. Ihr Alter ruft der Vermählung, und hier weiß ich für sie keinen Gemahl, während Graf Contrario, den Ihr kennt und der sie heimzuführen begehrt, alle Eigenschaften besitzt, die ich als die Schützerin Angelas von ihrem Manne fordern darf. So ist mein Wille; doch werde ich gern noch Eure Meinung darüber in Betracht ziehen."

Bembo wollte sich bescheiden entfernen, wurde aber durch einen Blick Lucrezias festgehalten. Sie kannte das Unberechenbare in der Natur des Kardinals und scheute seine Überraschungen.

Dieser schien die Herausforderung in den Worten der Fürstin nicht zu fühlen; er wählte, während der Venezianer sich neben den Frauen auf eine Rasenböschung niederließ, gelassen ihnen gegenüber einen bequemen Platz im Dunkel einer Kastanie, deren Stamm sich nahe dem Boden teilte, mit den üppigen Ästen den Rasen bedeckend, und begann, indem er mit dem schaukelnden Fuß nach einer flüchtigen Eidechse stieß, mit ruhigen Worten:

„Wie ich den Grafen Contrario kenne, taugt er nimmermehr für eine Borgia, denn er ist ein armer Mensch, zusammengesetzt aus peinlichen Tugenden und ewigem Widerspruch, ein Berg rechthaberischer Grundsätze, der die Maus einer knikkerischen Rechenkunst gebiert, gänzlich unfähig, eine Frau um ihrer selbst willen mit Größe und Verschwendung zu lieben! Ich behaupte, seiner Werbung um dieses Schöne, dieses

Liebe hier liegt ein grobes Rechenexempel zugrunde. Hier auf diese Tafel will ich es niederschreiben!“

Er zog ein Täfelchen hervor, schrieb und las zugleich:

„Graf Ettore Contrario freit um die hochherzige Angela Borgia, weil er mit dem Fiskus in Ferrara einen von seinem Vater geerbten Prozeß über bedeutende, auf ferraresischem Boden gelegene Ländereien führt, den er aller Wahrscheinlichkeit nach bei den zuständigen ferraresischen Gerichten verlieren würde ohne den Schutz eines höchsten Einflusses, wie der, zum Beispiel, unserer erlauchten Fürstin, für deren einziges Lächeln der verliebte Großrichter Herkules Strozzi Ehre und Seele verkauft. Unsre Herzogin aber und ihr Sklave Herkules wären zu bestechen, wenn der vollkommene Graf die Hand dieser Unschuld begehrt, welche Donna Lucrezia aus Ferrara entfernen will, weil das junge Mädchen aufs zärtlichste und rasendste von dem Kardinal Ippolito geliebt wird, während sie selbst, als echtes Weib, unwissend und hoffnungslos für den größten Taugenichts der Erde entflammt ist.“

„Ohne innern Kampf wird der mäßig tapfere Graf sich nicht entschließen, zwischen diese lodernden Feuer zu greifen. Aber es ist möglich, daß seine Habsucht stärker ist als seine Feigheit. Beurteilt Ihr ihn anders, Herzogin?“

Lucrezia wunderte sich über dies freche Bekenntnis und diese verwegene Bloßlegung der Tatsachen, die ihrer eigenen Wertung der Dinge und Personen nicht allzufern lag, welche aber nicht gelten durfte, weil sie es nicht wollte.

Ehe sie indessen antworten konnte, ergriff Ippolito, der sich nach einer von Angela aus leichten Grashalmen zusammengefügten Kette gebückt hatte, die eben ihren zitternden Händen entglitten war, wiederum das Wort:

„Wie diese Ringe verkettet sich Absicht mit Absicht, um Euch zu kuppeln, Angela Borgia; aber wie ich Euch kenne und liebe, werdet Ihr diese Kette zerreißen, wie ich dieses nichtige Geflecht! Denn“, flüsterte er heiß, „Angela ließe sich eher von einem Dämon in die Hölle ziehen, wenn er sie liebte, als daß sie sich dazu darböte, die Summe eines Rechenexempels zu werden! – So rede ich, wie redet Ihr, Schwägerin?“

Er wandte sich mit einem Antlitz, das drohte und trauerte, gegen Lucrezia.

Sie antwortete fest: „Ich aber vermähle diese mit dem Grafen Contrario. Berechnend ist er – zugestanden – wie es das Leben erfordert, doch nicht unadelig. Diese aber wird er behüten, besser als ich es vermöchte. Und was wollt denn Ihr mit Angela, Kardinal? – Euer Weib kann sie nicht werden, solange Ihr den Purpur tragt, und den werdet Ihr nicht verschleudern wollen einem Mädchen zuliebe!"

„Wer weiß, Fürstin!" entgegnete er wegwerfend. „Euer Bruder vertauschte ihn gegen ein Herzogtum, und ich achte diese für ein neidenswerteres Gut! Auch ist mir minder darum bange, daß sie sich Eurem Günstling, dem Contrario, zuwende, sie wird es nicht über sich bringen – sie versuche es nur, es wird nicht gehen! Selbst nicht, um sich vor mir zu retten! ... Denn sie gibt mir innerlich recht und findet sein Bildnis getroffen! Das Dreihellergesicht ist ihr ein Ekel. Dieser tugendsame Graf also kümmert mich nicht. Eine andere Marter peinigt mich und dreht sich Tag und Nacht mit mir, wie das Rad des Ixion. – Höre mich, Mädchen!"

Angela hielt seinen fieberhaften Blick mit erstaunten, aber mutigen Augen aus.

„Weigerst du dich meiner Liebe, so verbiete ich dir auch die jenes andern, bei seinem und deinem Leben! – Wie du wild errötest! ... Ich hasse den, welchen du in deinem Herzen verbirgst! Reiße ihn heraus! ... Er beschmutzt den edlen Schrein ... ich kann es nicht ertragen! ... Erinnere dich, wer du bist, und wende dich mit Verachtung von dem, der dich in den Armen der Coramba, oder wie sonst die Dirne seines heutigen Tages heißt, beschimpft und vergißt! – Gehorche, oder es wächst Unheil!"

Mitten in dieser erhitzten Szene betrat ein Page den verlorenen Schattenplatz und bat die Herrschaften, in den Park zurückzukehren. Der versammelte Hof harre der Herzogin, und der Herzog wünsche, in seinem Kabinett den venezianischen Herrn zu beurlauben, dann aber die Eminenz zu sprechen. Den Großrichter habe er eben zu Seiner Hoheit gerufen und Don Giulio auf später bescheiden müssen.

DRITTES KAPITEL

Im Schatten der herrlichsten Bäume wandelte die kleine Gesellschaft, die Frauen voran, der Kardinal mit Bembo harmlos plaudernd, gegen die Mitte des Parkes, wo sie den in gerader Linie dem Schloß zulaufenden Zypressengang betraten. Dieses, ein schlichtes Gebäude von nur mäßigen Verhältnissen, erhob sich auf dem Grund eines schwülen, bleiernen Julihimmels. Eben wurde ein neuer, befestigter Seitenpavillon angebaut, von dem die hölzernen Gerüste der Maurer noch nicht entfernt worden waren.

Zu der hellen, kleinen Fassade stieg eine breite Doppeltreppe empor, und der in den Parkanlagen sich ergehende Hofstaat erblickte oben auf der Rampe den unermüdlichen Herzog, wie er, seinen müßigen Hof auf sich warten lassend, den Neubau besichtigte, und, von den Werkleuten zurückgehalten, mit ihnen eifrig die Arbeit besprach.

Im Schatten der Hauptallee wandelte langsam die Herzogin, welche sich jetzt auf den Arm des Kardinals stützte, den rechts und links vom Wege gesammelten Hof begrüßend und nach sich ziehend.

Vor die beiden trat ein wohlgebildeter, mittelgroßer Mann und bemühte sich mehr noch um den Kardinal, dem er besonders ergeben schien, als um die Herzogin, so gütig sie ihm zunickte.

„Man sieht, Messer Ludovico, daß Ihr aus dem Strahlenkreise der Musen kommt, so licht ist Euer Antlitz!" sagte sie.

„Diesmal ist es eher der geistreiche Umgang meines morgenländischen Freundes, der mich erheitert", versetzte Ariost, „und, wie immer, Eure beseligende Gegenwart."

Er stellte seinen Begleiter, der, ein fein erzogener Mann, die Arme auf orientalische Weise über der Brust kreuzend, sich ernst verneigte, der Herzogin vor.

Der persische Teppichhändler Ben Emin war in Ferrara die Mode des Tages. In Venedig vorübergehend niedergelassen, wo er in der Merceria die herrlichste Ware auslegte, hatte er einen Flug nach Ferrara getan, um dem prachtliebenden Hof seine kostbaren Gewirke zu verkaufen und in Wahrheit nicht minder, um Ariosto kennenzulernen, aus dessen Heldengedicht – die ersten Gesänge hatten vor kurzem die Presse verlassen – er sein höheres Italienisch erlernte und überhaupt den mannigfaltigsten Genuß schöpfte; denn Ben Emin war ein Kenner, wußte seine großen persischen Dichter auswendig und liebte besonders die Moral im Prachtgeschmeide der Dichtung.

„Es ist eine ganz eigentümliche Lust, Erlauchteste", begann Ariost, „mit einem gebildeten Manne aus einer fremden Nation umzugehen, die Verschiedenheiten von Gebrauch und Sitte zu belächeln und sich an dem lieben, allgemeinen Menschenantlitz zu erfreuen, das aus den größten Unterschieden immer wieder sieghaft hervorbricht. Doch immerhin groß und wunderbar sind diese. So, zum Beispiel", scherzte er, „scheint es ein überall verbreiteter Zug zu sein, daß der Mann schenkt, wo er das Weib bewundert. Nicht so mein Perser! Ben Emin denkt anders. Er ist zwar der größte Verehrer unserer Ferraresinnen und verfolgt die raschen Bewegungen ihrer schlanken, seine Ware prüfenden Finger mit aufmerksamen und leuchtenden Augen; aber meinet Ihr, daß er der ihn am schönsten Anlächelnden ein ‚Behaltet, Sonne!' oder ‚Nehmet, mein Stern!' zuflüstere? Nein! Vielmehr nennt er unglaubliche Preise, so daß sich der süßeste Mund zum Schmollen verzieht. So grausam ist Ben Emin!"

Die Neckerei erregte die Heiterkeit der Höflinge; Ben Emin aber, der unter seiner Mütze von schwarzem Lammfell mit klugen Augen blickte, wendete sich würdevoll an die Herzogin:

„Wunder Italiens! Vollkommenste der Frauen!" sprach er in gutem Italienisch, „Ich erwähle dich zur Richterin. Da ich Ferrara erreichte, warf ich mich dir zu Füßen, meinen schönsten Teppich vor dir ausbreitend und dich anflehend, ihn als dein Eigentum zu betreten. Du hattest die Gnade, meinen Wunsch zu erfüllen. Wäre es nun nicht eine Verkennung und Beleidigung Deiner Einzigkeit, wäre es nicht eigentlicher Hochverrat, wenn ich mit undankbarem Herzen nach und neben dir andere und geringere beschenken würde? Nicht davon zu reden, daß, was einer Fürstin gegenüber gerechte Huldigung ist, die Tugend einer niedriger Geborenen in Verruf bringen könnte. Solches aber sei ferne von Ben Emin!"

Die Hofleute beglückwünschten den Perser zu seiner Rede und gestanden sich heimlich, daß der schlaue Kaufmann Ben Emin in Ferrara nicht der Gefoppte sei.

Da die Schwüle des Hochsommertages wuchs und sich in den dichten Zypressenhecken verfing, suchte die Herzogin mit Ariost und dem Perser das große Boskett in der Tiefe des Parkes auf, wo ein Ring hoher Ulmen seine Kronen wiegte und zu einer luftigen Wölbung zusammenschloß. Hier stand in der Mitte auf einem verwitterten Marmor ein eherner Cupido, der sich mit zerrissenen Flügeln und verschütteten Pfeilen in Fesseln wand. Dieses Bild sagte in der wunderbar freien Sprache des Jahrhunderts, daß für die verheiratete Lucrezia die Zeit der Leidenschaft vorüber sei, und hier in der Runde auf den Steinbänken pflegte die Gemahlin Herzog Alfonsos im Sommer Hof zu halten.

Währenddessen haschte in der verlassenen Hauptallee ein Jüngling einen anderen, der ihm in das Gebüsch zu entschlüpfen suchte. Beides waren Jugendgestalten voller Kraft und Anmut, von vollkommenem Wuchs und geschmeidigen Gliedern – zwei Könige des Lebens.

„Halt' ich dich endlich, Julius!" rief der eine und legte seinem Gefangenen den Arm um den Nacken. „Ich denke, wir sind beide zum Herzog befohlen und wandeln nun diese kurze Lebensstrecke zusammen!" Er wies auf den grünen Gang mit dem Schloß am Ende.

„Sie ist lang, Herkules", seufzte Don Giulio, „und gewährt dir Raum zu einer rednerischen Leistung; doch ich leide mein Schicksal."

„Mein Freund", begann Strozzi, „ich werde nicht predigen, teils weil ich von der Eitelkeit solcher Zusprüche im allgemeinen und ihrer Vergeblichkeit dir gegenüber insbesondere überzeugt, teils weil ich zum Herzog gerufen bin, ich fürchte, um mit ihm das jüngste Ärgernis zu betrachten, das du in deinem Pratello gegeben hast, wovon ihm der umständliche Bericht des Polizeihauptmanns Zoppo vorliegt: Tumult, Blasphemie, Entführung, Blut, Gewalttat, mehrere Tote!“

„O, so stand es nicht im Programm. Es war ein klassisches Bacchusfest beabsichtigt. Du hättest nur die Coramba mit ihren wilden Reizen als Ariadne sehen sollen! Trage ich vielleicht die Schuld, daß die Krönung der Ariadne durch den Mißverstand meiner Bauern in den Raub der Sabinerinnen und in zentaurischen Mord und Totschlag ausartete?“

„Kein Wort mehr davon, Giulio! Dein ruchloser Leichtsinn könnte das treueste, das angeborene Wohlwollen erschöpfen, und ich hätte mich längst mit Ekel von dir abgewendet, so lieb du mir bist, du schönes Laster, hättest du nur die Hälfte deiner Taten gefrevelt; aber das Ganze übersteigt derart die Schranke, daß ich dich als eine Sondergestalt betrachte, welche jeden menschlichen Maßstab verspottet. Deshalb bin ich entschlossen, statt dich von neuem in Fesseln legen zu lassen, beim Herzog deine Verbannung aus Ferrara von wenigstens einem Jahr zu beantragen. Das verkünde ich dir. Du magst in den venezianischen Kriegsdienst zurückkehren, den du nie hättest verlassen sollen.“

„Ob ich nach Venedig zurückgehe“, versetzte Don Giulio, „wer lebt, der erfährt's!“ Und es wetterleuchtete über seine junge Stirn.

„Doch ich bitte dich, mache mich Menschlichen nicht zum Unmenschen! Ich bin kein sittliches Ungeheuer – nicht einmal deine Donna Lucrezia ist es, deren farblose Augen dich bannen, daß du ihr sinnlos zustreben mußt! Die deine Einteilungen und Fächer zerstört und deine Göttin Gerechtigkeit stürzt und überwindet! Auch sie ist nicht der Dämon, vor dem du erbebst.“

„Daß ich die Gesetzlose lieben muß, ist Schicksal“, sagte der Richter mit einem peinvollen Lächeln. „Doch daß ich ihr zuliebe das Gesetz vergessen, das heilige Recht verletzen sollte, erscheint mir unmöglich!“ Und er seufzte, schmerzlich fühlend, daß er nicht minder als sein genußsüchtiger Freund an einem giftigen Schlangenbiß dahinsieche.

„Ich sage dir ja“, tröstete Don Giulio, ungeduldig bewegt von dem Schmerzensausdruck, „du übertreibst dir das Weib ins Große. Das Weib, das dich entsetzt und bestrickt, ist nicht jene Lucrezia, die dort unten lustwandelt. Du erstaunst und deine Augen befragen mich! Nun ja, ich nehme sie natürlicher. Wo sie herstammt und wie sie aufwuchs, das wissen wir. Es scheint dir wunderbar, Prätor, daß sie die Frevel ihrer Vergangenheit verwindet ohne Gericht und Sühne. Siehst du nicht, daß es nur der Rettungsgürtel ihres vom Vater ererbten Leichtsinnes ist, der sie oben hält? Und daß sie nun über der tödlichen Tiefe hell und sorglos dem Porte der Tugend zukämpft, hältst du für dämonische Größe. Ich sage dir: Mit Ausnahme der Anmut, die sie füllt bis in die Fingerspitzen, ist sie ein gewöhnliches, rasch bedachtes Weib! Ein ganz gewöhnliches Weib! Glaube mir, ein menschliches Weib!" endete der Jüngling mit einem übermütigen Gelächter.

Sie waren am Fuße des Schlosses angelangt und betraten das Freie, wo sich unter einem bleiernen Himmel in stumpfer Helle der Neptunusbrunnen erhob. Dieser stand, an das Fundament des Mittelbaues gelehnt, in dem Halbrund, das die beiden zur Schloßterrasse ansteigenden Freitreppen bildeten, und rauschte und plätscherte in der Schwüle, genährt von den Wasserstrahlen, welche das Gesinde des Meergottes aus Urnen und Muscheln in die Riesenschale herabgoß.

Der Richter wollte die nächste Treppe hinaufeilen, denn er wußte sich vom Herzog erwartet. Da wandte sich Don Giulio, dessen Arm ihn umfaßt hielt, rasch wieder gegen den dunklen Park zurück und zog den widerstrebenden Freund mit sich.

Er hatte noch nicht ausgeredet.

Seltsam verschlangen sich auf dem hellen Kiesgrund zu ihren Füßen zwei ringende, kurze Schatten. Strozzi sah den grotesken Kampf und lachte: „Siehe, wie du mich zwingst!"

„Mein Bruder also schickt mich nach Venedig", sagte der Este, während sie noch einmal den endlosen Baumgang betraten, „derselbe Bruder, der mich unlängst aus politischen Gründen von Venedig zurückberief!"

„Hättest du die Geringschätzung in dem Lächeln seiner Mundwinkel gesehen, als er die Meldung deines augenblicklichen Gehorsams empfing! Ich stand daneben. Er hatte dich Papst Julius zu Gefallen zurückrufen müssen; aber es war nur zum Schein: er erwartete, du würdest ihn verstehn und ihm nicht gehorchen."

Eine zornige Macht leuchtete jetzt aus den sanften Augen Don Giulios. Noch war er nicht so verweichlicht, daß es ihn nicht empört hätte, sich mißachtet zu sehen; doch verbarg er seinen Unwillen unter einem Lächeln.

„Zu klug für mich! Und dann, du weißt, ich bin kein Feldherr, nicht einmal ein Soldat“, sagte er. „Ich liebe Blutvergießen nicht ...“

„Und vergießest so viel, daß es dir von den Händen träufelt und deine Fußstapfen füllt!“

„Nur wenn ein Lästiger mein Vergnügen stört!“ erwiderte der Este frevelmütig. „Aber was du sagst, Herkules! Ihr schickt mich wieder nach Venedig! Halb bin ich es zufrieden, halb schmerzt es mich, – halb bin ich hier gebunden, halb streb ich fort – mir selbst ein Rätsel! ...“

„Das die dunkellockige Angela löst! Du suchst und fliehst sie!“

„Keineswegs“, sagte Don Giulio, „sie ist mir gleichgültig. Aber seit jenem Einzug vor zwei Jahren – du warst ja dabei und nahmst dich prächtig aus als ernsthafter Träger einer goldenen Baldachinstange, da hast du es selbst gehört, wie sie mich vor allem Volke bedroht und gerichtet hat ... seit jenem Tage bin ich nicht mehr derselbe! Meine Sinne taumeln, und wie ein Rasender suche, wechsle ich Mund und Becher und habe nur einen Wunsch, daß jene, die sich feindselig und kalt von mir abwendet, mir noch einmal ihr hellflammendes Antlitz zukehre und mich noch einmal bedrohe – noch stärker als das erste Mal ... Doch ich rede Unsinn. Sendet mich nach Venedig!“

Er schöpfte Atem. „Auch ist es gut für ihn und mich“, fuhr er fort, „wenn ich dem Bruder Kardinal eine Weile aus den Augen komme. Er liebte mich einst, und jetzt beginnt er mich zu hassen auf eine unmenschliche Weise. Urteile selbst! Neulich hält er mich fest und raunt mir mit drohender Stimme ins Ohr: Julius, ich verbiete dir das Antlitz Angelas! Ich verbiete dir ihre Augen! Ich verbiete dir ihren Atem! Bei deinem Leben!“

„Ich weiß“, antwortete der Richter, „der Ungerechte liebt die Ärmste wütend. Und sündig wie die Welt und allmächtig, wie er auf diesem Ferrara heißenden sündigsten Flecke derselben ist, würde sie dem Geier schon längst ohne Erbarmen zum Raube gefallen sein, wenn nicht ..."

„Und du schneidest nicht dazwischen, Großrichter? Du Liebhaber und Diener der Gerechtigkeit! Rette das Mädchen! Damit wollte ich dich betrauen, mein Herkules, bevor ich nach Venedig gehe. Ich kann es nicht, denn ich würde ihr Unglück bringen" ... er schwieg und träumte – „wie sie mir! Bei jener Herausforderung des Kardinals – du weißt, ich bin ein Genießender, aber kein Feigling! – wallte mein Blut, und ich hätte ihm sein wahnsinniges Verbot ins Angesicht zurückgeschleudert, hätte es sich um eine meiner Schönen gehandelt, – aber ich überlegte mir", er deckte die Augen sinnend mit der Hand, „daß ich das Mädchen nicht liebe, und daß ich bei der Art meines Bruders schweres Unheil auf sie herabzöge, wenn ich mich schützend neben sie stellte. Und sie würde es nicht dulden, – sie will es nicht. Sie verachtet mich, sie richtet mich – und ruft Unheil auf mich herab – Oh, schade!" – Dann fuhr er im Zorn der Erinnerung fort: „Der Kardinal mag sein Netz über sie werfen, obwohl ich es grausam und abscheulich finde, abscheulich und hassenswert, wie diese ganze Welt, wenn ich nicht trunken bin oder einen Frauenmund küsse."

„Beruhige dich", sagte der Großrichter ernst, „es wird ihr nichts geschehen, davon bin ich überzeugt; keine Falte des Gewandes darf ihr verschoben werden, denn sie wird beschützt – von Lucrezia Borgia."

„Gut so! ich überlasse sie dieser Heiligen", spottete der Este; „ich aber will mich in einen Myrtenschatten an eine frische Quelle setzen und darin meinen Wein kühlen ... Wenn nicht der andere Bruder, Ferrante, durch die Büsche bricht, sich neben mir ins Gras wirft und mir mit seinen Verschwörungen und hochverräterischen Einflüsterungen das Ohr vergiftet, wo ich dann die Wahl habe, ob ich ihn für einen Narren oder Bösewicht oder für beides halten soll. Neulich lud er mich brüderlich ein, den Herzog, wie er sich ausdrückte, aus der Mitte zu schaffen; doch sei überzeugt, hätte ich nur halbwegs hingehorcht, der Arge wäre zur selben Stunde an mir zum Verräter geworden. Auf diese Fährte aber folge ich ihm nicht, sondern schließe ihm den Mund, denn ich verehre den Herzog und hasse die Felonie. Aber sage mir, Strozzi, hältst du

Don Ferrante eines bösen Streiches für fähig um der Krone willen?“

„Es sind Tücken ohne Folge und Frucht“, antwortete der Richter, „wenn nicht ungewöhnliche Lagen oder unerwartete Erschütterungen die Drachensaat verhängnisvoll zeitigen.“

„Macht das unter euch aus, ihr Raubtiere“, lachte der leichtherzige Julius, „und wenn ich aus Venedig zurückkehre, will ich sehen, welche Leichen auf der Hofbühne von Ferrara herumliegen. Lebe wohl, Anbeter der Gerechtigkeit, und eile dich! Der Herzog wartet.“

Er umarmte den Freund und ließ ihn dann mit solchem Ungestüm fahren, daß jener taumelte. Strozzi suchte mit schnellen Schritten die Villa, und Julius schlenderte ihm gelassen nach.

Da er den Neptunusbrunnen erreichte, badete er sich, der Kühle bedürftig, das Antlitz und ließ den aus der Steinbrust eines Meerweibes springenden Wasserstrahl gegen seine durch die vertobte Nacht entkräftete Stirn fahren. Da, während er sich das Haupt mit seinem Tuch trocknete, wurde er eines müden Strolches gewahr, der unbeweglich auf einer Steinbank im schmalen Schatten des Mauerrunds lagerte und, den Kopf auf den Ellbogen gestützt, ihn unter dem Filz hervor mit unverwandten Augen beobachtete. Jetzt sprang er rasch auf die Füße und verneigte sich mit der Begrüßung: „Ich verehre Euch, Don Giulio!“

„Bleib!“ bedeutete ihn der leutselige Este, „Aber rücke! Es ist Raum für zwei. Ich habe Lust zu schlummern; du bewachst mich!“

Der Bravo zeigte lächelnd die weißen Zähne und lüftete den Dolch, der ihm am Gurt hing, ein wenig in der Scheide.

„Du bist von den Leuten des Kardinals?“ sagte Don Giulio. „Wie heißt du?“ – Der Kardinal war als der Besitzer und Ernährer einer stattlichen Bande bekannt.

„Ich nenne mich Kratzkralle“, antwortete der andere.

„Aber dein christlicher Name?“

„Vergessen. Er war auch ein bißchen stinkend geworden.“

„Den neuen hat dir wohl dein Kardinal gegeben? Und wie nennen sich die andern vom Gesinde?“

„Sie heißen, mit Erlaubnis Eurer Herrlichkeit, Dornbart, Zähnefletscher, Drachenblut, Eberzahn, Grimmroth und Firlefanz. Mit mir unser sieben – wohlgezählt. Wir sind die sieben Todsünden des Kardinals, wie uns das Volk von Ferrara nennt."

„Nun kenne ich auch eure Marschordnung", sagte Don Giulio, auf den fratzenhaften Teufelsmarsch in der Danteschen Hölle anspielend, wo der Kardinal als ein Verehrer des göttlichen Dichters die Namen seiner Bande gefunden hatte.

Er brach in ein helles Gelächter aus. Don Giulio konnte noch recht kindlich lachen. Dann aber reckte er die Arme: „Wie ich müde bin!"

Er warf sich auf die Bank nieder, ohne die Berührung des anderen zu scheuen, suchte seine Lage und war entschlummert.

Der Bandit betrachtete ihn und murmelte liebevoll: „O du schöne Jugend!"

Zuerst versank der Müde in eine traumlose Tiefe, vergessen schlürfend in langen, durstigen Zügen; dann öffnete sich langsam sein inneres Auge, und daran vorüber eilte, aufdämmernd, eine flüchtige Jagd, ein hastiges Gedränge bacchischer Erscheinungen, rasende Körper, rücklings geworfene Häupter, geschwungene Zimbeln, Pauke und Evoeschrei. Horch! In weiter Ferne, aus anderer Richtung, zuerst kaum hörbar, dann schwer anschwellend, dröhnende Posaunen!

Unbekannte Angst befiel ihn. Da stand er plötzlich in einer ernsten Versammlung, in einem Kreis von Richtern verschiedener Völker und Zeiten. In der Mitte saß, grau und streng, wie aus Stein gehauen, Carolus Magnus[1], sein großes Richtschwert auf die Knie gelegt; zu seiner Rechten stand der Prophet Samuel, den geisterhaften Mantel über der Brust mit gekreuzten Armen zusammenhaltend; zu seiner Linken der Römer Brutus, der strenge Vater, inmitten seiner Liktoren, von denen seltsamerweise der Richter Herkules, Giulios Freund, eben gefesselt wurde. Der Träumende erstaunte, daß ihrer beider ferraresische Sünden eines so hohen Gerichtes würdig befunden seien. Jetzt ertönte die mächtige Stimme

[1] Karl der Große (768–814).

Kaiser Karls, ohne daß er die Lippen bewegte: „Julius Este, das von der Jungfrau dir verkündigte Gericht ist da. Sie ist es selbst." Wieder dröhnte die Posaune, und alles stürzte zusammen.

Nach einem raschen Durchgang durch einige dunkle Vorstellungen ruhte Don Giulio im Gras, zu der freundlich über ihn geneigten Angela emporblickend.

„Du Tor", sagte sie, wie in einem Gespräch fortfahrend, „darf auch ein Mädchen zu einem Jüngling sagen: ich liebe dich? Sie muß ihr Inneres verlarven und verkleidet Wunsch und Geständnis in Zorn und Drohung. Auch, wie könnte sich irgendein reines Weib mit einiger Ruhe und Sicherheit dir zu eigen geben? Und dennoch: Gerade deine viele Sünde, die ich strafen muß, ist es, die mich an dich kettet. Die Schuld liegt in deinen zauberischen Augen, mit denen du frevelst. Reiße sie aus und wirf sie von dir!"

Don Giulio wunderte sich im Traum, wie frech und vertraut die stolze Angela zu ihm rede; er lauschte bange, was da noch kommen werde, und als sie schwieg, wuchs seine Angst von Augenblick zu Augenblick. Er wollte sich aufschnellen, war aber von unsichtbaren Banden an den Boden gefesselt und außerstande, die kleinste Bewegung zu machen.

„Du willst nicht?" begann jetzt die Traum-Angela wieder; „Aber es ist einmal nicht anders." Damit tauchte sie den Finger in eine Schale, die sie in der Linken hielt, und träufelte dem Ärmsten, der sich umsonst zu winden und das Haupt abzuwenden suchte, einen Tropfen roter Flüssigkeit zuerst in das eine und dann in das andere Auge. Ihn durchzuckte ein entsetzlicher Schmerz, und tiefe Finsternis, dunkler als die schwärzeste sternlose Nacht, umfing ihn.

Don Giulio heulte vor Unglück und erwachte in den Armen des Banditen, der ihn mit unverhohlenem Grauen betrachtete.

„Schlimm geträumt, Herrlichkeit!" sagte Kratzkralle.

„Entsetzlich! Mir war, ich werde geblendet."

„Ich sah die Sache vorgehen auf Eurem erlauchten Angesicht", meinte der Bandit. „Meine Verehrungen, Herrlichkeit! Doch nun beurlaubt mich."

Er verbeugte sich, blieb aber stehen, wie durch eine gewisse Zärtlichkeit zurückgehalten, und begann mit bedenklicher

Miene und gedämpfter Stimme: „Wenn die junge Herrlichkeit einem armen Manne Glauben schenken will, so verzieht sie sich sachte von hier in dieser gegenwärtigen Stunde noch, sucht ein Klösterlein auf – Sankt Andrea in den Stauden liegt nahe, der Heilige ist gut und die dortige Brüderschaft diskret – gibt jedem Bettler, dem sie auf dem Wege begegnet, ein Goldstück, tut in Sankt Andrea ein gewichtiges Gelübde, verschließt sich in eine Zelle und zieht sich das Bettuch über die lieben bedrohten Augen. Die Heilige Jungfrau bewahre sie Euch!" schloß er mit Inbrunst.

„Bist du so traumgläubig?" scherzte Don Giulio, der schnell seine Sicherheit wiedergewonnen hatte.

„Ich weiß, was ich weiß", versetzte der Bandit. „Mir hat einst geträumt, ebenso eindrücklich wie Euch heute, ich ersteche meinen Schwager. Erwacht, tat ich das Mögliche von frommen Dingen; aber es mußte nur sein."

Er grüßte tief und war weg. Offenbar hatte er es eilig, aus der Nähe eines Menschen wegzukommen, der nach seiner festen Überzeugung einem dunklen Schicksal verfallen war.

VIERTES KAPITEL

Don Giulio erstieg langsam die Treppen und suchte, den Blick aufwärts wendend, sehnsüchtig das süße Blau, welches er im Traum für immer verloren hatte. Aber er suchte vergebens; denn der Himmel war von den trüben Dämpfen der Julihitze gänzlich verdüstert.

Als er den Fuß auf die oberste Stufe setzte, kam ihm aus der Halle des Hauses mit ungewissen Schritten der Oberrichter entgegen, bleich wie ein Toter und mit so unglücklich blickenden Augen, daß Don Giulio vom innigsten Mitleid ergriffen wurde und, den Arm um die Schulter des Freundes schlagend, ihn an das Terrassengeländer zog und mit ihm auf das Brunnenbecken und in das rauschende Spiel seiner Wasser niederblickte.

„Was geschah denn? flüsterte er ihm ins Ohr. „Was ist dir begegnet?"

Strozzi erwiderte mit schmerzlich verzogenem Munde: „Nichts. Du verreisest für zwei Jahre nach Venedig. Deine Sache ist beigelegt und kommt nicht vor Gericht. Deine Orgie in Pratello bleibt ungestraft. Wiederum und noch einmal eine unverurteilte blutige Tat! Auch der Herzog beklagt es und seufzt über euch, seine Brüder."

„Auch über den Kardinal?"

„Über euch alle. Den Kardinal nannte er einen Eigenmächtigen, einen Gesetzlosen, einen dem Staate Ferrara unentbehrlichen Frevler, und befahl mir, seine Bande, wenn er sie nicht, wie er fest zugesagt, heute noch ablöhne und auflöse, mit Galgen und Rad zu verfolgen – unnachsichtig! Dabei erhitzte er sich", berichtete Strozzi weiter, „und sprach eifrig von dem Staate Ferrara, wie er ihn sich denke, als ein Staatswesen von unbedingter Gerechtigkeit, durchaus ohne Ansehen der Person, ohne Begünstigung, ohne Bestechung.

‚Eine Justiz, wie sie Eure Republik besitzt', sagte er, sich zur Seite wendend, und ich erblickte in einer Fensternische den

Venezianer, der gekommen war, vom Herzog Urlaub zu nehmen, und bescheiden in einem Buche blätterte, um meine Audienz nicht zu stören. Der Angeredete lächelte höflich.

‚Vergebung, Bembo!' fuhr der Herzog fort. ‚Ich weiß, Euer Reisezug wartet, denn Ihr wollt die Nachtkühle benützen zu Eurem Romritt, um der Julisonne auszuweichen. Verzeiht meinem Schreiber, daß der Langsame und Gewissenhafte Euch auf das Memorial warten läßt, das Ihr mir die Gunst erweisen wollt, für mich in die Hände des Heiligen Vaters zu legen. Ein furchtbarer Mensch, dieser Julius. Er liebt mich nicht; empfehlt mich ihm. Und was werdet Ihr dem Schrecklichen sagen' – der Herzog lächelte – ‚wenn er Euch fragen wird, was Euch bewog, Ferrara zu verlassen? Er weiß, daß ich von Männern, wie Ihr, nicht gerne verlassen werde. So gut als ich, schätzt er Euch als einen Bedeutenden und Zukunftsvollen, den zu verkennen eine Schmach der Unbildung wäre, und der jedem italienischen Hofe zur Zierde gereicht. Nun, Bembo, saget mir, was werdet Ihr der Heiligkeit antworten?'

‚Die Wahrheit, Herzog', erwiderte der Venezianer mit seiner einschmeichelnden Stimme. ‚Heiligkeit, werde ich sagen, ich verlasse Ferrara, weil ich den Herzog verehre, und fürchte, die Herzogin zu lieben. Kein Sterblicher wird ihres täglichen Umgangs genießen, ohne von ihrem geheimnisvollen Wesen und von ihrer klaren Anmut gefesselt zu werden. Wo ist da die Grenze zwischen Bewunderung und Leidenschaft? Wo liegt das richtende Schwert, das die Körper und die Seelen trennt? Es tötet, ohne zu blitzen! Lieber aber verendete ich in tausend Qualen, als daß ich die hohe Frau durch eine auflodernde Flamme verletzte, oder an meinem edlen Gastfreunde, auch nur im Fiebertraume, Raub verübte. So werde ich zum Heiligen Vater reden' ..."

„Kühn und auch klug gesprochen!" unterbrach hier Don Giulio den Erzählenden, indem er zum Spiel nach einem Wasserbogen haschte, dessen fallenden Regen ein Hauch des Südwindes ihm zutrieb.

Der Richter aber fuhr fort: „Don Alfonso schien durch das Bekenntnis seines Gastes befriedigt und mit dessen Abreise einverstanden. ‚Ich könnte Euch solche freimütige Rede an den Heiligen Vater nicht verargen', sagte er, ‚sie hätte nichts

Unziemliches, sondern ehrt uns alle. Schreibt uns zuweilen, Bembo!‘ Dann aber wurde er drohend und wies auf mich. ‚Dieser Mensch‘, sagte er, ‚krankt an dem gleichen Übel, ohne so weise zu sein wie Ihr und ein Heilmittel zu suchen. Redet zu ihm und gebt ihm Rat.‘

Da erhob ich zornig das Haupt und versetzte: ‚Solches, Herzog, gestehe ich nicht ein mit dem Munde; meine Gedanken aber anerkennen keinen Richter. Wenn solches wäre, ich wüßte mir Rat, so gut wie Bembo. Laßt mich ziehen, Herzog! Die Luft von Ferrara erstickt mich. Ich bin noch zu jung mit meinen zwanzig Jahren, die heilige Waage der Themis[1] zu halten; ich bin ein noch unfertiges Metall, eine flüssige Lava. Noch kämpfen um mich verschiedene Gesetze und Anbetungen! Gebt mir Urlaub! Ich will die Hochschule von Paris besuchen, wohin ich schon lange trachte, und ich werde einst Euch und dem Staate Ferrara reifer und brauchbarer zurückkehren, als ein Mann des Rechts, den nichts mehr besticht und blendet.‘

„Der Herzog entgegnete mir ernst: ‚Keine Rede davon, daß Ihr Euer kaum angetretenes Amt verlasset. Unter meinen Augen begannet Ihr eine Reform unseres Gerichtswesens, und ich ertrage es nicht, daß in Ferrara eine unternommene öffentliche Arbeit leichtsinnig unterbrochen und verspätet werde. Wohin würde uns solche Gewissenlosigkeit führen? – Was aber die Sklaverei betrifft, in der Ihr schmachtet, so leugnet Ihr sie mit dem Munde, aber mit Blicken und Gebärden legt Ihr sie auf eine ärgerliche Weise an den Tag. Darum bitte ich unsern scheidenden Freund‘, er ergriff den Venezianer bei der Hand, ‚Euch über Euren gefährlichen innern Zwist aufzuklären. Er ist Euch glaubwürdig; denn, wie Dante im wilden Walde, ist er angstvoll den reißenden Bestien entronnen. Seid sein Führer, Bembo. Redet in meiner Gegenwart ohne Zwang und Schleier. Es besteht kein Geheimnis unter uns, wir kennen unsere Gesichter und Masken.‘ – So quälte uns der grausame Pedant, und wir knirschten unter der Marter!“

„In der Tat, ein genialer Gedanke des Ehemannes, in seiner Gegenwart den einen Anbeter seiner Frau durch den andern abkanzeln zu lassen!“ lachte Don Giulio. „Das gleicht dem Bruder! Ich sehe, wie du in verhaltenem Ingrimm die Augen

[1] Gerechtigkeitsgöttin

rollst, und wie der schlangengewandte Venezianer seine zerrissene Seele zu einem schmerzlichen rhetorischen Meisterstücke stimmt. Was sagte er denn?“

„Zuerst zog er die feinen Brauen zusammen und schwieg eine Weile. Dann trat er zu mir und ergriff mitleidig meine Hand. ‚Herkules‘, begann er, ‚die Zeit drängt; meine Rosse stampfen vor dem Tore, und mein Geist ist schon unterwegs. Möge diese meine letzte Minute Frucht tragen mit der Hilfe Gottes! Ich habe keine Zeit, meine Worte zu wägen; und da die Hoheit selbst es ausgesprochen hat, daß hier kein Geheimnis walte, so enthülle ich schonungslos das Antlitz der Dinge. Dein Leiden ist ein wundersamer Fall. Nicht wie mich armen Sünder, besiegt dich die Übergewalt des weiblichen Reizes. Du bist weit gefährlicher krank; denn dein Übel entspringt auf dem Gebiete deines stolzen und eigenwilligen Geistes. Dein strenger Rechtsinn verdammt das, was dein Auge beglückt und das Feuer deines Herzens entzündet. Das ist dein Widerspruch und dein Irrsal. Der Richter wird entflammt für die von ihm Gerichtete. Besieh dir doch ihr Schicksal! Ein kindliches Weib, in unselige Abhängigkeiten hineingewachsen, schuldig schuldlos, wie die liebliche Frauenschwachheit ist, flieht, von innerer Klarheit erhellt, mit zitternden Füßen aus dem Banne des Bösen und ergreift die ihr gebotene Hand eines seltenen, ja einzigen Mannes, der dein Fürst ist, o Strozzi! Und ein weiser Erforscher der Menschennatur. Er erkennt die edle Anlage Lucrezias und zieht sie in göttlicher Weise mit sich empor. Nun werden ihre Schritte täglich sicherer, und immer größeres Wohlgefallen gewinnt sie an der Tugend und an ihren belohnten Kämpfen. Da kommst du, Unseliger, siehst die Emporgehobene in den Armen ihres Schutzengels, verurteilst sie zu den Höllenkreisen und stürzest dich auf sie, um dein Urteil selbst auszuführen. Wehe dir, du bist ihr verfallen! Du umklammerst ihre Knie; sie aber wird sich von dir lösen, und du stürzest allein in die Tiefe! Armer Ixion, du umschlingst statt der Göttin die Wolke, und daß dein Frevel völlig unausführbar und unmöglich ist, das allein entschuldigt ihn. Frage dein Herz, Strozzi!‘ und der Venezianer drückte mir in Tränen die Hand. ‚Fühlst du nicht, wie rührend und geschmackvoll die neue Lucrezia ist, die in ihrer stillen und bedachten Weise das schlichte Gute tut und ohne prunkende Buße sich mit den allgemeinen Tröstungen der Kirche begnügt. Wenn du die einfache Anmut dieser Erscheinung betrachtest, beschleicht dich nicht der Zweifel, ob die Verleumdung, das Laster unserer Zeit – denn wir alle verleumden und werden verleumdet – sich nicht an diesem erlauchten Weibe mehr als an andern vergangen und das menschlich natürliche Bild einer Dulderin ins Dämonische verzerrt habe?' ..."

Das laute Gelächter seines Freundes unterbrach ihn. „Das ist stark!" rief Don Giulio. „Oh Jahrhundert unverschämter Wahrheit und gründlicher Lüge!"

Da zuckte er leicht zusammen, denn ein leiser Finger berührte seinen freien Nacken. Kurz wandte er sich um und blickte in das abgezehrte und feindliche Gesicht des Kardinals, dessen langsames Emporsteigen das Springen der Wasser übertönt und verborgen hatte.

„Ich glaube, der Herzog erwartet uns beide", sagte Ippolito, über das Wort seines jungen Bruders, das er noch aufgefangen hatte, unwillkürlich lächelnd. „Folgt mir ohne Verzug!" Und er verschwand in der Villa.

„Ich verlasse dich, Herkules!" sagte der Este. „Nur eines muß ich noch wissen: Woher deine tödliche Blässe, die mich erschreckte, da ich dir hier entgegentrat?"

„So höre denn das Ende des Auftritts und das Meuchelwort des Herzogs! Zuerst sagte er ruhig und finster: ‚Euer Bildnis der Herzogin, Bembo, ist treffend und nicht geschmeichelt.' Er fixierte uns beide. Mit meiner Miene schien er nicht zufrieden. Es erhob sich etwas Heißes in ihm, und er wandte sich drohend gegen mich. ‚Ich frage mich, Strozzi', sagte er, ‚ob Eure Leidenschaft nicht gelegentlich Euren Gehorsam gegen den Fürsten und das Gesetz zu Eurem Unheil ins Wanken bringen könnte! Nicht zwar auf Eurem eigensten Boden in Rechtsfragen, da halte ich Euch für unbestechlich und unterordne mich Eurem Urteil. So bin ich zum Beispiel überzeugt, daß Ihr in dem Erbstreite meines Fiskus mit dem Grafen Contrario das Rechte finden werdet. Auch wird Euch hier die Herzogin trotz ihrer Begünstigung des Grafen nie irreleiten; aber es gibt einen Fall und eine Stunde, die sie ihres klaren Sinnes berauben werden. Ihr verderblicher Bruder wird Italien wiederum betreten und uns verwirren. Ich werde meinen Untertanen jede Verknüpfung mit ihm verbieten. Doch meine erste Untertanin, die Herzogin, wird nicht gehorchen; denn sie kann es nicht, es steht nicht in ihrer Macht. Mit den härtesten Strafen werde ich verhüten, daß sie kein Werkzeug finde, und doch wird sie eines finden ... Euch wird sie ergreifen, Herkules Strozzi. Damit ist Euer Haupt verwirkt. Ich werde Euch richten. Nicht öffentlich, denn es ist eine Familiensache und eine Staatssache, die beide das Geheimnis fordern. Man wird Euch tot auf der Straße finden.' – Hier erblaßte Bembo, und du sagst, daß auch ich blaß geblieben bin. – Unbeirrt und gemessen jedoch fuhr der Herzog fort: ‚Bembo, Ihr seid vor Gott und Menschen mein Zeuge, daß dieser nicht ungerichtet stirbt. Du aber, Herkules Strozzi, siehe zu, wie du der Herzogin und mir entrinnest!" Jetzt brachte ein furchtsamer Schreiber die Rolle für den Papst, und wir waren entlassen. Ich begleitete den Venezianer zu seinen Dienern und Pferden. Den Fuß schon im Steigbügel, flüsterte er mir zu: ‚Hüte dich vor dir selber, Herkules!'"

Don Giulio schauderte. Strozzi berührte flüchtig seine Lippen und sagte: „Nun reise auch du schnell und glücklich!"

„Diesen Abend noch!"

„Nein, sobald du aus dem Schlosse trittst!" sprach der Richter und stieg die Treppe hinunter, während der andere seinem Bruder, dem Kardinal, nacheilte.

FÜNFTES KAPITEL

Diesen fand er mit dem Herzog in einer schmalen, hohen Kammer, die ein einziges großes Fenster erhellte. Es war ein geheiligter Raum, den zu betreten dem Hof untersagt war. Die Wände waren mit Plänen und Karten bekleidet, und in der Mitte auf dem breiten Schreibtisch, an dem der Herzog, die Stirn in die Hand gelegt, sich niedergelassen hatte, ruhte ein Globus.

Sowie sich die Brüder vor ihm gegenüberstanden, blitzten sie, durch den bloßen Anblick ihrer Gesichter gereizt, sich feindselig an, und während der Herzog mit einem Zug der Besorgnis zuhörte, überschüttete der Kardinal Don Giulio mit zornigen Worten.

„Ich verlange", rief er, „daß Eure Hoheit diesem Nichtswürdigen den Hof verbiete; ich will, daß er Ferrara meide ewiglich und uns nicht länger das Ärgernis seiner Nichtigkeit und Straflosigkeit gebe. Er beschämt und entehrt unser Geschlecht! Stoße ihn aus, Bruder!"

Unter so unerhörter Beleidigung zuckte Don Giulio zusammen. Er bäumte sich auf unter dieser Geißelung; es war, als ob sich seine Züge vergrößerten und ein edleres Urbild durchschiene, das sich empört erhebe gegen solche Erniedrigung.

„Kardinal", sagte er, „was ich sündigte, habe ich mir gesündigt. Und ich weiß nicht, ob ein frei Genießender nicht schuldlos ist neben einem Staatsmanne, der, wie ein Giftmischer, das Böse berechnend und wissenschaftlich zu seinen Zwecken braucht und verarbeitet."

„Diese Gedankenlosigkeit ist gerade, was ich dir vorwerfe, du trauriger Gegenstand!" versetzte der Kardinal, „Und daß du ohne jede geistige Freude dem gemeinsten Genusse frönst. Und darum, weil ich weiß, was du, Verworfener, Liebe nennst, verbiete ich dir Donna Angela! Berühre sie nicht mit dem leisesten Atem, mit dem flüchtigsten Gedanken, denn – pfui deine Gedanken!"

Mit Tränen erwiderte Don Giulio: „Warum stößt du mich in den Schlamm, daß ich darin ersticke, während du mich früher emporheben wolltest? Warum haßt du mich so wild, der du einst den Knaben väterlich geliebt hast?“

„Das will ich dir sagen, Julius. Als ich, der zehn Jahre Ältere, dich als Kind neben mir sah, freute ich mich deines offenen Antlitzes und deines hellen Geistes. Herzgewinnend, schön, aufmerksam und begabt, schienst du mir ein unter günstigen Sternen geborener Este, uns geschenkt zum Gedeihen unseres Hauses und Staates, ein Labsal, eine Stütze für Tausende, und es war mein stolzes Bemühen in einer Zeit des Zerfalles, wo die Persönlichkeit alles ist, die deinige zu entwickeln. Jetzt, nach deinem kindlichen Aufglänzen, standest du, ein Jüngling, am Scheidewege; da wandtest du dich ab von den Zielen der Ehre und Arbeit und verlorest dich völlig in Spiel und Lust. Dir gelang, deinen ganzen reichen Hort nutzlos und schädlich zu vergeuden. Nicht der Staat, nicht die Wissenschaft, nicht einmal der die Jugend entflammende Kriegsdienst vermochte dich zu gewinnen. Du tötetest deine Tage mit großen und kleinen Freveln ... ein kleinlicher und niedriger Geist. Du hast Raub begangen an deinem Hause, und da du ihm, Wechselbalg, keine Ehre mehr machen kannst, sondern es mit lauter Schande bedeckst, sähe ich dich wahrlich lieber tot als lebendig. Hast du dich doch selbst von uns losgesagt, als du dein Pratello, an das du grenzenlose Summen verschwendet hast, nicht mit unserem erlauchten Wappen, sondern mit leeren und sinnlosen Larven verziertest, wie du selbst eine bist.“

„Bruder“, erwiderte niedergeschlagen Don Giulio, den sein Gewissen strafte, „höre auf, mich zu zertreten, weil ich meine Lebensfreiheit gebraucht habe. Es sind genug Este da, die dem Staate dienen! Glaube mir, die Tugendlehre steht deinem Geiergesicht übel an! – Über eines aber, Ippolito d'Este, beruhige dich gänzlich“ – und Don Giulio ermannte sich, einen Boden erreichend, wo er sich schuldlos fühlte – „über meinen Stand zu Donna Angela! Ich schwöre dir“, er suchte nach einer gültigen Beteuerung, „so wahr unser Fürst und Bruder hier lebt! Angela Borgia, die der Grund ist deines grausamen Hasses gegen mich, gehört nicht zu mir, sie geht mich nichts an, sie ist mir feind! Ich biege ihr aus, so schlank ich kann.

Wuchs und Gebärde dieser Virago sind nicht mein Stil. Auch kann sie mich nicht lieben, denn sie denkt über mich wie du. Und mit Recht, denn ich weiß nichts davon, daß ich mich geändert hätte, seit sie mich vor allem Volke bejammert hat!"

Weit entfernt, daß dieses Geständnis den Kardinal beruhigt hätte, blies es vielmehr anfachend in die Flamme seiner Eifersucht. Er traute den Worten Don Giulios, denn er wußte, daß dieser trotz seiner Übertretungen eine innerlich unverfälschte und wahrhafte Natur geblieben war, und er sagte sich, daß dieser Wunderquell, in dessen Tiefe man durch seine leuchtenden Augen hinunterblicken konnte, für die wahrheitsdurstige Angela eine geheime Anziehungskraft haben mußte, ohne welche sie nicht hingerissen worden wäre, den aus dem Kerker Steigenden auf offenem Markte zu mißhandeln und zu beklagen. Seine Eifersucht wurde zur Wut, als Don Giulio unschuldig fortfuhr:

„Nein, Bruder, ich rede nicht aus Neigung!" Er legte beteuernd die Hand aufs Herz. „Bei Bacchus! Das Mädchen ist mir so gleichgültig wie Göttin Diana! Nur hat man sein Erbarmen mit jedem weiblichen Geschöpfe – was soll aus ihr werden bei deiner rasenden Liebe zu ihr? Heiraten kannst du sie nicht – du bist ein Priester! Gewinnen noch weniger, denn sie ist keusch und tapfer! Was bleibt? Was bereitest du ihr? Du wirst sie töten!"

Seine Stimme hatte einen so warmen, mitleidigen Klang, daß der Kardinal darüber in Raserei geriet.

„Wer sagt dir, Bube", wütete er, „daß ich sie töten werde! Was hindert mich, dies hier", er packte mit beiden Fäusten den Purpur über seiner Brust, „in Fetzen zu reißen und Angela als mein Weib an das Herz zu drücken? Ich bin jung genug dazu und ich speie auf das kirchliche Gaukelspiel!"

„Gelassen, Bruder!" mischte sich endlich der Herzog in den Zweikampf. „Das tust du nicht. Daß du ein Weib bis zur Raserei liebst, darf dir begegnen. Es ist eine menschliche Plage – eine Krankheit – ein Unglück! Eine verspätete Verweltlichung aber zum Behufe einer Heirat wäre ein Ärgernis – ein Spott! Und du darfst dich nicht verhöhnen lassen, du Stolzer! Was Donna Angela betrifft, die ein wertvolles Mädchen ist, so wird die Herzogin sich damit beschäftigen, sie standesgemäß zu versorgen, wozu sie als Verwandte verpflichtet ist. Und du, Kardinal, wirst Donna Angela unter dieser Obhut in Ruhe lassen, aus Ehrerbietung für Donna Lucrezia, die du scheust und achtest."

„Die ich scheue und achte!" wiederholte der Kardinal gedankenabwesend. „Und mit wem wird Donna Lucrezia sie vermählen? erkühne ich mich zu fragen."

„Das überlassen wir ihrer Klugheit", sagte der Herzog. „Ich für mein Teil denke, es wäre nicht unweislich gehandelt, sie dem Grafen Contrario zu geben."

Nun war es seltsam, wie bei der Nennung dieses in Italien Reichtum und Ehrbarkeit bedeutenden Namens beide feindlichen Brüder in ein einträchtiges und einstimmiges Hohngelächter ausbrachen.

Dann aber wandte sich der Kardinal mit erneuter Wut gegen seinen Mitlacher.

„Es sei!" schrie er. „Donna Lucrezia verfüge! Sie wird etwas anderes finden, oder Donna Angela sich selbst besser beraten. Wenn nur dieser Auswurf der Este", er deutete auf den jungen Bruder, „aus dem Spiele bleibt!" Und so tötende Blicke schoß er gegen ihn, daß dieser erbleichte.

Jetzt schwindelte Ippolito auf dem Gipfel seines Hasses; er fühlte, daß er die Besinnung verliere und einer Ohnmacht nahe sei. Sich an die Stuhllehne des Herzogs klammernd, keuchte er in abgebrochenen Worten:

„Wenn dir dein Leben lieb ist, Bruder, so entweiche aus meinem Gesichtskreis! Verlaß Ferrara! Noch zu dieser Stunde! ... Jetzt gleich! ... Geh! ..."

Don Giulio betrachtete den Kardinal mit erschrockenen Augen. Ihm schien, daß ihn dieser unwillkürlich und aufrichtig warne vor den mörderischen Ausbrüchen seines Hasses, und er beschloß, ihm zu gehorchen.

„So tue ich, Kardinal!" sagte er und wollte sich entfernen. Doch der Herzog gebot anders.

„Keine Übereilung!" hielt er ihn zurück. „Nichts Auffallendes! Nichts, was Mutmaßungen und Gerede verursachen könnte! Begebt Euch jetzt in den Kreis der Herzogin. Unterhaltet sie und lasset gelegentlich einfließen, Eure Lust am Kriegswesen sei wieder erwacht, und da jetzt die Eurem

Dienste in Venedig entgegenstehenden Staatsgründe weggefallen wären, so kehret Ihr dahin zurück. Ich hätte Euch Urlaub gegeben, wenn auch ungern."

Don Giulio verneigte sich gehorsam.

Da ließ sich draußen eine scharfe Stimme vernehmen, und alle drei wendeten sich gegen den Eingang der Kammer. Es war Don Ferrante, der Einlaß begehrte und in meckernden Tönen zu rezitieren begann, denn neben andern Torheiten huldigte er auch der, zuweilen in Versen zu reden:

„Holdseliger Anblick, selten, aber wahr:
Drei Brüder schließen liebend sich zusammen,
Die von verschiednen schönen Müttern zwar,
Doch von demselben edlen Vater stammen!
Sie würgen sich und sie ersticken gar
Sich in Umarmungen und Liebesflammen.
So groß ist ihr Verlangen und Entzücken,
Sich gegenseitig an die Brust zu drücken!

Der vierte kommt, den dreien anzusagen,
Daß im Boskett, wo Amor liegt in Banden,
Wo die Gelehrten unsrer Fürstin tagen,
Ein philosophischer Disput entstanden.
Es handelt sich um nadelspitze Fragen,
Und eine Lösung ist noch nicht vorhanden.
Erlauchte Prinzen, laßt euch nicht verdrießen,
Auch eures Witzes Bolzen abzuschießen."

„Komm, Brüderchen! Die Königin von Ferrara gebietet."

Er faßte Don Giulio unter dem Arm und lud den Herzog und den Kardinal mit einer gezierten Handbewegung zum Vortritt ein.

SECHSTES KAPITEL

Während die ernsten Gestalten des Herzogs und des Kardinals zusammen durch den langen Mittelgang des Gehölzes schritten, stellte sich das darin lustwandelnde Hofgesinde rechts und links zu ehrerbietiger Begrüßung auf, wenn es sich nicht in anständiger Flucht auf Nebenpfaden, die zu irgendeiner geheimen Lästerbank führten, ins Dickicht verlor.

Wer von ihnen hätte begreifen können, daß der Mann im Purpur mit dem bedeutenden Kopf und den durchgearbeiteten Zügen, wie sie große politische Geschäfte ausprägen, gleich einem Verdammten leidend, in den Banden eines von ihm sich abwendenden jungen Mädchens lag. – Unglaublich! – Ähnliches sagte sich der Herzog, und der Kardinal erriet dieses schweigende Urteil.

„Keine Sorge, Bruder", begann er beschwichtigend, „wegen meiner und des Mädchens! Ich überwinde ... eines von beiden: mich oder sie! Nur Don Giulio muß aus der Mitte geworfen werden. Und du schaffst mir ihn weg!"

Der Herzog blickte den noch immer vor Leidenschaft Zitternden verwundert an. Dann warf er einen Blick rückwärts nach den ihm folgenden Brüdern und sah Don Ferrante, der den Gehaßten fast gewaltsam vom Wege in das Gebüsch zog.

„Sieh dich um", sagte er zum Kardinal. „Dort schleppt der Verschwörer Ferrante den unschuldigen Giulio in ein Versteck, um ihn in eines seiner närrischen Komplotte gegen uns einzuweihen. Zu solchem Verrat aber, das mußt du mir zugestehen, gibt sich der leichtherzige Knabe nicht her."

„Je nach Umständen!" zischte der Kardinal. Dann raffte er sich selbst und die Falten seines Purpurs zusammen, denn sie näherten sich dem Kreise der Herzogin.

Die Hitze des Julitages hatte sich gegen Abend unter dem dichten Laubdach verfangen. Es war unerträglich dumpf, und wo der Horizont zwischen den Stämmen sichtbar wurde, regten unaufhörlich die lautlosen Blitze ihre Feuerschwingen.

In dem dämmernden Boskett des gefesselten Cupido erhob sich beim Eintritt der beiden die Gesellschaft von den niedrigen Steinsitzen; nur die Herzogin, zu deren Füßen Angela sich barg, blieb auf ihrer Bank ruhen, dem Herzog neben sich Raum gebend.

Der Perser Emin aber stand an den ehernen Cupido gelehnt, den Kreis mit orientalischen Märchen, wie es dem Herzog schien, unterhaltend, während Ariosto hinter seinen Schultern ihn anfeuerte und auch wohl mit dem richtigen italienischen Ausdruck unterstützte.

„Wovon war die Rede, Madonna?“ fragte der Herzog.

„Herr, davon“, erwiderte sie, „wie es möglich sei, daß gewisse Lichtgestalten, die in ihrer Glorie schützend über uns stehen, auch in fremde Länder und auf andersgläubige Völker ihre Strahlen werfen, wenngleich wie im Spiegel eines dunklen Gewässers gebrochen. Davon hat uns Ben Emin eben ein schönes persisches Beispiel erzählt.“

„Ich errate“, sagte Don Alfonso, den die Frage anzuziehen schien. „Solche Besitznahme unserer Helden durch die morgenländische Sage kommt vor. Wenn ich nur an Kaiser Karl und seine Paladine denke. Diese freilich haben unsere Dichter – und nicht am unschuldigsten jener dort, der seine lustigen Augen hinter Cupido verbirgt – schon so abenteuerlich verkleidet, daß den Persern wenig mehr zu tun übrigbleibt.“

„Auf falscher Fährte, Herzog!“ lächelte Donna Lucrezia.

„So sind es denn die großen Staufen“, riet der Herzog weiter, „der Rotbart und sein Enkel, der ungläubige Friedrich, welche beide freilich den Morgenländern ihre natürlichen Angesichter gezeigt haben, und die sie nach dem Leben abbilden konnten.“

„Immer weiter weg!“ schüttelte Lucrezia das leichte Haupt. „Doch, ich fürchte, selber habe ich Euch irre geführt, indem ich einen ganz Unvergleichlichen und Unerreichbaren in die Menschheit einreihte und das Heiligste selbst in unser weltliches Gespräch verflocht. Weder Karl den Großen und seine Paladine, noch die Staufen nannte Ben Emin, sondern unsern Herrn Christus selbst. Verzeiht meiner Unvorsicht! Es ist ferne von mir, die Kirche zu entweihen, in deren Kreis ich durch Geburt und Schicksal gebannt bin und von der allein ich mein Heil erhoffe. Die Barmherzigkeit des Himmels, die sich in Menschengestalt des abscheulichsten Elends erbarmt, das ist auch der Inhalt der persischen Erzählung, die mich verführte. Doch ich werde unklar. Höret und urteilet selbst.

Ben Emin berichtet:

Eines Tages trat der Heiland mit seinen Jüngern aus dem Tor einer Stadt. An der Landstraße lag in der Sonne ein toter Hund, dem die Jünger mit Ekel und Schmähungen auswichen. Der Heiland aber blieb bei dem Aas stehen, und, das einzige, was daran rein geblieben war, hervorhebend, sprach er: „O sehet, wie blendend weiß seine Zähne sind!"

Die Hofleute, welche eine Erzählung im Geschmack des Boccaccio vorgezogen hätten, fanden diese persische Legende befremdend, ja unanständig; der Herzog aber schwieg.

Donna Lucrezia, die von dem Gegenstand nicht loskommen konnte, redete in bewegter Stimmung weiter:

„Und ist es nicht seltsam, mein Herzog! Wie auf einer kostbaren Tapete, gewoben nach der Zeichnung eines unserer heiligen Maler, wird auf der Rückseite, ich meine in der heidnischen Überlieferung, zwar nicht das volle Bild des Weltheilandes, aber doch die Purpurfarbe seiner Barmherzigkeit sichtbar! Die heidnische Sage bestätigt den Heiland als den, welchen die Kirche verehrt und darstellt, als einen göttlichen Brunnen der Barmherzigkeit. Selbst an dem ekelsten Gegenstande findet die Güte noch eine Schönheit."

Und schwere Tränen stürzten über ihre Wangen.

Die Hofleute waren erstaunt, ihre Herrin also reden zu hören. Es war offenbar, daß sie an sich selbst dachte und unter der Gewalt eines plötzlich über sie kommenden unüberwindlichen Wahrheitsbedürfnisses ohne Hehl und Scham unter einem durchsichtigen Schleier ihren Ursprung aus der Kirche und ihre entsetzliche römische Sünde zeigte. Der Mund des einen verzog sich in der Dämmerung zum Spott, während die Stirn des andern sann und grübelte. Es ist schwül und sie fühlt das Gewitter – dachten sie.

Die Blässe der Herzogin schimmerte wie Marmor durch das Halbdunkel. Alfonso sprach kein Wort, aber er betrachtete sein Weib ohne Groll, mit Liebe und Teilnahme. Der Teppichhändler aber freute sich des Gleichnisses von der Tapete.

In dem entstandenen Schweigen wurde die bange Schwüle noch fühlbarer. Man hörte in der Ferne unheimliche Unkenrufe und das Schreien eines Käuzleins, nach welchem der Kardinal, der an der Unterhaltung keinen Anteil genommen, aufmerksam und geärgert hinhorchte.

Da trat unversehens Don Ferrante aus den Bäumen und ließ seine mißtönige Stimme vernehmen.

„Hier wird erbaulich gesprochen", höhnte er, „wohl von der Eminenz! Ich lese es im Dunkel auf den kasteiten Mienen. Schade, daß ich zu spät komme! Ich kann immer etwas Moral brauchen, und noch mehr Bruder Julius, den ich mitbrachte, der mir aber unterwegs in den Pfirsichspalieren hängen blieb. Es steckt dort eine Pica, die Tochter des neuen Gärtners, der er jetzt Pfirsiche für die herzogliche Abendtafel pflücken hilft mit den üblichen Griffen und Bissen und ehrbaren Spielen und Wortspielen, welche seit Adams Zeiten das Ergötzen unserer edlen Menschheit sind."

Diese mehr bittere als lose Rede schlug wie ein Blitz in einen Pulverturm.

Donna Angela, die bisher ihr Angesicht an den Knien der Herzogin verborgen hatte, fuhr wie eine vom Pfeil getroffene Löwin in die Höhe und wollte, durch die Büsche brechend, davoneilen, da der nächste Augenblick den Unwürdigen in ihre Gegenwart bringen konnte; doch die dunkle Figur des Kardinals verwehrte ihr die Flucht. Er stellte sich vor sie, und es schwirrte von seinen Lippen:

„Der Nazarener fand an dem eklen Aas noch etwas Schönes, an dem Hund Don Giulio hätte er es nicht gefunden!"

Da änderte sich plötzlich die Haltung des aufgebrachten Mädchens. Die Brandmarkung des ausschweifenden Jünglings, zu der – wunderbarerweise – nur sie ein Recht zu haben glaubte, kochte in ihr als Zorn und Widerspruch. Sie schüttelte ihr stolzes Haupt und bewegte die Lippen.

„Es wäre denn, Ihr allein, Donna Angela, wüßtet ein Lob auf ihn!" beleidigte er sie.

Da sprach die Trotzige mit erhobener Stimme: „Don Giulio hat wundervolle Augen! Die muß ihm der Neid, die müsset Ihr, Kardinal, ihm lassen!"

„Muß ich? Muß ich wirklich?" rief Ippolito bebend und trat

in die Nacht der Bäume zurück. Er verließ das Boskett und erschien wieder nach wenigen Minuten und einer entsetzlichen Tat.

Was war geschehen?

Er hatte kaum das Dunkel betreten und einen leisen Ruf hören lassen, so kroch Kratzkralle, der sich durch „Unke“ und „Käuzlein“, wie der Kunstausdruck lautete, angemeldet hatte, auf dem Bauch, wie eine Schlange, aus dem Dickicht, und ihm gegenüber auf der andern Seite des Pfades wurden in derselben Haltung Firlefanz und Drachenbrut sichtbar. Es waren die drei Schlimmsten seiner verabschiedeten Bande, die vor ihm aufstiegen.

„Was wollt Ihr von mir, Schurken?“ fuhr er sie an.

Die Mützen mit den Händen vor die Brust drückend, wisperten die drei:

„Gold, Gold, Gold, Eminenz! Wir haben Euch länger gedient als die andern und erwarten mehr von Euch! Euer Schatzmeister aber hat uns alle gleich bedacht.“

Da überwältigte den Kardinal sein böser Dämon. Er zog einen schweren Beutel hervor.

„Euer!“ lockte er, „wenn ihr Don Giulio ...“

Firlefanz machte die Gebärde des Erstechens: „Abgemacht, Eminenz!“ –

„Nicht so! Sondern ...“ das Wort zauderte in seinem Munde, „ihn blenden.“

Zuerst wollten ihn seine Banditen nicht verstehen.

„Kennt ihr ihn?“ fragte er.

„Er ist mein Freund!“ versetzte Kratzkralle mit Stolz.

„In wenigen Minuten geht er hier vorbei. Horcht ... Ich vernehme schon seine Schritte!“ In der Tat wurde ein fernes Schreiten auf dem knirschenden Kies der Allee hörbar.

Da warf sich Kratzkralle dem Kardinal zu Füßen und stöhnte mit dem tiefsten Selbstbedauern:

„Ich Verdammter! Wär ich nicht geboren! Herrlichkeit, befehlt mir, ihn zu erstechen! Nacken oder Herz! Nur nicht die lieben schönen Augen! ... Das tu ich nicht!“ sagte er dann entschlossen.

Da stieß ihn Firlefanz beiseite. „So laß uns zwei machen, Kapaun! Desto besser, wenn wir nicht mit dir teilen müssen!“

Das wollte nun Kratzkralle auch nicht. Der Kardinal ließ seinen Beutel fallen und ging auf dem Pfad, den er gekommen war, nach dem Boskett, ohne zurückzulauschen.

Hier aber war nicht nur der eherne Amor gefesselt, sondern alle Geister der Unterhaltung lagen in Banden. Man saß, in der Schwüle schwer atmend, zusammen und konnte bei der sinkenden Nacht kaum mehr die Züge des Nachbarn unterscheiden. Eine bleierne Müdigkeit und zugleich die beklemmende Angst einer Erwartung lähmte die Glieder, wenn auch nur das Warten auf die Flammen und Donner eines Gewittersturmes, dessen Fittiche zur Stunde noch gebunden waren.

Da plötzlich zitterte durch die Luft ein Geschrei. Solche Schreckens- und Schmerzenstöne, daß alle Herzen bebten und alle Pulse stockten!

„So brüllt der Stier des Phalaris!" rief der entsetzte Ariost. „Wo bleibt Don Giulio!" Er stürzte fort.

Da kam er mit ihm zurück, der sich, der Unglückliche, an ihn anklammerte und von ihm vorwärts schleifen ließ.

„Bruder! Herzog!" rief der vor Schmerz Sinnlose, „wo bist du? Hilf mir, räche! Strafe!"

„Fasse dich, ärmster Bruder! Was geschah? Was tat man dir?" sprach ihm der Herzog zu, während ihn alle umringten.

Der Kardinal ließ mich meuchlings überfallen! Er hat mir die Augen ausgerissen!"

Man schrie: „Bringt Fackeln! Holt Ärzte!" während Don Giulio den ihn aufhaltenden Ariost mit sich reißend, vorwärts strebte und die Arme nach dem Kardinal ausstreckte, der neben dem Herzog stand und dessen Gegenwart er fühlte. Seine ungewisse Hand fuhr in die Falten des Purpurs, in den er, auf das Knie stürzend, sich verwickelte und das blutige Haupt begrub.

Er hielt sich an dem Leib des Kardinals fest und schluchzte: „Oh, oh, warum raubst du mir das Licht? Was nimmst du mir das all und einzige weg, das ich war ... ein in der Sonne Atmender! ... Du, der du alles bist und hast! Dem ich nichts nahm und nichts neidete! ... Ich winde mich vor dir wie ein blinder Wurm! Bruder, zertritt mich! Töte mich ganz!"

Der Kardinal erschrak. Er zog krampfhaft seinen Purpur an sich, und seine Stimme klang unnatürlich, als er ausrief: „Nicht ich! ... Das Weib verführte mich! ... Sie lobte deine Augen! ..."

Dieses Wort drang nicht mehr in das Ohr des vor Schmerz ohnmächtig werdenden Blinden, aber vernichtend in das Herz der entsetzten Angela.

Es kam Hilfe, Dienerschaft mit Fackeln und Sänften. Die verwirrte Gesellschaft verlor sich ohne Abschied in ängstlichen Gruppen und auf verschiedenen Wegen.

Das dunkle Boskett war verlassen.

Jetzt rötete ein Blitz den gefesselten Amor, Windstöße sausten durch den Wald und beugten die Wipfel der Bäume. Bald war der Himmel lauter Lohe und die Luft voller Donnergetöse. Dann stürzten die finsteren Wolken auf die Erde, und schwere Regen wuschen und überschwemmten den mit Blut und Sünde befleckten Garten.

SIEBTES KAPITEL

Geraume Zeit war verflossen seit der Missetat des Kardinals, und der erste Frevel verlangte andere zu erzeugen. Die Saat war ausgestreut und keimte.

In Pratello, wohin man Don Giulio an jenem Abend noch, mitten durch das Gewitter, in einer von Pferden getragenen Sänfte zurückgebracht hatte, brütete der Unglückliche in seiner Finsternis oder ließ sich durch die Gänge seiner neu angelegten Gärten führen, die heißesten Sonnenstrahlen auffangend, um wenigstens das Licht zu empfinden, das er nicht mehr sehen sollte.

Besucht wurde er nicht vom Hof, denn er galt für in Ungnade gefallen, da der Herzog nicht daran zu denken schien, die Tat des Kardinals vor Gericht zu ziehen, nicht einmal daran, durch eine ernsthafte Verurteilung des grausamen und unerklärlichen Verbrechens sich davon zu trennen und persönlich loszusagen. Die drei Banditen freilich wurden, kurze Zeit nach der Tat, in Neapel, wohin sie mit ihrem Sold geflohen waren, wohl von ihren früheren Kameraden umgebracht und ihre Köpfe an die Gerichte von Ferrara gesendet, die einen Preis auf die Einlieferung der lebendigen oder toten Verbrecher ausgesetzt hatten.

Der eigentliche Täter, Ippolito d'Este, kam mit einer so leichten Strafe davon, daß es schlimmer erschien, als wenn man die Schuld an ihm nicht gesehen noch gesucht hätte, und daß es einer Verhöhnung des von ihm mehr als Getöteten glich. Der Herzog begnügte sich damit, den Kardinal für wenige Wochen aus seinem Angesichte zu verbannen. Nicht einmal das Gebiet von Ferrara war ihm verboten worden.

Aber er hätte es auch nicht verlassen können, denn er lag schwer krank darnieder in der stillsten und verborgensten Kammer seines Stadtpalastes – so antwortete wenigstens seine Dienerschaft auf die vorsichtigen Fragen der Ferraresen. Ob es so sei, oder ob der Kluge sich nur sterbend stelle, um die gegen ihn empörte öffentliche Stimme zu besänftigen, darüber waren die Meinungen verschieden.

Von dem Gerücht der Erkrankung des Kardinals erfuhr der Blinde von Pratello nichts; denn die zwei einzigen sehr ungleichartigen Ferraresen, die ihn besuchten, Don Ferrante und Ludwig Ariost, hüteten sich aus verschiedenen Gründen und Interessen, ihn davon zu unterhalten.

Der Dichter, welcher nach Pratello kam, um nach seiner Art den Blinden zu trösten und seine Seele zu erfreuen, war ein Höfling des Kardinals und setzte Wert auf das Wohlwollen dieses gefürchteten Beschützers. Er hielt sich ohne Falsch in der Schwebe zwischen Schlächter und Opfer; er bedauerte seinen Freund, ohne seinen Gönner zu verabscheuen, dessen Namen er in Pratello nie über die Lippen ließ, um ihn nicht von Don Giulio verfluchen zu hören, um nicht das Gemüt des Blinden im Grunde aufzuwühlen und auf lange Tage zu verfinstern.

Don Ferrante dagegen kam in andrer Absicht. Er weidete sich am Schmerz des Bruders, weil er Pläne darauf baute. Er vergiftete seine Wunde, weil er sie nicht heilen lassen wollte. Sie sollte immer heftiger brennen, damit der Groll des von Natur nicht Rachsüchtigen gegen die älteren Brüder, den schuldigen und den gleichgültigen, immer tiefer glühe. Er nahm sich darum in acht, dem armen Herzen mitzuteilen, daß der Kardinal auch nicht heil und ungestraft geblieben, sondern heimgesucht sei von schwerer Krankheit, und damit gar sein Mitleid zu erregen. Der Blinde sollte ihm nützlicher werden, als ihm der Sehende je gewesen war.

Don Giulio hatte in Pratello verschiedene Stufen des Elends überschritten. Nach den ersten, langen, im Dunkel verstöhnten Tagen und Nächten, sobald die Fieber des Körpers und der Seele nachgelassen hatten, suchte er nach seiner genußbedürftigen Natur die Berührung der sanften Lüfte und den Geruch der Blumen. Er vergrub sich in die kühlsten Blätter, unter die duftigsten Zweige seines Gartens.

Zu dieser Zeit fing Ariost an, den Freund zu besuchen, vor dessen unheilbarem Elend ihm anfangs unüberwindlich gegraut hatte. Er wandelte mit ihm durch die Laubgänge von Pratello und legte sich neben ihn auf den weichen Rasen. Er war dafür besorgt, daß die Schaffnerin Körbe voll saftiger Früchte und Schalen edlen Weines bringe, und ließ den Blinden genießen und schlürfen.

Er klagte mit ihm das Verhängnis als etwas Unpersönliches an. Er lobte die Mäßigung des Empfindens wie im Glück also im Unglück, und meinte, es hänge alles von der Farbenbrechung der Seele ab; Glück könne schmerzen, und Unglück – als Tragödie betrachtet – lasse sich genießen. Ja, er behaupte, auch der Sinnlichste besitze eine geheime stoische Ader, und über den Geschicken zu stehen, gewähre eine göttliche Genugtuung.

Eines Tages zog er auch beschriebene Rollen aus der Tasche und begann mit wohllautender Stimme, Strophe nach Strophe, die schlanken Gestalten und die herrlichen Entfaltungen seines Heldengedichtes in Don Giulios Ohr tönen zu lassen, bis sich nach und nach das Dunkel heller färbte und in der entzückten Seele des Blinden eine Sonne aufging.

Im Anfang beachtete er wohl, solche Gesänge zu wählen, deren Grundstimmung ein heroischer Ernst oder Ergebung im Leiden war. Trennungen, Aufopferungen, Erniedrigungen und ähnliches passives Heldentum!

Da rührte es oft den Dichter, wie tief Don Giulio den schmerzvollen Wahnsinn Rolands mitempfand, trotz der schalkhaften und grotesken Darstellung, mit welcher der Dichter seiner Frohnatur gemäß den Schmerz wieder aufhob. Das ins Komische Übertriebene der Leidenschaft, die von Roland, wie ungeheure Ausrufungspunkte, in die Luft geschleuderten Felsstücke störten das Mitgefühl des Blinden nicht.

Endlich aber, da Meister Ludwig den Freund mit seinen zweiundzwanzig Jahren so schlank und schön neben sich ins Gras gestreckt sah, die rasch geheilten zwei Wunden im unter dem Haupte ruhenden Arme verborgen, stachelte ihn die Freude an dem von ihm eben neu Geschauten und Geschaffenen, einen Gesang vorzutragen, der nichts als Farbe, Lust und Leichtsinn war und in dem das trunkene Leben über flatterndem Haar die lauten Becken schlug.

Da dies zum ersten Male geschah, legte der Este die feine Hand auf die des Dichters und das Manuskript zugleich.

„Etwas anderes, Ludwig!“ sagte er, „Das ist nichts für einen Blinden!“

Da weinte der Poet innerlich über diese Abwendung von der Freude, obwohl er sie höchst erklärlich und würdig fand. Auch kam sie ihm nicht ganz unerwartet, denn er hatte unlängst einem kleinen Auftritt beigewohnt, der ihm einen Blick in die Seele des Blinden gewährte.

Coramba, die frühere Hausgeliebte des Este, hatte sich nach der zugreifenden Art solcher Wesen, bei dem Verbinden der durchstochenen Augen aufs löblichste betätigt und ihren erblindeten Herrn gepflegt und geführt, bis er sich selbst zu helfen wußte. Im Freien aber hatte er das aufdringliche Geleit nie geduldet, schon weil ihn die unterdrückten Mitleidsrufe seiner Untergebenen: „Da kommt der arme Herr mit seiner Kreatur!“ oder: „Sie hütet ihn wie eine Mutter!“, die sein geschärftes Ohr vernommen hatte, gründlich verdrossen.

Eines Tages nun erkühnte sich die Coramba, den Blinden in Gegenwart des Ariost zu umfangen und wie ein Kind zu herzen. Der Este aber schob sie gemach und kühl auf die Seite und sprach: „Gehe, Coramba, gehe auf immer! Du bist nichts für einen Blinden! Gehe, und nimm meinen Dank mit.“

Sie gab ihm recht und ging noch an demselben Tag, nachdem sie sich, ohne daß er es ihr wehrte, die Taschen mit seinem Golde gefüllt hatte, ein wärmeres Klima aufzusuchen.

Auf seinem weiten Besitztum lebten und arbeiteten für ihn Hunderte von ländlichen Familien, fleißige, genügsame Leute, deren bewundernde Anhänglichkeit das wilde und üppige Treiben des jungen Gebieters nicht hatte zerstören können. Jetzt in seinem einsamen Unglück traten seinen Gedanken diese treuen und harmlosen Nachbarn täglich näher. Er fing an, wenn er ihnen auf seinen lichtlosen Gängen begegnete, ihre Stimmen zu unterscheiden, sich von ihrer Lage zu unterrichten und an ihrer Sorge teilzunehmen. Ihr einfaches, echtes Mitleid tat seiner kranken Seele wohl, und er sprach von ihnen zu Ariost wie von Brüdern und Schwestern.

Solchen und ähnlichen Äußerungen des Blinden entnahm der Poet, daß der Este sich in einer anderen Lebensabteilung, unter einer anderen Menschenklasse einzurichten begann, als die war, welcher er bisher angehört hatte, in derjenigen der

Unglücklichen und Leidenden, der Benachteiligten und Enterbten, in einem Lebenskreis, der offenbar unter anderen Bedingungen stand und anderen Gesetzen folgte, als die Vollsinnigen und zum Genuß Berechtigten.

Auch erriet Meister Ludwig, daß der Este diese seine Herabwürdigung und Entwertung nicht immer dem Haß der Menschen oder dem blinden Verhängnis, sondern, in gewissen Augenblicken wenigstens, einer eigenen Verschuldung zuschrieb. So mußte es in der Tat sein. Diese mußte teil daran haben. Wenn in des Dichters sonst so hellen Bildern mitunter die Nemesis waltete – wie bisweilen ja auch in der wirklichen Welt, laut dem Sprichwort, die Strafe der Missetat auf dem Fuß folgt –, dann versank Don Giulio in Nachdenken.

Bei solchen Wahrnehmungen aber hütete er sich, auf ein Gefühl, das er an sich selbst nicht kannte und das ein flüchtiges sein konnte, unzart zu drücken, teils weil er jedes fremde Eingreifen in einen Seelenvorgang als Gewalttat verabscheute, teils auch, weil er sich, leicht beschwingt, wie er war, und immer auf die sonnige Oberfläche der Dinge zurückstrebend, am wenigsten dazu berufen fühlte.

Denn der Quell echter Reue, das wußte er, sprudelt in heiligen Tiefen, und nur in der einsamen Stille seines göttlichen Ursprungs waschen sich schuldige Hände und Seelen rein.

Ihm aber schauderte vor dem Verharren in solcher gestaltlosen Tiefe. Alles, was er dachte und fühlte, was ihn erschreckte und ergriff, verwandelte sich durch das bildende Vermögen seines Geistes in Körper und Schauspiel und verlor dadurch die Härte und Kraft der Wirkung auf seine Seele.

Meister Ludwig trug auf der Tafel seiner offenen Stirn das sittliche Gebot geschrieben, doch allerlei lustiges und luftiges Gesindel tanzte über die helle Wölbung und hauste in den dahinter liegenden geräumigen Kammern, ohne daß der Dichter selbst seine Mieter alle recht gekannt hätte.

Auf Don Giulio aber wirkte er wohltätig, und wenn er von ihm schied und der Este ihn begleitete, gingen sie Hand in Hand durch den Platanengang von Pratello, ohne daß der Blinde den Schauenden beneidete, oder dieser jenen bemitleidete, als zwei gute Brüder; denn die Liebe hatte für den Augenblick jeden Unterschied zwischen ihnen aufgehoben.

Mehr Besuche aber noch als von Ariost erhielt Don Giulio von seinem Bruder Don Ferrante. So mischte sich ein dunkles stygisches Gewässer in den hellen Einfluß des Dichters und verwüstete Don Giulios Seele in einer Tiefe, wohin Ariost nicht gelangen konnte.

Don Ferrante war ein wunderlicher Zwitter, gemengt aus geistiger Armut und unerschöpflichem Erfindungstrieb. Seine Jugend war unter dem Druck beständiger Furcht verkrüppelt. Als Kind schon Zeuge unzähliger Intrigen und Komplotte in Ferrara selbst und ängstlicher Zuhörer, so oft noch grausamere Dinge von den anderen italienischen Höfen seiner Zeit berichtet wurden, fühlte er sich von jeher von Schrecknissen umgeben, denen seine unehrliche und machtlose Natur keinen andern Widerstand entgegensetzen konnte, als den der wechselnden Maske und der seltsamsten Erfindungen. Er verleumdete, um der Verleumdung die Spitze zu bieten; er zettelte kleine Verschwörungen an, um keiner Familienintrige zum Opfer zu fallen. Alles aus geheimer Furcht und ohne Ernst und Folge, außer daß er dabei immer unwahrer und verschrobener wurde.

An jenem Abend aber, da derjenige seiner Brüder, gegen den er am wenigsten Mißtrauen hegte, auf schauerliche Art in der Mitte des Hofstaates überfallen und der Augen beraubt wurde, geschah ein Riß in seinem schwachen Geist, und von nun an stand es ihm fest, daß er selbst, als der Gefährlichere der beiden, wie er meinte, einer noch schrecklicheren Vernichtung entgegengehe.

Diese krankhafte Angst, die ihm keinen harmlosen Moment mehr gönnte, ihm den Schlaf raubte und ihn jede Speise, jeden Becher beargwöhnen ließ, steigerte seine Furcht vor seinen zwei regierenden Brüdern zum verzweiflungsvollen Haß, und er entschloß sich, sie zu entthronen und zu töten.

Dazu aber bedurfte er seines geblendeten Bruders.

Don Ferrante hatte nämlich die Wahrnehmung gemacht, daß die rechtlose und gerichtlose Blendung Don Giulios gewaltig auf das öffentliche Gefühl gewirkt hatte, nicht zu reden von dem schändlichen, die Einbildungskraft aufregenden Vorgang selbst. Ferrara, auf welchem ein Joch der Knechtschaft und der Befehl unbedingten Schweigens in Staats- und Hofsachen härter als sonst irgendwo in Italien lastete, Ferrara sogar, wo sich freilich dieses Unerhörte zugetragen hatte, geriet in Gährung. Es mußte ein besonderes Verbot erlassen werden, sich um Don Giulio zu kümmern, nach ihm sich zu erkundigen, oder gar sich Pratello zu nähern und seine Gebüsche zu umschleichen.

Natürlich geschah es, daß das Bild des Geblendeten in den Gedanken und Gesprächen der Ferraresen sich veredelte und aus dem zügellosen Jüngling, dessen gefährliche Buhlschaften und leichtsinniges Blutvergießen sie früher verwünscht hatten, ein bejammernswertes Opfer, ein edler Märtyrer wurde.

Dies bemerkte Don Ferrante wohl, und da er auch eine starke schauspielerische Ader hatte, sann er sich eine wirkungsvolle Szene aus, welche den Umsturz von Ferrara mit Sicherheit herbeiführen würde.

Don Giulio, zu Roß auf einem weißen, von zwei Dienern in Trauer begleiteten Zelter, mit starrenden, leeren Augenhöhlen und einer Leidensmiene; er selbst daneben, durch die Hinweisung auf die Untat und ihre Straflosigkeit das öffentliche Mitleid aufstachelnd.

Einige Einverstandene zu werben, erschien ihm als eine geringe Schwierigkeit, denn das herkömmliche Material eines Aufruhrs in einer kleinen italienischen Tyrannenherrschaft mangelte auch in Ferrara nicht. Über das Weitere war sich Don Ferrante nicht klar geworden; aber ein schneller Überfall und die Ermordung des Herzogs und des Kardinals erschienen ihm unerläßlich.

Mit diesen Ausgeburten seiner Angst und Bosheit verfolgte er täglich den armen Blinden. Dieser aber sträubte sich gegen die Ermordung der Fürsten aus Menschlichkeit und verwarf mit einer edlen Empörung, deren er, so lange er nur genoß und schwelgte, niemals fähig gewesen wäre, die ihm angesonnene Rolle eines Mitleid erregenden Schauspiels. Er schämte sich, auf den Märkten von Ferrara sich selber auszustellen als das Bänkelsängerbild seiner tragischen Geschichte.

Und doch blieb sein Herz dem beängstigenden Einfluß des Bruders nicht verschlossen. Was er in seinen hellen Tagen mit einem verächtlichen Lächeln als törichte Hirngespinste zur Seite geschoben hatte, das gewann in einer durch die Blindheit verdunkelten Gefühlswelt Wahrscheinlichkeit und Inhalt. Konnte nicht der unglückliche Bruder in gewissen Grenzen recht haben, und ihm wirklich Schlimmes angetan worden sein? Hatte er nicht eine verstoßene Kindheit verlebt? War es nicht möglich, daß ihm noch heute nach dem Leben getrachtet wurde? War Don Giulio doch selbst, den die Hofintrigen immer angeekelt hatten, einem unbegreiflichen Attentat zum Opfer gefallen!

So war er nicht fern davon, dem Bruder beizustimmen, wenn dieser die gepriesene Gerechtigkeit des Herzogs einen Abgrund der Ungerechtigkeit nannte, nicht besser als die teuflische Bosheit des Kardinals, und den Hof von Ferrara ein Geflecht sich erwürgender oder miteinander buhlender Schlangen, einen eklen Knäuel, den es ein Verdienst wäre zu zerhauen und zu zertreten.

Der arme Don Giulio war nicht imstande, seine eigene entsetzliche Erfahrung anders zu erklären als durch die allgemeine Verderbnis, und gab allmählich und unbewußt dem Bruder, welchem er sein Mitleid nicht versagen konnte, gewonnes Spiel.

Er war von dem Wahn und den Verschwörungsgedanken Don Ferrantes mehr umsponnen, als er selbst es wußte, und ein neues Erlebnis gab den Ausschlag.

Unter dem durchsichtigen Himmel eines Herbsttages ritt auf einem der von der Polizei verbotenen Waldwege, die nach Pratello führten, eine Amazone, schlank von Wuchs und untadelig im Sattel, welche, wie aus einem Rittergedicht entsprungen, auf Abenteuer fuhr. Wie sie aber näher kam, trug ihr Antlitz den Ausdruck so tiefen und unheilbaren Leides, daß sie eher mit einem ewigen Schmerz das Kloster zu suchen schien.

Nun erreichte sie eine den Niederblick auf das Schloß gewährende Lichtung, glitt vom Pferde und schlang unter den letzten Bäumen die Zügel ihres offenbar dem herzoglichen Marstall zugehörigen Rappen um eine junge Ulme.

Dann schritt sie vor und war wiederum eine andere. In den feurigen, von flatterndem Kraushaar beschatteten Augen wohnte Wahrheit und auf dem weichen Mund neben einem kindlichen Zug der Trotz der Liebe, ja eine gefährliche Entschlossenheit.

Von der Höhe des Waldrandes, an dem sie stand, erblickte sie den ganzen ruhigen Reiz der Landschaft von Pratello.

Das nur mit den notwendigsten Verteidigungswerken umgebene Schloß lag in einer unendlichen grünen Wiese, durch welche ein breiter spiegelklarer Fluß zog, wo kleine Fischerboote ihre Segel blähten. Gondeln lagen an dem vorragenden Halbrund der bequemen Landungstreppe, die unter den Säulengang des inneren Hofes und zum Hauptgebäude führte. Statt der von der kriegerischen Zeit geforderten Festungsgräben hielt der Fluß die schöne Wohnstätte mit ihren Umfassungsmauern und Rundtürmen beschützend in den Armen.

Von der Schönheit Pratellos ergriffen, suchte die Fahrende eine etwas tiefer im Wiesengrunde gelegene dichte Baumgruppe zu erreichen, in deren schwarzen Schatten eine breite Steinbank stand. In dieser Verborgenheit ließ sie sich nieder, denn sie scheute sich, Pratello zu betreten, und ließ die Stunden vorübergehen, bald das Schloß aufmerksam betrachtend, bald in ihre Gedanken versunken.

Schon stand die Sonne auf der Mittagshöhe. Da sah sie, wie an der Landungstreppe von einem alten Fährmann eine Gondel gelöst wurde, an deren Steuer er sich wartend setzte.

Nun trat ein schlanker Jüngling in schwarzer Tracht aus dem Schloß, dessen Gesicht ein breitkrempiger Hut beschattete, ehrerbietig beobachtet von einem Häuflein ihm folgender Diener, und durchkreuzte den von Weinlaub umrankten Säulengang. Auf der Landungstreppe bot ihm der Fährmann die Hand zum Tritt in die Gondel, die er behend, aber behutsam bestieg. Dann übergab ihm der Alte die Ruder, und während sie der Jüngling zu schwingen begann, lenkte der andere das kleine Fahrzeug mit der Ruderpinne.

Als sie am jenseitigen Wiesenbord anstießen, war es der Fährmann, der ans Ufer sprang und dem Jüngling beide Arme entgegenstreckte, den Aussteigenden eher bewahrend als ihn berührend. Dieser wandte sich ohne viel Besinnen in gerader oder beinahe gerader Richtung über die sanft ansteigenden Wiesen nach der Bank unter den Steineichen.

Die Lauscherin blieb nach einem leichten Zusammenschrecken und Auffahren sitzen; sie erriet den Blinden, der sich eine tägliche Anstrengung und Übung daraus machte, die Sehenden nachzuahmen, um diese und, so viel als möglich, sich selber zu täuschen, wobei ihm seine jugendliche Biegsamkeit, sein Ortssinn, sein scharfes Gehör und die Beflissenheit seines ihm jedes Hindernis sorgfältig aus dem Wege räumenden Gesindes zu Hilfe kam.

Während zwei teilnahmsvolle Augen von der Steinbank aus den sich nähernden Gang des Blinden beobachteten, strauchelte der Ärmste über einen im Gras liegenden Gegenstand, den die Spähende nicht unterscheiden konnte. Er stürzte auf das Knie, schnellte sich aber, mit der vorgestreckten Linken kaum den Boden berührend, leicht und geschmeidig wieder empor, ohne nur die Gerte zu verlieren, die er in der Rechten trug. Mit dieser prüfte er nun, sie leicht in der Hand führend, den übrigen Weg, einen kleinen Verdruß auf dem blassen, vom Hut beschatteten Angesicht verwindend.

Die Hände über den Knien gefaltet, das Haupt lauschend vorgeneigt, verfolgte sie jede seiner Bewegungen.

Er kam und setzte sich auf die bemooste Bank neben sie, von deren Dasein er keine Ahnung hatte.

Was murmelte er? Was tönte nur halblaut, nur halbverständlich ununterbrochen von seinen Lippen?

Erhob er Klage gegen das Schicksal? Beleidigte oder verneinte er die Gottheit? Beschuldigte er seine Brüder? Oder sie, die ohne sein Wissen neben ihm saß? Beweinte er seine Verirrungen?

Nichts von alledem. Die Mittagsruhe, die Stunde des Pan träumte auf seinen Zügen. Don Giulio trieb ein seltsames Geisterspiel, das sie erst nach und nach aus seinen abgebrochenen Worten und geflüsterten Verszeilen erriet und zusammensetzte.

Nach der Zeichnung der Danteschen Hölle, wie sie jedem italienischen Geiste innewohnt, beschäftigte er sich damit, nicht zwar den trichterförmigen Höllenabgrund zu bevölkern, sondern einen Krater des Unglücks zu graben, dessen Stufen er auch nicht mit Verdammten und Unseligen des geisterhaften Jenseits, sondern mit den Elenden, den Leidenden, den Verzweifelnden dieses irdischen Lebens füllte – immer eine

Stufe unseliger als die andere, wobei er ohne Bedenken in die unterste, dunkelste Kluft die Blinden versetzte.

Mit grausamem Genuß malte er, vor sich hin singend, diesen Ort aus. Wie sich Blinde Blinden als Führer anboten und mit ihnen in den Abgrund stürzten! Blinde Jünglinge rochen Rosenduft, aber wenn sie die Hände zum Pflücken ausstreckten, stolperten sie über Totengerippe.

Er sang die Terzinen reimlos, oder wie sie der Zufall reimte. Nun dachte er offenbar an seinen Bruder Ferrante, den er in einer höher gelegenen Kluft unter den fruchtlos Ehrgeizigen erblickte:

„Du willst, o Bruder, nach der Krone greifen!
Doch reckst Du in die Höhe Dich vergebens!
Doch wehren die Dämonen Dir den Reifen!

O harte Qual des bodenlosen Schwebens! –
Ich aber bin ein König … und entthront …
In Wahrheit war ich König dieses Lebens!

Ich hatte Götteraugen, war gewohnt
Zu herrschen – was sie sahen, war mein eigen.
Doch weh, der Mörder hat mich nicht verschont …

Ich bin geblendet! Elend ohnegleichen!“

„Don Giulio“, sagte dicht neben ihm eine weiche Stimme, „es gibt einen noch tieferen Abgrund des Elends – es gibt Unseligere, als du bist! Das sind die, welche die Wonne ihres Lebens unbedacht und ungewollt selber auf ewig vernichten!“

Und er hörte gewaltsam schluchzen und spürte einen warmen Hauch und einen Schauer von Tränen, die auf seine Hände fielen.

Träumte oder wachte er? Er streckte bebend seine Hände aus und ergriff zwei andere, die in den seinigen zitterten.

„Wer bist du?“ sagte er. „Wer darf sich noch unglücklicher nennen als der verstoßene Blinde?“

Und die Stimme: „Ich bin Angela Borgia, die deine Augen über alles liebte und sie zerstörte, dadurch daß sie einem Bösen ihre Schönheit lobte.“

Er ließ ihre Hände fahren und sprang erbleichend auf, wie wenn er fliehen wollte, stieß sich aber an der Ecke der Steinbank und schwankte.

Mit einem Strom von Tränen stürzte sie vor ihm nieder und umschlang und stützte seine Knie:

„Es ist unmöglich, daß du mir verzeihest! ... o könnte ich dir meine eigenen Augen geben, ich risse sie mir aus dem Haupte! Aber was ich dir nahm, kann ich nie dir ersetzen! ... Wo ist meine Sühne? Wie soll ich büßen?"

„Arme Angela", sagte er sanft, indem er sich von ihr zu lösen suchte, „geschehen ist geschehen! Deine Schuld verstehe ich nicht – aber ich sehe, daß auch du in das Tal des Unglücks verstoßen bist. Zweimal wehe über ihn, der uns beide gemordet hat! ... Dich und mich! ... Sühnen kannst du nicht! Meine Augen kannst du nicht neu schaffen! Laß mich allein! Gehe und vergiß!"

Dann wandte er sich und ging. Nicht einmal zu stützen wagte sie ihn, kaum mit den Augen zu begleiten.

Er schien ruhig, aber seine Schritte schwankten. Der Alte bei der Barke sah es, eilte ihm besorgt entgegen, setzte ihn über und geleitete ihn mit den andern Dienern wie ein krankes Kind in sein Schloß.

Dort warf er sich im kühlen Saal auf sein Lager und brach in wilde Tränen aus.

So war es denn Wahrheit, was er für eine schauerliche Verzierung und phantastische Lüge Don Ferrantes gehalten, sooft ihm der Bruder die Ereignisse jenes Abends im Boskett des gefesselten Amors erzählte! ...

Der Kardinal hatte das Lob Angelas an ihm gerächt!

Aber wo war die Schuld, die das Mädchen erdrückte?

Mit teuflischer Bosheit hatte er ihr das verderbliche Wort aus dem Mund gezwungen, und hätte sie feige geschwiegen und ihn beschimpfen lassen, der Arge hätte bald eine andere Gelegenheit gefunden, die spröde Kälte des Mädchens an ihm, dem völlig Unbeteiligten, den der Zurückgewiesene bevorzugt glaubte, satanisch zu rächen.

Und auch sie hatte der Ruchlose tödlich getroffen!

Ein rasender Zorn gegen den Schuldigen und nicht minder gegen den die Missetat ungestraft lassenden kaltherzigen Fürsten bemächtigte sich Don Giulios, kochte in seiner Brust und brauste durch seine Adern.

Er lechzte nach dem Untergang beider! Er sprang vom Lager auf, riß ein Blatt aus seinem Taschenbuch und schrieb an Don Ferrante mit zornigen, mißgestalteten, durcheinanderspringenden Buchstaben, er stelle zum Mord des Herzogs und des Kardinals sich an seine Seite.

Der berittene Bote war von dannen geeilt, bevor Don Giulios Blut sich beruhigte und er erwägen konnte, was er getan.

In der nächsten Frühe erschien in Pratello der Oberrichter Strozzi mit bewaffnetem Gefolge und verhaftete den Este.

„Ei, schön! Dein erster Besuch, mein Freund, nach meinem Unglück!" rief ihm der Blinde bei seinem Eintritt höhnisch entgegen.

„Es war mir vom Herzog untersagt", versetzte dieser in richterlichem Ton.

„Vom Herzog untersagt? ... Hat dir der Herzog nicht auch untersagt, Schatz, mit seinem Weibe täglich und stündlich im Geiste, wie du tust, die Ehe zu brechen? ... Aber dein Gericht erwartet dich, du getünchte Wand!"

Mit diesen Worten streckte Don Giulio die Hände den ihn fesselnden Schergen entgegen.

ACHTES KAPITEL

Wenige Tage nach der Verhaftung Don Giulios, welcher die von Don Ferrante vorangegangen war, wurden beide Brüder vor ein vom Herzog ausgewähltes Gericht gestellt. Er schied aus dem zwölf Glieder zählenden höchsten Gerichtshof die sechs jüngeren aus, so daß ein Tribunal von Silberbärten übrigblieb unter dem Vorsitz eines Jünglings; denn daß der rechtskundige Römerkopf des Herkules Strozzi die Verhandlungen leitete, verstand sich von selbst.

Das strengste Geheimnis war in dem Hochverratsprozeß vom Gesetze geboten und vom Herzog noch besonders eingeschärft. Aber es wurde, wie die meisten Geheimnisse, nur unvollständig bewahrt. Es ist anzunehmen, daß das eine und andere der beschneiten Häupter gegenüber der quälenden Neugierde einer Frau, der eigenen oder einer andern, nicht vollkommen widerstandsfest blieb.

So geschah es, daß sich über den Prozeß sowohl als über das Leben der Brüder im Kerker eine Legende mit ziemlich deutlichen Zügen bildete und diese erzählte: die Verschwörung sei aus sehr verschiedenen Elementen herausgewachsen. Neben einigen beleidigten oder sich vernachlässigt glaubenden vornehmen Geschlechtern, den Boschetti von San Cesario zum Beispiel, habe daran mancherlei abgehauster und auf alle möglichen Auskünfte und Einkünfte erpichter Hofadel teilgenommen. Auch unbezahlt gebliebene Künstler, ein Maler, ein Bildhauer, ein stimmlos gewordener Hofsänger, vor allem aber der durch das Spiel zugrunde gerichtete Hauptmann der Schloßwache und ein gewisser zweideutiger Kämmerer des Herzogs, der, halb in Ungnade gefallen, noch im Amt stehengeblieben war. Diesen hatte Don Ferrante mit einer hohen Summe gekauft und dieser verriet die Verschwörung, als ihm, dem zunächst Stehenden, die gefährliche Rolle zugewiesen wurde, den Herzog Alfonso auf einem Maskenball zu erdolchen. Er warf sich ihm reuig zu Füßen und bekannte. Der Herzog geriet über das Komplott in flammenden Zorn und der sonst seiner Mächtige vergaß sich so weit, daß er dem Menschen mit einem Stock, den er in der Hand führte – der Auftritt fand in einem Garten statt – das Haupt blutig schlug. Dann besann er sich, begnadigte ihn und betraute den Verräter mit der Rolle des Spions unter den Verschworenen. Im Palast Ferrantes glückte es dem Kämmerer, der einwilligenden Zeilen des Blinden habhaft zu werden, die Don Ferrante den Verschworenen triumphierend mitteilte. So geriet das entscheidende Beweisstück, Don Giulios unförmige zornige Schriftzüge, in die Hände des Herzogs und dieser wies es dem Gericht zu. Mit den Schuldigen von geringerem Range wurde kurzer Prozeß gemacht. Albertino Boschetti und der Hauptmann der Schloßwache wurden nach erlittener Folter enthauptet, die drei Künstler aufs Rad geflochten.

Mehr Umstände machte man mit den Brüdern des Herzogs. Sie wurden eingehend und in höflichen Formen verhört, ob auch ihre Schuld von Anfang an durch das unselige Schriftstück erwiesen war.

Don Giulio war vor Gericht einfach in seinen Worten, mäßig im Ausdruck seiner Gefühle und von niedergeschlagener Haltung. Er verklagte weder sich noch andere, sondern nannte seine Geschichte ein Verhängnis, ohne damit seine Schuld mindern zu wollen. Er habe, sagte er, sich den Haß des Kardinals zugezogen durch seine unabhängige Art und seinen wilden Wandel, nicht aber durch Beleidigung der brüderlichen Person. Er räume ein, daß ihm der Kardinal über seinen Mangel an Ehrgeiz Vorwürfe gemacht, ihn wiederholt seiner Antipathie versichert und ihn davor gewarnt habe.

Dessen erinnere er sich jetzt.

Damals aber habe die an ihm verübte Tat ihn schlimmer als Mord, eine unmenschliche Ungerechtigkeit, eine höllische Grausamkeit gedäucht. Am tiefsten habe ihn getroffen, daß sie vom Herzog ungeahndet geblieben sei. Die Gleichgültigkeit des regierenden Bruders habe sein Herz gebrochen, und er habe nur noch an Rache gedacht. Jetzt aber sei ihm lieber, daß diese mißlungen sei, als daß neues Blut an seinen Händen klebte, zumal das vergossene Blut seiner Brüder, seines Fürsten!

Don Ferrante dagegen, erzählten sich die Ferraresen, habe zwar ebenso wenig geleugnet, aber nach seiner zynischen Art nicht nur das Gericht, sondern auch die Hoheit des Herzogs und den Kardinal mit Schimpf und Hohn überschüttet. Jenen habe er einen engen Hirnkasten, diesen einen Philosophen des Verbrechens genannt. Dann habe er an das Gericht das Ansinnen gestellt, ihm aus seinen konfiszierten Schätzen Purpur und Gold zu einem kostbaren Hofnarrenkleid mit einer Schellenkappe auszuliefern und durch den Hofschneider dieses tolle Gewand für ihn anfertigen zu lassen. Denn es sei, so begründete er seine Bitte, der Narr, welcher von jeher in ihm gekauert, in die Tagesklarheit herausgebrochen, und diese seine intime Persönlichkeit wünsche den Sprung ins Nichts in gebührendem Gewand und mit Schellengeläut zu vollziehen.

Dies Gesuch wurde ihm aus Rücksicht auf den Herzog verweigert.

Ganz andere Bitten habe Don Giulio gestellt. Dieser habe sich im Kerker so schlicht benommen wie vor Gericht. Zuerst habe er wie ein Kind geweint, bis der Quell der Tränen völlig versiegt war. Dann, nachdem er lange Tage seinen Bruder ertragen, dessen gottlose Lästerungen und grelle Possen ihn bis zur Qual angriffen und ermüdeten, habe er um ein eigenes Gelaß gebeten und um die Gesellschaft seines Beichtigers, des Paters Mamette von Pratello. Das sei ihm gewährt worden. Nun lasse er sich von dem Franziskaner, der seit Jahren, aber früher vergeblich, an seinem Gewissen gerüttelt, auf ein christliches Ende vorbereiten, das er eher ersehne als fürchte, da, wie er sage, das einzige Licht, das ihm in seine Nacht heruntergestreckt werden könne, das ewige sei.

Und er tat wohl daran, sich auf den Tod gefaßt zu halten.

Die Richter hatten nach dem in Ferrara gültigen römischen Recht, welches das Majestätsverbrechen mit dem Tode bestraft, einstimmig das Urteil gesprochen zu Block und Beil in Ansehung des hohen Ursprungs der Schuldigen. Aber der Herzog zögerte noch, es vollziehen zu lassen. Er zögerte, doch niemand in Ferrara, der ihn kannte, zweifelte daran, daß der Aufschub der Hinrichtung nur eine Anstandsfrist von einigen Wochen sei.

Dieses Hangen und Harren verursachte Don Giulio schlimme Tage und schlaflose Nächte. So wendete er sich wiederum an das Gericht mit dem Bekenntnis, die Geister des Dunkels mißbrauchten seine Blindheit, um seine Seele zu zerrütten, und mit der Bitte, ihm, um die langen Stunden zu täuschen, eine Handarbeit zu erlauben, wie sie ein armer Blinder betreiben könne, ein Gewebe oder Geflecht oder etwas Ähnliches. Da beauftragte das Gericht den Kerkermeister, von Pratello ein paar Wellen Stroh bringen zu lassen, wie man es zum Flechten von feinen Matten verwendet.

Nun zogen eines Tages vor den ergötzten und gerührten Augen der Ferraresen ein Dutzend Bauern von Pratello in ihrem Festgewand, die Schulter mit Garben des feinsten und glänzendsten Strohs beladen, ernsthaft durch die Straßen Ferraras nach den Kerkern im Schloß, wo ihre Gaben zwar in Empfang genommen, sie selbst aber zurückgewiesen wurden mit einziger Ausnahme des Findelkindes Strappovero. Diesen Jungen nämlich behielt der Kerkermeister, damit er Don Giulio flechten lehre. So hatte der Blinde wieder Gesellschaft, eine harmlosere als anfangs, mit der man ihn oft kindlich lachen hörte. Aber nur für kurze Zeit.

Sobald er die leichte Kunst ergriffen hatte, schloß der Kerkermeister den von Don Giulio reich belohnten Jungen aus dem Gefängnis. Dieser aber sperrte sich dagegen wie ein Verzweifelnder und klammerte sich an die Gitterstäbe, ein jämmerliches Geschrei erhebend, so daß er einen kleinen Auflauf des Mitleids verursachte in dem stillen und wohlgehüteten Ferrara.

Es war unglaublich, wie die Leute von Pratello ihren geblendeten Herrn zu lieben begannen! Sei es, daß sie seine vergangenen Übertretungen für reichlich gesühnt hielten, sei es, daß für sie auf dem dunklen Hintergrund seines Unglücks das Grundbild seines warmen und ehrlichen Gemütes fesselnd und blendend hervortrat.

Allen diesen aufregenden Ereignissen war die Hauptperson am Hof des Herzogs, der größte Schuldige aber in den Augen des Volkes, vollständig ferngeblieben; denn es war Wahrheit, der mächtige Kardinal rang im Dämmer eines Krankenzimmers mit seinem Gewissen und dem Tod.

An jenem Unglücksabend in Belriguardo, da Don Giulio das blutende Haupt in den Purpur des Kardinals vergrub, die erschrockenen Gäste auseinanderstoben und der erste Windstoß durch die Wipfel fuhr, hatte Ippolito nach seinen Dienern und seinen Pferden gerufen, sich auf seinen Leibhengst geworfen und war, Belriguardo verlassend, wo er sich für längere Zeit eingerichtet hatte, unter den sich kreuzenden Blitzen des Gewitters, ohne sich nach dem Gefolge und den stürzenden Pferden umzusehen, nach Ferrara geflohen. Dort in seinem Stadtpalast, im Fackelschein der Halle, fiel sein Blick auf seinen von den verwüsteten Augen des Bruders befleckten Purpur, den die Gewitterströme nicht hatten reinwaschen können, und ein Schauder schüttelte sein Gebein!

Er aber raffte seine Geister zusammen und verschloß sich in seine Kammer. Er fiel in bleiernen Schlaf, der gegen Morgen in unheimliche Fiebergefühle überging. Dennoch verließ er das Lager und begann wie sonst seine Tagesgeschäfte. Er erzwang es, sie zu verstehen und zu beherrschen wie zu andern Zeiten. So trieb er es eine Weile. Kein Verhaftbefehl erschien, ebensowenig der Herzog selber. Täglich wuchs seine Ungewißheit und seine Unruhe. Ihn ekelte vor jeder Speise, ihm graute vor den Kissen seines Lagers; denn seine Nächte wurden immer schauerlicher und seine Träume jagten auf immer wilderen Rossen.

Es kam eine Sonne, die ihn nicht mehr zu vollem Bewußtsein aufweckte. Er fuhr ein in einen dunklen Schacht, der sich mit flackernden, sich drängenden Visionen bevölkerte.

Da schritt ein feierlicher Zug. Je zwei und zwei! Männer und Weiber! Das sind die vielen, vielen Opfer seines unerbittlichen und unersättlichen ferraresischen Ehrgeizes mit den minder zahlreichen seiner seltenen, aber rasenden persönlichen Begierden.

Da gehen ermordete Boten, verschwundene Gefangene, erdrosselte Zeugen und jetzt nebeneinander zwei schöne, traurige Frauen, die blonde mit triefenden Haaren, geschwollenem Hals und auf dem Rücken gefesselten Armen, die dunkle mit einer blutenden Herzwunde.

Aber während diese alle je zu zweien schritten, wandelte allein in der Mitte des gräßlichen Zuges ein Riese mit blutigen, leeren Augenhöhlen. Da plötzlich ergoß sich eine blendende Helle, ein stechend blauer Himmel breitete sich aus, in dessen Mitte eine ungeheure Waage schwankte. Sie schwankte lange. Da wuchsen, immer deutlicher werdend, aus dem Himmel zwei große Augen hervor und ließen rote Tränen in die eine Waagschale fallen, deren Becken mit metallenem Klang in die Tiefe stürzte, die andere Schale wie einen Federball hoch in die Lüfte schleudernd.

Endlich verschwand ihm alles in Angst und Nacht.

Eines Morgens, nach Monaten, erwachte er mit bis auf das letzte Mark verzehrten Kräften, aber trotz seiner Todesschwäche mit völlig klaren Sinnen.

Da sah er neben sich seinen Bruder, den Herzog, sitzen, der ihn mit besorgten Blicken behütete.

„Wo bin ich? Was geschah mit mir?" hauchte der Kranke.

Der Herzog erwiderte vorsichtig, die Sommerhitze und vielleicht die Sumpfluft in Belriguardo habe, wie die paduanischen Ärzte behaupten, dem Kardinal ein verderbliches Fieber zugezogen. Gleichzeitig entdeckte der Kranke mit seinen wieder schärfer werdenden Augen in einer Fensternische zwei sich zusammen beratende würdige Männer im dunklen Professorentalar, von denen er sich erinnerte, daß sie unter seine Traumgestalten getreten waren.

„Eminenz ist gerettet!" sagte jetzt der eine, und der andre nickte zustimmend mit dem Haupt.

„Ich danke den gelehrten Herrschaften für ihren Beistand", flüsterte Ippolito mit versagender Stimme, „und ersuche sie, mich eine kurze Weile mit der Hoheit des Herzogs allein zu lassen."

„Einen Moment!" erinnerte der eine der Paduaner und erhob warnend den Finger. Beide verließen die Kammer.

„Was war es in Belriguardo? Ist es wahr, habe ich den Bruder geblendet?"

Der Herzog bejahte betrübt.

„Lebt er?"

Wiederum bejahte der Herzog.

„Sieht er schrecklich aus?"

„Ich habe ihn nicht mehr gesehen. Zuerst, weil ich nur an

dich dachte, und dann, weil er mit Ferrante sich gegen uns verschwor, da er sich rächen wollte."

„Und du entdecktest das ohne mich?"

„Man verriet sie. Sie liegen beide im Turm, und sind zum Tode verurteilt."

Jetzt wurde leise die Tapete gehoben, und eine ärztliche Stimme bat mit Ehrfurcht um Beendigung des ersten Gespräches.

Der Herzog küßte die herabhängende Hand des Bruders mit Zärtlichkeit; denn nicht nur liebte er den Bruder, die Rettung Ippolitos gab ihm auch den unentbehrlichen Ratgeber zurück.

„Es ist ein kalter Novembertag", sagte er, sich erhebend. „Ich gebe Befehl, Feuer in deinem Kamin anzufachen."

So geschah es.

Der Kardinal starrte in die steigende Glut.

„Lodert auf, ihr Flammen und Peinen!" seufzte er und sank in Schlummer zurück.

Der Kranke erholte sich langsam, oder eigentlich, er erholte sich nicht, denn seine Kraft war gebrochen.

Täglich wurde er von Don Alfonso besucht und erhielt nun auch von den Ärzten die Erlaubnis, die an ihn einlaufenden Briefe zu öffnen.

Einen derselben hielt er einmal sinnend in der Hand, da der Herzog eintrat. Das Schreiben kam von dem Sforza in Mailand, Ludovico Moro, und hatte einen merkwürdigen Inhalt, den Ippolito dem Bruder nicht vorenthielt.

Der Fürst hob dem längst ihm befreundeten Kardinal sein Mailand zum Asyl an. Er redete zu ihm mit Bedauern, aber ohne Vorwurf von dem blutigen Vorgang in Belriguardo, welcher ihm, nach seinem Dafürhalten, ein längeres Bleiben in Ferrara und an der Spitze der dortigen Staatsgeschäfte unmöglich mache; denn es habe sich wunderbarerweise in einer Zeit, die der Gewalttaten nicht entraten könne, ein unverständlicher Zorn über die Blendung Don Giulios an den italienischen Höfen erhoben. Dagegen gebe es nun keine Waffe, und er erwarte ihn bei sich auf seinem Kastell in Mailand. Er wisse, daß Ippolito die Hoheit des Herzogs seines Bruders und die Politik Ferraras durch seine Gegenwart nicht schädigen wolle, und auch in Mailand wären genug politische Verstrikkungen, deren Lösung einer geschickten Hand, wie die seinige sei, bedürfe.

„Der alte Fuchs hat recht“, sagte der Kranke ruhig. „Du wirst dich, Bruder, ohne mich behelfen müssen!“

Der Herzog erschrak. „Davon hoffe ich dich abzubringen“, antwortete er. „Wie sollt’ ich dich entbehren! ... Oder ersetzen?“

„Durch deine Herzogin“, lächelte der Kardinal.

Zu wiederholten Malen kam er mit dem Herzog auf die Unmöglichkeit zurück, daß er im ferraresischen Staatsdienst bleibe.

„Ich wundere mich selbst darüber“, sagte er, „doch sehe ich aus meinen Briefen, daß ganz Italien annimmt, ich werde nach der Blendung Giulios nicht mehr bei dir, dem gerechtesten Fürsten Italiens, mich halten können, sondern freiwillig die Verbannung suchen, um es deiner Gerechtigkeit zu ersparen, mich zu bestrafen oder ungestraft zu lassen.

Sterben wie ich mich fühle, gehorche ich der öffentlichen Stimme. Aber so lange will ich noch leben und bleiben, bis wir den Dämon wieder gefesselt oder vernichtet haben, der in Kürze Italien verstören wird. Alle meine Schreiben sind voll von Don Cesare. Aus Neapel, aus Rom, aus Frankreich wird mir berichtet, Cäsar rüttle an den Gittern seines Kerkers und habe sie zerbrochen. Ich weiß aus Erfahrung, daß ein Gerücht, das die Geister durch die Luft tragen und nicht müde werden, auszustreuen, sich endlich verwirklicht.

„In dieser Gefahr werde ich noch neben dir stehen, dann gehe ich.“

Endlich kam der Tag, da der Kranke sich erhob und Lust äußerte, am Arm eines Dieners seine Schritte zu versuchen. Dieser führte ihn in einen großen anstoßenden Saal, dessen kalte Fliesen man aus Vorsorge für den Kardinal mit feinen Strohteppichen belegt hatte.

Während er, auf den Diener gestützt, Fuß vor Fuß setzte, haftete sein Blick auf der langen Strohmatte, über die er wandelte und deren geschmackvolle Arbeit ihm auffiel.

„Wo wurde das gekauft? ... Wer hat das geflochten?“ fragte er. Und der Diener antwortete verlegen:

„Beim Kerkermeister. Prinz Julius liebt solche Arbeit."

Da war es dem Kardinal, als sehe er feine königliche Hände webend über die Matten huschen. Zu seiner Rechten und Linken, vor ihm, neben ihm, aller Enden webten und regten sich zu Hunderten die weißen, fleißigen Geisterhände.

Ihn schwindelte und er fiel dem begleitenden Diener in die Arme.

NEUNTES KAPITEL

Es gab in dem ältesten und untersten Stockwerk des herzoglichen Stadtschlosses, das ein schweres, an mehrere Bauarten und Jahrhunderte erinnerndes Gebäude war, einen niedrigen Saal, der auf einen inneren Hof blickte, ein wenig benütztes, einsames Gelaß, das man die römische Kammer nannte. Denn die Büsten der sieben römischen Könige standen auf ehernen Säulen längs den Wänden. Sie sahen roh und abenteuerlich aus, hatten aber einen andern als künstlerischen Wert, da sie, aus dem reinsten Silber gegossen, einen beträchtlichen Hausschatz ausmachten.

Sie blinkten seltsam in dem frühen Halbdunkel, denn es war heute der kürzeste Tag des Jahres, und den Hof verschleierte ein frühes Schneegestöber.

Den selten geöffneten Saal machte ein im mächtigen Kamin flackernder Holzstoß auf ein paar Stunden wohnlich. Offenbar wurde ein feierlicher Akt vorbereitet, denn ein Tisch mit Schreibzeug war dem breiten dreiteiligen Fensterbogen gegenüber in die Mitte des Raumes gestellt, und zwei mit Wappen gekrönte Lehnstühle waren zugerückt.

Gerade über dem Tisch im mittleren Feld der mit Malerei geschmückten Täfeldecke ragte über einem scheuenden Zweigespann die verbrecherische römische Tullia und zerquetschte unter den Rädern ihrer Biga[1] die Leiche des eigenen gemordeten Vaters. Aus dem nächsten Bild aber streckte der von seinem Bruder Romulus erstochene Remus einen kolossalen Fuß heraus.

Unter dieser Tullia und über sie pflegten Lucrezia und Angela, wenn sie im Sommer die Kühle dieses Saales suchten, in scherzhaften Streit zu geraten.

Angela drohte dann in ihrer kindlichen Weise zu der blutigen Römerin empor und klagte sie ihrer unnatürlichen Verbrechen an:

[1]lat. Zweigespann

„Böse! Warum mußte man dich im Gedächtnis behalten? Warum wissen wir von dir, du Unhold! Du bist kein Weib, Mörderin des Gatten und der Schwester ... Mörderin des Vaters ... Verführerin des Schwagers! ... Widernatürliche! Zauberin! Teufelin! ...“

Dann lächelte Lucrezia, dem eifrigen Mädchen die heiße Wange streichelnd.

„So ging es nicht zu“, flüsterte sie ihr ins Ohr; „die berühmte Römerin verlor sich in einer Dämmerstunde an einen Mann, sein sündiger Geist fuhr in sie und sie wurde sein willenloses Werkzeug. So war es, glaube mir. Ich weiß es.“

Leer und still war heute die römische Kammer, nur vom Hof her tönte seit dem Mittag ein gedämpftes Hämmern und ein in unterdrückten Lauten geführtes Gespräch.

Jetzt wird behutsam auf das verrostete Schloß der Eichentür gedrückt. Sie öffnet sich knarrend, und auf den Zehen tritt Angela ein mit ernsten Augen, in Trauer gekleidet, um das Kraushaar einen schwarzen Schleier geschlungen.

Sie eilt ans Fenster, öffnet es und sieht im Hof das die beiden Este erwartende Schafott sich erbauen.

Drei Holzstufen, ein rohes Gerüst, das man jetzt mit dunkelrotem Tuch bedeckt, der schon obenstehende Block mit schwarzem Samt überkleidet und, alles leicht umhüllend, ein dünnes Schneegestöber! Wollte es die Brüder in den ewigen Winter einladen?

Sie starrte auf die Gerichtsstätte nieder, da weckte sie ein leiser dringender Ruf dicht unter ihrem Fenster.

„Prinzessin, nehmt Euch des armen Don Giulio an! Bittet für ihn! Verlangt Gnade!“ –

Noch ein flehender Blick unter einem breiten Arbeiterhut hervor begegnete ihren suchenden Augen, dann verlor sich der Mitleidige schleunigst unter die andern Zimmerleute.

Jetzt wurde von Dienern eine zweite, der nach dem Innern des Palastes führenden gegenüberliegende Tür geöffnet und eine richterliche Gestalt in fließender Toga eingeführt.

Es war der Großrichter Herkules Strozzi, der etwas unmutig schien, Donna Angela zu erblicken statt des herzoglichen Paares, das er in der Kammer zu finden erwartet hatte.

Da das Mädchen in seiner Rechten eine mit Siegeln versehene Rolle sah, rief es entsetzt:

„Das Todesurteil! Ist es unwiderruflich?"

Der Richter antwortete gemessen: „Es ist noch nicht unterschrieben, doch zweifle ich nicht, daß die Gerechtigkeit Don Alfonsos es bestätigen wird."

„Gerechtigkeit! Menschliche, nicht göttliche!" sprach Angela. „Habt Ihr vergessen, auf wem die erste Schuld liegt? Vergaßet Ihr die Quelle der Verschwörung, den Greuel des Kardinals? ..."

„Das ist ein andrer Rechtsfall", erwiderte Strozzi, den die Aufregung des Mädchens verstimmte, „und hat mit unsrer heutigen Sache nichts zu schaffen."

„Oh, Ihr Lügner und Heuchler!" rief sie aus, „Wenn jemand gerichtet werden soll, wahrlich, so bin ich schuldiger als Don Giulio!"

Der Richter schüttelte ungeduldig das Haupt.

„Und die Herzogin! Vertritt sie nicht die Gnade?" fuhr sie fort. „Sie, auf die ich immer noch gezählt habe und die so große Macht über den Herzog ausübt?"

„Nicht in diesen prinzipiellen Rechtsfragen. Hier ist der Herzog unerschütterlich. Er ist überzeugt, wie von seinem Dasein, daß die Unverletzlichkeit der regierenden Person die Grundbedingung des neuen Fürstentums ist, wie es jetzt in Italien überall entsteht", sagte Strozzi.

„Mit der Begnadigung Don Ferrantes und Don Giulios würde er, glaubt der Herzog, den Untergang seiner Herrschaft besiegeln. Donna Lucrezia ist viel zu klug und hat sich von jeher gehütet, an eine persönliche Überzeugung des Herzogs zu rühren."

„Und Ihr?" reizte sie ihn, „Strozzi, teilet denn Ihr zuungunsten Eures blinden Freundes die fürstlichen Überzeugungen des Herzogs?"

„Ich vertrete das Recht in seiner Strenge!" versetzte der Richter stolz.

Da wurde die breite, ins Innere des Palastes gehende Tür auseinandergeworfen, und es erschien der Herzog mit der Herzogin.

Während sich Angela in die bergende Fensternische zurückzog, nahmen die Hoheiten nebeneinander auf den Sesseln Platz und ihnen gegenüber stand am Tische der Oberrichter und entfaltete seine Rolle.

„Das Urteil ist mir zwar bekannt“, begann Don Alfonso, „und ich habe es Punkt um Punkt erwogen. Aber um den Formen zu genügen, Strozzi, leset es uns, bevor ich unterzeichne, noch einmal langsam!“

Dieser, den die Gegenwart der Herzogin berauschte, trug, nicht ohne sich mitunter ärgerlich zu mißreden, zum Verdruß des jedesmal den Irrtum verbessernden Herzogs, das Erkenntnis feierlich vor.

Unterdessen ertönte von ferne aus dem Gefängnisturm das Totenglöcklein, und Angela erblickte durch das Fenster den Hinrichtungszug und sah, wie die beiden Este mit einem Franziskanermönch und den Scharfrichtern das Blutgerüst betraten.

„Gebt, Oberrichter, damit ich unterzeichne“, sagte Don Alfonso und tunkte die Feder ein.

Da verließ Angela ihr Versteck und warf sich dem Herzog, seine die Feder führende Hand mit ihren beiden festhaltend, zu Füßen!

„Nein, Don Alfonso! Nicht Euren Bruder, sondern mich lasset bluten! ... Ich bin die Schuldige! Bis heute schwieg ich, weil ich immer noch auf Euer und auf Lucrezias Erbarmen hoffte! Jetzt aber sei's gesagt! Zweimal war ich Don Giulios Verderben! Das erste, da ich mit meinem Lobe seiner Augen seinen Bruder, den Teufel, reizte – das zweite, da ich Eurem Gebote zuwider in seinem Pratello den Geblendeten aufsuchte und, mein Leid auf seines häufend, ihn zur Verzweiflung trieb! ...“

Der Herzog maß die seine Knie umfassende Borgia mit erstauntem, mißbilligendem Blick, doch ehe er ihr antworten konnte, wurde die Tür wieder geöffnet und es erschien, allen unerwartet und von niemand geladen, der kranke Kardinal.

Verzehrt bis zur Entkörperung, leicht gebückt, mit durchdringenden Augen unter der kahl und hoch gewordenen Stirn, schien er lauter Geist zu sein, grausam und allwissend.

Seine Diener rückten ihm einen Stuhl an den Herd, und er

setzte sich neben die Flamme, während die Herrlichkeiten sich ihm zuwandten.

„Ich bin zum Hochgericht gekommen, obgleich mich niemand rief“, sagt er mit leiser Stimme ... „Doch ich habe eine Bitte an dich, Bruder! ...“

Schon aber hatte sich die verzweifelte Angela von den Knien erhoben, stand vor dem Feuer und unterbrach ihn ...

„Trittst du immer der Gnade in den Weg, Widersacher! Beruhige dich, du wirst Blut trinken! Hier ist keine Gnade ... Hier ist die Hölle! ... Um dich, mit dir, in dir war die Hölle von Anfang an! Ist es doch ein Wort des Heilands, das dich zum Greuel trieb! Das uns beide in die Verdammnis wirft!

Die Purpurfarbe des göttlichen Erbarmens dringt durch bis in das persische Märchen“, sagte diese hier – sie ergriff Lucrezias Hand – „aus deinem Purpur aber, Kardinal, bricht Haß und Blut hervor, sobald man den heiligsten der Namen nur nennt! ...“

„Schweige, törichtes Mädchen!“ bebte es von den Lippen des Kardinals. „Ich könnte dich erwürgen! Ich bin deiner – ohne Gewährung – übersatt. Du bist mir ein Abscheu! ... Du hast mir die Augen meines Bruders verhaßt gemacht, die Himmelsaugen, die mich früher voll Vertrauen anschauten!“

„Krank, und immer noch grausam, Ippolito?“ sagte die Herzogin und zog Angela in ihre Arme. „Hat diese nicht recht, wenn sie sagt, daß die Fabel Ben Emins etwas an alledem verschuldet hat?“

Der Kardinal wandte sich langsam gegen seine Schwägerin und seine Augen brannten.

„Was weiß man von dem Nazarener?“ sagte er. „Was man von seinen Reden und Taten erzählt, ist unglaublich und unwichtig. Ich kenne ihn nicht. Wird ein Gott gekreuzigt? ... Ich weiß nur von dem durch die Kirche in den Himmel erhöhten König, von dem durch die Theologie geschaffenen zweiten Gotte der Dreifaltigkeit. Sein der Himmel! Unser die Erde! Unser ist hier die Gewalt und das Reich! Und es ist Herrscherpflicht, das Schädliche und Unnütze, das uns widersteht, zu vernichten. Doch wir philosophieren hier und draußen erwarten zwei den Tod ...

Mit einem Worte, Bruder, sie dürfen nicht sterben! ... Du

gibst sie mir! Schütte kein Blut mehr über mein Haupt ... Es verwirrt und erstickt mich. – Sehen darfst du die Fürstenmörder nicht mehr! Verbirg sie im Kerker, aber laß sie leben um meinetwillen!“

Der Herzog sann mit geneigtem Haupt, dann sagte er: „Ich tue es ungern, es schädigt mein Fürstenrecht. Aber ich will es lieber, als daß dich zwei abgeschlagene Häupter ängstigen und zwei Tote in die Gruft nachziehen.

Ich tue es dir um des vielen willen, das du für Ferrara getan hast.

Man öffne den Balkon! Wir treten hinaus, und Ihr, Großrichter, leset das Urteil mit dem Zusatze der üblichen Begnadigungsformel.“

Sie erhoben sich; der Kardinal aber blieb an der heruntergebrannten Glut sitzen. Er ließ sich eine Decke über die Knie legen, lehnte sich in seinem Stuhl zurück und schloß die Augen. Er wünschte nicht, als Zeuge der ihm gewährten Begnadigung gesehen zu werden.

Diener brachten Mäntel, Kopfbedeckungen und Überwürfe, um die ins Freie tretenden Herrschaften vor der Winterkälte zu schützen.

Während Lucrezia sich in die Kapuze eines blendend weißen, aus der feinsten flämischen Wolle verfertigten Nonnenmantels hüllte und Donna Angela ihr dabei behilflich war, näherte sich ein Page mit unschuldigem Gesicht, bog rasch, wie ein Chorknabe vor dem Altar, das Knie vor der Herzogin und überreichte ihr in einer silbernen Schale zwei verschiedene Briefe, ein umfängliches Schreiben und ein leicht zu verbergendes Briefchen.

Lucrezia ließ einen schnellen Blick auf ihre Überschriften fallen. Es war die schön fließende Handschrift Bembos und auf dem kleinen Briefchen – Lucrezia erschrak zu Tode – das feine Frauenschriftchen Cesare Borgias.

Sie ließ beides in ihren weiten weißen Ärmel gleiten, und da Angela sie mit ängstlicher Frage anblickte, legte sie, Schweigen fordernd, den Finger an den Mund.

Die Frauen traten auf den Balkon hinaus und erblickten in dem engen Hof auf dem Schafott ganz nahe unter sich die beiden Brüder.

Das Schneegestöber hatte aufgehört und ein lichter Abendhimmel blickte von hoch oben zwischen Mauern und Türmen herab.

Das wimmernde Glöcklein schwieg, und Herkules Strozzi, der zwischen dem mit beiden Händen auf den eisernen Korb des Balkons sich stützenden Herzog und Lucrezia stand, begann das Urteil mit völliger Gedankenlosigkeit vorzulesen. Denn das wunderbare Weib an seiner Seite zitterte unerklärlich unter der weißen Wolle und ihre blassen und doch feurigen Augen schauten groß und geisterhaft unter der Kapuze hervor.

Er empfand jene seltsame Angst, welche die Begleiterin der höchsten Leidenschaft ist.

Während er die Begnadigungsformel verlas, welche die Todesstrafe in ewigen Kerker verwandelt, und die also beginnt:

„Die Hoheit, aus der Fülle ihrer Macht und zugleich aus dem Born ihrer Gnade schöpfend ..." erhoben die Begnadigten ihre Häupter und schickten sich an, dem Herzog zu danken.

Don Ferrante hatte sich mit verändertem Entschluß würdig in schwarzen Samt gekleidet, und seine Züge, frei von den Zuckungen und Verzerrungen, die sie zu entstellen pflegten, waren ernst und gelassen.

„Ich danke dir, Bruder Herzog", begann er, „aber ich nehme deine Gnade nicht an. Ich habe mein Leben stets verabscheut; warum, weiß ich nicht. Und da ich es nicht liebte, habe ich es mißbraucht und mich und andere verachtet. Überall, wohin ich darin zurückblicke, sehe ich nichts als törichte Larven, Hohlheit, Neid und Nichtigkeit ... nirgends eine reinliche Stapfe, wo Erinnerung den Fuß hinsetzen könnte, ohne ihn zu beschmutzen! Ich fürchte mich vor dem Leben, das du mir schenkst! Und ich sehne mich, meines Ichs und seiner Angst ledig zu sein. – Lebet wohl, Brüder!"

Er zog eine kleine mit flüssigem Gift gefüllte Phiole, die er sich mit Gold für alle Fälle erkauft hatte, aus dem Busen und zerdrückte sie zwischen den Zähnen, bevor ihn jemand daran hindern konnte. Er stürzte rücklings nieder und begann schmerzlich zu röcheln.

Während der erschrockene Pater Mamette sich über den

schon Entseelten beugte, brachten die Scharfrichter einen der bereitgehaltenen Särge, der Mönch bettete den Toten hinein, und sie trugen ihn weg.

Der Blinde war ganz allein auf dem Blutgerüst stehengeblieben und weinte, denn er hatte gehört und erraten, was vorging.

Dann wandte er das Haupt nach der Zinne, wo seine Begnadigung verkündigt worden war, hinauf zu dem schweigenden Don Alfonso, den er dort vermutete:

„Herzog, ich bin dankbarer für das Leben. Nicht wie Don Ferrante vergelt' ich deine Gabe! Ich habe den Reichtum meines Daseins wie ein Unsinniger verschwendet. Nun ich blind bin und unter die Ärmsten der Armen gehöre, schätze ich das Almosen und halte es teuer. Ich bin von den Reichen zu den Armen gegangen. Ich bin gestürzt und an der andern Seite der Kluft emporgeklommen, welche die Genießenden und Satten der Erde von den Hungrigen und Durstenden trennt. Die Freude und ihre Genossen habe ich verlassen – ich gehe zu den Leidensbrüdern. Ja, redlich leiden und dulden will ich, und darum dank' ich für das neue Leben!" –

Da richtete der Herzog fast gütig das Wort an seinen blinden Bruder:

„Ich habe nicht alles begriffen, was Ihr geredet habt, Don Giulio; aber ich entnehme daraus, daß Ihr leben und Euch bessern wollt. Das ist ebenso verständig als christlich. So reut es mich nicht, daß ich Euch begnadigt habe." Und er gab das Zeichen, den Este in sein Gefängnis zurückzuführen, das im Eckturm eines andern Hofes lag.

Er hatte noch nicht geendet, so verließ Donna Angela, die unter einer leichten schwarzen Halbmaske der Begnadigung beigewohnt hatte, auf fliegenden Sohlen die römische Kammer, um, über Gänge und Stiegen eilend, ihr abgelegenes Turmgemach zu erreichen. Unter ihrem Erker mußte der Gefangene vorbeigeführt werden und dort pflegte sie duftende Rosen. Davon brach sie die schönste und öffnete leise das Fenster.

Jetzt kam er mit Pater Mamette, der ihn an der Hand führte. Sie warf ihm die Rose zu.

„Da fliegt eine rote Rose auf Euch nieder", sagte der Franziskaner, indem er sie geschickt auffing und dem Blinden überreichte. „Eine Güte Gottes begleitet Euch ins Gefängnis!" – Und als der Blinde nach der falschen Seite hin sich verbeugte: „Nach rechts, Herrlichkeit! Die Blume fiel vom Fenster der Prinzessin Angela."

Da winkte Don Giulio mit beiden Armen empor und rief: „Ich grüße dich, geliebtes Unglück!" –

Auf dem Balkon des Urteils hatte während der Rede Don Alfonsos Lucrezia mit feinen Fingern den Brief Don Cesares geöffnet und in verborgener Eile gelesen. Er lautete ehrgeizig und unheimlich fromm: „Schwester, vernimm, daß es nach so vielen Widerwärtigkeiten Gott unserm Herrn gefallen hat, mich aus dem Kerker zu ziehen. Möge diese herrliche Gnade zu seiner größern Ehre gedeihen! Ich strebe nach allem und verzweifle an nichts. Sende mir einen Mann nach Deiner Wahl, den besten und begabtesten, den Du finden kannst, der mir in Italien dazu behilflich sei. Nimm von ihm, wie Du es kannst, für mich Besitz. Du wirst wagen, denn Du liebst mich. Schicke mir ihn zu meinem Schwager, dem Herzoge von Navarra. Ich umarme Dich."

Mit brennenden Wangen, in der Schönheit des Wahnsinns, unfähig, dem Dämonenruf zu widerstehen, unempfindlich in diesem Moment für Furcht und Ehre, bestrickte Lucrezia den Richter, Leib und Seele, mit einem Blick der Verführung.

Sie hielt ihn auf dem Balkon zurück, während der Herzog ins Gemach trat und sich an den Tisch setzte, der sich inzwischen mit eben angelangten, alle von Rom oder Neapel kommenden, an ihn und den Kardinal gerichteten Briefen bedeckt hatte.

Der beim Eintritt der Boten auflebende Ippolito hatte sich erhoben und gesellte sich seinem Bruder. Sie entsiegelten die Botschaften und waren bald in das wichtigste Gespräch versunken; denn alle diese Papiere handelten nur von einem Gegenstand, der Befreiung des Cesare Borgia und der Aussicht auf seine baldige Erscheinung in Italien.

Der fernblickende Kardinal war von der Größe der politischen Gefahr überzeugt und hingenommen, doch entging ihm auch das nächste nicht, er ahnte den Zusammenhang. Sein Auge streifte den jetzt mit der Herzogin in einer Fensternische sich unterhaltenden Großrichter und verfolgte die reizenden Biegungen und Wendungen ihres zarten Schlangenhalses.

Mit dem frevelhaftesten Mut nahm in Gegenwart des Herzogs Lucrezia Borgia von Herkules Strozzi für den Bruder Besitz. Der verwildernde Strozzi verlangte noch frevelhafter seines Wunsches gewährt zu sein, bevor er in so gefährlicher Sendung das Leben wage. Da bebte Lucrezia vor Zorn und Abneigung.

„Geh!“ flüsterte sie ihm zu, und das Licht ihres Verstandes durchblitzte ihre Leidenschaft. „Geh zu Cesare! Schiebe nicht auf! ... Willst du warten, Tor, bis der Herzog das Kommen meines Bruders erfährt und uns allen bei Lebensstrafe verbietet, mit ihm zu verkehren? ... Dann erst ist dein Leben verwirkt. Eile! ... Sieh hinüber ... jetzt vernimmt er das Ereignis! Fort aus den Toren von Ferrara!“

Strozzi zögerte aus schlimmen Absichten und schon kam der Rat zu spät.

Vor dem Herzog stand sein Haushofmeister, dem er den Auftrag gab, sofort den ganzen Hofstaat und alles Gesinde des Palastes in die römische Kammer zusammenzurufen.

In wenigen Minuten füllte sich diese. Der Herzog trat in die Mitte der Versammlung und redete, Lucrezia fest an der Hand haltend:

„Ihr alle! Eben erhielt ich gewisse Nachricht, daß Don Cesare Borgia, den sie den Herzog der Romagna nannten, aus Spanien entflohen ist und jeden Augenblick unter uns erscheinen kann.

Dieser Mann ist ein Zerstörer und Verderber Italiens. Wer von euch mit ihm sich einläßt, auf welche Weise immer es sei, büßt dafür mit dem Leben. Ohne Unterschiede! Ohne Gnade!

All dieses unbeschadet meiner Hochachtung und eurer Verehrung für Donna Lucrezia, eure Fürstin, der ich traue wie mir selbst, und der ihr zu gehorchen habt, wie mir selbst.“

Er drückte ihr die Hand, und sie gab ihm einen warmen Dankesblick, obgleich sie ihn verriet.

Bei dem allgemeinen Aufbruch begleitete der Oberrichter den Kardinal, der sich, die Treppe hinabsteigend, auf ihn stützte, bis zu seiner Sänfte und dieser scherzte:

„Eigentlich ist es kein Wintergespräch … aber sagt mir, Strozzi, wie stellt Ihr Euch das Gefühl einer Mücke vor, die sich die Flügel an einer brennenden Kerze versengt? Meint Ihr, daß sie Schmerz fühle? Ich meine, kaum, sonst würde sie sich nicht immer von neuem in die glänzende Flamme stürzen! Ich denke, sie stirbt in Rausch und Taumel! … Nicht?“

ZEHNTES KAPITEL

Nachdem Lucrezia auf jenem Balkon über dem Blutgerüst der beiden Este, von dem Triumphschrei und Hilferuf Don Cesares erschreckt und überwältigt, in plötzlichem Liebesgehorsam gegen ihren Bruder, den Richter Strozzi zu ihrem Mitschuldigen gemacht hatte, fiel sie ein paar Stunden später, aus dem Zauber halb erwachend, in Reue und fühlte sich voll Bitterkeit gegen den feigen Mann, der, statt vor ihrer Schwäche enthaltsam zurückzutreten, das Verhängnis ihrer alten Knechtschaft mißbrauchte, um, der Niedrige, Forderungen zu stellen, die sie, so lange sie ihrer selbst und ihrer vollen Besinnung mächtig blieb, niemals gewähren konnte. Ein tödlicher Widerwille gegen den seiner Leidenschaft blind gehorchenden Richter, der ihr, seiner Fürstin, einen gemeinen Handel antrug, bemächtigte sich ihrer. Sie war schuld daran und sie haßte ihn darum.

An jenem Abend entfaltete Lucrezia in der Heimlichkeit ihres Schlafgemachs ihren zweiten Brief.

Hier meldete ihr der treue Bembo von Rom aus die Wiedererscheinung Don Cesares in Italien und beschwor sie kniefällig, so schrieb er, nicht einen Augenblick zu zögern, sondern sich ihrem Gemahl flehend in die Arme zu werfen und dort durch das Bekenntnis ihrer Schwäche Schutz gegen sich selbst zu suchen.

Über dem Brief war sie todesmüde bei brennenden Kerzen in Schlummer gesunken, aber aus den beginnenden Träumen wieder aufgefahren. Es hauchten Geisterwinde und bewegten die Flämmchen der Kerzen.

Sie starrte in eine dunkle Ecke, bis ihre unverwandten Blicke dort die Erscheinung Cesares gestalteten. Jetzt, jetzt trat er hervor und schritt auf ihr Lager zu, die Samtmaske, die er immer trug, von den wohlbekannten, bleichen Zügen hebend.

Da stieß Lucrezia durchdringende Schreie aus und weckte

damit die in der Kammer nebenan schlafende Angela, die ihr zu Hilfe eilte und bis zum Hahnenschrei neben ihr saß.

Im ersten Morgenschimmer las die Herzogin den Brief Bembos zum andern und zum dritten Male. Dann erhob sie sich schleunigst und lief im Schlafgewand auf nackten Sohlen über die kalten Steinplatten der Schloßgänge in die Kammer Don Alfonsos.

Sein Lager war leer. Er war in noch früherer Stunde verreist, eine Zeile zurücklassend, er eile nach Bologna, um bei der Gefahr dieser Zeit an der Seite seines Lehnsherrn, mit dem nicht zu scherzen sei, der Heiligkeit Julius des Zweiten, in Treue gefunden zu werden. Er gebe seiner Gemahlin die Regentschaft und zum Berater den Kardinal Ippolito.

Hilflos, schutzlos, weinend wie ein Kind, kehrte Lucrezia in ihre Kammer zurück.

Im hellen Tageslicht wichen die Gespenster, doch die Herzogin, deren der Bruder sich nach und nach wieder völlig bemächtigte, begann mit allen Kräften ihres Geistes für ihn zu wirken und jede Stunde ihres Lebens in seinem Dienste zu verwenden, indem sie sich einbildete, sie tue aus treuer Schwesterliebe, die das Natürlichste in der Welt sei, Erlaubtes und Unerlaubtes für einen großen und unglücklichen Fürsten, ihren geliebten Bruder.

War er nicht noch ein Jüngling mit unendlicher Zukunft? Von seiner Berechtigung aber, in seinen verlorenen Besitz zurückzukehren und in Italien die Herrscherrolle zu spielen, kraft seiner Geburt und seiner seltenen königlichen Begabung, war sie völlig überzeugt.

Dem Großrichter hatte sie eine Zeile geschrieben, welche die geheime Botin, ihre Kammerzofe, ihr wieder zurückbringen mußte, und worin sie ihm sagte, sie habe gestern in der römischen Kammer in Freude und Bestürzung über den unerwartet befreiten Bruder Worte geredet, auf die sie sich nicht mehr besinne, und deren sich Strozzi auch nicht erinnere, warum sie ihn nicht einmal bitte, weil sich das bei einem Edelmanne von selbst verstehe.

Der Anfang des neuen Jahres war eine Zeit der Angst und Gefahr für ganz Italien. Die Völker waren aufgeregt. Die Höfe lauschten in atemloser Spannung über die Meeresalpen und die Pyrenäen, während Cäsar anfangs wenig von sich hören ließ, und sich, wie der Drache seiner Helmzier, aus seinen eigenen Ringen langsam emporhob.

Welche Möglichkeiten!

Er konnte aus der herrenlosen Romagna als Kondottiere der Venezianer den Papst verjagen. Er konnte, als Verwandter des Königs von Frankreich, durch irgendeine Wandlung der Dinge, von diesem an die Spitze eines seiner in Italien liegenden Heere gestellt werden.

Man wußte, es war eine Tatsache, daß Cesare Borgia in Italien beliebt war. Der Instinkt des Volkes und die Begeisterung der Kriegsleute feierten ihn als den Begünstiger der heimischen Waffen und den grausamen, aber nützlichen Vertilger der kleinen Stadttyrannen. In der Romagna, ja selbst im Ferraresischen, dem Eigentum der Este, vergötterte ihn die Volksmasse und krönte sein Andenken, wie einst das unterste Rom das Andenken Neros bekränzte, an dessen Untergang es auch niemals hatte glauben wollen.

Es war ein unheimliches Frühjahr. In den Staatskanzleien wachten die Schreiber über der Feder und nächtlicherweile flogen auf den sturmgepeitschten Landstraßen die Pferde vermummter Boten.

Die Herzogin erschien blaß und angegriffen; denn auch sie legte die Feder nicht aus der Hand. Es galt, die befreundeten italienischen Höfe von den guten Absichten Cesare Borgias zu überzeugen. Sie versicherte sowohl mit den heiligsten Beteuerungen als mit den feinsten und anmutigsten Wendungen, er komme mit edlen, friedlichen Gedanken und gerechten Absichten. Und dies tat sie aus eigener Klugheit noch vor der Ankunft des zweiten Boten ihres Bruders.

Dieser, ein gewisser Federigo, kam mit einem Schreiben an die Herzogin von Ferrara und in einer Sendung an Papst Julius, den Eroberer von Bologna. Der Heilige Vater aber warf den Gesandten Cäsars in den Kerker, und Lucrezia gab sich viele vergebliche Mühe, den Kanzler ihres Bruders, wie sie den Abenteurer betitelte, von der gestrengen Heiligkeit loszubitten. Auch den eigenen Gemahl bat sie dringend, ihr in dieser Sache beizustehen. Doch Don Alfonso riet dem Papst im

Gegenteil, den zweideutigen Gesandten in der Stille erdrosseln zu lassen – ebenfalls vergeblich, denn der Bote entschlüpfte.

Dergestalt hatte die Herzogin hundert Anliegen und Geschäfte zugunsten ihres Bruders. Alle mit der höchsten Klugheit eingeleitet, gefördert, oder aus Vorsicht geschickt wieder abgebrochen!

Durch wenige Zimmerbreiten von ihr getrennt, bemühte sich in demselben Schloß bis tief in die Nacht der leidende Kardinal ihre Verbindungen mit Don Cesare aufs genaueste zu überwachen und alle ihre Pläne zu studieren, um sie bis auf einen gewissen Punkt reifen zu lassen und dann zu vereiteln.

Vor seinem Zurücktritt aus dem ferraresischen Staatsdienst und der Entlassung seiner ausgesuchten und vorzüglich geschulten polizeilichen Werkzeuge reizte es ihn, sein diplomatisches Meisterstück zu liefern.

So überblickte er das ganze Gewebe Lucrezias und bewunderte in der Stille seiner Arbeitsräume den Vorrat schärfsten Verstandes und unerschöpflicher Auskünfte, welchen die Herzogin in einer zum voraus verlorenen Sache anwendete. Denn er fing ihre Briefe auf, las sie, versiegelte sie wieder kunstvoll und schickte sie dann gewissenhaft an ihre Bestimmung mit sie begleitenden Schreiben entgegengesetzten Inhalts aus seinem Interessenkreise, welche die Wirkung der ihrigen vollständig zerstörten.

Und das tat er, ohne daß Lucrezia eine Ahnung davon hatte. So hatte es der Herzog angeordnet, der die Gemahlin mehr als je liebte, und um jeden Preis schonen, in keiner Weise bloßstellen wollte; denn er wußte, daß die kluge und reizende Lucrezia bei der Annäherung Cäsars ihrer selbst nicht mehr mächtig war, und wieder in den Bann ihres alten Wesens, ihrer früheren Natur gezogen, schuldvoll und schuldlos sündigte.

Demselben Wohlwollen gegenüber dem verführerischen Weib verfiel auch der Kardinal. Er bewunderte den schützenden Zauber des von ihr ausgehenden Liebreizes und verbündete sich, soweit es in Alfonsos Interesse möglich war, mit dieser seltsamen Macht, welche Lucrezia von jung an aus begrabenden Wellen gehoben und wie auf Schwingen über zerschmetternde Abgründe hinweggetragen hatte.

So genoß er, die Kluge stündlich täuschend, kein Vergnügen der Bosheit, sondern er glich dem Arzt, der von einer lieben Kranken, die an Wahnsinn leidet, Gifte und tötende Waffen entfernt.

Auch die Regentin, obgleich sie das Gegenspiel des Kardinals teilweise zu erraten begann, blieb ihm aus Klugheit und unbewußter Achtung einer verwandten Anlage gleicherweise gewogen.

Sie zog ihn oft zur Tafel und dann entspann sich bald das anregendste Gespräch, in welchem eines das andere zu enträtseln und zu erhaschen suchte, dem feinsten Schachspiel vergleichbar. Nur daß die Herzogin jeden Vorteil emsig benützte, während der überlegene Kardinal sie mitunter lächelnd auf einen von ihr begangenen Fehler aufmerksam machte, oder eine von ihm genommene Figur großmütig stehen ließ.

Federigo, Cäsars Bote, hatte der Herzogin, bevor er nach Bologna zu der Heiligkeit des Papstes zog und von ihm gefesselt wurde, im Geheimnis den zweiten Brief des Bruders übergeben. Es war ein Schreiben von wenigen dringenden Linien, zwischen denen, nur dem Auge Lucrezias sichtbar, verruchte Anschläge und teuflische Einflüsterungen liefen.

Nachdem der Verführer gemeldet, er habe mit dem König von Frankreich angeknüpft, bis jetzt zwar ohne Erfolg, den er abwarten könne, da er fürs erste nach Italien strebe, schrieb Cäsar: Um dort Fuß zu fassen, bedürfe er durchaus eines Gehilfen, eines ungewöhnlichen Mannes von bedeutenden Eigenschaften und ebenso gefälliger als imponierender Erscheinung. Er wisse einen, wahrlich wie gemacht, ihm zu dienen, den Richter Herkules Strozzi. Er kenne ihn wohl, denn der Vater ihres Gemahles, weiland Herzog Herkules, habe ihm diesen Strozzi, einen Jüngling von klassischen Zügen und strengem Betragen, als seinen Geschäftsträger in die Romagna gesendet, damals, da er auf dem Gipfel seiner Macht gestanden, welchen er mit Gottes und des Schicksals Gunst und der geliebten Schwester Hilfe wieder zu ersteigen hoffe.

„Teuerste“, schloß er, „tue, was dir möglich ist, das Größte und Äußerste, um diesen einzigen, den ich als einen Bruder schätze, für mich zu gewinnen.“

Lucrezia erbleichte über dem Brief. Aber sie hatte jetzt seit

Wochen wieder mit Cesare in seinen vielen, auch seinen jugendlichen und liebenswürdigen Gestalten zusammengelebt. So hatte er sich, obschon ein Abwesender, wieder mit ihrem ganzen Denken verschmolzen und ihre Seele mit seinem Frevelsinn verpestet.

Zwar sie widerstrebte kräftiger als früher dieser schmachvollen Sklaverei. Aber war sie nicht an Cäsar, als an ihr Schicksal geschmiedet, seit er sie vom Sterbelager ihres zweiten, von ihm gemordeten Gemahls wegriß, und sie den Widerstand vergaß?

Sie gehorchte ihm wiederum.

Sie berief den Richter, hielt aber Angela neben sich und faßte sie bei der Hand, um nicht einen Augenblick mit ihm allein zu sein.

Herkules Strozzi wurde in das enge Oratorium der Herzogin geführt, die ihm schweigend den Brief ihres Bruders bot.

Nachdem er ihn gelesen – nur einmal – denn die tückischen Worte, die seine Leidenschaft stachelten und ihr schmähliche Dienste zu leisten schienen, hatten sich ihm schon auf ewig eingebrannt, schwieg er und schwelgte in glühenden Träumen. Er sah Cesare siegreich nach der Krone Italiens greifen. Er sah sich selbst als seinen Kanzler an seiner Seite. Der Herzog von Ferrara war verschwunden, wohl von Cesare Borgia ausgelöscht und aus der Mitte getan. Lucrezia wiederum Braut, jugendlicher und heller als je, stand vor seinen trunkenen Augen in derselben triumphierenden Lichtgestalt, wie er sie bei ihrem Einzug in Ferrara geschaut hatte.

Er sah sie mit den Blicken seiner taumelnden Sinne, denn die vor ihm stand, war eine andere. Zwar lächelte sie auf das Geheiß des Bruders, doch die großen lichten Augen starrten versteinert, wie die der Meduse. Er aber sah sein Verderben nicht. Heuchlerisch redete er, der geborene Republikaner, von Cäsar Borgias Gerechtigkeit, die er immer bewundert habe. Die Kleinen und Schwachen habe der Großmütige geschützt und gehegt, wie der Blitz Jupiters habe er nur die stolzen Zinnen getroffen. Er pries die Tugend der Stärke. Er lobt die Gewalttat, die durch die Unterdrückung des Rechts in das höhere Recht zurückführe. So erschöpfte er das ganze ekle Wörterbuch des Tyrannenlobs; und er wäre ein Abscheulicher gewesen, wenn er geglaubt hätte, was er sagte; aber er redete unüberzeugt und leer, während er nur ein Begehr hatte, der vor ihm stehenden Lucrezia irgendeine Gewährung, einen Lohn abzulocken oder abzuzwingen.

Zuweilen stammelte er dieses Ziel verfolgende, irre Worte, unheimlich gemischt mit dem Loblied der Gewaltherrschaft. Dann aber sah er plötzlich auf dem Mund Lucrezias ein Lächeln zucken, bitter wie der Tod. Er sah die ernsten und tieftraurigen Augen Angelas unter richtenden Brauen auf sich geheftet. Und mehr als der Prunk der ihn umgebenden Kruzifixe und heiligen Bilder, erschreckte ihn der stumme Vorwurf des unschuldigen Mädchens.

Er mußte darauf verzichten, das kleinste gewährende Wort mit sich zu nehmen.

Da sann er eine Weile mit verschränkten Armen und unglücklichem Antlitz.

„Ich gehe zu Don Cesare!" sagte er dann. „Was schickt Ihr ihm durch mich, Madonna?"

„Euch selbst!" antwortete Lucrezia. „So sieht der Bruder, daß ich ihm gehorche."

„Darf ich sagen, daß Ihr ihm willig gehorchet?"

Lucrezia antwortete nur mit einem schwachen Lächeln. Rasch verschwand er.

Da umschlang das Mädchen die Schultern Lucrezias und fragte sie, Auge in Auge:

„Was wollte der Mensch mit seinem Lallen immer und immer wieder sagen? Was erhält er zum Lohn? Was gibst du ihm? – Den Tod?"

Die Herzogin lächelte wiederum und ließ die Fragerin allein.

Diese warf sich auf den Betschemel nieder. Aber, das Vaterunser flüsternd, konnte sie den Gedanken nicht loswerden:

Mit einem unüberlegten Wort habe ich einen Menschen geblendet und kann es nie verwinden! Diese aber lächelt, indem sie einen Menschen überlegterweise in den sicheren Tod sendet.

Doch hielt sie sich darum nicht für die Bessere, sondern verschloß das gemeinsame Elend in ihrer barmherzigen Brust.

Es war an einem Märztag nach Mitte des Monats, daß der Kardinal bei schon geöffneten, mit dem blauesten Lenzhimmel gefüllten Fenstern bei der Herzogin speiste.

Da fiel das Gespräch gelegentlich auf den Großrichter Herkules Strozzi, von dem der Kardinal behauptete, er habe Ferrara heimlich verlassen.

Darauf äußerte die Herzogin, unmerklich erbleichend, ihre Verwunderung, daß ein so gewissenhafter Beamter eine längere Reise ohne Urlaub unternommen habe, welchen zu erteilen die Sache der Regentin sei, wie sie glaube.

Der Kardinal erwiderte, Herkules habe sich bei seinen zwölf Kollegen beurlaubt, wohl mit dem Gedanken, in Abwesenheit des Herzogs dürfte das genügen. Übrigens habe er vorgewendet, eine Familiensache der Strozzi verlange seinen schleunigen Besuch in Florenz.

Die Herzogin und der Kardinal ergingen sich dann in allerlei Vermutungen über die wahre Ursache dieser Abreise; da sie aber eine einleuchtende nicht finden konnten, vereinigten sie sich dahin, die vorgegebene könnte am Ende die wahre sein.

Beide wußten mit voller Gewißheit, daß Herkules Strozzi bei Cäsar Borgia war.

Wenn ihre Augen hätten den Raum durchdringen können, so hätten sie die beiden gesehen, den gefürchteten Herzog und den Richter, vom Wirbel bis zur Zehe gepanzert, wie sie unter einem glorreichen Südhimmel durch blühendes und duftendes Heidekraut an den Krümmungen eines Absturzes emporkrochen, über sich die vier steilen Türme einer gotischen Burg mit Mordgängen und Schießscharten, sie beschleichend, nebst vielen andern Bewaffneten.

Sie hätten gesehen, wie ein Steinregen von den belagerten Zinnen sprang und manchen Klimmenden in den Abgrund warf. Gesehen, wie jetzt ein Block sich von der Burg herabwälzte, in gewaltigen Sätzen von Fels zu Fels sprang, den schrecklichen Sohn des Papstes traf und ihn zerschmettert in die Tiefe stürzte.

ELFTES KAPITEL

April kam und überschüttete Ferrara mit Blüten. Lucrezia ließ die Mäuler der herzoglichen Ställe bepacken, denn sie wollte nach einem ihrer Landhäuser hinausziehen.

An einem schon die Siesta verlangenden Nachmittag saß sie mit Donna Angela an dem offenen Fenster lässig vor dem Schachbrett und lauschte dem Singen ihres im Hof beschäftigten Gesindes und der Treiber. Es war ein Liebeslied, welches der üppige Lenz erregte, aber die Ehrfurcht dämpfte.

Jetzt verstummte dieses völlig, und unter dem Hoftor klirrte der Hufschlag von Pferden.

„Gäste!“ sagte Donna Lucrezia, und die Frauen erhoben sich.

Die Diener, welche ihm die Tür öffneten, wegdrängend, trat der Herzog ein.

„Ich komme von Rom“, begann der Staubbedeckte, „und bin scharf geritten, da ich mich nach Eurem Antlitz sehnte, liebe Frau“ – er ergriff und küßte ihre Hand „und bin herzlich froh, wieder bei Euch zu sein! Doch bedaure ich, Euch eine Trauerbotschaft zu bringen. Euer erlauchtester Bruder, der Herzog von Romagna, ist nicht mehr unter den Lebenden.

Die Nachricht ist sicher. Sie kam über Neapel und fand mich in Rom.“

Er zog einen Brief aus dem Wams und entfaltete ihn.

„An den Iden des Märzes, wie einst der römische Julius Cäsar, sein Vorbild und Namenspatron, fiel Don Cesare in einer Schlucht vor dem spanischen Schloß Viana, das er im Dienste seines Schwagers, des Königs von Navarra, mit großer Tapferkeit berannte. – Also steht hier geschrieben.“

Solches berichtete der Herzog mit diplomatischer Genauigkeit. Noch fügte er bei: „Ein früher und ritterlicher Tod!“ Dann schloß er mit Frömmigkeit:

„Requiescat in pace! Requiem eternam dona ei, domine!“[1]

[1] lat. Er ruhe in Frieden! Oh Herr, gib ihm die ewige Ruhe!

Während dieser Rede beobachtete er die Herzogin aufmerksam.

Diese war eine Weile versteinert gestanden. Dann brach sie mit einem Schrei zusammen und sank in die Knie. Nicht anders als ein geraubtes Weib, welches ihr von einem Pfeil durchbohrter Entführer plötzlich fallen läßt.

Auch der Herzog, der keine Dämonen kannte, sah sie aus unsichtbaren, sie umklammert haltenden Armen stürzen. Er hob die Gesunkene an seine Brust, die sich mit ungezähmten Tränen überströmte.

„Du mußt wissen ... laß dir's sagen ... ich verriet dich ... ich mißgehorchte dir", schluchzte sie erstickend.

Der Herzog aber beruhigte sie liebevoll. „Jetzt, Lucrezia", sagte er, „erst heute wirst du ganz und völlig die Meinige ... Siehe, bis dahin besaß dich der Geist deines Hauses, der mein Gefühl beleidigt und mein Urteil herausfordert. Ich habe mich mit dir vermählt aus Staatsgründen und aus Gehorsam gegen meinen Vater, ohne dich zu kennen, außer durch das unheimlichste Gerücht. Höchst widerwillig! Als ich dich aber erblickte, bezaubertest du mich! Denn welcher Sterbliche mag dir widerstehen?

Auch erfüllte mich dein guter Wille, den ich wohl unterschied, und dein ernstes Bestreben, dich von den unmöglichen Sitten und dem gesetzlosen Denken deiner Familie zu trennen, und den schützenden Boden eines rechtlichen Daseins zu betreten, mit Sympathie, ja mit Ehrerbietung. Das Blut der Borgia begehrte täglich in dir aufzuleben und dich zurückzufordern. Doch, siehe, nun bist du frei geworden. Die deinigen alle sind verstummt und bewohnen die Unterwelt, woher keine Stimme mehr verwirrend zu den Lebenden dringt."

Lucrezia seufzte schwer. Es war ein tiefer Schmerzenston und zugleich ein Aufatmen der Erleichterung und Entbürdung. Und dann kam, wie das Blut aus einer Wunde sprudelt, ein reuiges Klagen, ein verzweifeltes Sichgehenlassen, ein nacktes Geständnis dessen, was sie von jeher für Cäsar gesündigt und von ihm erlitten.

Don Alfonso erfuhr nichts Neues. Aber Angela, deren Gegenwart Lucrezia unter der Übermacht ihres Gefühles vergaß oder für nichts achtete, wechselte die Farbe und erduldete für die andere alles Entsetzen des Frevels und alle Qualen der Schande.

Jetzt umfing Lucrezia, vor dem Herzog niederstürzend, seine Knie, ergriff seine Hände und bedeckte sie mit Küssen. „Ich bin die Maria Magdalena“, schluchzte sie. „Mein Herr hat mir vergeben, und jetzt ist kein Teilchen meines Wesens mehr, das nicht sein eigen wäre ... Ich habe das Leben verwirkt, dein Gebot übertretend, aber du schenkst es mir! Und nun darf es nicht mehr mein, sondern es soll das deinige werden! ...“

„Herr“, sagte sie unversehens mit einer schmeichelnden Gebärde, „ich habe ein Anliegen an Euch.“

Der Herzog glaubte, sie wolle ihm von Strozzi reden und zog die Brauen zusammen.

„Gestattet mir“, bat sie, „daß ich von nun an den Bußgürtel trage!“

„Ich erwartete ein anderes Ansinnen“, sagte er.

„Und welches?“ fragte sie.

„Eure Fürsprache, Madonna“, erwiderte der Herzog, „für einen Schuldigen, der seinen Kopf aufs Spiel gesetzt und ihn verloren hat.“

„Wen meint Ihr?“ fragte Lucrezia ehrlich verwundert.

Herkules Strozzi war ihrem Gemüte gänzlich entfallen, seit er ihr durch den Tod des Bruders entbehrlich und gleichgültig geworden war, und der Herzog empfand die Genugtuung, daß der stolze Römerkopf nicht im Gedächtnis seines Weibes, noch weniger aber in ihrem Herzen hafte, ja, daß Strozzi unmöglich jemals den geringsten Wert für Lucrezia besessen haben konnte.

Das stimmte ihn gnädig, so streng er sonst jeden Ungehorsam zu ahnden pflegte. Er betrachtete sein Weib, das er nun als ein gesichertes Eigentum besaß, mit einer Art von Rührung. Noch nie hatte er sie schöner gesehen.

Die Goldhaare, die sich während ihres leidenschaftlichen Bekenntnisses gelöst hatten, ringelten sich um ihre vollkommenen Schultern, und die zartblauen Augen brannten feurig.

Er hob eine ihrer blonden Lockenschlangen zum Munde und küßte sie mit Inbrunst. Dann sagte er, als der Mann der Ordnung, der er war:

„Ruhet vor dem Mahl ein wenig, Herzogin, und rufet Eure Frauen, daß sie Euch zurechtmachen. Denn, wenn Ihr so seid, werde ich auf das Licht und die Luft, die Euch umgeben, eifersüchtig.“

Angela zitterte vor Empörung, daß Lucrezia in unglaublicher Selbstsucht ihren Mitschuldigen vergaß, und in ihrem innern Jammer warf sie sich vor, daß auch sie ihren unglücklichen Blinden in seinem Kerker vergesse. Es war ein ungerechter Vorwurf, den sie sich machte, denn sie drückte, bildlich gesprochen, ihre Stirn, und deren Gedanken, ohne Unterlaß und bis zum Schmerz an die Eisenstäbe seines Kerkerfensters.

Als sie bei Kerzenschein neben der Herzogin am Spätmahl saß, überwältigte sie dies Jammergefühl, und da sie Lucrezia die Speisen, welche sie dem Herzog zärtlich vorlegte, kosten und ihm roten Neapolitaner, zuerst davon schlürfend, kredenzen sah, war es ihr, als trinke Lucrezia Menschenblut.

„Base“, flüsterte sie ihr zu, „vergeßt Ihr das verwirkte Haupt?“

Lucrezia erschrak und erinnerte sich. Des Herzogs Schulter mit den zarten Fingern berührend, fragte sie leichthin: „Schenkst du mir den Strozzi, Alfonso?“

Der Herzog, der eben aus weichem Brot ein kleines Geschütz knetete, warf es weg, lehnte sich in seinen Stuhl zurück und sann ein wenig. Dann sprach er: „Herrin, da ich auf Strozzi gerechterweise nicht eifersüchtig sein kann, und seine Anbetung Eurer Person eine Schuld ist, die er mit allen Männern teilt, so bleibt mir nur sein Ungehorsam gegen mein ausdrückliches Gebot zu bestrafen. – In der andern Waagschale liegt Euer Fürwort, Madonna, und die ungewöhnliche Fachtüchtigkeit des Mannes.

In Wahrheit, es widerstrebt mir, ihn aus einer Welt wegzuräumen, welche so viel Geschmeiß unnützer und nichtiger Menschen ernährt.

Betrachtet den Fall, meine Kluge. Es ist unmöglich, den Menschen zu begnadigen, ohne daß ich ihn vorher richte. Richte ich ihn aber, so kann ich es nicht verantworten, einen so frevelhaften Ungehorsam meiner ersten Magistratsperson zu verzeihen. Eines aber kann ich – ihn vergessen. Sendet nach ihm, Herzogin, heute noch! Sogleich!“ Er rief einen Diener und gab ihm den Befehl. „Sprecht zu ihm, Lucrezia; prüfet ihn! Bringet ihn dazu, daß er aus Ferrara vor der nächsten Sonne verschwinde. Er gehe, wohin es sei – nach Florenz, wenn er will, da er florentinischen Ursprungs ist. Sein Wissen bürgert ihn überall ein. Nicht einmal aus Italien verbanne ich ihn; er tue, als sei er niemals nach Ferrara zurückgekehrt.

Wisset, ich begegnete ihm durch einen ärgerlichen Zufall an der Zollstätte des Südtores, wo ich, einreitend, seine Gestalt aus den Zollbeamten hervorragen sah, mit denen er sich herumstritt. Weder begrüßte er mich, noch verbarg er sich. Die Vermessenheit seiner Haltung hatte etwas Beleidigendes. Eure Mühe wird umsonst sein, fürchte ich, Madonna.

Der Verlorene wird nicht weichen wollen – so stirbt er. – Schade um ihn. Er ist ein vorzüglicher Jurist."

Der Herzog erhob sich von der Tafel und verabschiedete sich bei der Herzogin, die der Übung gemäß sich für eine Woche zu den Klarissen zurückzog, um für das Seelenheil des verblichenen Bruders zu beten.

Dann verabredete er mit ihr noch leise, unter welchen Worten verborgen, sie ihm durch den Haushofmeister das Ergebnis ihrer Unterredung mit Strozzi melden sollte.

Diese fand in einem kleinen Rundzimmer unter den drei Flämmchen einer schwebenden Ampel in Gegenwart Angelas statt und war kurz und stürmisch.

Ungestüm trat Strozzi auf mit flammenden Augen und eherner Stirn, gebräunt von Wind und Sonne des Feldzugs. Ungeladen rückte er sich einen Schemel zu Füßen der Herzogin.

Diese war völlig ohne Furcht. Ihr von den reichlich vergossenen Tränen gebadetes Angesicht war hell und friedlich.

Strozzi täuschte sich keinen Augenblick darüber, daß er mit dem Tode Don Cesares für sie zu einem Schatten, zu einem Nichts geworden war. Und doch war er gesonnen, durch den Gefallenen ewig mit ihr verbunden, nicht von ihr zu weichen.

„Erzähle ich Euch", fragte er, „die letzten Augenblicke des Bruders?"

„Nein, Strozzi. Ich weiß, daß er nach der Art seines Hauses tapfer unterging, und weiß, daß er in Pampelona mit allen christlichen Gebräuchen bestattet wurde – der Ärmste."

Von jetzt an nannte Lucrezia den Dämon, der ihr Bruder

gewesen war, nicht anders mehr als den Ärmsten, so wie sie ihr Ungeheuer von Vater längst den Guten nannte.

Dann fuhr sie mit einem Seufzer fort: „Der arme Bruder bedarf der Fürbitte! Und noch heute nacht werde ich mich, um dieser Pflicht zu genügen, zu den Klarissen zurückziehen, in Übereinstimmung mit dem Ermessen meines erlauchten und geliebten Gemahls."

So sagte sie, und es war ihr Ernst, ohne sich von dem Hohngelächter in den Augen des Richters über die Frömmigkeit Lucrezia Borgias und ihre Liebe zu Don Alfonso im mindesten stören zu lassen. Eine Pause entstand.

„Ich habe einen Auftrag meines Gemahls an Euch", sagte die Herzogin. „Ihr habt Euch schwer gegen ihn vergangen, Strozzi, seinem Befehl geradezu entgegenhandelnd. Auch gegen mich, indem Ihr meiner Torheit gehorchtet, obwohl Ihr sehen mußtet, daß mich die flehende Forderung meines Bruders aus den Schranken der Pflicht geschleudert hatte. Wehe dem Manne, der einer Pflichtlosen traut!

Die Engel haben mich Stürzende gerettet und ich, mit der Gnade Gottes, möchte Euch retten.

Der Herzog will Euch die zweifache Schuld gegen ihn und mich vergeben, unter einer einzigen Bedingung, Strozzi! einer leichten Bedingung ... daß Ihr Ferrara verlasset noch diese Nacht und nimmermehr zurückkehret. Benützet diese seltene Gunst! Es ist ganz gegen die Weise des Herzogs, einen vorzüglichen Diener, wie Ihr seid, zu entlassen und einem andern italienischen Staate zu gönnen! Denn nicht einmal Italien sollt Ihr meiden ..."

„Du verlierst deine Mühe, Lucrezia", unterbrach sie Strozzi zügellos, „ich weiche nicht aus Ferrara, noch von dir! Wir gehören zusammen, Don Cäsars Wille hat uns vermählt!"

Lucrezia lächelte schwach. Dann flehte sie, den durchsichtigen Schleier der Scheinheiligkeit, in den sie sich verhüllt hatte, abwerfend, mit bittenden und trauernden Augen:

„Wenn ich dir wert bin, Herkules, so rette dich! Ich mag und will dich nicht auf der Seele haben! ... Liebst du mich", lispelte sie, „so fliehe!"

Da empörte sich die stille Angela gegen diese Verführung – selbst zum Guten, zur Rettung.

„Richter“, wandte sie sich mit heißen Wangen gegen Strozzi, „es ist schmachvoll, daß Ihr zaudert. Fort aus Ferrara! Wie? Ein Mann, den die Jugend als ihr Vorbild bewundert, ein Lehrer des Rechts, hat nicht die Kraft, mit dem Bösen zu brechen und den Zauber eines armen Weibes zu fliehen! – Errötet! ...“

„Was träumt diese da von gut und böse?“ überschäumte Strozzi und sprang in die Höhe. „Was phantasiert sie von Recht und Unrecht? ... Es gibt kein Recht! ... Dieser schöne Frevel hier“, er blickte auf Lucrezia, „hat es getötet!“

„Du aber, Mädchen, schweige! Was verstehst du von Liebe! Eine, die den Liebsten blendet – einkerkern läßt – seinen Kerkermeister nicht besticht – sich nicht in seine Arme schleicht – nicht sein Weib, seine Magd wird – was weiß eine solche von Liebe!

Denn Liebe“, flüsterte er geheimnisvoll, „läßt ihr Ziel nicht! Nimmermehr! Nimmerdar! Morde mich, Lucrezia! Hier!“ und er zeigte auf sein Herz.

Sie starrte den Richter mit bleichen Augen an und alle Lieblichkeit war von ihr gewichen.

In diesem Augenblick ging der Türvorhang auseinander und auf der Schwelle stand der höchst würdevolle Haushofmeister mit dreierlei Anliegen.

Er meldete die Sänfte der Herzogin; dann trug er die Frage vor, ob sie schon morgen bei den Klarissen den Besuch des Herzogs erwarte.

Sie verneinte es, und dieses Nein mochte wohl für den Herzog bedeuten, daß der Richter seine Gnade von sich stoße.

Zuletzt wendete sich der Haushofmeister noch an diesen und ersuchte ihn, das Schloß nicht zu verlassen, ohne dem Herzog im Archiv aufgewartet zu haben.

Strozzi fragte schroff, ob es gleich sein dürfe, und der Greis ging ihm voran, nachdem er das Haupt bejahend gebeugt hatte.

Die Herzogin aber ließ sich von Angela stillschweigend an die Sänfte geleiten. „Ich nehme nicht von dir Abschied“, sagte sie. „Du folgst mir, lieber heute noch, nach.“ Sie hätte ihr gerne erspart, was kommen mußte, wie sie selber davor auf die Seite wich.

Wenn ihr Dienst sie nicht an die Herzogin fesselte, bewohnte Angela das einsame Erkerzimmer eines festen Eckturmes, der einen inneren Hof beherrschte und in dem unteren Teil seiner undurchdringlichen Mauern das Privatarchiv des Herzogs barg.

Um diesen Zufluchtsort zu erreichen, eilte die bange Angela die Schloßtreppen hinan. Seitengänge und eine schmale Stiege führten sie in den Turm und durch den kleinen Vorraum, wo die Drehbank des Herzogs stand. Hier wunderte sie sich, die schwere Eichentür des Archivs offen zu sehen, so daß die lauten Stimmen Don Alfonsos und des Großrichters sie verfolgten, während sie eine weitere Stiege erklomm.

Wie erschrak sie, als sie, angelangt, nicht eintreten konnte! Ihr Söller, den sie eine Weile nicht benützt hatte, war verschlossen. Der Schlüssel mochte im Archiv liegen. Nun mußte sie das Weggehen Strozzis abwarten und duckte sich, wieder die Treppe herabgestiegen, eine widerwillige Lauscherin, nicht von Neugierde, nur von Angst gepeinigt, harrend in eine Nische der dicken Mauer.

„Dieser Rechtshandel“, plauderte der Herzog bequem, „ist eine langweilige Sache. Wir sollten sie endlich zu Schlusse bringen. Ich habe die fraglichen Akten gründlich studiert“, er schlug mit der Hand auf einen Stoß Pergament, daß Angela den Staub einzuatmen glaubte. „Ihr wißt, Richter, ich fürchte mich nicht vor Akten, aber diesmal habe ich meine Mühe und das Öl meiner Lampe verloren. Sagt Ihr mir lieber kurz, wer Recht hat, der Graf Contrario als Erbe der Flavier, oder ich und der Fiskus von Ferrara?

Wie spricht Euer richterliches Gewissen?“

Es erschien Angela, als betonte der Herzog das letzte Wort auf ironische Weise; aber sie mußte sich täuschen, denn Strozzi antwortete völlig unbeirrt.

„Hoheit“, sagte er, „der Witz ist, das Wesentliche vom Unwesentlichen zu unterscheiden: Das gehört nicht zur Sache, und das nicht – so bleibt noch das, und das ist einfach.

Der innerste Kern des vor Alter vergilbten und von Tücken und Kniffen verdrehten Prozesses ist aber dieser:

Nachdem die Flavier und Contrarier sich Jahrhunderte lang als Vettern gequält und versöhnt, befeindet und zu Erben eingesetzt hatten, entschloß sich der letzte kinderlose Flavier, namens Nestor, aus unbekannten Gründen, seinen bedeutenden Besitz seinem Vetter, dem Grafen Mario Contrario, dem Vater unsres jetzigen anmutigen Grafen testamentarisch zu hinterlassen.

Nun verbietet aber unser ferraresisches Recht, sein Gut einem Fremden zu vererben, ohne die vorher erlangte Ermächtigung des Herzogs. Diese Einwilligung Eures Vaters aber, obwohl niedergeschrieben und von diesem anerkannt, wurde niemals durch seinen Namenszug perfekt gemacht. Denn da der letzte Flavier zu Pferde stieg und nach Ferrara fuhr, um durch sein persönliches Erscheinen jene Unterschrift von Eurem Vater zu erlangen, sprang der Tod grinsend hinter ihm aufs Roß und schnitt mit der Sense dazwischen. – Er ward auf der Reise vom Schlage gerührt.

Wie lag nun die Sache?

Das Testament war formell nichtig, da die Unterschrift des Herzogs mangelte, und Euer Vater, Herr Herkules, fand sich nicht bewogen, sie darunterzusetzen. Er konfiszierte die flavianischen Güter.

Euer Zutun, erhabener Herr, ist nun keine Rechtssache mehr, sondern eine Sache Eurer Großmut, in die ich mich nicht mische."

„Wisse, Richter", versetzte der Herzog, ohne den achtungslosen Ton Strozzis zu rügen, langmütig, „daß ich nicht viel anders denke, noch denken darf, als mein Vater Herkules! Wo es ein rechtlich zulässiges Mittel gibt, den Staatsschatz zu füllen, darf ich es aus sogenannter großer Gesinnung nicht verschmähen und dafür meine Kaufleute und Bauern belasten.

Auf der andern Seite ist mir unlieb, daß die Contrarier so unbestreitbar das innere Recht für sich haben, als ich das äußere."

„Evident!" spottete der Richter.

„Da dünkt mich", fuhr der Herzog gelassen fort, „wäre ein Kompromiß am Platze. Was meinst du, Richter? Wir steuern mit den flavianischen Gütern Donna Angela Borgia aus und vermählen sie mit dem Erben der Rechtsansprüche der Contratier, dem liebenswürdigen Grafen Ettore. Unter uns, ich wünsche das Mädchen weg. Sie bringt mich und den Staat

Ferrara um unsern unvergleichlichen und unersetzlichen Kardinal Ippolito."

„Ich mag sie auch nicht und wünsche sie in den Mond! Kuppeln wir sie mit dem Pedanten! ..." scherzte der Richter mit wüster Heiterkeit, nicht anders, als wäre er trunken.

„Du mußt wissen, mein Herkules", fuhr der Herzog fort, anscheinend ohne sich an dem ärgerlichen Benehmen des Richters zu stoßen, „daß es eigentlich Donna Lucrezia ist, welche ihre Base aussteuert. Die flavianischen Güter bilden ihr Wittum, aber es ist ein unsicherer Besitz, da unsre Gerichte noch nicht endgültig gesprochen haben ...

Du hast davon gehört, mein Herkules?"

„Wie sollt' ich nicht", höhnte der Richter, „da ganz Italien davon widerhallte! Wer kann vergessen, wie Papst Alexander von Herzog Herkules überlistet wurde, wie maßlos das alte Laster sich gebärdete und welche unnachsprechlichen Worte es ausstieß, als es sich geprellt sah!"

Und Strozzis Lache dröhnte unter der niederen Wölbung.

Zugleich hörte Angela durch die Mauerluke, an der sie saß, aus dem nächtlich stillen Hof herauf den weichen Tenor wieder, dessen Kantilene sie bewegt hatte, als sie in der Siestastunde vor der Ankunft des Herzogs mit Lucrezia am Fenster saß. Es war dasselbe Liebeslied ... „Ist es ein mit dem Herzog verabredetes Zeichen, daß Strozzis Mörder bereit stehen?" fragte sie sich mit klopfendem Herzen.

Von diesem Moment an schien des Richters herausforderndes Wesen dem Herzog zuviel zu werden.

„So unterhaltend deine Gesellschaft ist, mein Strozzi", sagte er freundlich, „ich muß dich nun entlassen. Du weißt, ich bin heute scharf geritten und, in der Tat, ich fühle mich müde. Wir kommen wohl auf unsern Gegenstand zurück. Glückselige Nacht!"

Und er beurlaubte das Opfer.

Da Strozzi an der im Halbdunkel sitzenden Angela vorüberging und sich hinuntersteigend in die schwach erhellten Schloßgänge vertiefte, blieb diese wie versteinert, denn die unheimliche Lustigkeit Strozzis war ihr ein Vorzeichen seines Untergangs und die unerschöpfliche Geduld des Herzogs erfüllte sie mit Grauen.

Als sie eine Weile später mit ihrem gefundenen Schlüssel neben dem Herzog stand, der aus dem Archiv getreten war und es abschloß, kehrte der Richter, wie tastend, wieder zurück.

„Ich weiß nicht, wie mir geschieht, Hoheit“, stotterte Strozzi, dessen Lustigkeit verschwunden war, „ich finde den Ausgang nicht und bitte um eine Fackel.“

Der Herzog rief nach einer, die ein Diener dem Richter vortrug, welcher ihr wankend folgte.

Nun floh Angela in ihre Kammer, die sie in verwirrender Angst fest verrammelte, mit ihren klopfenden Pulsen den Lebensrest des Richters zählend und seinen Todesschrei erwartend.

Da ertönte er – entsetzlich und lang – und drang ihr durch das innerste Mark.

Mit zitternden Händen warf sie einen Mantel um, ergriff ihre kleine Leuchte, glitt die einsamen Stiegen hinunter und stürzte aus dem Palast. Hilfe zu bringen? ... Nein, sie zu suchen bei Lucrezia, im Kloster! ... Sie wußte nicht, was sie wollte.

An der Ecke der Burg stieß ihre Fußspitze an den Toten. Sie leuchtete ihm ins Antlitz, konnte aber die bleichen, verzerrten Züge nicht lange betrachten.

Sie kniete nieder, machte über ihm das Zeichen des Kreuzes und verhüllte ihm das grause Haupt barmherzig mit seinem Mantel.

Dann floh sie weiter zu den Klarissen, deren Haus, nur zwei kurze Gäßchen entfernt, auf dem Boden der alten Stadtumwallung stand.

In der Mitte des zweiten hörte sie Schritte hinter sich, wandte sich um, und sah einen ihren fliegenden Gang verfolgenden Schatten. Sie meinte, der Tote habe sich erhoben, und verdoppelte ihre Eile. Doch ihre schnellen Füße wurden durch ein andres Nachtgesicht aufgehalten.

Dicht vor dem Kloster nämlich sprang ein fester Turm mit seiner gewaltigen Rundung vor, den das Gäßchen umkreiste, und der mit dem Kloster aufs seltsamste baulich verwachsen und durch den üppigsten Efeu verwoben war.

Seine ewig verschlossene hohe schmale Pforte war wunderbarerweise geöffnet und davor hielt ein Reitergedräng. In der Mitte saß auf einem Schimmel ein schlanker Jüngling mit einer Binde über den Augen.

Angela erblickte Don Giulio, von dem sie doch wußte, daß ihn der Herzog nach Fenestrella, auf eine Insel in den Pomündungen hatte bringen lassen.

Lebte dieser Don Giulio? War er ein Traum?

Nachdem die, einer hinter dem andern, Einreitenden das Gäßchen geräumt hatten, klopfte Angela an das Klostertor und wurde von der Pförtnerin, der raschen Schwester Consolazione, ohne Verzug in den Klosterfrieden eingelassen.

„Ihr seid erwartet“, sagte sie. „Aber wie? Ihr kommt zu Fuß und allein? Wie Euer Herz pocht, Erlauchte! Wahrlich, wie einem geängstigten Vogel ...“

„Führt mich zur Herzogin!“ unterbrach die Borgia.

Da ihr Schwester Consolazione sachte die noch erhellte Zelle öffnete, lag Lucrezia im sanften Licht einer Ampel schon entkleidet auf dem reinlichen Lager in weißem Nachtgewand, fest entschlummert, ruhig atmend wie Ebbe und Flut, mit einem Kinderlächeln auf dem halbgeöffneten Mund, während die Natur leise verjüngend über ihrem Lieblinge waltete.

Als Angela aus dem Schloß floh, hatte sie der Wunsch getrieben, sich schluchzend an die Brust der Freundin zu werfen und ihren Geblendeten neben den Getöteten Lucrezias zu legen.

Nun betrachtete sie die schöne Schlummernde aufmerksam, verlor den Mut sie zu wecken und seufzte:

„Wie bin ich eine andere!“

LETZTES KAPITEL

Nach soviel Trauer waren fünf Jahre über Ferrara gegangen, ohne daß die tragische Muse von neuem das Herrscherhaus besucht hätte. Ja, das Leben wollte sich zur Idylle gestalten, immerhin die Unruhe eines kurzen Krieges ausgenommen, der aber rasch über den ferraresischen Boden dahinfuhr.

Der Mörder des Großrichters Herkules Strozzi war, ungeachtet vielfacher polizeilicher Nachforschungen und der augenscheinlichen Bemühung des Herzogs selber, unentdeckt geblieben.

Der Oberrichter wurde mit der größten Feierlichkeit bestattet, und der Herzog ließ es sich nicht nehmen, als erster der Trauernden vor dem gerührten Volke dem mit Lorbeer überschütteten Sarg nachzuschreiten.

Auch die junge Witwe, denn der Anbeter Lucrezias hatte in standesmäßiger Ehe gelebt, besuchte Don Alfonso mit fürstlicher Teilnahme und trachtete ihren wilden Schmerz mit weiser Rede zu dämpfen. Die blühende Barbara Torelli aber war untröstlich und redete mit heftiger Gebärde bald davon, ihren Gemahl an seinem Mörder zu rächen, wenn sie ihn finde, bald verlangte sie, sich in ein Kloster zu begraben; in beiden Fällen aber gelobte sie dem toten Gatten ewige Treue.

Wenn nun der Herzog nichts über sie vermochte, so war es Ludwig Ariost vorbehalten, diese leidtragende Barbara aufzurichten. Er war ein Freund Strozzis gewesen und hatte schon dessen Mutter, eine stattliche Frau, herzlich verehrt. Jetzt bemühte er sich um die Witwe seines verblichenen Freundes und suchte sie mit dem Leben zu versöhnen. Diese freundliche Aufgabe löste er in Jahresfrist so vollkommen, daß Barbara Torelli sich erbitten ließ, dem Dichter in sein neuerbautes Heim zu folgen und an seiner Seite jenes einfache Haus zu bewohnen, dessen Bescheidenheit Ariosto in einem weltbekannten Distichon gepriesen hat.

Gleichgeblieben war sich auch das Gefängnis Don Giulios in

dem „vergessenen“ Turm, welcher von dem früheren engeren Mauerkreis als ein unzerstörbares Wahrzeichen alter Wehrkraft stehengeblieben war und später von dem wachsenden Klosterhof der Klarissen eingeschlossen wurde.

Dieser fast unzugängliche Turm war selten bewohnt. Fensterlos nach dem Gäßchen, und auf der Seite des Nonnengartens von verwilderten Brombeerstauden und kletternden Schlingpflanzen bis zu seiner halben Höhe überwuchert, war er in das unbeachtete Weben der Natur zurückgekehrt.

Nur selten wurde er für ungefährliche Staatsgefangene benützt, deren Andenken sich verlor und deren Dasein in dem „vergessenen“ Turm vergessen werden sollte.

Lange hatte sich die Oberin der Klarissen dagegen gesträubt, in den auf ihrem Gebiete stehenden Turm eine hohe Person mit unerbaulicher Legende, wie Don Giulio, eintun zu lassen. Sie kannte die Schwächen des leeren Nonnenherzens: Neugier, Mitleid, Lust an Heimlichkeiten, und fürchtete deshalb den gefährlichen Nachbar.

Auch war ihr der wahre Grund der Entfernung des blinden Este aus Fenestrella nicht unbekannt geblieben.

Zwar wurde ihr gesagt, die vor der Mündung des Po im Meer liegende kleine Festung sei in diesem Zeitlaufe gefährdet und werde sowohl von der Flotte des heiligen Markus, als von den Schiffen St. Petri bedroht: aber sie hatte noch eine ganz andere Geschichte in Erfahrung gebracht. Die junge Frau des Gefangenenwärters, sagte man ihr, habe sich in den hübschen Prinzen trotz seiner Blindheit sterblich verliebt und ihren Mann bewogen, Don Giulio in einem Boot nach Venedig zu entführen. Darüber habe sie der Schloßvogt, ein Hauptmann aus der Schule des weiland Don Cesare, überrascht und die Schuldigen, Mann und Weib, in das Meer versenkt.

In ein ebenso tiefes Stillschweigen wurde jetzt das Dasein Don Giulios im „vergessenen“ Turm begraben.

Der Herzog hatte bei den schwersten Strafen sowohl dem Reisegefolge als dem neuen Kerkermeister seines Bruders verboten, die Gegenwart des Gefangenen zu verraten oder auch nur seinen Namen zu nennen. Und daß die Äbtissin und der Beichtiger des Klosters, welcher auch der Don Giulios war, schwiegen wie das Grab, darum war der Herzog unbesorgt.

Auch Angela schwieg von ihrer traumhaften Begegnung mit dem Blinden an der Turmpforte.

So wurde es möglich, daß die kluge Donna Lucrezia von der Rückkehr Don Giulios nach Ferrara nichts erfuhr, auch durch den Herzog nicht, dem die Herberge des blinden Bruders eine stete Sorge war. Ihn in den Kerkern seiner Stadtburg, gleichsam unter seinen Füßen, zu verwahren, und über dem Haupt des Geblendeten ein heiteres Dasein zu führen, das brachte er doch nicht über sich. Legte er ihn aber in eine Landfestung, so war er gewiß, Don Giulios Leiden, seine Güte und die ihn umwebende Sage werde ihn bald so beliebt machen, daß ein Befreier nicht lange ausbleiben könne.

Der „vergessene Turm“ neben den Klarissen war seine letzte Auskunft gewesen.

Hätte Lucrezia ihn über das Verbleiben Don Giulios befragt, sie würde die Wahrheit erfahren haben; aber sie hütete sich wohl, die wunden Punkte in der Seele ihres Gemahls, den Verlust Ippolitos und den Kerker des Blinden unnötig zu berühren.

So fuhr sie fort, ohne zu ahnen, wer in ihrer Nähe wohne, sich jährlich wenigstens in der Adventszeit auf einige Tage zu den Klarissen zurückzuziehen, wohin sie Donna Angela jedesmal begleitete. Ja, diese suchte sie dort, so lange als möglich, zurückzuhalten, denn die Zusprüche des Beichtigers der Klarissen, Pater Mamette, hatten den Sturm ihrer warmen Seele auf immer beruhigt, wie auch Donna Lucrezia viel von der einfachen Seelsorge des Franziskaners hielt.

Der Herzog irrte nicht, wenn er glaubte, daß das Wohl Don Giulios viele Seelen beschäftige. Nicht nur der ferraresische Dichter legte damals an der bekränzten Pforte eines der Gesänge seines „Rasenden Rolands“ ein rührendes Fürwort für den im Kerker schmachtenden Blinden ein, auch ein Geringerer im Reiche der Geister ergab sich diesem mit Leib und Seele.

Eines Tages nämlich erschien an dem Tor des „vergessenen“ Turmes ein kleiner dürrer Greis, der unter jedem seiner Arme einen gewichtigen Folianten trug. Er legte seine Last auf die hohe Steinschwelle nieder und begann mit einem dicken Kiesel, den er aufraffte, an die stumme Pforte zu pochen.

Vergeblich! Denn diese öffnete sich nicht, und inwendig rührte sich nichts Lebendiges. Der Alte setzte seine Bemühungen so beharrlich fort, daß er nicht bemerkte, wie eine kleine Schar herzoglicher Söldner in den Halbkreis des einsamen Gäßchens einlenkte, bis er von ihnen umringt und ergriffen war.

Jammernd bat er um Schonung für seine Bücher, die sie mit ihren Spießen untersuchen wollten, und deckte seinen Schatz mit dem Leibe. Zu seinem Heil erschien in diesem Augenblicke der Herzog hoch zu Roß, der mit einem kleinen Gefolge von Sachkundigen einen Pulverturm auf seine Feuerfestigkeit hin untersucht hatte und jetzt auf dem kürzesten Wege in seine Stadtburg zurückkehrte.

Der Greis warf sich vor ihm nieder:

„Erhabener Herr, den ich erzogen habe", rief er, „befreie mich mit meinen Freunden Plutarch und Seneca aus den Händen deiner Krieger!"

„Was hast du hier zu schaffen, Magister?" fragte der Herzog streng und zog die Brauen zusammen.

„Ich fühle mich berufen, einen erblindeten Zögling zu besuchen und seine Nacht mit der Weisheit der Alten zu erhellen!"

„Woher weißt du, daß der Blinde hier sitzt?" fuhr ihn der Herzog an.

„Von Liebe zu dem abtrünnigen Sohne der Wissenschaft erfüllt, und nachdem ich erfahren, daß er in Unglück und Dunkel gestürzt sei, verfolgte ich seine Spur bis nach Fenestrella. Dort sagten sie mir, daß er nach einer unverschuldeten Tragödie weggeführt worden sei, und das Gerücht berichte, er sei in deine Nähe und unter deine persönliche Hut zurückgekehrt. Hier in Ferrara pochte ich, von meinem sokratischen Dämon geführt, an die Tür jeden Turmes, und dieser „vergessene" ist der letzte, den ich finde."

Ein geheimes Lächeln stahl sich in die Augen des Herzogs und der Gedanke durchblitzte ihn, seinem unglücklichen Bruder die Gesellschaft ihres gemeinsamen, wie er wohl wußte, vollkommen harmlosen alten Lehrers zu gönnen. Er sagte:

„Wenn hier wirklich ein blinder Schüler von dir wohnt, Mirabili, so magst du ihn meinetwegen allwöchentlich einmal besuchen und mit ihm deine unterbrochenen Lektionen fortsetzen."

Auf seinen Wink stieß ein Leibwächter mit dem Holz seiner Lanze unter dem Rufe: „Auf! Im Namen des Herzogs!" so nachdrücklich gegen die verschlossene Tür, daß innen die Schlüssel augenblicklich rasselten und die Riegel zurückgingen.

Der Herzog ließ den erstaunten Kerkermeister an sein Pferd treten und befahl ihm leise und streng:

„Einmal wöchentlich öffne dem Alten diese Pforte zu Einlaß und Auslaß. Niemals am Tage, sondern vor Morgengrauen oder nach dem Ave Maria."

Von Don Giulio mit Dank und Rührung empfangen, enthielt sich Mirabili, das zerstörte Angesicht, dessen Schönheit in früherer Zeit ihn beglückt hatte, lange zu prüfen. Ohne Zögern machte er sich ans Werk, den Gefangenen in die Herrlichkeiten der stoischen Schule einzuführen und ihm die Triumphe der Selbstüberwindung zu zeigen.

Wenn er ihm dann nach langer Sitzung die hohen Vorbilder pries, die ihn begeisterten, einen Zeno, einen Epiktet und vor allen den Kaiser mit dem Philosophenbart, den göttlichen Marc Aurel, sagte wohl der Blinde, der indessen an seinem Strohgeflecht gesessen hatte, traurig und müde:

„Ach, Mirabili, ich kenne diese vornehmen Herren nicht, und es will mir nicht gelingen, mich mit ihnen auf den Thron der Jugend zu setzen."

Einen kräftigeren Trost reichte dem Blinden der Sohn des heiligen Franziskus, Pater Mamette. Auch er, wie der alte Mirabili, obwohl ein noch grünender feuriger Mann, gehörte zu Don Giulios Jugenderinnerungen.

Aus einer Bauernfamilie Pratellos gebürtig, wurde er als ein verwaistes, ganz junges Blut von seinen älteren Brüdern, die nicht gesonnen waren, ihr Erbe mit ihm zu teilen, ins nahe Kloster geliefert, wo das unschuldige Kind unbeachtet, aber von den Mönchen wohlgelitten, aufwuchs. Dem Kleinen geriet, wie dem verkauften Joseph, alles zum besten, und sein von freudigen Augen beleuchtetes Angesicht war das Wohlgefallen und der Trost aller, die ihn kannten.

Als Don Giulio zum Jüngling heranwuchs und sein prächtiges Pratello baute, war Mamette im Laufe guter und böser Tage zum Manne geworden und ein fertiger Franziskaner.

Don Giulio sah ihn eines Tages unter seinen Bauleuten, als er einem verunglückten Maurer beistand, ihn in seine Arme nahm und den Sterbenden mit mehr als mütterlicher Liebe in den Himmel hob.

Damit fiel er dem Este auf und berührte die wohllautendste Saite seiner Seele. Weil aber der Leichtfertige nach der Hofsitte einen Beichtvater haben sollte und man ihn längst beschuldigte, dieses Herkommen zu vernachlässigen, so entschloß er sich kurz und wählte Peter Mamette.

Außer zu den kirchlich gebräuchlichen Zeiten hatte er ihn übrigens nie rufen lassen, auch nach seinem Sturz ins Elend nicht. Erst als er das Todesurteil erwartete, ließ er ihn zu sich in den Kerker kommen und sich dann von ihm auf das Schafott begleiten.

Nach seiner Rückkehr aus Fenestrella wurde nun Pater Mamette der beste Freund seiner Gefangenschaft, und der von allen Seiten Gerufene und Begehrte zählte die Stunden nicht, die er zur Tröstung des Unglücklichen im vergessenen Turm zubrachte.

Da geschah es oft, daß der Pater den Blinden bei beiden Händen ergriff und ihm sagte: „Ihr kennt noch nicht den unerschöpflichen Born des Glücks: es ist das Geheimnis der Armut. Mein heiliger Franziskus, der mit ihr aufs innigste vermählt war, offenbarte es mir einst zur Rettung aus den Abgründen der Seele.

„Erst wenn Ihr nichts mehr zu eigen habt, könnt Ihr die Liebe Gottes empfangen. Und wenn Ihr empfanget, könnt Ihr geben. Das ist meine Pforte zum Glück und zur Freiheit! Tretet mit mir ein! Werdet arm und ärmer, damit Ihr empfangen und geben könnt, wie ein Brunnen, der Schale um Schale überfließend füllt."

Don Giulio fand anfangs, daß es für ihn, einen Beraubten und aus dem Lichte Gestoßenen, schwer sei, noch ärmer zu werden; er verstand nicht, daß er sich auch des Reichtums seiner selbstsüchtigen Schmerzen entschlagen müsse – immerhin drang das Geheimnis des heiligen Franziskus in eine Tiefe seiner liebedurstigen Seele, die weder Ariost noch Mirabili, weder der Dichter noch der Philosoph hatten erreichen können.

So vergingen drei der Kerkerjahre, aber auch Jugendfrische und Gesundheit des Blinden vergingen. Er welkte. Die dumpfe Luft des Sommers und die Feuchtigkeit des Winters, die Klosterspeise, die ihm geboten wurde und die er, anderes gewöhnt, oft unberührt ließ, die Entbehrung heftiger Leibesübungen, wilder Ritte, des Ballspiels, der Fechtkunst, und, mehr als alles das, die Aussichtslosigkeit der Befreiung erschlaffte und lähmte ihn; denn er wußte – das Wort des Herzogs stand fest –, daß er bei dessen Leben den Kerker nicht verlassen werde. Er selbst ergab sich in sein Los, aber dem alten Mirabili schnitt es in die Seele. Der zerfallende Greis konnte nicht sterben, ohne seinen Liebling befreit zu haben.

So entschloß er sich, ohne das Wissen und die nicht zu erhaltende Einwilligung Don Giulios, etwas Wirksames, zur Entscheidung Führendes zu unternehmen. Nach vielem Denken und einigen schlummerlosen Nächten brachte er das wichtige Werk zustande. Es war ein im reinsten Latein verfaßtes Schreiben, denn die italienische Schriftsprache war ihm nicht geläufig, noch erschien sie ihm zu seinem großen Zweck erhaben genug. Nachdem Mirabili alle berühmten Gefangenen des Altertums, besonders alle unschuldig von Tyrannen in grausamen Kerkern gehaltenen, erwähnt hatte, ging er auf Don Giulio über, den Liebenswürdigsten und Unschuldigsten von allen, und beschwor den Herzog bei dem Gericht der Unterwelt und der Nachwelt, seinen leiblichen Bruder zu befreien, indem er persönlich seine Ketten löse und sich auf öffentlichem Markt vor dem Volke mit ihm versöhne.

Kurz, es war ein herzlich ungeschickter und ein unheilvoller Brief, welcher den Herzog aufbringen mußte, und leider dieses ungewollte Ziel nicht verfehlte.

Schlimmer noch! Der Herzog wurde mißtrauisch. Er sah hinter dem Anschlag des Alten den des gefangenen Bruders, was freilich ein großer Irrtum war.

Er ließ Don Giulio seine herzogliche Ungnade und die Unwiderruflichkeit seines Kerkers wissen und stürzte diesen, dem damals auf einer andern Seite ein süßer Stern der Hoffnung aufgegangen war, in tieferes Elend und auf das Krankenlager.

Gleichgeblieben, wie der Kerker Don Giulios, war sich auch der Stand der flavianischen Güter, die der Fiskus zu genießen fortfuhr, da die Gerichte über deren endgültigen Besitz noch nicht gesprochen hatten. Gleichgeblieben war sich die mühselige Werbung des Grafen Contrario um Donna Angela.

Gleichgeblieben, nein, gestiegen war ihre Abneigung gegen diesen unsträflichen Freier, dem sie, aufs Äußerste getrieben, verzweiflungsvoll erklärte: sie liebe die Gerechten und Tugendhaften gar nicht – mehr schon die ringenden Bösen – am meisten aber die Barmherzigen, wenn sie die Sünder mit starken Armen emporziehen; über welche unerhörte Rede Graf Contrario sich mit Recht entsetzte.

Auch der Herzog hatte zuzeiten an der Gründlichkeit des Wissens und an der kritischen Ader des Grafen kein Vergnügen mehr, besonders wenn dieser mit Kennermiene das nach neuen Erfindungen gegossene Geschütz seines Gastfreundes prüfend umwandelte und jeden einzelnen Teil des Stückes einer eingehenden und vernichtenden Kritik unterwarf.

Dann preßte der Herzog den strengen Mund zusammen und ließ den Grafen allein. Nur der Wunsch, Donna Angela, dieses Hindernis der Rückkehr des Kardinals, zu verheiraten und damit wegzuräumen, verlieh ihm die Geduld, den unermüdlichen Tadler zu ertragen, so lange es sein mußte.

Selbst im Bereich Lucrezias bestrebte sich der Graf unliebenswürdig zu werden; doch alle diese Versuche wurden an ihrer anmutigen Geschicklichkeit zunichte, wie sich eine streitsüchtige Brandung an einem sanften Ufer verliert.

Da ihm Lucrezia ihr Wittum, die flavianischen Güter, als mögliche Mitgift ihrer jungen Base vorspiegelte, überkam ihn aus Widerspruchsgeist ein großer Ärger, das, was in seinen Augen der rechtmäßigste Besitz war, einem Weibe danken zu müssen, und er erhob sich gegen dieses Ansinnen mit männlicher Würde.

Lucrezia aber, die diese Entrüstung nicht für seinen Ernst hielt, antwortete lächelnd:

„Und wenn wir beide, die wir uns darum streiten, die flavianischen Güter in zwei Hälften schnitten und friedlich unter uns teilten, den Richtern zum Verdruß? ... Ich sage es nicht versuchsweise, wie einst König Salomo, um Euer Herz zu prüfen,

Ettore! Ist doch die Erde kein lebendes Kind mit einem unheilbaren Blut und Leben in den Adern, sondern bestimmt, in Stücke zerrissen, verteilt oder geraubt zu werden!"

Der Graf hätte sogleich zugegriffen, wäre er sich selbst über seine Gefühle für Donna Angela klar gewesen. Am liebsten hätte er die flavianischen Güter ohne sie besessen. Er hatte das edle Mädchen von Anfang an als ein eigenwilliges und unerzogenes Geschöpf betrachtet – doch, oh Wunder, seit einiger Zeit geschah etwas mit Angela. Ihre Härte und Herbigkeit verschwand wie die einer schwellenden Frucht, die an der Sonne reift, und welche andere Sonne konnte sie gezeitigt haben, als die Sonne der Liebe? Welcher Sterbliche aber konnte dieses stolze Herz besitzen, wenn nicht Graf Contrario?

Im Streit seiner Gedanken erbat er sich ein Jahr Bedenkzeit.

Während Angela, immer stiller werdend, am Hof von Ferrara in der demütigenden Gewißheit lebte, daß der Herzog ihr Dasein als ein Übel empfand, dessen er sich gern entledigt hätte, trat Donna Lucrezia auf die Höhe ihres Glücks.

Sie hatte Don Alfonso zwei wohlgebildete und begabte Knaben gegeben, und er war ihr dafür, sie täglich höher haltend, von Herzen dankbar.

Fast ebenso sehr liebte er die wunderbare Klugheit, mit welcher sie in der denkbar schwierigsten Lage, während des venezianischen Krieges, da der Herzog im Lager, und die Fortdauer des Staates Ferrara bedroht war, ohne den Beistand des genialen Kardinals die Regentschaft führte.

Nicht daß dieser für das Schicksal Ferraras gleichgültig geworden wäre. Er riet und wirkte von Mailand her mit brüderlicher Gesinnung zugunsten des Herzogs, soweit seine Macht reichte. Seine Körperkräfte aber verzehrten sich darüber, und er litt an häufigen Rückfällen seines verderblichen Fiebers.

Donna Lucrezia lenkte indessen auch ohne ihn das Staatsruder nicht nur mit weitester Umsicht, sondern im entscheidenden Augenblick auch mit männlicher Entschlossenheit. So war es kein Wunder, daß Ferrara und sein Herzog Lucrezia Borgia fast vergötterten.

Aber die kühle, besonnene Fürstin führte mit Bescheidenheit ihren Triumphwagen und hörte den hinter ihr stehenden lästernden Sklaven wohl, der, nach dem Gebrauch des römischen Triumphes, ihr jegliche Schmach ihrer Vergangenheit ins Ohr raunte und nichts vergaß, was sie beschämen konnte.

Da sie nun ihren Ruf vor der Welt gereinigt und wiederhergestellt hatte, war sie auch darauf bedacht, sich den Himmel zu versöhnen. Um so mehr gehorchte sie diesem Antrieb, da sie ihre Kinder mit Schmerzen gebar und oft von einer Ahnung frühen Todes beschlichen wurde.

Sie unternahm auch dieses Werk auf eine ganz sachliche Weise. Gleichwie ihr Vater in ungeheuerlicher Naivität nie an den Dogmen und Wundern einer Kirche gezweifelt hatte, deren Haupt und Schande er war, hatte sich auch Lucrezia in einer geistig heidnischen Welt niemals von den kirchlichen Formen und Vorstellungen entfernt.

Verständig wie sie war, täuschte sie sich nicht über die Summe und Schwere ihrer Sünden und dachte bescheiden von ihren Verdiensten, den frommen Übungen und Almosen, die sie zwar täglich zu vermehren trachtete, die aber gegenüber der Art und Größe ihrer Schuld vor ihren klugen und scharfen Augen täglich wieder zerrannen. Sie war eine Danaide, die unermüdlich Wasser in ein rinnendes Gefäß schöpfte. Nur der Verdammnis zu entgehen hoffte sie und mit Hilfe der kirchlichen Rettungsmittel einen untersten Raum des Fegefeuers zu gewinnen. Einmal dort, so überredete sich die Kluge in liebenswürdiger Torheit, würde es ihr durch die Vermittlung der Heiligen gelingen, eine höhere Stufe zu erreichen.

Pater Mamette, den die Herzogin, so oft sie bei den Klarissen wohnte, als einen Sachkundigen in den Angelegenheiten ihrer Seele zu Rate zog, war in der göttlichen Mathematik erfahren, nach welcher die Großen klein sind und die Armen alles besitzen, und sah wohl, daß sie zu den Reichen gehörte, die schwerlich ins Himmelreich kommen. Ihr Ursprung schon, im Schoße der Kirche, mußte ihm ein Herzeleid sein. Doch nicht hierin, noch in ihrer schauerlichen Jugend, sah er den Felsblock, der ihr die niedrige Pforte der göttlichen Armut verschloß. Wohl aber in ihrer Schlangenklugheit, mit der sie sich selbsttätig durch alle Spalten emporwand.

Doch erkannte er dankbar den Segen, den ihre geschmeidige Lebensweisheit und Staatskunst dem ferraresischen Hause und Staate brachte, und im übrigen tröstete er sich mitleidig damit, daß bei Gott kein Ding unmöglich sei.

Und wenn sie ihm klagte, sie könne Gott nicht lieben, sagte er ihr, der Anfang der Werbung gebühre dem Manne, und sie müsse in Geduld und Almosen ausharren, bis Gottes Liebe um sie freie.

Im vertrauten Umgang mit dem Franziskaner ließ es sich die Herzogin nicht entgehen, ihn auch über Angelas Herz zu beraten. Sie klagte über der jungen Base eigenartiges und gegen die Kirche unbotmäßiges Gewissen, das ihr einrede, sie sei der Ursprung und die Verkettung einer Menge Unheil, das durch keine kirchliche Buße zu sühnen sei. Diese hochmütige Trauer über eine eingebildete oder willkürlich vergrößerte Schuld sei das Hindernis einer glänzenden Versorgung, die sie für das Mädchen im Auge habe. Es sei die Pflicht Pater Mamettes, dieses übertriebene Gewissen zur Bescheidenheit zurückzuführen und ihr den Verstand des Lebens beizubringen.

Des Paters dunkle Augen lachten, als er erwiderte:

„Es ist wahr, Erlaucht, das Gewissen Eurer Base ist vorlaut und aufrichtig, wie der erste Schlag der Morgenglocke, der zur Messe ruft. Doch in einem irrt Ihr, sie scheut die kirchliche Buße nicht ... ich habe ihr die richtige auferlegt."

Und er beurlaubte sich, der Herzogin den Segen erteilend.

Lucrezia ergriff in klösterlicher Demut die Hand des Franziskaners, um sie zu küssen, streifte dann aber, nachdem sie flüchtig zwischen der Hand und dem Ärmel gezaudert, mit dem zarten Mund die eigenen Finger.

Im fünften Lenz der Gefangenschaft Don Giulios suchte die Herzogin zu ungewöhnlicher Zeit die Klosterstille. Sie hatte ein totes Kind geboren und zog sich zu den Klarissen zurück, um zu trauern über das verlorene und zu danken für ihr eigenes, gerettetes Leben.

Doch nach einer Reihe stiller Tage wurde ihr Aufenthalt unversehens gestört und abgekürzt.

Die Ereignisse bewegten sich um den „vergessenen Turm", der bisher in seiner Blätterwildnis von ihr unbeachtet geblieben war.

Eines Tages fehlte die alte Äbtissin im Refektorium[1] bei der Hauptmahlzeit, an welcher die Herzogin mit Angela aus besonderer Güte teilzunehmen pflegte. Sie lag krank. In Folge eines plötzlichen Schreckens war ihr die Gicht aus den geschwollenen Füßen in die Brust gestiegen und sie atmete mühsam. Die Schwestern aber waren verstört wie eine Schar hirtenloser Schafe.

In der Verwirrung vergaßen sie sogar die Klosterregel des Schweigens und erzählten sich wispernd die unglaublichsten Geschichten, die im Frühlicht dieses Tages sich im „vergessenen Turm" ereignet und die hochwürdige Mutter dem Tode nahegebracht haben sollten. Der verlarvte Prinz, der dort seit Jahren sein Wesen treibe, sei in der vergangenen Nacht entführt, andere sagten – erdrosselt worden.

Eines sei sicher, der alte Mirabili, der allein in das Verlies sich habe einschleichen können, sei vor Sonnenaufgang mit schweren Ketten beladen und mit sterbendem Angesicht am Klostertor vorübergeführt worden. Schwester Consolazione habe mit eigenen Augen gesehen, wie der jammernde Greis, mit Eisen belastet, sich kaum habe weiterschleppen können. Er habe unter unverständlichen Hilferufen die gefesselten Hände nach ihr ausgestreckt. Sie hätte blutige Tränen darüber weinen mögen.

„Wer ist dieser Vermummte, das Gespenst des ‚vergessenen Turmes'?" wandte sich die Herzogin an Angela, indem sie sich mit ihr aus der verwirrten Nonnenschar des Refektoriums in ihre Zelle zurückzog. „Mirabili? Ist das nicht der Name des alten Lehrers meines Herrn und der Prinzen seiner Brüder? ... Sollte Don Giulio ..."

Eine schnelle Entdeckung erhellte und beschämte ihren Geist. „Taucht der Verschollene wieder auf? Und hier? Und sie sagen, daß er schon lange da ist! Wie konnte mir das entgehen und so lange verborgen bleiben!" –

Ohne sich weiter um die tief errötende Angela zu kümmern, schloß sie sich in ihre Zelle ein und schrieb an den Herzog.

Sie meldete ihm, der Friede des Klosters sei durch eine Verhaftung gestört worden. Ein rätselhaftes Begebnis, dessen Erklärung allein Seine Hoheit ihr geben könne, mache eine

[1] Klosterspeisesaal.

Zwiesprache zwischen ihr und ihrem Gemahl wünschbar und beendige ihren Aufenthalt bei den Klarissen. Er möge sie morgen in der ersten Abendstunde zurückerwarten.

Lucrezia verließ an jenem Abend ihre Zelle nicht mehr. Sie erkundigte sich durch eine Zofe nach dem Befinden der Äbtissin und erfuhr, Donna Angela besuche eben die Kranke, der es besser gehe. Pater Mamette sei angekommen und das Kloster in seine Ruhe zurückgekehrt.

Lucrezia wollte die Klarissen nicht verlassen, ohne den Wolf zu kennen, der die fromme Herde in Aufruhr gebracht hatte.

So beschied sie auf eine Frühstunde des nächsten Tages, statt der kranken Äbtissin Pater Mamette, dessen Ankunft ihr gelegen kam, auf ihre Zelle.

Sie wollte ihn über seine geheime Mitwissenschaft an diesen Dingen, die sie vermutete und die sie ihm verdachte, zur Rede stellen und, wenn es nötig wäre, ihn mit den verfänglichsten Fragen martern.

Die Lenznacht war schwül und mit dem Duft unzähliger Blüten beladen.

Die Herzogin fand keine Ruhe, sie erhob sich und setzte sich an das geöffnete Fenster.

Der die weiten Gastzellen enthaltende Anbau bildete eine Seite des vergrößerten Klosterhofes und war durch dessen südlichen, mit dem üppigen Laub der Feigen und Limonen dicht gefüllten Winkel von dem „vergessenen“ Turm getrennt. Über dem Blätterdach trat die schwere, durch Verfall und Überwucherung formlos gewordene Masse des gewaltigen Rundbaues in den Hof hinein. Lucrezia erinnerte sich, früher zur Nachtzeit eines der kleinen zwei oder drei, kaum sichtbaren, auf ungleicher Höhe in die Mauer gebrochenen Fensterchen schwach erhellt gesehen zu haben. Heute war das Innere des Turmes dunkel. Von außen aber war er überglänzt von den hohen Sternbildern und an seinem Fuß umschwärmt und umtanzt vom Funkenspiel zahlloser Leuchtkäfer.

Stundenlang belauschte die Schlaflose die Stille der Nacht und das Rauschen des Hofbrunnens.

Da war es, als knickten die Zweige und rauschten leichte Tritte auf dem Rasen. Es wurde wieder still. Jetzt präludierte leise eine Laute. Und jetzt vernahm Lucrezias Ohr aus der

Tiefe des Turmes und einer männlichen Brust einen sanft beginnenden und in Sehnsucht anschwellenden Gesang:

„Ich glaube, daß im Maienduft der reine
Gestirnte Himmel glänzt, ich kann's nicht schauen!
Ein einz'ger Stern darf meinen Himmel zieren ...
Und, wehe, meinen Stern muß ich verlieren,
Dich, treues Weib, die Liebende, die Meine!
Mein Leben kehrt zurück in stummes Grauen!
Der Freund war mein Verderben.
Ich muß vergehn und sterben,
Mißgünstig schickt der Bruder mich von dannen,
In öde, fremde Kerker mich zu bannen."

Lucrezia war nicht im Zweifel, daß sie Don Giulios markige Stimme hörte; bevor sie aber die Bedeutung dieser in Wohllaut klagenden Worte erfassen konnte, antwortete eine andere Nachtigall aus den Feigenbäumen empor.

Auch diese weiche Altstimme war ihr wohlbekannt, Angela sang:

„Getrost! An diesem Tag, der schon im Osten
Den Himmel bleicht, geb' ich Lucrezien Kunde
Von unsrer Treu, zerreißend feige Schleier,
Und wir begehen unsre Hochzeitsfeier,
Gemeinsam fürder Lieb' und Leid zu kosten,
Und wär' es auch in eines Kerkers Grunde!
Willkommen, junge Klarheit!
Willkommen Tag der Wahrheit!
Von Haft zu Haft bis in das Reich der Schatten
Begleit' ich den geliebtesten der Gatten."

Nach einer großen Überraschung und einer Aufwallung von Ärger, die ebensosehr ihrer eigenen jahrelangen Unaufmerksamkeit als dem Geschehenen galt, empfand die Herzogin, lebensklug, wie sie war, jene Beruhigung, die in der vollendeten Tatsache liegt. Denn, wie sie die Base kannte, war es für sie Gewißheit, daß der Zwiegesang am „vergessenen" Turm ein entschlossenes Opfer Angelas und eine vorangegangene

Trauung bedeutete, und sie ahnte auch mit Sicherheit, welcher Priester diesen unwiderruflichen Akt vollzogen habe.

„Der gottlose Franziskaner!“ schalt sie ganz im Ernst, indem sie sich auf ihr Lager zurückzog, wo sie, ihr leichtes Haupt auf das Kissen legend und ihre Gedanken abwerfend, entschlummerte.

Sie schlief in den hellen Morgen hinein, und als sie erwachte, erblickte sie Angela, die an ihrem Lager kniete.

Sie aber schloß ihre Lider noch einmal, legte das blonde Haupt auf das Polster zurück und sprach abwehrend:

„Verschone mich mit deiner Bitte, die ich ungesagt kenne ... du willst mich wieder bei den Klarissen zurückhalten, weil du der geistlichen Übungen nicht satt wirst, du Fromme! Diesmal kann es nicht sein ... ich erwarte die Verfügung des Herzogs. Und liegt dort nicht schon ein Schreiben Don Alfonsos? Du hast es mir während meines Schlummers gebracht? Gib es mir gleich!“

Sie löste das Siegel und überflog die Botschaft mit raschem Blick. Ihr Gemahl hatte geschrieben:

„Geliebte Herzogin!

Beruhigt Euch über den Vorfall im Kloster. Es handelt sich einfach um eine Torheit des altersschwachen Mirabili. Er verkehrte mit dem Blinden, der, wie Ihr vielleicht nicht wußtet, seit einigen Jahren den ‚vergessenen‘ Turm bewohnte, ihn aber heute verläßt. Der Alte hatte sich in den Gedanken verbohrt, den Blinden, dem die Verführungskunst geblieben ist, in Freiheit zu setzen. Nachdem er vor zwei Jahren schon ein wunderliches und unehrerbietiges Schreiben an mich gerichtet, hat er vor kurzem, Torheit auf Torheit häufend, mit einer erbärmlichen Summe den Turmwart zu bestechen versucht und nach einem Abdruck in Wachs einen Schlüssel des Turmes bei meinem Hofschlosser bestellt. Wenige Stunden später lagen Bestechungssumme und Wachsabdruck auf meinem Tische. Ferne sei von mir, über meinen alten Lehrer, der bei grünen Kräften mich zu meinem Heile und mit gutem Erfolg gezüchtigt hat, strenges Gericht zu halten! Er sitzt nun bei meinen Benediktinern in Modena, die ihn mit ihren Manuskripten in ihrem festen Hause aufbewahren.

Es ist gut, daß Ihr heute kommt. Graf Contrario wird mir von Stunde zu Stunde unleidlicher. Nicht genug, daß er in meiner armen Fayencemalerei ein falsches Kunstprinzip erkennt, ist er mir gestern hinter meine Drehbank geraten und hat mir mit seinen eigensinnigen Fingern eine Hauptschraube verkrümmt. Kommt, bevor er mir alles verdirbt, und bringet das Mädchen mit, daß wir sie heute noch zusammengeben und beide, nebst den flavianischen Gütern, endgültig loswerden.

Inzwischen Euer gnädiger und Euch herzlich
liebender Gemahl."

Lucrezia las diese Zeilen zwischen Lächeln und Besorgnis. „Große", sagte sie – so pflegte sie die höher gewachsene Angela scherzend zu nennen – „reiche mir das Morgengewand und mache mich fertig, daß wir mit lauterm Antlitz und geordneten Gedanken dein Bestes erwägen, denn, wisse, von deiner Zukunft handelt dieser Brief. Der Herzog wünscht dich noch heute mit Graf Contrario zu vermählen."

Als Angela zusammenschrak, lächelte die Herzogin: „Frauenschicksal! ... Bist du denn ein Heiligtum, daß du eine redliche Werbung als Beleidigung empfindest, nicht anders, als schände dein Freier einen geweihten, oder betrete wenigstens einen fremden, verbotenen Boden?

Ich habe dich aus Rom nach Ferrara mitgenommen, um dir in dieser gewalttätigen Zeit durch eine ehrenvolle Heirat eine feste und hohe Stellung zu geben, und der Graf, den wir für dich erwählt haben, bietet dir, bei einigen unangenehmen Eigenschaften, alle diese bedeutenden Vorteile. Dazu ist er ein vollkommener Edelmann."

„Edelmann?" spottete Angela, „Und er würde mich heimführen ohne Liebe? Als Anhängsel der flavianischen Güter?"

„Was forderst du denn?" antwortete Lucrezia erbittert: „Willst du es anders haben, als wir alle? Was ist Männerliebe? Reiz, List, Begier, Gewalttat, Haß, Ekel! ... Ich habe nie einen Mann geliebt!" So bekannte Lucrezia Borgia.

Angela schwieg. Sie wußte es anders und besser. Dann sagte sie: „Aber die Liebe, die aus Reue und Mitleid stammt?"

„Das ist die himmlische", meinte Lucrezia, „ganz nach dem Katechismus!"

„Himmlisch oder irdisch!“ bekannte Angela, „Aus dieser Liebe bin ich das Weib Don Giulios geworden.“

Die Herzogin stellte sich erstaunter und erzürnter als sie war:

„So konntest du dich gegen mich und den Herzog vergehen, du Arge! Du stürzest dich in die Schmach und das Dunkel, statt wie es jedem edlen Weibe geziemt und angeboren ist, hoch und höher zu streben und durch verborgene Klugheit das Leben zu beherrschen! Du aber, Niedrige, suchst den Kerker eines Blinden und Verurteilten.“

„Wie ich mich so erniedrigen konnte, will ich dir erzählen, Lucrezia“, sagte Angela stolz und demütig.

„Am Abend, da Strozzi ermordet wurde, und ich zu dir ins Kloster floh, sah ich, wie Don Giulio in den ‚vergessenen‘ Turm gebracht wurde, und schon damals hafteten meine Blicke an den erbarmungslosen Mauern und trugen mich meine Füße unter das im Grün verborgene Gitterfenster. Schon damals hätte ich gerne zu ihm geredet, aber die Stimme versagte mir.

Im Herbst dann, zur Adventszeit, erreichte sie ihn. Der Nordwind hatte einen Haufen welken Laubes ergriffen, wirbelte es empor und jagte es durch das Kerkerfenster zu dem Este hinein, so daß die morschen Blätter ihn raschelnd überschütteten und, wenn er danach tastete, in seinen Händen zerbrechen mußten. Da erschien es mir unendlich grausam, daß die Natur dem Elenden ihren Tod über das Haupt streute. Ich erhob meine Stimme und rief:

‚Don Giulio, Euer Unglück ist da! Es folgt Euch in Liebe.‘

Er aber erkannte meine Stimme und antwortete: ‚Seid mir willkommen! …‘ Damals und später, so oft ich mich ihm nähern konnte, erklärte er mir sein Inneres folgendermaßen:

‚Als du mich einst in Pratello aufstörtest, sagte ich dir, du könntest Vergangenes nicht ändern und meine Augen nicht wiederschaffen; aber jetzt sind mir geistige aufgegangen. Ich sehe‘ – er lächelte – ‚ich sehe mit ihnen, daß, wenn mich dein zufälliges Wort geblendet hat, es zu meinem Heile geschah; zwar auf eine schmerzliche und gewaltsame Weise, wie eine Mutter ihr schreiendes Kind einem Räuber aus den Armen reißt! Denn ich wäre in dumpfer Lust zugrunde gegangen, während ich jetzt mit hellen Sinnen lebe, wenn auch als ein Verminderter, da mir das edle Augenlicht genommen ist und ich beschränkt bin auf ein dunkles Tagewerk. Nur sehne ich mich freilich nach der Waldlust und dem Erdgeruch meines Pratello und auch nach den Hunderten, die es bebauen und denen ich gerne ein guter und gerechter Vater wäre.'"

Und Angela begann mit überschwenglichen Worten Don Giulios neues Wesen zu preisen und auch ihr Glück ... Doch das Unaussprechliche ließ sich nicht sagen und sie schloß damit, Lucrezia zu umhalsen und bis zum Ersticken zu küssen.

Während sich diese der Umarmung zu entziehen suchte, trat Pater Mamette mit schuldlosem und hellem Angesicht ein.

Die Herzogin aber wandte sich entrüstet gegen ihn.

„Ruchloser Mönch!" redete sie ihn an, „Wie durftest du es wagen, deinen Herzog mit so frechem Eingriff in seine vormundschaftliche Macht über diese hier zu beleidigen?"

„Ihr meint, erlauchte Frau, damit, daß ich Don Giulio d'Este mit Donna Angela Borgia getraut habe?" fragte er bescheiden. „Ich tat es im Dienst einer höhren Gewalt als der des Herzogs. Es handelte sich um das Leben Don Giulios und um den Frieden dieses Herzens!" – er blickte auf Donna Angela.

„Im Grunde des ‚vergessenen' Turmes liegt eine enge Kapelle, die zum Dienste der Gefangenen bestimmt ist und durch ein hochgelegenes, schmales, mit schweren Eisenstäben vergittertes Fenster kaum erhellt wird.

Dorthin führe ich allsonntäglich Don Giulio und lese für ihn die Messe. Da erhob ich einmal vor Jahren während der heiligen Gebräuche den Blick zum Fenster, wo sich etwas, wie die Schwinge eines Vogels, geregt hatte. Zwischen dem grünen Blattwerk sah ich braunes Kraushaar und zwei andächtig leuchtende Augen. Es konnte ein Engel sein, welcher der heiligen Messe beiwohnte ... er störte mich nicht.

Als ich dann den Kerker verließ, begegnete mir in der Klosterkirche Donna Angela, deren Beichte ich hören sollte.

Ich erschrak bei ihrem Anblick; denn ihre Stirne trug in tiefen blutroten Striemen das Zeichen des Kreuzes. Was konnte es anders sein als der Eindruck des Fenstergitters der Turmkapelle? Ich erriet, daß die Jugendliche, das verschlungene Geäst der Feigenbäume benützend, im Laubdunkel verborgen, die Stirn auf die harten Eisenstäbe gestützt hatte, um in die Kapelle hinunterzublicken.

In ihrer Beichte quoll ihr Elend empor. Tiefer und blutiger, als es auf ihrer Stirne stand, hatte sich das Gefängnis Don Giulios in ihr Herz eingeschnitten. Die ganze Schuld an der Blendung des Este und nicht minder die Schuld seines Hochverrats lag auf ihrem Gewissen. Sie war die Ursache seines Kerkers.

Sehnsüchtig verlangte sie nach einer Sühne, die unmöglich war, und nach einer Buße, welche die Höhe ihrer Schuld niemals erreichen konnte. Seine Augen konnte sie nicht neu schaffen, und ihr Verlangen, wenigstens, mit ihm verurteilt, sein Kerkerdunkel zu teilen, konnte ihr die irdische Gerechtigkeit nicht gewähren. Aus diesem Inhalt ihres Herzens erkannte ich ihre große Liebe zu Don Giulio: Denn Liebe schlägt gering an, was sie gibt, hoch, was sie verschuldet, und bedarf einer großen Vergebung.

Was aber das Recht nicht verleihen kann, das gewährt die Barmherzigkeit der Kirche. So mußte und durfte ich unwürdiger Priester durch das Sakrament der Ehe die beiden in eine Schuld und in eine Buße vermählen.

Das Staatsgesetz übertraten sie bei der Trauung in keiner Weise. Der Gefangene verließ den Turm nicht, er stand in der Kapelle, und Donna Angela stützte wieder ihre Stirn an das Gitterkreuz, durch welches die von mir gesegneten Ringe gewechselt wurden ..."

„Solche Ehe ist verwerflich und ungültig", behauptete die Herzogin empört.

„So blieb es", fuhr der Franziskaner ruhig fort, „bis Don Giulio nach dem unglücklichen Briefe Mirabilis von einem verderblichen Fieber aufs Lager gestreckt wurde. Wie war es möglich, die eins gewordenen im Sterben zu trennen! ... Er genas unter Donna Angelas Pflege. Die Ehe blieb verborgen, da Angela damals länger als sonst und allein bei den Klarissen blieb, während Eure Erlaucht zur Zeit des venezianischen Krieges in Abwesenheit des Herzogs vom Morgen bis zum Abend dem Wohle des Staates lebte. Die Stunde der Entdekkung stellte ich, wie unser ganzes Los, in Gottes Hand."

„Das Eurige könnte leicht ein schlimmes werden, ehrwürdiger Vater, wenn ich mich nicht herablasse, bei Don Alfonso für Euch einzutreten und fürzusprechen!“ sagte Donna Lucrezia mit einem Zug der Verachtung um den feinen Mund.

„Tut, was Ihr dürft!“ erwiderte der Franziskaner und beurlaubte sich.

Als am Abend in der Dämmerung die Sänfte der scheidenden Herzogin, aus dem Kreis der Nonnen fortgehoben, ins Freie trat, erschien vor dem Tor des „vergessenen“ Turmes der Pater noch einmal. Mit bleichem Angesicht hielt er die Träger auf und flüsterte der Herzogin zu:

„Der Gefangene ist verschwunden. Ich weiß, daß der Hauptmann der herzoglichen Leibwache verlarvt bei ihm erschien und ihn unter einer dunklen Maske weggeführt hat. Tretet für ihn ein, Madonna, wie Ihr es mir verhießet!“

Als die beiden Frauen den erleuchteten Festsaal der Burg betraten, fanden sie dort Don Alfonso, der, die Herzogin erwartend, auf und nieder schritt und sich zuweilen mit einem Blick und einem Rat an der Schachpartie beteiligte, welche ein grauer Höfling mit langer ehrwürdiger Nase gegen den Grafen Contrario spielte.

„Schach und matt!“ krähte der Graf triumphierend und trat, während sein Gegenpart vernichtet auf das verlorene Spiel starrte, den Frauen ritterlich entgegen.

Aber schon hatte der Herzog Donna Lucrezia zu einem entfernten Ruhesitz geführt und begann, nachdem er sie kurz begrüßt hatte, ihr ein Schreiben mitzuteilen. Es kam aus Mailand. Der Kardinal Ippolito hatte es mit zitternder Hand geschrieben und es lautete:

„Geliebtester Bruder, ich bereite mich zum Sterben. Ein inneres Geschwür tötet mich. Ich leide unerträglich. Mich quält der Gedanke: Vielleicht könnte ich leichter scheiden, wenn Don Giulio, mit dem ich mich oft beschäftige, seinen Kerker verließe.

Erweise mir diesen letzten Dienst und lebe wohl.“

„Du begreifst“, sagte der Herzog, „daß ich sofort willfahrte. Aber wohin nun mit dem Blinden? Gib mir deinen Rat, Lucrezia, was ich mit ihm anfange. Er wird sogleich hier erscheinen. Ich habe Befehl gegeben, mir ihn vorzuführen.“

„Das Schicksal hat sich seiner angenommen“, sagte sie. „Erstaune! Seit zwei Jahren ist er vermählt. Zur Schande meiner Klugheit sei es eingestanden, mit meiner aus der Art geschlagenen Base, die im Schatten unsres Klösterchens den vergessenen Turm besuchte. Strafe gehört ihr. Wir grenzen die beiden im Gebiete von Pratello ein und geben ihm Angela zur Hüterin.“

Ein wunderliches Gemisch von Entrüstung und Befriedigung erschien auf den Zügen des Herzogs. „Doch was fangen wir mit diesem an?“ sagte er höhnend und deutete auf die Mitte des Saals, wo der Graf in längerer und sorgfältig begründeter Rede um die Hand der verstummten Angela warb.

Jetzt aber öffnete sich die Tür und der Blinde erschien auf der Schwelle.

„Vergebt, Herr – da ist mein Gemahl!“ rief Angela selig und eilte zu ihm.

Don Giulio trat ein mit einer leichten Binde über den Augen, aber mit sicheren männlichen Schritten, von Angela unmerklich an der Hand geführt.

Er erreichte den Herzog, bog das Knie, faßte seine Hand und sprach:

„Bruder, ich habe mich schwer an dir vergangen, da ich dir ...“ Vielleicht wollte er sagen ‚nach dem Leben stand‘ – aber der Bruder ließ den Bruder nicht ausreden, sondern hob ihn zu seinem Munde empor, und die Männer küßten sich und überschwemmten sich mit Tränen.

Der Herzog faßte sich bald.

„Mein Wort bleibt!“ sagte er. „Du bist mein Gefangener im Umkreis deines weiten Pratello und diese setze ich dir zur Hüterin.“

„Er wird Euer Gebot nicht übertreten“, sagte Angela. „Weder dort noch anderswo, denn seinen dunklen Kerker kann er niemals verlassen. Er trägt ihn überall mit sich.“

„Nicht wahr, Bruder“, bat Don Giulio, „du tötest mir meinen alten Mirabili nicht?“

„Was denkst du von mir, Julius? Ich sollte einen Mann töten, der uns die stoische Weisheit gelehrt hat! ... Er sitzt wie im Paradiese bei unsern gelehrten Benediktinern in Modena!“

Graf Contrario hatte Mühe, an das zu glauben, was er vor

sich sah. Er empfand nur den dunklen Trieb, dem leidensvollen Paar etwas Unangenehmes zu sagen. So warf er noch zwei Steine, die sich aber in Rosen verwandelten.

Er wandte sich zuerst an den Blinden.

„Ich wünsche Glück, Prinz!" sagte er. „Aber erlaubt mir den Mut meiner Meinung. Ich denke, ein wahrer Edelmann, ein ganz vollendeter Edelmann hätte sich wohl gefragt, ob es zart gehandelt sei, wenn ein Blinder eine Sehende an sich fesselt und sie mit verliebten Armen selbstsüchtig in sein Grab niederzieht. Blieb Euch das verborgen oder von Euch unerwogen?"

„Graf", antwortete Don Giulio glücklich, „sie nahm mir die Augen und gibt mir dafür die ihrigen. Sie gibt gern und ich nehme gern. Sie ist selig im Geben und ich im Nehmen."

Angela aber jubelte im Übermaß der Liebe:

„Deine schönen blauen Augen werden wieder erstrahlen, mein Geliebter! ... Du schicktest mich einst fort aus Pratello, weil ich sie nicht neu schaffen könne. Deine Augen werden heller und jünger leuchten als zuvor ... aus dem Angesichte deiner Kinder, wenn sie mir Gott gibt!"

Sie erschrak über ihre Kühnheit und wurde über und über rot.

Darauf warf der Graf seinen zweiten Stein.

„Madonna", tadelte er, „es gibt Dinge, die eine gebildete Dame kaum zu denken wagt, geschweige, daß sie solche ausspricht!"

Angela antwortete mit festlichen Augen – schade, daß der Blinde nicht hineinblicken konnte! – „Was wollt Ihr, Graf? Ich bin eine Borgia, und bleibe eine Borgia, da müßt Ihr mir schon etwas zugute halten."

Es entstand eine Pause. Graf Contrario aber wandte sich mit edlem Entschluß an die Herzogin.

„Erlauchte Frau", sagte er, „ich willige in die von Euch vorgeschlagene Teilung der flavianischen Güter."

Ende

Die Versuchung
des
Pescara

ERSTES KAPITEL

In einem Saal des mailändischen Kastells saß der junge Herzog Sforza über den Staatsrechnungen. Neben ihn hatte sich sein Kanzler gestellt und erklärte die Zahlen mit gleitendem Finger.

„Eine furchtbare Ziffer!“ seufzte der Herzog und entsetzte sich vor der Summe, welche die mit Eile betriebenen Festungsarbeiten verschlungen hatten. „Wie viele Schweißtropfen meiner armen hungernden Lombarden!“ Und um dem Anblick der verhängnisvollen Zahl zu entrinnen, ließ er die melancholischen Augen über die Wände laufen, die mit hellfarbigen Fresken bedeckt waren.

Links von der Tür hielt Bacchus ein Gelage mit seinem mythologischen Gesinde, und rechts war als Gegenstück die Speisung in der Wüste behandelt von einer flotten, aber gedankenlosen, den heiligen Gegenstand bis an die Grenzen der Ausgelassenheit verweltlichenden Hand. Oben auf der Höhe, klein und kaum sichtbar, saß der göttliche Wirt, während sich im Vordergrund eine lustige Gesellschaft ausbreitete, die an Tracht und Miene nicht übel einer Mittag haltenden lombardischen Schnitterbande glich und zum Lachen alle Gebärden eines gesunden Appetits versinnlichte.

Der Blick des Herzogs und der demselben aufmerksam folgende seines Kanzlers fielen auf ein schäkerndes Mädchen, das, einen großen Korb am Arm, wohl um die überbleibenden Brocken zu sammeln, sich von dem neben ihr gelagerten Jüngling umfangen und einen gerösteten Fisch zwischen das blendend blanke Gebiß schieben ließ. „Die da wenigstens verhungert noch nicht“, scherzte der Kanzler mit mutwilligen Augen.

Ein trübes Lächeln bildete und verflüchtigte sich auf dem feinen Mund des Herzogs. „Warum Festungen bauen?“ kam er auf den Gegenstand seiner Sorge zurück. „Das ist ein schlechtes Geschäft! Pescara, der große Belagerer, wird sie schnell wegnehmen und mir dann noch die Kriegskosten aufhalsen. Höre, Girolamo“, und er richtete seinen schlanken Körper in die Höhe, „laß mich weg aus deinen geheimen Bündnissen und Artikeln, du unermüdlicher Zettler. Ich will nichts davon wissen. Du richtest mich und meine Lombarden zugrunde, du Strafe Gottes! Ich will mich nicht an dem Kaiser versündigen: er ist mein Lehensherr. Und lieber will ich mich von seinen höllischen Spaniern schinden lassen, als daß mich meine neuen Bundesgenossen voranschieben und verraten.“ Wie ein sich Aufgebender ließ er sich, die spitzen Knie vorgestreckt, in seinen Sessel niedergleiten und rief voller Verzweiflung: „Ich will eine Muhme oder eine Schwester des Kaisers heiraten! Das sollst du veranstalten, wenn du der große Staatsmann bist, der zu sein du dir einbildest.“

Der Kanzler brach in ein zügelloses Gelächter aus.

„Du hast gut lachen, Girolamo. Von den steilsten Dächern herabrollend, kommst du wie eine Katze immer wieder auf die Füße zu stehen! Ich aber gehe in Stücke! Ich und mein Herzogtum verflüchtigen uns in dem Hexenkessel, der in deinem Kopfe brodelt. Miserere: eine Liga mit dem Heiligen Vater, mit San Marco, mit den Lilien! Oh die böse Klimax! Oh die unheilige Dreieinigkeit! Dem Papste traut man nicht über den Weg, weder ich noch irgendeiner. Er ist ein Medici! Marcus aber, mein natürlicher Feind und Nachbar, ist der ruchloseste aller Heiligen. Und nun gar Frankreich, das mir den Vater in einem Kerkerloche verwesen ließ und den armen Bruder Max, den du verkauft hast, du Schlimmer, in Paris versorgt!“ Die beweglichen Züge des fürstlichen Knaben entstellten sich, als sehe er den Genius seines Hauses die Fackel langsam senken und auslöschen. Eine Träne rann über seine magere Wange.

Der Kanzler streichelte sie ihm väterlich. „Sei nicht unklug, Fränzchen“, tröstete er. „Ich hätte den Max verraten? Keineswegs. Es war die Logik der Dinge, daß er sich gab nach der Zermalmung der Schweizer. Ich habe seine Rente mit König Franz vereinbart und noch um ein Gutes hinaufgemarktet. Er selbst sah ein, daß ich es redlich mit ihm meine, und dankte mir. Er ist ein Philosoph, sage ich dir, der die Welt von oben herunter betrachtet, und da er zu Rosse stieg, um von hinnen zu ziehen, hat er, schon im Bügel, noch Weisheit geredet. ‚Ich segne den Himmel‘, sprach er, ‚daß ich in Zukunft nichts mehr zu schaffen habe mit den groben Fäusten der Schweizer, den langen Fingern des Kaisers' – er meinte die hochselige Majestät, Fränzchen – ,und den spanischen Meuchlerhänden.' Auch hatte der Max gar nicht das Zeug, einen italienischen Fürsten darzustellen, plump und unreinlich wie er ist. Da bist du denn doch eine andere Erscheinung, Fränzchen. Du hast etwas Fürstliches, wenn du dich aufrecht hältst, und dazu die Kunst der Rede, die du von deinem unvergleichlichen Vater dem Mohren erbtest. Ich sage dir, du wirst mit den Jahren noch der klügste und glücklichste Fürst in Italien werden."

Der Herzog betrachtete seinen Kanzler zweifelnd. „Wenn du mich nicht vorher verkaufst und mein Leibgeding in die Höhe marktest", lächelte er.

Morone, der jetzt in seinem langen schwarzen Juristenrock vor ihm stand, entgegnete zärtlich: „Mein holdseliges Fränzchen! Dir tue ich nichts zuleide. Du weißt ja, daß du mir ins Herz gewachsen bist. Du bleibst der Herzog von Mailand, so wahr ich der Morone bin. Aber du mußt dich hübsch belehren und überzeugen lassen, was zu deinem Besten dient."

„Nicht einen einzigen guten Grund hast du mir gegeben für deine neugebackene Liga! Und ich will mich einmal nicht empören gegen meinen Lehensherrn! Das ist sündhaft und gefährlich."

Schnellen Geistes wählte der Kanzler unter den Truggestalten und Blendwerken, über welche seine Einbildungskraft gebot, eine hinreichend wahrscheinliche und wirksame Larve, um sie seinem beweglichen Gebieter entgegenzuhalten und ihn damit heilsam zu erschrecken.

„Fränzchen", sagte er, „der Kaiser ist für dich eine verschlossene Pforte. Hast du ihm nicht die rührendsten Briefe geschrieben, und er hat niemals geantwortet! Es ist ein in der Ferne verschwindender Jüngling und, wie man behauptet, die geduldige Wachspuppe in den formenden Händen seiner burgundischen Höflinge. Da bist du ihm überlegen, du beurteilst die Dinge selbständig. Das Wetter aber in Madrid macht der Bourbone, der verschwenderische Konnetabel[1], der das Gold mit vollen Händen auswirft und dessen Treue außer allem Verdachte steht, da er seinen König Franz verraten hat und

[1] mlat.-fr. Oberstallmeister

jetzt in Ewigkeit zum Dienste des Kaisers verdammt ist. Der Bourbone aber will Mailand. Dein Lehen ist ihm zugesagt. Er ist ein Gonzaga von der Mutter her und strebt nach einem italienischen Throne. Warum kann sich der Kaiser nicht entschließen dich zu belehnen, nachdem du ihm Hunderttausende bezahlt hast? Weil er dein Mailand dem Bourbone zudenkt, darauf nehme ich Gift. Dieser ist seiner Sache gewiß. Unlängst, da du mich in das kaiserliche Lager sendetest, hat er mich mit Liebkosungen fast erdrückt und mir sogar einen Beutel zugesteckt, um mich auf die günstige Stunde vorzubereiten. Denn freilich sind wir alte Bekannte von der französischen Herrschaft her."

Das war Lüge und Wahrheit: der Konnetabel hatte in einer tollen Weinlaune einen witzigen Einfall seines Gastes fürstlich belohnt.

„Und du nahmst, Ungeheuer?" entsetzte sich der Herzog.

„Mit dem besten Gewissen der Welt", erwiderte Morone leichtfertig. „Weißt du nicht, Fränzchen, was die Kasuisten lehren, daß ein Weib soviel nehmen darf, als man ihr gibt, wenn sie nur ihre Tugend behauptet? Das gilt auch für Minister und erlaubt mir, in dieser kargen Zeit unter Umständen auf mein Gehalt zu verzichten. Dafür kannst du dir zuweilen ein gutes Bild kaufen, Fränzchen. Du mußt auch deine ehrbare Ergötzung haben."

Sforza war erbleicht. Das Schreckbild des Bourbonen in seiner Burg und in seinem Reiche, welche beide dieser schon einmal – vor seinem berühmten Verrat – jahrelang als französischer Statthalter besessen hatte, brachte ihn um alle Besinnung. „Ich habe immer geglaubt, und es verfolgt mich auf Schritt und Tritt", jammerte der Ärmste, „daß der Bourbone mein Mailand haben will. Rette mich, Girolamo! Schließe die Liga! Ohne Verzug! Sonst bin ich verloren." Er sprang auf und ergriff den Kanzler am Arm.

Dieser erwiderte gelassen: „Ja, das geht nicht so geschwind, Fränzchen. Doch wird sich vielleicht heute noch etwas dafür tun lassen. Es trifft sich. Gestern ist die Exzellenz Nasi – nicht der Horatius, sondern der schöne Lälius – bei unserm Wechsler Lolli abgestiegen, und durch einen glücklichen Zufall auch Guicciardin hier angekommen, der trotz seiner Borsten im

Vatikan eine angenehme Person ist. Mit diesen zwei gescheiten Leuten ließe sich reden, und ich habe den Venezianer und den Florentiner an deine Abendtafel geladen, da ich weiß, daß du eine unterhaltende Gesellschaft liebst."

„Oh verfluchte, nichtswürdige Verschwörung!" klagte der Herzog wankelmütig.

„Und auch noch ein anderer ist eingeritten, im Morgengrauen. Dieser hat sich auf die dritte Stunde nachmittags angesagt, er wolle erst ausschlafen."

„Ein anderer? Welcher andere?" Der Herzog zitterte.

„Der Bourbone."

„Gott verpeste den bleichen Verräter!" schrie Sforza. „Was will der hier?"

„Das wird er selbst dir sagen. Horch! es läutet Vesper im Dom."

„Empfange du ihn, Kanzler!" flehte der Herzog und wollte durch eine Tür entwischen. Morone aber ergriff ihn am Arm und führte ihn zu seinem Sessel zurück. „Ich bitte, Hoheit! Es geht vorüber. Wenn der Konnetabel eintritt, erhebe sich die Hoheit und empfange ihn stehend. Das kürzt ab." Er umkleidete seinen Herrn mit dem am Stuhl hängengebliebenen Mantel, und dieser nahm allmählich, seine Angst bekämpfend, eine fürstlichere Haltung an, indem er seinen hübschen Wuchs geltend machte und den natürlichen Anstand, den er besaß.

Inzwischen blickte der Kanzler durch das Fenster, das den Schloßplatz und hinter demselben den Umriß eines der neu angelegten Bollwerke des Kastelles zeigte. „Köstlich!" sagte er. „Da steht dieser treuherzige Konnetabel, zehn Schritte vor seinem Gefolge, und zeichnet unbefangen unsere neue Schanze in sein Taschenbuch. Ich will nur gehen und ihn einführen."

Da er mit Morone eintrat, der berühmte Verräter, eine schlanke und hohe Gestalt und ein stolzes, farbloses Haupt mit seinen Zügen und auffallend dunklen Augen, eine unheimliche, aber große Erscheinung, verbeugte er sich höflich vor Franz Sforza, der ihn scheu betrachtete.

„Hoheit", sprach Karl Bourbon, „ich bezeuge meine schuldige Ehrerbietung und bitte um Gehör für eine Botschaft der kaiserlichen Majestät."

Herzog Franz antwortete mit Würde, daß er bereit sei, den Willen seines erhabenen Lehensherrn ehrfürchtig zu vernehmen, wankte dann aber und glitt in seinen Sessel zurück.

Als der Konnetabel den Herzog sich setzen sah, blickte auch er sich nach einem Stuhl oder wenigstens nach einem Schemel um. Nichts dergleichen war vorhanden und auch kein Page gegenwärtig. Da warf er seinen kostbaren Mantel dem Herzog gegenüber an den Marmorboden und lagerte sich geschmeidig, den linken Arm aufgestützt, den rechten in die Hüfte setzend. „Hoheit erlaube“, sagte er.

Karl Bourbon lebte seit seinem Verrat in einer sengenden und verzehrenden Atmosphäre des Selbsthasses. Niemand, sogar der Vornehmste nicht, hätte es gewagt, den stolzen Mann auch nur mit einer Miene an seine Tat zu erinnern und ihn das Urteil erraten zu lassen, welches die öffentliche Meinung seines Jahrhunderts einstimmig und mit ungewöhnlicher Härte über ihn gefällt hatte, aber er kannte dieses strenge Urteil und sein Gewissen bestätigte es. Die gründlichste Menschenverachtung brachte er, bei sich selbst anfangend, der ganzen Welt entgegen, doch beherrschte er sich vollkommen, und niemand benahm sich tadelfreier und redete farbloser, jeden Hohn, jede Ironie, selbst die leiseste Anspielung sich und damit auch den andern untersagend. Nur selten verriet, wie eine plötzlich aus dem Boden zuckende Flamme, ein höllischer Witz oder ein zynischer Spaß den Zustand seiner Seele.

Nachdem der Konnetabel eine Weile gesonnen, begann er mit angenehmer Stimme und einer leichten Wendung des Kopfes: „Ich bitte Hoheit, mich nicht entgelten zu lassen, was meine Sendung Unwillkommenes für Sie haben könnte. Meine Person völlig zurückstellend, übermittle ich der Hoheit einen Beschluß der kaiserlichen Majestät, welchen dieselbe in ihrem Ministerrate gefaßt hat, allerdings nach Vernehmung ihrer drei italienischen Feldherrn, Pescara, Leyva und meiner Untertänigkeit.“

„Wie befindet sich Pescara?“ fragte der Kanzler, der in gleicher Entfernung von den zwei Hoheiten stand, frech dazwischen. „Ist er geheilt von seiner Speerwunde bei Pavia?“

„Freundchen“, versetzte der Konnetabel geringschätzig, „ich bitte Euch, nicht zu reden, wo Ihr nicht gefragt werdet.“

Da nahm der Herzog die Frage auf. „Herr Konnetabel", sagte er, „wie befindet sich der Sieger von Pavia?"

Bourbon verneigte sich verbindlich. „Ich danke der Hoheit für die huldvolle Nachfrage. Mein erlauchter und geliebter Kollege Ferdinand Avalos Marchese von Pescara ist völlig hergestellt. Er reitet ohne Beschwerde seine zehn Stunden." Dann fuhr er fort: „Lasset mich jetzt zur Sache kommen, Hoheit. Bittere Arznei will schnell gereicht sein. Die kaiserliche Majestät wünscht sehr, daß die Hoheit zurücktrete aus der neuen Liga, die Sie mit der Heiligkeit, den Kronen von Frankreich und England und der Republik Venedig abgeschlossen hat oder abzuschließen im Begriffe ist."

Jetzt fand der Herr von Mailand den Fluß der Rede und beteuerte mit gut gespieltem Erstaunen und herzlicher Entrüstung, daß ihm von einer solchen Liga nichts bekannt sei und er selbst sicherlich der erste wäre, nach seiner Lehenspflicht den Kaiser ungesäumt zu unterrichten, wenn seines Wissens in Oberitalien derlei gegen die Majestät gesponnen würde. Und er legte die Hand auf das feige Herz.

Mit vorgebogenem Haupt höflich lauschend, ließ der Konnetabel den jungen Heuchler seine Lüge in immer neuen Wendungen wiederholen. Dann erwiderte er in kühlem Ton, mit einer unmerklichen Färbung verächtlichen Mitleids: „Die Worte der Hoheit unangetastet, muß ich glauben, daß dieselbe von der Sachlage nicht genau unterrichtet ist. Wir denken es besser zu sein. Der Friede zwischen Frankreich und England mit einer bösen Absicht gegen den Kaiser ist eine Tatsache, die uns mit Sicherheit aus den Niederlanden gemeldet wurde. Ebenso gewiß sind wir, daß in Oberitalien gegen uns gerüstet wird. Und soweit sich der Heilige Vater beurteilen läßt, scheint auch er, den wir verwöhnt haben, sich verdeckt gegen uns zu wenden. Zu unterscheiden, was getan und was im Werden ist, kann nicht unsere Aufgabe sein: wir bauen vor. Ehe die Liga", fügte er mit leiserer Stimme bedeutsam hinzu, „einen Feldherrn gefunden hat."

Dann stellte er seine Forderung: „Hoheit gibt uns Sicherheit, in Monatsfrist, daß Sie Neutralität hält. Das ist die inständige Bitte Seiner Majestät. Unter Sicherheit aber versteht sie: Verabschiedung der Schweizer, Beurlaubung der lombardischen Waffen auf die Hälfte, Einstellung aller und jeder Festungsbauten und Überlassung dieses erfindungsreichen Mannes" – er wies mit dem Haupte seitwärts – „an die Kaiserliche Majestät. Wo nicht" – und er erhob sich ungestüm, als wollte er zu Pferde springen – „wo nicht, blasen wir zum Aufbruch, den letzten September, um Mitternacht, keine Stunde früher, keine später, und besetzen in wenigen Märschen das Herzogtum. Hoheit überlege." Er verbeugte sich und schied.

Da ihm Morone das Geleit geben wollte, verfiel Bourbon in eine seiner tollen Launen und wies den Kanzler mit einer possenhaften Gebärde ab. „Adieu, Pantalon, mon ami!"[1] rief er über die Schulter zurück.

Morone geriet in Wut über diese Benennung, welche seiner Person allen Ernst und Wert abzusprechen schien, und entrüstet auf und nieder schreitend, verwickelte er sich mit den Füßen in den liegengebliebenen Mantel des Konnetabel; der junge Herzog aber hielt den Kanzler fest, hing sich ihm an den Arm und weinte: „Girolamo, ich habe ihn beobachtet! Er glaubt sich hier schon in dem Seinigen. Schließe ab! Heute noch! Sonst entthront mich dieser Teufel!"

Noch lag der hilflose Knabe in den Armen seines Kanzlers, als ein greiser Kämmerer den Rücken vor ihm bog und feierlich das Wort sprach: „Die Tafel der Hoheit ist gedeckt." Die beiden folgten ihm, der mit wichtiger Miene durch eine Reihe von Zimmern voranschritt. Eines derselben, ein Kabinett, das keinen eigenen Ausgang hatte, schien mit seiner Tapete von moosgrünem Samt und seinen vier gleichfarbigen Schemeln ein für trauliche Mitteilungen bestimmter Schlupfwinkel zu sein. In seiner Mitte blieb der Herzog verwundert stehen, denn die Hinterwand des sonst leeren Raumes füllte jetzt ein Bild, das er nicht als sein Eigentum kannte. Es war heimlich in den Palast gekommen, eine ihm bereitete Überraschung, das Geschenk des Markgrafen von Mantua, wie auf dem Rahmen zu lesen stand. Der Herzog ergriff seinen Kanzler an der Hand, und beide Italiener näherten sich mit leisen Tritten und einer stillen, andächtigen Freude dem machtvollen Gemälde: auf einem weißen Marmortischchen spielten Schach ein Mann

[1] Auf Wiedersehen, Hanswurst, mein Freund.

und ein Weib in Lebensgröße. Dieses, ein helles und warmes Geschöpf in fürstlichen Gewändern, berührte mit zögerndem Finger die Königin und forschte zugleich verstohlenen Blickes in der Miene des Mitspielers, der, ein Krieger von ernsten und durchgearbeiteten Zügen, in dem streng gesenkten Mundwinkel ein Lächeln versteckte.

Beide, Herzog und Kanzler, erkannten ihn sogleich. Es war Pescara. Die Frau errieten sie mit Leichtigkeit. Wer war es, wenn nicht Viktoria Colonna, das Weib des Pescara und die Perle Italiens? Sie konnten sich nicht von dem Bild trennen. Sie fühlten, daß sein größter Reiz die hohe und zärtliche Liebe sei, welche die weichen Züge der Dichterin und die harten des Feldherrn in ein warmes Leben verschmolz, und nicht minder die Jugend der beiden, denn auch der benarbte und gebräunte Pescara erschien als ein heldenhafter Jüngling.

In der Tat, achtzehnjährig beide, waren sie miteinander an den Altar getreten, und sie hatten sich mit Leib und Seele Treue gehalten, oft und lang getrennt, sie bei der keuschen Ampel in Italiens große Dichter vertieft, er vor einem glimmenden Lagerfeuer über der Karte brütend, dann endlich wieder auf Ischia, dem Besitztum des Marchese, wie auf einer seligen Insel sich vereinigend. Solches wußte das sittenlose Italien und zweifelte nicht, sondern bewunderte mit einem Lächeln.

Auch die zwei vor dem Bild Stehenden empfanden die Schönheit dieses Bundes der weiblichen Begeisterung mit der männlichen Selbstbeherrschung. Sie empfanden sie nicht mit der Seele, aber mit den feinen Fingerspitzen des Kunstgefühls. So wären sie noch lange gestanden, wenn nicht der Kammerherr untertänig gemahnt hätte, daß zwei Geladene im Vorzimmer des Eßsaales warteten. Durch ein paar Türen wurde jenes erreicht und, nach einer kurzen Vorstellung der Gäste, dieser betreten.

Jetzt saßen die vier an der nicht überladenen, aber ausgesuchten Tafel. Während des ersten leichten Gespräches besah sich der Herzog insgeheim seine Gäste. Keine Gesichter konnten unähnlicher sein als diese drei. Den häßlichen Kopf und die grotesken Züge seines Kanzlers freilich wußte er auswendig, aber es fiel ihm auf, wie ruhelos dieser heute die feurigen Augen rollte und wie über der dreisten Stirn das pechschwarze Kraushaar sich zu sträuben schien. Daneben hob sich das Haupt Guicciardins durch männlichen Bau und einen republikanisch stolzen Ausdruck sehr edel ab. Der Venezianer endlich war eines schönen Mannes Bild mit einem vollen weichen Haar, leise spottenden Augen und einem liebenswürdigen verräterischen Lächeln. Auch in der Farbe unterschieden sich die drei Angesichter. Die des Kanzlers war olivenbraun, der Venezianer besaß die durchsichtige Blässe der Lagunenbewohner, und Guicciardin sah so gelb und gallig aus, daß der Herzog sich bewogen fühlte, ihn nach seiner Gesundheit zu fragen.

„Hoheit, ich litt an der Gelbsucht", versetzte der Florentiner kurz. „Die Galle ist mir ausgetreten, und das ist nicht zum Verwundern, wenn man weiß, daß mich die Heiligkeit in ihre Legationen gesendet hat, um dieselben zu einem ordentlichen Staate einzurichten. Da schaffe einer Ordnung, wo die Pfaffen Meister sind! Nichts mehr davon, sonst packt mich das Fieber, trotz der gesunden Luft von Mailand und den guten deutschen Nachrichten." Er wies eine süße Schüssel zurück und bereitete sich mit mehr Essig als Öl einen Gurkensalat.

„Nachrichten aus Deutschland?" fragte der Kanzler.

„Nun ja, Morone. Ich habe Briefe von kundiger Hand. Die Mordbauern sind zu Paaren getrieben und – das Schönste – Fra Martino selbst ist mit Schrift und Wort gewaltig gegen sie aufgetreten. Das freut mich und läßt mich an seine Sendung glauben. Denn, Herrschaften, ein weltbewegender Mensch hat zwei Ämter: er vollzieht, was die Zeit fordert, dann aber – und das ist sein schweres Amt – steht er wie ein Gigant gegen den aufspritzenden Gischt des Jahrhunderts und schleudert hinter sich die aufgeregten Narren und bösen Buben, die mittun wollen, das gerechte Werk übertreibend und schändend."

Der Herzog war ein wenig enttäuscht, denn er liebte Krieg und Aufruhr, wenn sie jenseits der Berge wüteten und seine Einbildungskraft beschäftigten, während er selbst außer Gefahr stand. Der Kanzler aber tat einen Seufzer und sagte mit einem wahren menschlichen Gefühl: „In Germanien mag nun viel Grausames geschehen."

„Tut mir leid", versetzte der Florentiner, „doch ich behalte das Ganze im Auge. Jetzt, nach Bändigung der trotzigen Ritter und der rebellischen Bauern, führen die Fürsten. Die Reformation, oder wie ihr es nennen wollet, ist gerettet."

„Und Ihr seid ein Republikaner?" stichelte der Kanzler.

„Nicht in Deutschland."

Auch der schöne Lälius gönnte sich einen Scherz. „Und Ihr dient dem Heiligen Vater, Guicciardin?" lispelte er.

Dieser, dem das süßliche Lächeln widerstand und den seine Gelbsucht reizbar machte, antwortete freimütig: „Jawohl, Herrlichkeit, zur Strafe meiner Sünden! Der Papst ist ein Medici, und diesem Hause ist Florenz verfallen. Ich aber will nicht aus meiner Vaterstadt vertrieben werden, denn flüchtig sein ist das schlimmste Los und gegen seine Heimat zu Felde liegen das größte Verbrechen. Der Heilige Vater weiß, wer ich bin, und nimmt mich nicht anders, als ich bin. Ich diene ihm, und er hat nicht über mich zu klagen. Aber ich lasse mir nicht das Maul verbinden, und so sei es mit Wonne ausgesprochen unter uns Wissenden: Fra Martino hat eine gerechte Sache, und sie wird sich behaupten."

Dem Herzog machte es Spaß, und er empfand eine Schadenfreude, es zu erleben, wie der große germanische Ketzer von einem Sachwalter des Heiligen Vaters verherrlicht wurde. Freilich überlief ihn eine Gänsehaut, daß solches in seiner Gegenwart und in seinem Palast geschehe. Er winkte die Diener weg, welche eben die Früchte aufgesetzt hatten und der spannenden Unterhaltung ihre stille Aufmerksamkeit widmeten.

Jetzt forderte Morone, der sich auf seinem Stuhl hin und her geworfen, mit flammenden Augen den Florentiner auf: „Ihr seid ein Staatsmann, Guicciardin, und auch ich pfusche ins Handwerk. Wohlan, begründet Eure merkwürdigen Sätze: Bruder Martinus tut ein gerechtes Werk, und dieses Werk wird gelingen und dauern."

Guicciardin leerte ruhig seinen Becher, während der schöne Lälius ein Zuckerbrot zerbröckelte, der Herzog nach seiner Art sich im Sessel gleiten ließ und Morone begeistert von dem seinigen aufsprang.

„Nicht wahr, Herrschaften", begann der Florentiner, „kein Kind, kein Tor würde es ertragen, wenn ein Ding vorgeben wollte, dasselbe Ding geblieben zu sein, nachdem es sich in sein Gegenteil verwandelt hätte, zum Beispiel das Lamm in den Wolf, oder ein Engel in einen Teufel. Wie wir nun in unserm gebildeten Italien von der heiligen Gestalt denken mögen, die sich in den Päpsten fortsetzt, eines ist nicht zu leugnen: daß sie nur Gutes und Schönes gewollt hat. Und ihre Nachfolger, die das Werk und Amt des Nazareners übernommen haben – sehet nur die vier der Wende des Jahrhunderts! Da ist der Verschwörer, der unsern gütigen Julian gemeuchelt hat! Dann kommt der schamlose Verkäufer der göttlichen Vergebung! Nach ihm der Mörder, jener unheimliche zärtliche Familienvater! Keine Fabelgestalten, sondern Ungeheuer von Fleisch und Blut, in kolossalen Verhältnissen vor dem Auge der Gegenwart stehend! Und der vierte, den ich von jenen trenne: unser großer Julius, ein Heros, der Gott Mars, aber ein Gegensatz noch schreiender als jene drei zu dem sanftmütigen Friedestifter! Viermal nacheinander dieser Widerspruch, das ist ein Hohn gegen die menschliche Vernunft. Es nimmt ein Ende: entweder verschwindet jene erste himmlische Gestalt in dieser dampfenden Hölle und flammenden Waffenschmiede, oder Bruder Martinus löst sie mit einem scharfen Schnitt von solchen Nachfolgern und Amtsbrüdern."

„Das ist lustig", meinte der Herzog, während der Kanzler wie besessen in die Hände klatschte.

„Eine Predigt Savonarolas", ließ sich der schöne Lelio vernehmen, ein Gähnen verwindend. „Wenn wir Fra Martino in Venedig hätten, so könnten wir ihn zügeln und sachdienlich verwenden. Aber seinem germanischen Trotzkopf überlassen, wird er, fürcht' ich, über kurz oder lang dem andern auf den Scheiterhaufen folgen."

„Nein", versetzte Guicciardin heiter, „seine braven deutschen Fürsten werden ihr Schwert vor ihn halten und ihn schützen."

„Doch wer schützt seine Fürsten?" spottete der Venezianer.

Guicciardin schlug eine fröhliche Lache auf. „Der Heilige Vater", sagte er. „Sehet, Herrschaften, das ist eine jener verdammt feinen Zwickmühlen, wie sie der Zufall oder ein Besserer in der Weltgeschichte anlegt. Seit unsere Päpste sich verweltlich haben und einen Staat in Italien besitzen, ist ihnen das kleine Zepter teurer als der lange Hirtenstab. Ist nicht, diesem Zepter zuliebe, unser Clemens im Begriff, dem frommgläubigen Kaiser förmlich den Krieg zu erklären? Einem Heiligen Vater aber, der mit Kanonen auf ihn schießt, wird Karl kaum den Gefallen tun, seine tapferen germanischen Landsknechte in die Kirche zurückzuzwingen. Und umgekehrt: wenn die ketzerischen deutschen Fürsten gegen die Kaiserliche Majestät sich empören und Panier aufwerfen, wird der Heilige Vater nicht ihre Seele vorläufig in Ruhe lassen und sich heimlich ihrer Waffen bedienen? Unterdessen aber wächst der Baum und streckt seine Wurzeln."

Jetzt wurde der Herzog unruhig. Es kam die angenehme Stunde seines Tagewerkes, in welcher er seine Hunde und Falken mit eigenen Händen fütterte. „Herrschaften", sagte er, „mich würde dieser germanische Mönch nicht verführen. Man hat mir sein Bildnis gezeigt: ein plumper Bauernkopf, ohne Hals, tief in den Schultern. Und seine Gönner, die saxonischen Fürsten – Bierfässer!"

Guicciardin zerdrückte den feinen Kelch in der Hand und einen Fluch zwischen den Zähnen. „Es ist schwül hier im Saal", entschuldigte er sich, und gleich hob der Herzog die Tafel auf. „Wir wollen frische Luft schöpfen", meinte er. „Auf Wiedersehen, Herrschaften, nach Sonnenuntergang, im grünen Kabinett."

Er verließ das Zimmer, um dem Venezianer, an welchem er ein Wohlgefallen fand, seine Gebäude, Terrassen und Gärten zu zeigen. Es waren noch jene unvergleichlichen Anlagen, welche der letzte Visconte gebaut und mit seinem gespenstischen Treiben erfüllt hatte, die Überbleibsel jener „Burg des Glücks", wo er, wie ein scheuer Dämon in seinem Zauberschloß, Italien mit vollendeter Kunst regierte, und aus welcher er seine Günstlinge, sobald sie erkrankten, wegtragen ließ, damit niemals der Tod an diese Marmorpforten klopfe.

Ein guter Teil der alten Pracht war verfallen, oder zertreten und verschüttet durch den Krieg und die neu aufgeworfenen Bollwerke. Immerhin blieb noch genug übrig für die schmeichelnde Bewunderung des schönen Lälius, und Franz Sforza verlebte ein paar hübsche Stunden. Nur da sie eine Reitbahn betraten, welche der Bourbon während seiner mailändischen

Statthalterschaft errichtet, verschatteten sich die fürstlichen Züge, um sich dann aber gleich wieder zu erheitern. Er hatte das schallende Gelächter Guicciardins vernommen und darauf diesen selbst erblickt, der sich in eine ländliche Veranda hemdärmelig mitten unter lombardische Stallknechte gesetzt hatte, mit ihnen Karten spielte und einem herben Landwein zusprach. „Die Vergnügungen eines Republikaners“, spottete Franz Sforza. „Er erholt sich von seinem fürstlichen Umgang.“ Der schöne Lelio lächelte zweideutig, und sie setzten ihren Lustwandel fort.

Der erste, welcher sich in dem moosgrünen Kabinett einfand, wenn er es nicht etwa gleich nach aufgehobener Tafel betreten und nicht wieder verlassen hatte, war Girolamo Morone. Er stand vertieft in das Bild. Eine Weile mochte er die entzückten Augen an dem holdseligen Weib geweidet haben, jetzt aber durchforschte er mit angestrengtem Blick das Antlitz des Pescara, und was er aus den starken Zügen heraus oder in dieselben hinein las, gestaltete sich in dem erregten Mann zu heftigen Gebärden und abgebrochenen Lauten. „Wie wirst du spielen, Pescara?“ stammelte er, die schalkhafte Frage, die in Victorias unschuldigem Auge lag, ingrimmig wiederholend und die pechschwarze Braue zusammenziehend.

Da erhielt er einen kräftigen Schlag auf die Schulter. „Verliebst du dich in die göttliche Viktoria, du Sumpf?“ fragte ihn Guicciardin mit einem derben Gelächter.

„Spaß beiseite, Guicciardin, was denkst du von dem hier mit dem roten Wamse?“ und der Kanzler wies auf den Feldherrn.

„Er sieht wie ein Henker.“

„Nicht, Guicciardin. Ich meine: was sagst du zu diesen Zügen? Sind es die eines Italieners oder die eines Spaniers?“

„Eine schöne Mischung, Morone. Die Laster von beiden: falsch, grausam und geizig! So habe ich ihn erfahren, und du selbst, Kanzler, hast mir ihn so gezeichnet. Erinnere dich! In Rom, vor zwei Jahren, da der witzige Jakob uns zusammen über den Tiber setzte.“

„Hab ich? Dann war es der Irrtum eines momentanen Eindrucks. Menschen und Dinge wechseln.“

„Die Dinge, ja; die Menschen, nein: sie verkleiden und spreizen sich, doch sie bleiben, wer sie sind. Nicht wahr, Hoheit?“ Guicciardin wendete sich gegen den Herzog, welcher eben eintrat und dem der Venezianer auf dem Fuße folgte.

Die vier grünen Schemel besetzten sich, und die Türen wurden verboten. Das offene Fenster füllte ein Abendhimmel.

„Herrschaften“, begann der Herzog mit würdiger Miene, „wie weit die Vollmachten?“

„Meine Bescheidenheit“, sagte der schöne Lälius, „ist beauftragt, abzuschließen.“

„Die Weisheit des Heiligen Vaters“, folgte Guicciardin, „wünscht ebenfalls ein Ende. Die Liga war lange der Liebling ihrer Gedanken: sie stellt sich, wie ihr gebührt, an die Spitze, mit Vorbehalt der schonenden Formen des höchsten Hirtenamtes.“

„Die Liga ist geschlossen!“ rief der Herzog mutig. „Kanzler, statte Bericht ab!“

„Herrschaften“, begann dieser, „in ihren Briefen verspricht die französische Regentschaft, im Einverständnis mit dem zu Madrid gefangen sitzenden König, ein ansehnliches Heer und entsagt zugleich endgültig, in die Hände des Heiligen Vaters, den Ansprüchen auf Neapel und Mailand.“

„Optime!“ jubelte der Herzog. „Und Schweizer bekämen wir soviel wir wollen, in lichten Haufen, wenn wir nur Dukaten hätten, ihnen damit zu klingeln. Nicht wahr, Kanzler?“

„Da ist Rat zu schaffen“, versicherten die zwei andern.

„Aber, Herren“, drängte Morone, „es eilt! Der Bourbone war hier. Man blickt uns in die Karten. Die drei Feldherrn drohen in Monatsfrist Mailand zu nehmen, wenn wir nicht abrüsten. Wir müssen losschlagen, und um loszuschlagen, müssen wir unsern Capitano wählen, jetzt, sogleich!“

„Dazu sind wir gekommen“, sprachen die zwei wiederum einstimmig.

„Der Liga den Feldherrn geben!“ wiederholte der Kanzler. „Das ist nicht weniger als über das Los Italiens entscheiden! Wen stellen wir dem Pescara entgegen, dem größten Feldherrn der Gegenwart? Nennet mir den ebenbürtigen Geist! Unsern großen Kriegsleuten, dem Alviano, dem Trivulzio, ist längst die Grabschrift gemacht, und die übrigen hat Pavia getötet. Nennt mir ihn! Zeiget mir die mächtige Gestalt! Wo ist die gepanzerte rettende Hand, daß ich sie ergreife?“

Eine trübe Stimmung kam über die Gesellschaft, und der Kanzler weidete sich an der Niedergeschlagenheit der Verbündeten.

„Wir haben den Urbinaten oder den Ferraresen“, meinte Nasi, doch Guicciardin erklärte bündig, den Herzog von Ferrara schließe die Heiligkeit aus als ihren abtrünnigen Lehensmann. „Wählen wir den Herzog von Urbino. Er ist kleinlich und selbstsüchtig, ohne weiten Blick, ein ewiger Verschlepper und Zauderer, aber ein versuchter Kriegsmann, und es bleibt uns kein anderer“, sprach der Florentiner mit gerunzelter Stirn.

„Da wäre noch euer Hans Medici, Guicciardin, und Ihr hättet den jungen Waghals, nach dem Euer Herz zu begehren scheint“, neckte ihn der Venezianer.

„Höhnt Ihr mich, Nasi?“ zürnte Guicciardin. „Daß ein junger Frevler unsere patriotische Sache entweihe und ein tollkühner Bube unsern letzten Krieg mit den Würfeln einer leichtsinnigen Schlacht verspiele? Der Urbinate wird uns wenigstens nicht verderben, wenn er den Krieg verewigt, die Hilfe eines würgenden Fiebers oder eines Auflaufes der Landsknechte im kaiserlichen Lager abwartend. Wählen wir ihn.“ Er seufzte, und in demselben Augenblick fuhr er wütend gegen den Kanzler los, den er das Ende seiner Rede mit einem verzweifelnden Gebärdenspiele begleiten sah. „Laß die Grimassen, Narr!“ schrie er ihn an, „... Ich bitte um Vergebung, Hoheit, wenn ich ungeduldig werde, und Hoheit ist auf meiner Seite, wie ich glaube ...“ Der Herzog blickte auf seinen Kanzler.

„Sei es“, sagte Morone, „wir stimmen bei, aber es ist ein unfreudiges Ja, das die Hoheit zu dem seelenlosen Anfang unsers Bündnisses gibt.“ Der Herzog nickte trübselig. „Nein“, rief der Kanzler, „sie gibt es nicht, die Hoheit tritt zurück, sie kann es nicht verantworten, die letzten Kräfte dieses Herzogtums zu erschöpfen! Sie zieht nicht zu Felde, im voraus entmutigt und geschlagen! Die Liga ist aufgehoben! Oder wir suchen ihr einen siegenden Feldherrn.“

Die zwei andern schwiegen mißmutig.

„Und ich weiß einen!“ sagte Morone.

„Du weißt ihn?“ schrie Guicciardin. „Bei allen Teufeln,

heraus damit! Rede! Wen werfen wir in die Waagschale gegen Pescara?“

„Redet, Kanzler!“ trieb auch der Venezianer.

Morone, der von seinem Schemel aufgesprungen war, trat einen Schritt vorwärts und sprach mit starker Stimme: „Wen wir gegen Pescara in die Waagschale werfen? Welchen Ebenbürtigen? Pescara, ihn selber!“

Ein Schrecken versteinerte die Gesellschaft. Der Herzog starrte seinen außerordentlichen Kanzler mit aufgerissenen Augen an, während Guicciardin und der Venezianer langsam die Hand an die Stirn legten und zu sinnen begannen. Beide errieten sie als kluge Leute ohne Schwierigkeit, wie Morone es meinte. Sie waren die Söhne eines Jahrhunderts, wo jede Art von Verrat und Wortbruch zu den alltäglichen Dingen gehörte. Hätte es sich um einen gewöhnlichen Kondottiere gehandelt, einen jener fürstlichen oder plebejischen Abenteurer, welche ihre Banden dem Meistbietenden verkauften, sie hätten wohl dem Kanzler sein frevles Wort von den Lippen vorweggenommen. Aber den ersten kaiserlichen Heerführer? Aber Pescara? Unmöglich! Doch warum nicht Pescara? Und da Morone leidenschaftlich zu sprechen begann, verschlangen sie seine Worte.

„Herrschaften“, sagte dieser, „Pescara ist unter uns geboren. Er hat Spanien niemals betreten. Die herrlichste Italienerin ist sein Weib. Er muß Italien lieben. Er gehört zu uns, und in dieser Schicksalsstunde, da wir mit dem noch ledigen Arm unsern andern schon gefesselten befreien wollen, nehmen wir den größten Sohn der Heimat und ihren einzigen Feldherrn in Anspruch. Wir wollen zu ihm gehen, ihn umschlingen und ihn anrufen: Rette Italien, Pescara! Ziehe es empor! Oder es reißt dich mit in den Abgrund!“

„Genug deklamiert!“ rief Guicciardin. „Ein Phantast wie du Kanzler, mit den unbändigen Sprüngen deiner Einbildungskraft ist dazu da, das Unmögliche zu erdenken und auszusprechen, das vielleicht, näher betrachtet, nicht völlig unmöglich ist. Jetzt aber sei stille und laß die Vernünftigen es beschauen und sich zurechtlegen, was du im Fieber geweissagt hast. Gebärde dich nicht wie ein Rasender, sondern setze dich und laß mich reden!

Herrschaften, oft, und in verzweifelten Lagen immer, ist Kühnheit der beste und einzige Rat. Der Krieg unter dem Urbinaten starrt uns an wie eine Maske mit leeren Augen. Wir alle fühlen, er würde uns langsam lähmen und methodisch zugrunde richten. Lieber ein halsbrechendes Wagnis. Also ja! Wenn es nach mir geht, versuchen wir den Pescara! Verrät er uns an den Kaiser, so kann er uns alle verderben. Aber wer weiß, ob er nicht seinem Dämon unterliegt? Zuerst müssen wir uns fragen: wer ist Pescara? Ich will es euch sagen: ein genialer Rechner, der die Möglichkeiten scharfsinnig scheidet und abwägt, der die Dinge unter ihrem trügerischen Antlitz auf ihren wahren Wert und ihre reale Macht zu untersuchen die Gewohnheit hat. Wäre er sonst, der er ist, der Sieger von Bicocca und Pavia? Wenn wir ihn antreten, wird er zuerst eine große Entrüstung heucheln über eine Sache, die er sicherlich selbst schon in gewissen Stunden sich besehen und betrachtet hat, wenn auch vielleicht nur als Übung seines immerfort arbeitenden Verstandes. Dann wird er langsam und sorgfältig abwägen: den Stoff, den wir ihm geben, das heißt unser Italien, ob sich daraus ein Heer und später ein Reich bilden ließe, und – seinen Lohn. Und da der Stoff zwar edel, aber spröde ist und einer gewaltig bildenden Hand bedarf, müssen wir ihm die größte Belohnung bieten: eine Krone."

„Welche Krone?" stammelte der Herzog angstvoll.

„Eine Krone, Hoheit, sagte ich, keinen Herzogshut, und meinte die schöne von Neapel. Sie ist in Feindeshand, also erledigt, und ein Lehen der Heiligkeit."

„Wenn wir Kronen austeilen", spottete der Venezianer, „warum bieten wir dem Pescara nicht gleich die Fabel- und Traumkrone von Italien?"

„Die Traumkrone!" Das Antlitz des Florentiners zuckte schmerzlich. Dann sprach er trotzig, sich und die Umsitzenden vergessend: „Die Krone von Italien! Wenn Pescara an der Spitze unserer Heere reitet, wird sie ungenannt vor ihm herschweben. Möchte er sie, als der Größte unserer Geschichte, fassen und ergreifen, diese ideale Krone, nach welcher schon so manche Hände und die frevelhaftesten sich gestreckt haben! Möge sie auf seinem Haupte zur Wahrheit werden! Und", sagte er kühn, „weil wir heute jedes gewöhnliche Maß verlassen und unsern Endgedanken und innersten Wünschen Gestalt geben, so wisset, Herrschaften: ist Pescara der Vorausbestimmte, wie es möglich wäre, in der Zeit liegen große Begünstigungen und in den Sternen glückliche Verheißungen. Baut er Italien, so wird er es auch beherrschen. Aber, Kanzler, ich habe dich einen Phantasten genannt, und phantasiere größer als du. Kehren wir zurück aus dem Reiche des Ungeborenen in die Wirklichkeit und stellen wir die Frage: wer übernimmt die Rolle des Versuchers?"

„Ich stürze mich wie Curtius in den Abgrund!" rief der Kanzler aus.

„Recht", billigte Guicciardin. „Du bist die Person dazu. Einem andern würde die Stimme versagen und er würde vor Scham versinken, wenn er vor Pescara träte, um mit ihm von seinem Verrate zu reden. Du Schamloser aber bist zu allem fähig, und deine Schellenkappe bringt dich aus Lagen und Verwicklungen, wo jeder andere hängenbliebe. Will Pescara nicht, so nimmt er dich von deiner närrischen Seite und behandelt dich als Possenreißer; will er, so wird er unter deinen tragischen Gebärden und deinen komischen Runzeln den Ernst und die Größe der Sache schon zu entdecken wissen. Gehe du hin, mein Sohn, und versuche den Pescara!"

Der Herzog, der sich grübelnd auf seinem Schemel zusammengekauert hatte, wollte eben nach Licht rufen, denn die Dämmerung wuchs, und er fürchtete das Dunkel. Da sah er die Dinge unvermutet auf ihre Spitze kommen und wurde ängstlich. „Kanzler, du darfst nicht!" verbot er. „Ich will mit diesem großmächtigen Pescara nichts zu schaffen haben. Bekommen wir ihn, so wird er zuerst meine Ebenen nehmen, welche den Krieg anlocken, und meine Festungen, welche sie behaupten. Und hat er sie, so wird er sie behalten. Verspielt er aber, so büße ich zuerst und verfalle ohne Gnade dem Spruche des Kaisers, meines Lehensherrn. Oh, ich durchschaue euch! Ihr alle, selbst dieser da" – er blickte wehmütig nach seinem Kanzler – „habet immer nur euer Italien im Sinne, und ich gelte euch" – er blies über die flache Hand – „soviel! Ich aber bin ein Fürst und will mein Erbe, mein Mailand, und nichts als mein Mailand! und du, Girolamo, gehst nicht zu Pescara. Ich kann dich keine Stunde entbehren!"

Jetzt nahm der schöne Lälius das Wort und lispelte: „Wenn Hoheit darauf bestünde, so würde durch Ihren Einspruch unser Plan hinfällig, und ich hätte einen andern. Da wir uns einmal, sonderbarerweise, nach unserm Capitano unter den kaiserlichen Feldherrn umsehen, wäre nicht etwa der Versuch zu machen, ob sich der Bourbone, gegen ein großes Anerbieten, zu einem zweiten Verrat entschlösse?“

Der Herzog schrak zusammen. „Wann verreisest du, mein Girolamo?“ fragte er.

„Zuerst, Kanzler“, fiel Guicciardin ein, „habe ich Auftrag, dich nach Rom mitzunehmen. Der Heilige Vater wünscht, dich näher kennenzulernen. Denn er hat eine große Meinung von dir. Er nennt dich den Kanzler Proteus und behauptet, du seiest, trotz deiner tollen Augen, einer der klügsten Männer Italiens.“

„Das ist gut“, bemerkte der Venezianer, „schon weil es die entscheidende Stunde verschiebt, in welcher Girolamo Morone als Versucher zu Pescara tritt. Ich wünsche dieser Stunde zuvor einen Grund und eine Wurzel in der öffentlichen Meinung zu geben. Darf ich mich darüber verbreiten, Herrschaften?“

Das fade Gesicht des Venezianers nahm, soweit sich in der Dämmerung noch unterscheiden ließ, einen energischen Ausdruck an, und er redete mit markiger Stimme: „Der Kanzler, da er sein bedeutendes Wort aussprach, hat uns ohne Zweifel erschreckt, aber nicht eigentlich in Verwunderung gesetzt. Nachdem der vernichtende Schlag von Pavia dem Kaiser unser ganzes Italien wehrlos zu Füßen geworfen hatte, suchte die öffentliche Meinung von selbst eine Schranke gegen die drohende Allmacht und ließ aus der Natur der Dinge unsere Liga emporwachsen. Zugleich beschäftigte sich die öffentliche Meinung mit dem Lohne, der Pescara für seinen vollkommenen Sieg und die Erbeutung eines Königes gebühre. Und da die Kargheit und der Undank des Kaisers weltbekannt sind, zog sie den Schluß, daß er seinen Feldherrn nicht zufriedenstellen und dieser anderwärts einen Ersatz suchen werde. Jetzt verbindet die öffentliche Meinung diese beiden Dinge: unsern schon durchschimmernden patriotischen Bund und einen möglichen größeren Gewinn des Pescara. So wird sein Übertritt glaubwürdig, bevor er sich vollzieht. Nur ist es dienlich, daß dieser begründeten allgemeinen Ansicht durch eine geschickte Hand eine überzeugende Gestalt und durch eine geläufige Zunge eine für ganz Italien verständliche Sprache gegeben werde. Nun ist seit kurzem ein wanderndes Talent unter uns aufgetaucht, ein vielversprechender junger Mann, der sich hoffentlich noch an Venedig fesseln läßt –"

„Einen Fußtritt dem Aretiner! Er hat mich schändlich verleumdet ..." „Ein göttlicher Mann! Er hat mich den ersten Fürsten Italiens genannt!" riefen Guicciardin und der Herzog miteinander aus.

„Ich sehe", lächelte Nasi, „daß der Mann auch hier nach seinem Werte gekannt ist. Seine Briefe, an wahre oder erfundene Personen, in tausend und tausend Blättern ausgestreut, sind eine Macht und beherrschen die Welt. Ich will ihm eine sehr starke Summe senden, und ihr werdet euch über die Saat von schönfarbigen Giftpilzen verwundern, die über nacht aus dem ganzen Boden Italiens emporschießt: Verse, Abhandlungen, Briefwechsel, ein bacchantisch aufspringender, taumelnder Reigen verhüllter und nackter, drohender und verlockender Figuren und Wendungen, alle um Pescara sich drehend und um die Wahrscheinlichkeit und Schönheit seines Verrates. So bildet sich eine unüberwindliche allgemeine Überzeugung, welche den Pescara zu uns herüberreißt und ihn zugleich – da liegt es – am kaiserlichen Hofe so endgültig untergräbt, daß er zum Verräter werden muß, er wolle oder nicht."

„Nichts da, Exzellenz!" rief der Kanzler aus dem Dunkel. „Ihr verderbt mir das Spiel! Der Befreier Italiens soll sich in voller Freiheit entscheiden, nicht als das Opfer einer teuflischen Umgarnung ..."

„Du bist prächtig, Kanzler, mit deinen moralischen Skrupeln!" unterbrach ihn Guicciardin. „Wisse, auch mein Herz empört sich und nimmt Teil für den unrettbar Überlisteten! Aber ich heiße den Menschen schweigen und handle als Staatsmann. Das Mittel der Exzellenz ist ohne Vergleichung unter alledem, was heute abend gefunden wurde, das Ruchloseste, aber auch das Klügste und Wirksamste. Erst jetzt wird die Sache wahrhaft gefährlich für Pescara, und sein Verrat wahrscheinlich. Ans Werk."

„Er ist unter uns und lauscht!“ schrie der Herzog mit gellender Stimme, daß alle zusammenfuhren. Ihre Blicke folgten seinem geängstigten. Der Mond, der als blendende Silberscheibe über den Horizont getreten war und seine schrägen Strahlen in das kleine Gemach zu werfen begann, spielte wunderlich auf der Schachpartie. Victorias hervorquellendes Auge blickte erzürnt, als spräche es: Hast du gehört, Pescara? Welche Verruchtheit! Und jetzt fragte es angstvoll: Was wirst du tun, Pescara? Dieser war bleich wie der Tod, mit einem Lächeln in den Mundwinkeln.

ZWEITES KAPITEL

In der weiten hellen Fensternische jener edlen vatikanischen Kammer, an deren Dielen und Wänden Raphael die Triumphe des Menschengeistes verherrlicht, saß ein Greis mit großen Zügen und von ehrwürdiger Erscheinung. Er sprach bedächtig zu dem emporgewendeten, mit dunkelblonden Flechten umwundenen Haupte eines Weibes, das zu seinen Füßen saß und mit einem warmen menschlichen Blut in den Adern ebenso schön war als die Begriffe des Rechtes und der Theologie, wie sie der Urbinate in herrlichen weiblichen Gestalten verkörpert. Der betagte Papst mit seinem langen gebückten Rücken und in seinem fließenden weißen Gewand ähnelte einer klugen Matrone, welche lehrhaft mit einem jungen Weib plaudert.

Noch nicht gar lange mochte Viktoria auf ihrem Schemel gesessen haben, denn der Heilige Vater erkundigte sich eben erst nach dem Befinden ihres Gatten des Marchese von Pescara. „Die Seitenwunde von Pavia macht sich nicht mehr fühlbar?“ sagte er.

„Der Marchese ist völlig geheilt“, erwiderte Viktoria unschuldig. „Die Seitenwunde ist vernarbt sowie auch die schlimmere Stirnwunde. Er wird Eure Heiligkeit begrüßen, wenn er den Urlaub antritt, den ihm die Gnade des Kaisers zugesagt hat und der uns Glückselige“ – sie sprach es mit jubelnden Augen – „auf unserer Meeresinsel vereinigen wird. Aber er selbst verweigert sich denselben für einmal noch, weniger des politischen Horizontes wegen, der nicht heller noch trüber sei als sonst – so schreibt er – sondern weil er gerade jetzt das Heer ungern verlasse. Der Mörder“, sagte sie lächelnd, „beschäftigt sich nämlich mit einer vervollkommneten Feuerwaffe und einem neuen Manöver. Das brächte er nun gerne erst zu einem Ergebnis. So hat er mich, die er anfänglich hier in Rom überraschen wollte, in sein Feldlager nach Novara beschieden, und ich reise morgen, nicht im Schneckenhaus meiner Sänfte, sondern im Sattel meines hitzigen türkischen Pferdchens. Hätte ich Flügel! Mich verlangt nach den Narben meines Herrn, dessen Antlitz ich nicht gesehen seit jener berühmten Schlacht, die ihn unsterblich gemacht hat. Und so bin ich zu der Heiligkeit geeilt in der Freude meines Herzens, um mich bei ihr zu beurlauben, denn das ist der Zweck meines Besuches." So redete Viktoria aufwallend und überquellend wie ein römischer Brunnen.

Ihre aufrichtigen Worte belehrten den Heiligen Vater, daß Pescara sein Tun und Lassen in dasselbe Zwielicht stelle, welches auch er liebte. Nur mit dem Unterschied, daß der junge Pescara im entscheidenden Augenblick wie ein Blitz aus seiner Wolke hervorsprang, während Clemens unentschlossen, über sich selbst zornig, in der seinigen verborgen blieb, weil er aus greisenhafter Überklugheit den Moment zu ergreifen versäumte. Er schärfte, in einem andern Bild gesprochen, den Stift so lange, bis zu seinem Ärger die allzufeine Spitze abbrach. Jetzt trat er leise und tastete.

„Einen Urlaub hat der Marchese verlangt?" verwunderte er sich. „Ich dächte, seinen Abschied? Achilles zürnt im Zelte, so hörte ich."

„Davon weiß ich nichts und das glaube ich nicht, Heiliger Vater", entgegnete Victoria und warf mit einer stolzen Gebärde das Haupt zurück. „Warum seinen Abschied?"

„Nicht wegen einer rosigen Briseis[1], Madonna", antwortete Clemens ärgerlich mit einem frostigen Scherz, „sondern geprellt um einen erbeuteten König und um die Türme von Sora und Carpi."

Damit spielte der Papst auf zwei bekannte Tatsachen an. Der Vizekönig von Neapel hatte bei Pavia, Pescara zuvorkommend, den Degen des französischen Königs in Empfang und damit die Ehre vorweggenommen, die erlauchte Beute nach Spanien führen zu dürfen. Und dann hatte der Kaiser Sora und Carpi den begehrlichen Colonnen, den eigenen Verwandten der Viktoria geschenkt, nicht seinem großen Feldherrn, welcher ebenfalls einen Blick danach geworfen.

Viktoria errötete unwillig. „Heiliger Vater, Ihr denkt gering von meinem Gemahl. Ihr stellt Euch einen kleinlichen Pes-

[1] König Brises Tochter

cara vor: gebt mir Urlaub, damit ich reise und mich überzeuge, daß Euer Pescara nicht mein Pescara ist. Ich habe Eile vor den wahren zu treten."

Sie erhob sich und stand groß vor dem Papst, aber schon verbeugte sie sich wieder tief mit demütiger Gebärde, um seinen Segen flehend. Da bat er sie, sich wiederum zu setzen, und sie gehorchte. Clemens durfte sich die Gelegenheit nicht entrinnen lassen, Pescara durch den geliebten Mund seines Weibes zum Abfalle zu bereden. Daß aber mit Anspielungen und Vorbereitungen bei der Colonna, wie er sie vor sich sah, nichts getan wäre, begriff er leicht: entweder würde sie sich gegen das Zweideutige aufbäumen, oder es als etwas Unverständliches und Nichtiges unbesehen in den Winkel werfen. Er mußte dieser wahren und auf Wahrheit dringenden Natur die Sache in klaren Umrissen vorzeichnen und in ein volles Licht stellen, damit sie dieselbe ihres Blickes würdige. Das ging ihm gegen seine Art, und er tat einen schweren Seufzer.

Da fand er eine Auskunft, die nicht ohne Geist und List war. Er fragte Viktoria mit einer harmlosen Miene, während er die Hand mit dem Fischerring auf ein in blauen Samt gebundenes Buch mit vergoldeten Schlössern legte: „Spinnst du wieder etwas Poetisches, geliebte Tochter? Wahrlich, ich bin ein Verehrer deiner Muse, weil sie sich mit dem Guten und Heiligen beschäftigt. Und ich liebe sie insbesondere, wo sie moralische Fragen stellt und beantwortet. Aber das schwerste sittliche Problem hast du noch in keinem deiner Sonette behandelt. Weißt du, welches ich meine, Viktoria Colonna?"

Diese wunderte sich nicht über den plötzlichen Einfall des Heiligen Vaters, weil sie hier auf dem eigenen Boden stand und, bei ihrem schon gefeierten Namen, Gelehrte und Laien wohl nicht selten ähnliche Fragen an sie richten mochten. Sie fühlte sich und erhob den schlanken Leib kampflustig, während sich ihre Augen mit Licht füllten. „Der größte sittliche Streit", sagte sie ohne Besinnen, „ist der zwischen zwei höchsten Pflichten."

Jetzt hatte der Heilige Vater Fahrwasser gewonnen. „So ist es", bekräftigte er mit theologischem Ernst. „Das heißt: scheinbar höchsten, denn eine der beiden ist immer die höhere, sonst gäbe es keine sittliche Weltordnung. Ich flehe zu

Gott und seinen Heiligen, daß sie dir beistehen und dich die höhere Pflicht erkennen lassen, damit du sie der geringeren vorziehest, du und dein Gatte, denn siehe, dieser große und schwere Kampf wird an euch beide herantreten."

Viktoria erblaßte, da ihr die akademische Frage plötzlich in das lebendige Fleisch schnitt, der Heilige Vater aber redete feierlich: „Höre mich, meine Tochter! Alles, was ich dir jetzt zu sagen habe, ist auch dem Marchese gesagt, den meine Worte durch dich erreichen. Vernimm es: der Heilige Stuhl trennt sich zu dieser Stunde von der kaiserlichen Majestät und bietet ihr die Spitze. Ich handle so als Fürst und als Hirte. Als Fürst: weil heute die Schicksalsstunde Italiens ist. Lassen wir sie verrinnen, so verfallen wir italienischen Fürsten alle auf Jahrhunderte hinaus dem spanischen Joche. Frage, wen du willst: so urteilen alle Einsichtigen. Aber auch als höchster Hirte. Ersteht in jenem rätselhaften Jüngling, der Völker in seinem Blut und auf seinem Haupt Kronen vereinigt, der alte Kaisergedanke, so ist die ganze leidenvolle Arbeit meiner heiligen Vorgänger umsonst gewesen, und die Kirche wird durch die neue Staatskunst enger gefesselt und tiefer gedemütigt, als von den eisernen Fäusten jener fabelhaften germanischen Ungetüme, der Salier und der Staufen. So steht es. Blieb dir fremd, was Italien mit Furcht und Hoffnung erfüllt?"

„Der Marchese will es nicht glauben", sagte Viktoria mit einem schnellen Erröten. Der Heilige Vater lächelte. „Heiligkeit vergesse nicht", lächelte sie ebenfalls, „ich bin eine Colonna, das ist eine Ghibellinin."

„Du bist eine Römerin, meine Tochter, und eine Christin", wies sie Clemens zurecht.

Es entstand eine Pause. Dann fragte sie: „Und Pescara?"

„Pescara", antwortete der Papst und dämpfte die Stimme, „ist eher mein Untertan als derjenige des Kaisers. Denn er ist ein Neapolitaner, und ich bin der Lehensherr von Neapel. Glaube nicht, Viktoria, daß ich leichthin rede. Wie dürfte ich es, da ich das Gewissen der Welt bin? Wahrlich, ich sage dir: in schlaflosen Nächten und bekümmerten Frühstunden habe ich mein Recht auf Pescara geprüft. Meiner politischen Vernunft mißtrauend, habe ich die zwei größten Rechtsgelehrten Italiens zu Rate gezogen, Accolti und ... hm ... den zweiten."

Der Papst zerdrückte den Namen klüglich auf der Zunge, da ihm noch zur rechten Zeit einfiel, dieser zweite Rechtsgelehrte der Bischof von Cervia, genieße des Rufes der schamlosesten Käuflichkeit. „Beide“ – Clemens klopfte mit dem Fischerring auf das blaue Buch – „stimmen zusammen, daß Pescara, nach strengem Recht betrachtet, viel mehr mein Mann sei als der des Kaisers, und beide erinnern mich daran, daß ich überdies, kraft meines Schlüsselamtes, jetzt, da der Kaiser mein Feind wird, die Macht besitze, den Marchese eines Eides zu entbinden, den er einem Feinde des Heiligen Stuhles geschworen hat.“

Der Papst hatte sich langsam erhoben. „Und so tue ich!“ sagte er priesterlich. „Ich löse Ferdinand Avalos vom Kaiser und zerbreche seine Treue. Ich ernenne den Marchese von Pescara zum Gonfaloniere[1] der Kirche und zum Feldherrn der Liga, welche die heilige heißt, weil Christus in der Person seines Nachfolgers an ihrer Spitze steht.“ Der Papst hielt inne.

Jetzt hob er die rechte und die linke Hand in gleicher Höhe, als hielten sie eine Krone über dem Haupte der Colonna, die, von Staunen überwältigt, auf die Knie sank, und sprach mit lauter Stimme: „Die Verdienste meines Gonfaloniere um mich und die heilige Kirche voraus belohnend, kröne ich Ferdinand Avalos Marchese von Pescara zum König von Neapel!“ Die junge Königin erbebte vor Freude. Sie glaubte eine Krone zu verdienen. Sprachlos, mit brennenden Wangen empfing sie den Segen. Dann stand sie auf und ging, in gemessenen, aber eiligen Schritten, als könne sie es nicht erwarten, dem erhöhten Gemahl seine Krone zu bringen.

Der Heilige Vater, selbst aufgeregt, folgte ihr so hastig, daß er beinahe einen Pantoffel verloren hätte. An der Schwelle erreichte er sie und wollte ihr den Band von blauem Samt bieten. „Für den Marchese“, sagte er.

Da erblickte er hinter ihr Guicciardin mit Morone, die vielleicht ein bißchen an der Türe gehorcht hatten. Viktoria mit strahlenden Augen voll glühender Wonne erschien dem Kanzler als ein solches Wunder, daß er fast von Besinnung kam. Rasch gesammelt aber flehte er den Papst an: „Die Heiligkeit mache mich Unheiligen bekannt mit der himmlischen Vik-

[1] german.-ital. Bannerherr – vom Papst verliehener Titel

toria!“ worauf Clemens ihm einen kleinen Klaps auf die Schulter gab und ihn mit den Worten vorstellte: „Der Kanzler von Mailand, ein Weltkind, auf das sich der Heilige Geist herabzulassen beginnt!“ Dann wisperte er Viktorien ins Ohr: „Morone, Buffone.“

Diese verschwand in der Verwirrung ihres Glückes, während der Papst in der seinigen das wichtige blaue Buch zurückbehielt, denn er war noch ganz berauscht von der kühnen symbolischen Tat, zu welcher ihn der Anblick der schönen Frau hingerissen hatte. Nun fühlte er doch, daß er das Gleichgewicht verloren; er wies mit einer Handbewegung den Besuch des Florentiners und des Lombarden ab und trat in die raphaelische Kammer zurück.

Die beiden nicht Empfangenen sahen sich einen Augenblick an, dann ergriff Guicciardin lachend den Arm des Kanzlers und zog ihn sanftgestufte Treppen hinunter in die vatikanischen Gärten, deren Schattengänge sie nicht aufzusuchen brauchten, denn der Himmel hatte sich mit schwarzen Wolken bedeckt.

„Eigentlich“, plauderte Guicciardin, „mag ich den Alten leiden. So fein er spinnt und so bedacht er redet, ist er doch innerlich ein leidenschaftlicher, ein zorniger Mensch wie ich, und jetzt höchst aufgeregt, weil er der Colonna unsere gefährliche Heimlichkeit geoffenbart hat. Du in deiner Verzückung hast es freilich nicht gesehen, wie er ihr die Gutachten des Accolti und des Angelo de Cesis in die Hand drücken wollte. Zwei käufliche Schurken, die den Meineid mit Bibelstellen belegen! Übrigens ist es ein starkes Ding, daß Clemens in seinen alten Tagen so Kühnes und Folgenschweres unternimmt, und noch mehr, er unternimmt es mit tiefem Mißtrauen gegen sich selbst, ohne Glauben an seinen Stern, denn er hält sich heimlich für einen Pechvogel. Das ist schlimm. Da war denn doch der Leo ein anderer, immer strahlend und triumphierend, und darum immer glücklich, während die gegenwärtige Heiligkeit, wie sie mir neulich im Tone des Jeremias prophezeite, die Ewige Stadt schon geplündert und aus diesen Dächern“ – er wies auf den Vatikan – „Rauch und Flamme steigen sieht. Dennoch beginnt er den Kampf gegen den Kaiser, und das rechne ich ihm hoch an, ob es ihm auch zuerst um sein

Florenz zu tun ist. Er hat noch Blut in den Adern und knirscht die Zähne, soviel ihm geblieben sind, wenn er den hochmütigen spanischen Adel auf dem Kapitole stolzieren sieht wie in Neapel oder Brüssel. Aber wohin träumst du, Kanzler? Von dem Weibe? Natürlich."

„Ich will zu der Römerin reden wie ein alter Römer!" rief der Kanzler.

„Schön! Nur hüte dich, daß du in der Begeisterung nicht deinen klassischen Bocksfuß unter der Toga hervorstreckest. Sei züchtig, mache große Worte und packe sie fest an ihrer Eitelkeit!"

„An ihrem Herzen will ich sie packen!"

„Das heißt, an ihrer Tintenflasche, denn die Herzen schreibender Weiber sind mit Tinte gefüllt", lästerte der schmähsüchtige Florentiner. „Aber weißt du, Kanzler" – und Guicciardin kniff ihn kräftig in den Arm – „daß es nicht der Heilige Vater allein ist, den unsere Unternehmung schlaflos macht. Auch ich habe in dieser Woche noch kein Auge geschlossen. Immer muß ich mir diesen Pescara zurechtdenken. Auf seinen Groll gegen den Kaiser gebe ich nichts: sie können sich über Nacht versöhnen. Ebensowenig auf den Einfluß des Weibes. Sie wird ihm die Botschaft des Papstes ausrichten dürfen: weiter wird er nicht auf sie hören. Aber ich glaube auch nicht an seine feudale Treue. Pescara ist kein Cid Campeador[1], oder wie die Spanier ihren loyalen Helden nennen, dafür ist er zu sehr ein Sohn Italiens und des Jahrhunderts. Er glaubt nur an die Macht und an die einzige Pflicht der großen Menschen, ihren vollen Wuchs zu erreichen mit den Mitteln und an den Aufgaben der Zeit. So ist er und so paßt er uns. Unfehlbar, er wird unsere Beute und wir die seinige. Dennoch ... lache mich aus, Morone ... etwas umhaucht mich: ich wittere Verborgenes oder Geheimgehaltenes, etwas Wesentliches oder auch etwas Zufälliges, etwas Körperliches oder einen Zug seiner Seele, kurz, ein unbekanntes Hindernis, das uns den Weg vertritt und unsere genaue Rechnung fälscht und vereitelt."

„Aber", sagte Morone nachdenklich werdend, „wenn er so ist, wie du ihn nimmst, und wenn die Tatsachen liegen, wie wir

[1] Nationalheld von Spanien

sie kennen, aus welcher Geisterquelle sollte denn jenes Feindselige aufsteigen?“

„Ich weiß es nicht! Nur – von diesem Pescara geht der Ruf, er verstehe es, einen stürmenden Feind alle Höhen erklimmen zu lassen, um ihm dann plötzlich einen letzten mit Feuerschlünden besetzten und ihn zerschmetternden Wall entgegenzustellen. Wenn in seinem Innern ein solcher Wall gegen uns emporstiege, gerade im Augenblicke, da wir glauben, seine Seele bewältigt zu haben? Doch weg mit dem Spuk, der nichts ist als die Schwüle vor dem Gewitter, die natürliche Angst und Ungewißheit, die jedem großen und gefährlichen Unternehmen vorangeht.“

Ein Blitz flammte über den Vatikan. Er stand in weißem Feuer und zeigte die schönen Verhältnisse der neuen Baukunst. Unter dem Rollen des Donners verloren sich die zwei zwischen den Säulen eines Porticus, Guicciardin betroffen und sich fragend, was das Omen bedeute, der Kanzler unbekümmert um den Himmel und seine Zeichen, denn er sah sich schon zu den Füßen der Colonna.

Diese hatte im Taumel ihrer Begeisterung den Vatikan über die nächste seiner zahlreichen Treppen und durch eines seiner Nebentore verlassen. Sänfte und Gefolge, welche sie an der Hauptpforte vergeblich erwarteten, hatte sie vergessen und wandelte, mehr von ihrem ehrgeizigen Traum getragen als von dem aufziehenden Gewitter gejagt, mit bewegten Gewanden nach ihrem Palast am Apostelplatz zurück. Sie schritt mit einer geraubten Krone wie die erste Tullia, nicht über den Leichnam des Vaters, sondern über die gemeuchelte Staatstreue; denn die Tochter des Fabricius Colonna und die Gattin Pescaras war eine Neapolitanerin und die Untertanin Karls des Fünften, des Königs von Neapel.

Die krönende Gebärde des Papstes hatte sie überwältigt. Gewöhnung und Umgebung, der Glaube der Jahrhunderte und die überlieferten Formen der Frömmigkeit ließen sie in dem Haupt der Kirche, so entartet diese sein mochte, immer noch eine Werkstätte des göttlichen Willens und ein Gefäß der höchsten Ratschlüsse erblicken – und wie hätte das eigene Selbstgefühl und mehr noch der Stolz auf den Wert ihres Gatten sie zweifeln lassen an dem päpstlichen Recht, auf das würdigste Haupt eine Krone zu setzen? So konnte ihr die anmaßende Handlung des Medicäers trotz der veränderten Zeiten als ein Ausspruch der Gottheit erscheinen.

Die neue Königin ohne Gefolge hatte den Borgo durcheilt, die Engelsbrücke überschritten und ging nun schon durch die „gerade Gasse“, wie sie hieß, im Gelärme der Menge. Diese gab der Colonna ehrerbietig Raum, ohne zu erstaunen über den unbegleiteten Gang und die eilenden Füße der erlauchten Frau, welche jetzt der dem Gewitter vorangehende Sturm beflügelte. Nach und nach aber verlangsamten sich ihre Schritte in dem dichter werdenden Gewühle der nicht breiten Straße, obwohl der schmale Himmel darüber immer dunkler und drohender wurde.

Da erblickte sie über die Menge hinweg eine Kavalkade. Herren der spanischen Gesandtschaft begleiteten, wohl zu einer Audienz im Vatikan, den dritten kaiserlichen Feldherrn in der Lombardei, Leyva. Dieser vormalige Stallmeister, der Sohn eines Schenkwirts und einer Dirne, den ein knechtischer Ehrgeiz und ein eiserner Wille emporgebracht, hatte einen plumpen Körper und das Gesicht eines Bullenbeißers, denn Stirn, Nase und Lippe waren ihm von demselben Schwerthieb gespaltet. Neben ihm auf einem herrlichen andalusischen Vollblut ritt, in einen weißen Mantel gehüllt, ein vornehmer Mann mit braunem Kopf und energischen Zügen, welcher jetzt mit einer devoten Verbeugung Viktorien zu grüßen schien; aber er hatte sich nur vor den steinernen Heiligen einer nahen Kirche verneigt.

War es die grelle Gewitterbeleuchtung, oder die gemessen feindselige Haltung der Herren in einer Stadt, von deren dreigekröntem Gebieter sie ihren König insgeheim verraten wußten, oder war es Viktorias erregte Einbildungskraft, sie sah und fühlte in der Grandezza der Reiter und Rosse, den in die Hüften gesetzten Armen, den verächtlich halb über die Schulter auf die Romulussöhne niedergleitenden Blicken und bis in die steifen Bartspitzen den Hohn und die Beleidigung der beginnenden spanischen Weltherrschaft, sie empfand Grauen und Ekel und ein tödlicher Haß regte sich in ihrem römischen Busen gegen diese fremden Räuber und hochfahrenden Abenteurer, welche die neue und die alte Erde zusammen erbeuteten. Warum war der junge Kaiser zugleich der König dieser ruchlosen Nation, in deren Adern maurisches Blut floß und die Italien mit ihren Borjas vergiftet hatte?

Sonst hätte sie wohl der uralte Familiengeist ihres ghibellinischen Geschlechtes, das Jahrhunderte lang seinen Vorteil darin gefunden hatte, der kaiserlichen Sache ohne Gehorsam zu dienen, an Karl gefesselt, aber nein, nicht an diesen Kaiser, auch wenn er kein Spanier gewesen wäre. Sie konnte sich nichts machen aus dem undeutlichen Knaben, den sie nie von Angesicht gesehen, weder sie noch irgendwer in Italien, das jener zu betreten zögerte.

Einen Brief freilich hatte er an sie geschrieben nach dem Sieg von Pavia, um sie zu beglückwünschen, daß sie die Gattin Pescaras sei. Aber gerade in diesen kargen Zeilen schien sich ein kümmerliches Gemüt zu spiegeln, und was der großgesinnten Frau am meisten mißfiel, war die in ihren Augen ängstliche und frömmelnde Demut, mit welcher der junge Kaiser Gott und seinen Heiligen die ganze Ehre des Sieges gab. Obwohl selbst dem Himmel dankbar, schätzte Viktoria solche Demut gering an einem Manne und an einem Herrscher. War hier nicht das Geständnis, daß der begeisternde Sieg den Fernstehenden kühl gelassen hatte, ja, war hier nicht die kleinliche Absicht, den Lorbeer Pescaras zu schmälern? Darum mußte der Himmel alles getan haben. Viktoria aber war brennend eifersüchtig auf den Ruhm ihres Gatten. Und wie ungroßmütig hatte sich Karl erwiesen! Er hatte es über sich gebracht, dem Feldherrn, welchem er Italien verdankte, zwei armselige italienische Städtchen zu verweigern! Nein, einen so kleinen Menschen konnte man gar nicht verraten, man konnte höchstens von ihm abfallen und ihn fahren lassen.

Jetzt blendete sie ein gewaltiger Blitz, derselbe, der den Kanzler und Guicciardin unter die Dächer des Vatikans zurückgetrieben, und eben da der Regen zu stürzen begann, erreichte sie, rechts durch ein Seitengäßchen biegend, die dunklen Stufen des Pantheon und seine erhabene Vorhalle. Ohne das Innere des machtvollen Tempels zu betreten, lehnte sie, die entstehende Kühle einatmend, an eine der eng zusammengerückten gewaltigen Säulen, und unter dem Vordach des alten Bauwerkes kehrte ihr Geist in ein noch früheres Altertum zurück, dessen Tugenden die flüssige Bildkraft des Jahrhunderts verherrlichte, ohne sie zu besitzen oder auch nur begreifen zu können in ihrer eintönigen Starrheit und strengen Wirklichkeit.

Jene tugendhaften Lucretien und Cornelien traten ihr wie Schwestern vor das altertumstrunkene Auge, trug sie doch zwei Namen, die beide so römisch als möglich klangen, und war ihr doch wie jenen hohen Frauen das weiblich Böse unbekannt. Jene schlichten und stolzen Geschöpfe hatten die Eroberer der Welt geboren, Virgils großartiges „Tu regere imperio“, das sie sich wie oft schon vorgesagt hatte, überwältigte sie jetzt bis zu den Tränen. Sie betrat den Tempel und warf sich nieder in der Mitte desselben unter der wetterleuchtenden Wölbung und rang die Hände und flehte, daß Rom und Italien nicht versinke in das Grab der Knechtschaft. Sie flehte in den christlichen Himmel hinauf und nicht minder zu dem Olympier, der über ihr donnerte, zu all dem, was da rettet und Macht hat, mit der wunderlichen und doch so natürlichen Göttermischung der Übergangszeiten.

Da sie das Pantheon verließ – wie lange sie auf den Knien gelegen, wußte sie nicht – heiterte sich der italienische Himmel eben wieder auf, und in ihrem gewöhnlichen Wandel, leicht und gemessen, beendete sie den Weg nach ihrem Palast.

Jetzt kehrten ihre Gedanken zu Pescara zurück. Nicht diese ihre Frauenhände konnten den Spanier verjagen, sondern nur er vermochte es, welcher in jeder der seinigen einen Sieg hielt, wenn sie und die Umstände ihn dazu überredeten. Durfte sie es hoffen? Hatte sie solche Gewalt über ihn? Und Viktoria mußte sich sagen, daß sie trotz ihrer langen und trauten Ehe den innersten Pescara nicht kenne. Sie wußte sein Angesicht, seine Gebärde, die kleinste seiner Gewohnheiten auswendig. Daß der Enthaltsame ihr treu sei, glaubte sie und täuschte sich nicht. Daß er sie anbetete und als sein höchstes Gut mit der äußersten Liebe und Sorgfalt hegte, zärtlich und verehrungsvoll zugleich, darauf war sie stolz. In den seligen Stunden ihres kurzen, stets wieder von Feldzug und Lager aufgehobenen Zusammenseins warf er Pläne und Karten und seinen Livius weg, um sein Weib und gemeinsam mit ihr Meerbläue und wandernde Segel zu betrachten. Er spielte mit ihr Schach und sie gewann. Er bat sie, die Laute zu schlagen, schloß die Augen und lauschte. Er gab ihr für ihre Sonette spitzfindige Themata auf und verschärfte zuweilen den Umriß ihrer allgemeinen Gedanken und weiten Wendungen, denn er selbst hatte früher, in der unfreiwilligen Muße einer Gefangenschaft – und wahrhaftig gar nicht übel für einen Geharnischten – zur Verherrlichung Viktorias einen „Triumph der Liebe“ gedichtet.

Seine Siege aber erzählte er, jung wie er war und größerer gewärtig, seinem Weibe niemals, da er sie, wie er sagte, weder langweilen noch mit Blut bespritzen wolle, denn ein Feldzug sei eine lange Geduldsprobe, die zu der roten Lache einer Schlachtbank führe. Von Politik sprach er ihr nur gar nicht, weder von Vergangenem noch von Schwebendem, obwohl ihm einmal das Wort entschlüpfte, Menschen und Dinge mit unsichtbaren Händen zu lenken, sei das Feinste des Lebens, und wer das einmal kenne, möge von nichts anderem mehr kosten. Doch gewöhnlich meinte er, Politik sei ein schmutziger Markt und sein Weib dürfe nicht einmal die helle Spitze ihres Fußes in den eklen Sumpf tauchen.

So gestand sich Viktoria, daß ihr der alles untäuschbar durchblickende Pescara undurchdringlich und sein Denken und Glauben verschlossen sei.

War das recht? Durfte es für sie verbotene Türen und verschlossene Kammern geben in der Seele ihres Mannes? Nach den Plänen des Feldherrn und den Ränken des Staatsmannes war sie nicht begierig, aber sie verlangte eingeweiht zu werden in seinen Ehrgeiz und in sein Gewissen. Und jetzt da Pescara vor einer ungeheuren Entscheidung stand, nein, jetzt ließ sie sich nicht abschütteln von seinem kämpfenden Herzen, nicht abspeisen mit einer Liebkosung oder einem Scherz, jetzt wollte sie mitraten und mithandeln. Hatte sie ihm nicht eine frische Seele und eine reine Jugend gebracht? War sie nicht eine Colonna? Brachte sie nicht heute eine Krone? Ob er diese zurückweise, ob er sie aus ihren Händen nehme und sie sich aufs Haupt setze, hier wollte sie seine Mitschuldige oder seine Mitentsagende sein, ein bewußter Teil seiner verschwiegenen Seele. Wäre sie schon bei Pescara! Herz und Sohlen brannten ihr vor Ungeduld, und schon durchschritt sie den Apostelplatz, wo ihr ein geharnischter Jüngling entgegentrat, der unter dem Tor ihres Palastes auf sie gewartet hatte.

„Ich war um Euch in Sorge, erlauchte Frau", begrüßte er sie, „da eure Sänfte und eure Leute ohne Euch aus dem Vatikan zurückgekehrt sind. Nun, da seid Ihr ja, Pathin, wenn ich Euch so nennen darf, wie ich von jung an gewohnt war und es auch mein gutes Recht ist." Ohne Antwort zu geben, stieg sie mit ihm die Treppen hinan, kaum auf seinen dargebotenen Arm sich lehnend.

Diesen gewöhnlichen Dienst von ihm anzunehmen, durfte sie sich nicht weigern, was sie auch gegen ihn haben mochte. Denn Del Guasto – so hieß der Jüngling – war der Neffe Pescaras und wie er ein Avalos. Der fünfzehnjährige Pescara und die gleichaltrige Viktoria hatten den Knaben gemeinsam aus der Taufe gehoben. So hatte es der Vater Viktorias, der Feldherr Fabricius Colonna veranstaltet, um seine zwei Lieblinge, den jungen Krieger und sein aufgeblühtes Kind zusammen vor einen Taufstein zu stellen und die beiden Gesichter und Gestalten sich einander erblicken zu lassen.

Später nahm Viktoria den wohlgebildeten und feurigen Knaben, der in seinem kostbaren Taufhäubchen ihre Ehe mit Pescara gestiftet und dem die Eltern früh wegstarben, an Kindes Statt. Wäre er nur ein Knabe geblieben! Mit der Weichheit seiner Züge aber verlor er auch die Liebenswürdigkeit seiner Seele. Das schöne Profil bekam einen Geierblick und den immer schärfer sich biegenden Umriß eines Raubvogels, und die sich offenbarende Unbarmherzigkeit begann Viktoria zu befremden und abzustoßen. Pescara hatte ihn dann in den Krieg entführt, und in der einzigen Schule des von ihm vergötterten Feldherrn war er zu dem verwegenen Soldaten erwachsen, der in der Schlacht von Pavia durch Niederlegung der Parkmauer den Sieg begann, aber auch zu dem harten, grausamen Menschen, der auf dem vorjährigen schnellen Rückzug aus der Provence ein Haus, in dessen Keller ein Dutzend seiner Leute sich verspätet hatte, ohne mit der Wimper zu zukken, anzünden und in Flammen aufgehen ließ.

Doch Viktoria hatte ihm Schlimmeres vorzuwerfen, einen Frevel, der die Frau in ihr empörte, und davon sollte er nun hören, jetzt da er zum ersten Male seit diesem jüngsten Verbrechen vor ihr stand. Sie erkundigte sich, ob er von Pescara komme und was er bringe. Er antwortete, daß er da sei, um die Herrin nach Novara zu geleiten. Er glaube zu wissen, daß sein Anblick der Herrin mißfalle, habe aber den Auftrag des Feldherrn nicht ablehnen dürfen, der die Marchesa nur dem sichersten Schwert anvertrauen wolle. Denn die Straße werde ebenso unsicher wie die Weltlage, und er müsse die Marchesa ersuchen, sich morgen in der Frühe bereitzuhalten, er brenne ins Lager zurückzukehren, wo jeder nächste Moment den Krieg bringen könne, und da dürfe er nicht fehlen. Der Mailänder, Venedig, die Heiligkeit beteuern in die Wette ihre friedlichen Gesinnungen: also stehe der Kampf bevor. „Das wissen wir lange schon, es ist nur eine Frage des günstigen Augenblickes. Aber" – er trat einen Schritt zurück – „etwas anderes, etwas Neues, etwas Ungeheures habe ich auf meiner Reise durch Mittelitalien gehört, und ich brauchte nicht einmal zu lauschen. In Städten und Herbergen rauschte es öffentlich wie die Brunnen auf den Plätzen. Freilich reiste ich unter fremdem Namen und mit nur einem Diener." Er hielt inne und blickte mit brennenden Augen, als verfolge er die spannende Wendung einer Jagd oder einen in Monddämmerung kriechenden Hinterhalt.

„Redet, Don Juan", flüsterte Viktoria.

„Für Euch, Madonna, die aus dem Vatikan zurückkehrt, gibt es kein Geheimnis, und es ist nicht einmal eines, sondern, wie ich sagte, ein öffentliches Geflüster, ein schadenfrohes, rachsüchtiges Gekicher, ein kaum unterdrückter italienischer Jubel, eine allgemeine patriotische Rede und Ermunterung, von der ich die größte Eile habe den Feldherrn zu unterrichten. Denn noch weiß er nichts davon. Wie ich meine", fügte er argwöhnisch bei.

Viktoria erbleichte. „Was wird geflüstert", fragte sie beklommen, „und über wen? Doch nicht über Pescara?"

„Von ihm. Er ist überall. Sie sagen" – er dämpfte die Stimme – „der Feldherr löse sich vom Kaiser und unterhandle mit der Heiligkeit und den italienischen Mächten."

Viktoria erschrak über den glühend sinnlichen Ausdruck seines Gesichtes. „Und Pescara ..." sagte sie undeutlich.

„Wie ich den Feldherrn beneide!“ träumte Don Juan. „Welche Aufregungen, welche Genüsse! Italia wirft sich ihm in die Arme ... er wird sie liebkosen, unterjochen und wegwerfen ... oh, er wird mit ihr spielen wie die Katze mit der Maus!“ und er machte mit der Rechten eine haschende Gebärde.

Ein flammender Zorn überkam die Colonna. „Verworfener“, rief sie, „habe ich dich gefragt, wie Pescara tun würde? Bist du der Mensch, es zu wissen? Habe ich dir erlaubt, an ihm herumzudeuten? ... Wie die Katze mit der Maus ... abscheulich! So hast du mit Julien gespielt, Ehrloser!“

Diese Julia stammte aus einem edlen novaresischen Geschlecht und war die Enkelin des gelehrten Arztes Messer Numa Dati, welcher die Speerwunde Pescaras geheilt hatte. Del Guasto, der im Hause des Arztes Quartier genommen, hatte das Mädchen mißleitet und die Wohnung gewechselt. Die Preisgegebene war dann, von Scham vernichtet, vor dem arglosen Antlitz ihres Großvaters von Novara weit weg in ein römisches Kloster geflohen und hatte die mächtige Colonna auf den Knien angefleht, sich ihrer zu erbarmen und ihre Ehre herzustellen.

Da ihn Viktoria einen Ehrlosen hieß, biß sich Don Juan die Lippe. „Sachte, Herrin“, sagte er, „wäget Eure Worte. Ich bin kein Ehrloser, sondern ich wäre es, wenn ich Julien nicht verlassen hätte. Ich rede nicht von dem Unterschied des Blutes eines Avalos und einer Dati, sondern einfach davon, daß mir wie jedem Manne keine Gefallene, sondern eine Unschuldige zur Braut geziemt.“

Viktorias menschliches Herz empörte sich. „Du bist es, der die Ärmste mit deinen Liebkosungen und Beteuerungen, ja vielleicht gar mit falschen Gelübden und Eiden zu Falle gebracht! Bist du es nicht? Kannst du es leugnen?“

Er erwiderte: „Ich leugne es nicht, aber es war mein Kriegsrecht, denn Krieg ist zwischen dem männlichen Willen und der weiblichen Unschuld. Ich versuchte sie ja. Warum widerstand sie nicht? Warum gab sie sich? Warum beschuldigt Ihr mich, daß sie schwach war und daß ich sie jetzt verachte und verschmähe?“

Viktoria erstarrte vor Entsetzen. „Ruchloser!“ stöhnte sie.

„Madonna“, kürzte der Jüngling das Gespräch, „das ist eine

peinliche Unterhaltung, und Ihr tut mir leid dabei. Ich schlage Euch ein Tribunal vor. In Novara angelangt, treten wir vor den Feldherrn und Ihr verklagt mich. Ich werde mich rechtfertigen, und der Feldherr, der die Welt und ihre Ordnungen kennt, wird mich freisprechen, wie ich denke. Jetzt verlasse ich Euch. Ich habe noch Leute zu werben, denn ohne eine starke Bedeckung wage ich in diesen unruhigen Zeiten nicht für Euch zu haften." Er verbeugte sich und verließ sie hohen Hauptes.

Viktoria wendete sich unwillig und wählte den entgegengesetzten Ausgang. Sie bedurfte Kühlung und stieg in den Garten hinab. Mit dem letzten Tageslicht betrat sie den hinter dem Palast liegenden Raum, welcher von hohen Mauern eingehüllt, voller Lorbeer und Myrte war und den der nachtröpfelnde Regen erfrischte. Ihre Schritte suchten das den Garten abschließende Kasino.

Die Helle genügte noch, wenn auch mit Mühe die Lettern zu unterscheiden in dem Evangelienbuch, welches sie im Vorbeigehen aus der Bibliothek genommen und vor das sie sich gesetzt hatte, die heiße Stirn in den gefalteten Händen. Ganz erfüllt von dem Schicksal Juliens und dem größern Pescaras, durchlief sie mit den Augen gedankenlos die aufgeschlagene Seite und atmete in vollen Zügen die erfrischte Luft. Nach einer Weile wurde sie sich dessen bewußt, was sie las: es war die dreimalige Versuchung des Herrn durch den Dämon in der Wüste. Sie las weniger mit dem leiblichen als dem geistigen Auge, was sie von Kind an auswendig wußte.

Sie sah den Dämon vor den Heiland treten, welcher das einfache Wort der Treue und des Gehorsams den Sophismen des Versuchers entgegenhielt. Als der Versucher heftiger drängte, deutete des Menschen Sohn auf die Stelle seiner künftigen Speerwunde ... Da wandelte sich das weiße Kleid in einen hellen Harnisch und die friedfertige Rechte bepanzerte sich. Nun war es Pescara, der die Hand über seine durchschimmernde Wunde legte, während der Dämon jetzt einen langen schwarzen Juristenrock trug und sich wie ein Gaukler gebärdete. So sah es die Colonna auf dem vor ihr liegenden Bibelblatt. Ärgerlich über das Spiel ihrer Sinne, tat sie sich Gewalt an und blickte auf.

„Wer bist du und was willst du?" rief sie erstaunt, und eine vor ihr stehende dunkle Gestalt antwortete: „Ich bin Girolamo Morone und komme zu reden mit Viktoria Colonna." Viktoria erinnerte sich, wen ihr heute der Papst gezeigt hatte, und gewahrte jetzt auch den einführenden Diener. Dieser entflammte die über der Herrin schwebende Ampel, rückte dem Kanzler einen Schemel und entfernte sich, während die Marchesa in der entstehenden Helle das häßliche, aber mächtige Gesicht ihres nächtlichen Gastes betrachtete, das ihr keinen Widerwillen einflößte.

„Zu später Stunde", sagte sie, „suchet Ihr mich; doch Ihr bringet mir wohl einen Auftrag an meinen Herrn, zu welchem ich morgen in der Frühe verreise."

„Vor Pescara denke ich bald selbst zu stehen", erwiderte Morone, „und nicht von ihm werde ich Euch reden, sondern allein von Viktoria Colonna, welche ich mit ganz Italien verehre und anbete wie eine Gottheit, der ich aber zürne und gegen die ich Klage erhebe."

Wer seid Ihr, um so mit mir zu sprechen? lag es auf den Lippen der Marchesa, doch sie fragte rasch und warmblütig: „Wessen klaget Ihr mich an? Was ist meine Schuld, Morone?"

„Daß Ihr Euer helles und begeisterndes Antlitz in Rollen und Bücher vergrabt und unter Schatten und Fabeln lebet! Daß Ihr den ersten Cäsar verabscheut und dem neuesten huldigt, daß Ihr Troja beweint und euer Volk vergesset, daß Euch Prometheus' Bande drücken und die Fesseln Italiens nicht schmerzen! Drei Frauen haben sie geschmiedet!"

„Welche drei?" fragte sie.

„Die erste war Beatrix Este. Wann ihr alternder Gemahl, der Mohr, sie auf den schwellenden Mund küßte, flüsterte sie, daß ihren blonden Flechten ein Diadem anstünde, der kluge Mohr verstrickte sich in die blonden Flechten und vergiftete seinen Neffen, den Erben von Mailand."

„Die Schändliche!"

„Der welkende Knabe hatte ein stolzes und feuriges Weib, die Aragonesin Isabelle, die Beatrix tödlich haßte und mit ihren jungen kräftigen Armen den siechen Knaben ihren Gemahl auf den vorenthaltenen Thron heben wollte, sie beschwor und bestürmte ihren Vater den König von Neapel, bis dieser den Mohren bedrohte."

„Ärmste!“

„Der Mohr war sicher, solange der Gebieter von Florenz, der junge Medici dazwischen stand. Dieser war das Spielzeug seines schönen Weibes, der hochmütigen Alfonsine Orsini, und das Weib übermochte ihn, daß der Tor dem Mohren Freundschaft und Bündnis kündigte. Da rief der Mohr den Fremden.“

„Unselige!“

„Drei haben Italien gefesselt. Die vierte, die Ihr seid, muß es erlösen!“

„Kanzler, ich bin nicht das Weib eines Greises, noch eines Knaben, noch eines Toren, noch eines andern von denen, die sich vom Weibe berücken lassen, und ... ich begehre keine Krone.“ Sie errötete und wurde rot wie Purpur.

„Herrin“, sagte der Kanzler, „die Krone begehrt Euch. Erbarmt Euch Eures Volkes und vertretet es bei Pescara! Ich sage nicht: liebkoset, umgarnt, verleitet ihn! Ich verschwöre mich nicht mit Euch, ich verabrede keine Rollenteilung, ich lasse Euch reisen, ich laufe mit Euch in die Wette, wer ihn zuerst erreiche. Und seid Ihr die Erste, so umfanget seine Knie und redet aus der Fülle Eures Herzens und fleht: Pescara! Ich bin Italien und liege zu deinen Füßen: erhebe mich und nimm mich an deine Brust!“

Viktoria war gerührt und auch der Kanzler vergoß Tränen.

„Erlauchte Frau“, sagte er, „wer bin ich, der so zu Euch reden darf! Ich bin nicht wert, daß ich den Saum eures Gewandes küsse. Ludwig der Mohr, mein allergütigster Herr, hat mich in Mailand von der Gasse aufgelesen und wie einen drolligen kleinen Pudel zu seinen Füßen spielen lassen. Da habe ich meine Erziehung genossen und an seinem Hofe und später in seinem Dienste das Gesicht und die Gebärde meiner Zeit, den ganzen ausgelassenen Triumphzug des Jahrhunderts betrachtet.

Der arme Mohr! Sein Unstern und die Franzosen entführten ihn nach Loches, wo er zehn lange Jahre im Kerker schmachtete. In seinem letzten habe ich ihn dort wiedergesehen; denn damals, durch die Macht der Umstände, befand ich mich in französischem Dienste, und mich verlangte nach dem Antlitz meines Wohltäters. Da ich ihn erblickte, erschrak ich und hatte Mühe ihn zu kennen. Er sah wie ein Geist: Kerker und Elend hatten seine Miene seltsam veredelt. Erst da er den Mund öffnete, fand ich mich wieder in ihm zurecht. Er lächelte und sagte in seiner unvergleichlich feinen Weise: ‚Bist du es, Girolamo? Es ist hübsch von dir, daß du mich besuchest. Ich verarge dir nicht, wenn du in den Dienst meines Feindes getreten bist. Die Umstände zwingen, und wie ich dich kenne, wirst du meinen Söhnen noch ein treuer Freund und Berater sein, wenn das Rad der Fortuna sich wiederum gedreht haben wird. Du bist nun ein gereifter Diplomat geworden und verrätst keine schlechte Schule. Weißt du noch, wie ich dir untersagte, dein komisches Gesicht wegzulegen und dein Gebärdenspiel zu mäßigen, mit welchen du dir jetzt deine neuen Freunde gewonnen hast?‘

So scherzte er eine Weile großmütig, dann aber redete er ernst und sagte: ‚Weißt du, Girolamo, was mich hier in meiner Muße beschäftigt? Nicht mein Los, sondern Italien und immer wieder Italien. Ich betraure als die Qual meiner Seele, daß ich, vom Weibe verlockt, den Fremden gerufen habe, mit dem ihr jetzt rechnen müßt und der ein zerstörender Teil eures Körpers zu werden droht. Ich aber sinne, wie ihr wieder euer werdet. Da war der Valentino, jener Cäsar Borgia[1], der versuchte es mit dem reinen Bösen. Aber, Girolamo mein Söhnchen, das Böse darf nur in kleinen Portionen und mit Vorsicht gebraucht werden, sonst bringt es um. Da ist jetzt der Rovere, dieser Papst Julius, der auf einer Donnerwolke gegen den Fremden fährt, welchen er selbst gerufen hat nicht minder als ich. Aber der Greis verzehrt sich, seine gewalttätige Seele wird bald in den Hades schweben, und nach ihm bleibt der gewöhnliche Hohepriester, der zu schwach ist, Italien zu gründen, doch gerade stark genug, um jeden andern an dem Heilswerke zu hindern.

Girolamo mein Liebling: ich glaube nicht, daß mein Italien untergeht, denn es trägt Unsterblichkeit in sich; aber ich möchte ihm das Fegefeuer der Knechtschaft ersparen. Gib acht, Söhnchen: ich lese zwischen deinen Augen, daß du noch eine Rolle spielen wirst in dem rasenden Reigen von Ereignissen, der über meinen lombardischen Boden hinwegfegt.

[1] Fürst Cesare Borgia (1475–1507)

Tritt eines Tages aus diesen wechselnden Bildungen eine Macht und aus diesen flüchtigen Gestalten eine Person, aber weder ein Frevler, noch ein Priester, sondern ein Feldherr, der den Sieg an seine eiserne Sohle fesselt, wer und wessen Stammes er sei, nur kein Fremder, dem gib du dich, mit Leib und Seele! Was an List und Lüge notwendig ist – denn anders gründet sich kein Reich – das übernimm du, mein Söhnchen, er aber bleibe makellos!'"

Der Kanzler war aufgesprungen. Seine begeisterte Rede riß ihn, ohne daß er es merkte – und auch die ergriffene Viktoria merkte es nicht – weit über die Grenze der Wahrheit. „Diesem Erkorenen", rief er aus, „stehe das schönste und reinste Weib zur Seite! Italien will die Tugend leiblich einherschreiten sehen, um ihr nachzuleben. Unser Verderben ist die Entfesselung aus der Sitte, der zerrissene Gürtel der Zucht. Hier ist ein Sieg davonzutragen, größer als der auf dem Schlachtfeld, und ein Zauberstab zu schwingen, mächtiger als der Feldherrnstab. Ich sehe sie vor mir, diese Königin der Tugend, die Priesterin, die das heilige Feuer hütet, die Erhalterin der Herrschaft, und, hosianna! ganz Italien wandelt hinter ihren Schritten, lobpreisend und frohlockend!" Der Kanzler machte Miene, Viktorien huldigend zu Füßen zu stürzen, doch er trat zurück und flüsterte verschämt: „So sprach Ludwig der Mohr in seinem Kerker."

Viktoria senkte die Augen, denn sie fühlte, daß sie voller Wonne waren und brannten wie zwei Sonnen.

Da sagte der Kanzler: „Ich habe Euch ermüdet, edle Frau, die Augen fallen Euch zu. Ihr müßt morgen frühe auf und seid schwer von Schlummer." Und der Listige trat in die Nacht zurück, die sich inzwischen auf die Ewige Stadt gesenkt hatte.

DRITTES KAPITEL

An einem Fenster, dessen Blick über die Türme von Novara und eine schwül dampfende Ebene hinweg die noch morgenklaren Schneespitzen des Monte Rosa erreichte, saß Pescara und arbeitete an dem Entwurf des Feldplanes, der das Heer des Kaisers nach Mailand führen sollte. So unablässig ging er seinem Gedanken nach, daß er die leisen Tritte des Kammerdieners nicht vernahm und ihn erst gewahr wurde, als jener die Limonade bot. Während er das leichte Getränk mit dem Löffel umrührte, bemerkte er: „Ich schelte dich nicht, Battista, daß du heute nacht gegen meinen ausdrücklichen Befehl bei mir eingetreten bist. Du magst, nebenan schlafend, mich wohl schwerer als gewöhnlich atmen gehört haben – ein Alp, eine Beklemmung … nicht der Rede wert." Er nahm einen Schluck aus dem Glas.

Battista, ein schlauer Neapolitaner, verbarg seinen Schrekken unter einer devoten Miene. Er log und beteuerte bei der Heiligen Jungfrau, er habe geglaubt, sich bei Namen rufen zu hören, nimmer hätte er sich erdreistet ohne Befehl das Schlafzimmer der Erlaucht zu betreten, während er doch in Tat und Wahrheit ungerufen und gegen ein strenges Verbot seines Herrn aus einer schönen menschlichen Regung diesem beigesprungen war. Er hatte ihn schrecklich stöhnen hören und dann in seinen Armen auf dem Lager emporgehalten, bis der Feldherr den Atem wiederfand.

„Es war nichts", wiederholte dieser, „ich bedurfte keinen Beistand. Doch will ich dich, wie gesagt, nicht schelten, jetzt da wir uns trennen müssen. Ich verliere dich ungern, aber Sohnespflicht geht vor. Und da deine greisen und siechen Eltern in Tricarico darben, darf ich dich nicht halten. Gehe und bereite ihnen ein sorgenloses Alter. Als perfekter Barbier und zungenfertiger Schelm, wie ich dich kenne, wirst du dir überall zu helfen wissen. Gehe mit Gott, mein Sohn, du sollst mit mir zufrieden sein." Und er ergriff die Feder.

Battista fiel aus den Wolken. Er verschwor sich mit einer verzweifelten Gebärde, dieses Mal der Wahrheit gemäß, sein Vater sei längst im Himmel und seine Mutter, die Carambaccia, gewerbsam und kerngesund und fett wie ein Aal. Der schreibende Feldherr erwiderte: „Du hast recht, Battista, in Potenza wohnen deine armen Eltern, nicht in Tricarico, doch das liegte nahe beisammen.“ Er reichte dem verabschiedeten Diener eine Kassenanweisung.

So niedergeschmettert Battista sein mochte – er wußte, ein Wort Pescaras sei unwiderruflich – ließ er doch blitzschnell einen schrägen Blick über die Ziffer der Summe gleiten, welche nur eine bescheidene war. Der Feldherr verschwendete weder im großen noch im kleinen, weder das Gut des Kaisers noch das seinige. Auch hütete er sich wohl den Barbier durch eine allzureiche Spende auf die Wichtigkeit des Vorfalles aufmerksam zu machen und in den Schein zu kommen, als wolle er sein Schweigen erhandeln, denn er war völlig überzeugt, daß Battista bei erster Gelegenheit sein Wissen noch teurer verkaufen würde, dort wo man ein Interesse hatte, von dem leiblichen Befinden des Feldherrn genau unterrichtet zu sein.

Schmerzlich enttäuscht und seine Geburtsstunde verwünschend, fiel Battista dem gnädigen Herrn zu Füßen, umfing ihm das Knie und küßte ihm die Hand. „Lebe wohl“, sagte dieser, „und räume das noch ab.“ Er wies auf das Geschirr und winkte den Übertreter seines Befehles freundlich weg aus seinem Dienst.

Bevor er sich wieder in seinen Plan vertieft hatte, klirrte draußen ein fallender Löffel und ein in Scherben springendes Glas, und der Herzog von Bourbon, der den vernichteten Battista unsanft beiseite geworfen, zeigte unangemeldet seine hohe schlanke Gestalt, denn er hatte zu jeder Stunde freien Eintritt bei dem Feldherrn.

„Hoheit?“ wendete sich Pescara gegen ihn und erhob sich vom Sitz.

„Um Vergebung. Ich war im Begriffe zu meinen Truppen zu reiten“, erklärte der Herzog, „da kam mir in der Vorstadt ein reisender Kaufmann unter die Augen, welcher eben vor der Pforte des Arztes Euer Erlaucht, des Messer Numa Dati von seinem Maultier absaß. Hätte die Gestalt nicht ein würdiges

Antlitz getragen, ich hätte darauf geschworen, meinen unvergeßlichen Freund, den Kanzler von Mailand, zu erblicken. Ich ließ einen meiner Leute sich nach dem Fremdling erkundigen und erfuhr, der Reisende sei ein Gastfreund des Arztes, ein Juwelier aus Mailand namens Scipione Osnago. Vielleicht, oder auch nicht, sondern eine der zahlreichen Larven des vielgestaltigen Kanzlers. Er schiebt den Leib auf eine gewisse Weise, die sich schwer verleugnen läßt, und da ich noch nicht durch das Tor war, ritt ich leicht wieder zurück, um Euch den wahrscheinlichen Besuch dieses kostbaren Mannes zu melden."

„Ich erwartete ihn längst mit den Ausflüchten und Beteuerungen des Mailänders", erwiderte der Feldherr. „Da er aber nicht erschien und wir aus guten Quellen wußten, sein Herzog fahre fort zu befestigen und zu rüsten, begann ich auf den Kanzler zu verzichten. Nun kommt er zu spät. Morgen, um Mitternacht, verläuft die dem Herzog gegebene Frist. Schlag zwölf marschieren wir; es wäre denn, Morone brächte große Neuigkeiten."

„Ja, dieser Morone!" plauderte der Bourbon. „Der wird schon etwas gebraut haben. Da ich unser Ultimatum nach Mailand brachte, sah ich es hinter seiner Stirn wimmeln wie in einem Ameisenhaufen. Ihr macht Euch keinen Begriff, Marchese, was das für ein frecher Kopf ist. Während ich in Mailand regierte und er mein Rat und Schreiber war, hat er mich über Tisch – denn ich liebte es, mit ihm zu speisen und mich an seinen Fabeln und Einfällen zu ergötzen – auf alle Throne gesetzt und mit allen Fürstinnen gekuppelt. Und das Tollste: es war Verstand in dem Unsinn. Ich bin doch neugierig, was er wieder ausgeheckt haben wird, um sich und seinem Herzog aus der Klemme zu helfen. Sicherlich etwas ungeheuer Geniales, einen Gipfel, einen Abgrund. Wenn er zum Beispiel" – der Herzog lachte herzlich – „uns beiden kaiserlichen Feldherrn die Führung der Liga böte und als Handgeld zwei verlockende italienische Kronen aus den Falten seiner Toga zum Vorschein brächte?"

„Hoheit scherzt!"

„Wie anders, Marchese!" erwiderte der Herzog und wollte sich beurlauben. Da ergriff er noch die Hand des Feldherrn und sagte in einem weichen Ton, der eine vor der Welt verheimlichte Freundschaft enthüllte: „Pescara, ich danke dir, daß du mir Leyva vom Halse hältst, indem du mir den rechten Heerflügel gibst und ihm den linken. Ich mag mit dem Unleidlichen nicht zusammenreiten. Es entstünde Unglück und größeres als jüngst auf dem Markte von Novara. Er könnte sich wiederum gegen mich vergessen und ich müßte ihn niederstoßen wie einen tollen Hund." Er sagte es leise mit gesenktem Blick.

Pescara behielt die Rechte des Herzogs und warnte und bat. „Welch ein Auftritt!" sagte er. „Hier auf offenem Markte, wegen der Armseligkeit eines bestrittenen Quartieres! Ich versendete Leyva gleich nach Neapel, um vom Vizekönig Truppen für unsern Feldzug zu verlangen, obwohl ich weiß, daß er keine abgeben kann, nur um Euch die Verlegenheit und den Anblick eines verhaßten Gesichtes zu ersparen. Wie konntet Ihr das gegen einen Mitfeldherrn! Das war nicht gut. Das ist beklagenswert. Das darf sich nicht wiederholen, ich bitte Euch darum!"

„Der Anlaß war nicht der Rede wert, Pescara, aber –"

„Das schlimmste Wort, das Leyva gebraucht hat, war, nach Zeugen, er lasse sich nichts bieten von einem Vornehmen, und Ihr zoget, und Eure Leute mußten Euch halten."

„Oh", flüsterte der Herzog, „von einem Vornehmen? Ich habe feine Ohren. Es war ein anderes Wort ... das ich dem Kaiser und dem Papst in die Kehle zurückstieße!"

„Ein anderes Wort?" sagte Pescara, um seine Frage sogleich zu bereuen, da er den Herzog erbleichen und völlig fahl werden sah. Er erriet, daß der alte Leyva gemurrt, er lasse sich nichts bieten von einem Verräter, oder daß das wunde Gewissen des Bourbon so verstanden hatte.

Die unausgesprochene Freundschaft, die den einfachen Adeligen und den Mann von königlichem Geblüt verband und die das Wunder tat, zwischen zwei jugendlichen und schon berühmten Feldherrn mit nicht völlig klar geschiedenen Gewalten und Befugnissen die natürliche Eifersucht zu ersticken, beruhte einfach auf dem Bewußtsein des Herzogs, daß seine Verbündung mit dem Feind Frankreichs der Achtung Pescaras keinen Eintrag tue. War es Klugheit, war es Gleichgültigkeit gegen die sittlichen Dinge, war es Freiheit von jedem, auch dem begründetsten Vorurteil, oder war es die höchste Gerechtigkeit einer vollkommenen Menschenkenntnis, was immer – Pescara hatte den in kaiserlichen Dienst tretenden fürstlichen Hochverräter mit offenen Armen empfangen und mit der feinsten Mischung von Kollegialität und Ehrerbietung behandelt. Vielleicht auch hatte er in diesem Zerrütteten, der sich selbst verfluchend sein Vaterland mit fremden Waffen verwüstete, den ursprünglichen und unzerstörbaren Adel erkannt. Dafür war der Herzog Pescara dankbar.

Der Feldherr, die Hand des Unseligen in der seinigen, redete ihm mit sanfter Stimme zu: „Gespenster, Hoheit! Ihr habt gehört, was nicht gesprochen wurde. Werft hinter Euch! Verschüttet den Abgrund mit Lorbeer! Seid Ihr nicht der Liebling des Kriegsgottes? Und ein Meister der Staatskunst? Sind nicht wir beide noch Jünglinge mit unzähligen Tagen, diesseits der Lebenshöhe, kaum in der Hälfte der Dreißig, und im ersten Drittel eines Jahrhunderts, das überquillt von großen Möglichkeiten und weiten Aussichten! Unser die Fülle des Daseins! Karl, laß uns leben!"

Der Bourbon vernahm nicht den verstohlenen Seufzer, welcher sich der Brust des Feldherrn entwand. Er drückte heftig die Hand Pescaras, und seine dunklen Augen blitzten eroberungslustig. Dann, um seine innere Bewegung zu verbergen, sprang er nach seiner Weise mit beiden Füßen ins Zynische über. Der feurige Ton Pescaras hatte seine frechste Jugendlichkeit erweckt. „Und schöne Männer sind wir!" jubelte er. „Du begreifst, Gatte der prächtigen Viktoria, daß sich mir Herz und Magen umkehrte, da mich diese Porcaccia, die Königinmutter, um jeden Preis zum Manne haben wollte! Siehst du mich als den Vater König Franzens? Oh das liebe Stiefsöhnchen! ‚Madame', sagte ich und machte ihr eine tiefe Verbeugung, ‚es geht nicht. Ihr würdet mich mit eurer Nase vom Bette stoßen!' und ganze Wendung und über die Grenze!" Während er eine ausgelassene Lache aufschlug, trat der vom Staub der Reise bedeckte Del Guasto ein, begrüßte den Ohm und Feldherrn und verneigte sich vor der lustigen Hoheit.

Dann wendete er sich wieder gegen Pescara, welchen er mit erstaunten und bewundernden Augen betrachtete, als hätte die von der italienischen Verschwörung dem Feldherrn angesonnene Rolle dessen Gestalt vergrößert, und erzählte: „Wir ritten von Rom, nicht zur Freude der Herrin in zahlreicher Gesellschaft, mit Leyva, der aus Neapel zurück ist, und mit einem Vornehmen, von königlichem Geblüt, wie sie sagen, der sich Moncada nennt und den Ihr kennen werdet. Er bringt Euch eine Botschaft des Vizekönigs. Ich gewann einen Vorsprung, um Donna Viktoria anzumelden. Sie strahlt vor Freude Euch wiederzusehen, und schließt zugleich fest die Lippen, denn sie bringt ein politisches Geheimnis, wie ich vermute, und ein päpstliches Mysterium, wie ich ahne, und dieselbe Donna Viktoria legt die Stirn in zornige Falten gegen Euren bei ihr in Ungnade gefallenen Neffen, den sie vor Euch in aller Form Rechtens verklagen wird. Wegen etwas Menschlichem", lächelte er.

„Oder etwas Unmenschlichem", spottete Pescara. „Meldet Ihr sonst etwas, Don Juan?"

„Wenn mich meine Augen nicht getäuscht haben, die Ankunft des Kanzlers von Mailand."

„Ah!" lachte Bourbon.

„Ich bin mit ihm schon in Rom zusammengestoßen, unfern des Palastes Colonna, da ich nächtlicherweile dahin zurückkehrte. Längs der Mauer sah ich etwas Diebisches in langer Gewandung schleichen, und da ich das Verdächtige mit der Fackel meines Dieners beleuchtete, war es die unverschämte Stumpfnase und unter einem Juristenbarett das freche Kraushaar, das ich von Pavia her kenne, wohin der tolle Kanzler, wie sie ihn nennen, nach der Schlacht Euch zu beglückwünschen kam. Er mag Donna Viktoria eine letzte Heimlichkeit des Papstes gebracht haben, bei welchem sie sich an jenem Nachmittage verabschiedet hatte." Er sagte das mit einer versteckten Bosheit.

Der Feldherr blickte streng. „Don Juan", sagte er, „Ihr habt Euch um den Wandel Donna Viktorias nicht zu kümmern und noch weniger ihn zu beaufsichtigen. Jeden ihrer Schritte, ihre leiseste Miene und Gebärde billige und lobe ich zum voraus."

Don Juan verneigte sich. „Unterwegs nach Novara", fuhr er fort, „bin ich ihm dann noch mehrere Male begegnet, das heißt einem gewissen Fruchthändler Paciaudi aus den Marken mit einer gräulichen Warze auf der Nase, welcher mir, da ich ihn anredete, nicht vorenthielt, er sei ein zugrunde gerichteter Mann: eine unvermutete päpstliche Maßregel verbiete die Ausfuhr und er habe einen strengen Lieferungsvertrag mit Euer Erlaucht. Dabei schob und gebärdete er sich nicht viel anders als der Kanzler. Dieser hat gegenwärtig allerhand Geschäfte und nimmt die possierlichsten Figuren an. Man findet ihn überall auf der Halbinsel wie – ohne die fernste Vergleichung – Eure große Gestalt."

„Was wollt Ihr sagen, Don Juan?"

Del Guasto, der vor nichts erschrak, zögerte doch mit der Antwort vor der kalten Miene Pescaras, und dann hielt ihn die Anwesenheit des Herzogs zurück.

„Ich habe kein Geheimnis vor der Hoheit", sagte der Feldherr. „Redet, Don Juan."

Trotz dieses Befehls kam dem verwegenen Jüngling die allgemeine Rede an diesem Orte und zu dieser Stunde, mitten im kaiserlichen Lager und während er durch das Fenster den taktfesten Schritt eines vorbeimarschierenden spanischen Heerhaufens vernahm, so ungeheuerlich vor, daß er der schamlosen Öffentlichkeit der italienischen Verschwörung ein leichtes Gewand umwarf.

„Ohm", berichtete er geringschätzig, „wovon mir noch immer die Ohren gellen, das ist ein wütender Streit, welcher unter allen Ständen, in Schenken und Barbierstuben, auf den Ballspielplätzen und, wie ich glaube, bis in die Plauderecke der Sakristeien ausgebrochen ist – über das wahre und gültige Vaterland der Avalos: ob wir Neapolitaner sind oder Spanier. Und nicht genug an Geschrei und Gebärde, auch Blätter und Schriften voll von unserm Ursprung flattern durch die Luft."

Der Feldherr zuckte die Achseln. „Das Geschreibsel", sagte er, „fand sich auch über meine Tische verstreut, ich habe es weggeworfen. Müßiges Gezänke."

Don Juan wurde hartnäckig. „Zugleich erzählte man mir, daß an den Universitäten unter Juristen und Theologen wieder heftig über Umfang und Grenzen des päpstlichen Lehensrechtes auf Neapel gestritten wird."

„Das überlassen wir diesen Gelehrten. Nicht wahr, Hoheit?“ scherzte Pescara. „Und was das Vaterland der Avalos angeht, Neffe, so rate ich dir, Ehre zu halten, spanische oder neapolitanische.“

Jetzt meldete der diensttuende Page, ein zarter Knabe mit großen unschuldigen Augen, ein Enkel des Arztes Numa Dati und der Bruder der von Del Guasto zerstörten Julia, den Besuch eines Apothekers namens Baldassare Bosi aus Orvieto, welcher mit einem Paket im Vorzimmer stehe und sich durchaus nicht abweisen lasse. Er sei bei dem Großvater abgestiegen, der dem Gast diesen Zettel für die Erlaucht gegeben habe. Der Knabe überreichte das Papier, auf dem mit verzitterten Zügen „Morone“ geschrieben stand.

Pescara besann sich einen Augenblick. „Weiß der Fremde die Gegenwart der Herrschaften?“ fragte er den Pagen.

„Ich denke nicht, Erlaucht“, antwortete dieser.

„So führe ihn ein, aber erst, wann ich rufen werde.“

Jetzt wendete er sich rasch gegen den Herzog. „Hoheit muß mir einen Gefallen tun. Da Sie für möglich hält, daß der Kanzler von Mailand mit mir konspirieren will, würde ich gegen die gewöhnlichste Vorsicht fehlen, wenn ich den Menschen, der draußen steht, ohne Zeugen mit mir reden ließe. Ich muß solche haben, zwei höchst glaubwürdige Zeugen, wo nicht unserer Gesichter, doch eines jeden unserer Worte, damit nicht der Argwohn von Madrid, noch die Eifersucht unsers Leyva, noch“ – er dämpfte die Stimme – „jener Verderbliche, mit dem Ihr geritten seid, Don Juan, und der unter dem Vorwand einer Botschaft des Vizekönigs mich hier umlauern soll, Grund finde, mich, ich sage nicht des Verrates, sondern nur eines falschen Schrittes zu bezichtigen. Hören aber will ich den Kanzler, der mir in seiner Torheit und Leidenschaft die Pläne und Mittel des Feindes enthüllen wird. Er kann es wie kein anderer. Unter dem Zwang dieser Umstände lasse sich Hoheit herab, den Lauscher zu machen. Und Ihr, Del Guasto, leistet der Hoheit Gesellschaft.“ Er schritt auf einen schweren roten Vorhang mit goldenen Quasten zu, dessen breite Falten den Eingang in ein Nebenzimmer bis auf die Schwelle nieder verbargen und den er jetzt auseinanderschlug. „Hier ist Hoheit aufgehoben“, sagte er.

So sehr den Herzog das würzige Abenteuer lockte, stand er

doch einen Augenblick unschlüssig. „Aber wenn Morone die Decke hebt?“ fragte er, und der Marchese erwiderte: „Das wird er nicht. Keine Besorgnis. Ich stehe dafür.“ Del Guasto blähte die Nüstern vor Wollust. Er rückte einen Schemel für den Herzog, hinter dessen Schultern er Stellung nahm, als der zweite Lauscher. Der rote Vorhang zog sich zusammen.

Pescara aber fühlte sich von dem Pagen Ippolito umschlungen, der an ihm emporflüsterte, mit Tränen in den Augen: „Es ist kein Apotheker mehr, sondern ein Zauberer in langen schwarzen Gewändern mit einem Talisman auf der Brust und einem schrecklichen Gesicht!“

„Furchtsamer Junge! Bring' ihn!“

„Da ist er schon!“ schrie Ippolito und flüchtete.

„Ihr, Morone? Und im Staatsgewand? Doch von der Reise erhitzt, wie ich sehe. Eure drei Masken haben Euch wohl den Atem genommen.“

Morone atmete schwer und hörbar. Schweißtropfen quollen ihm auf der Stirn. Er stand wortlos.

„Was bringt Eure Weisheit?“ fragte der Feldherr mit ernsthaften Augen und empfing von dem Stammelnden keine deutliche Antwort. Nach einer Pause ergriff Pescara mit spielender Hand die Münze, welche der Kanzler an einer schweren goldenen Kette auf der Brust trug. „Ein Lionardo, Kanzler? Und wen stellt es dar? Den Mohren? Ein geistvoller Kopf!“

Aber selbst an seinen geliebten Herrn vermochte der Kanzler nicht anzuknüpfen, so völlig war er außer Fassung.

Da begann der Feldherr ohne weitere Einleitung: „Euer Herzog, Morone, wünscht günstigere Bedingungen? Es könnte Rat werden, sobald mich die Hoheit von ihren guten Absichten überzeugt haben wird. Nehmen wir einmal mein Ultimatum Punkt um Punkt miteinander durch.“ Er trat an den Tisch und suchte ein Papier.

Nun empfand er einen heißen Atem an der Wange und ein Geflüster füllte sein Ohr. „Pescara“, keuchte es, „nicht darum handelt es sich, sondern Italien gibt dir sein Heer!“

„So ist es gut“, erwiderte der Feldherr, ohne den Kopf zu drehen. „Es unterwirft sich dem Kaiser?“

Da schrie es hinter ihm: „Nicht dem Kaiser, sondern dir, wenn du von ihm abfällst!“

Jetzt wendete sich Pescara gegen den Tollkühnen und drohte mit feindseliger Gebärde: „Du rasest! Ich weiß nicht, was mich abhält, dich zu ergreifen und aus dem Fenster zu werfen!“

Der Kanzler blieb furchtlos und schrie zum andern Male mit flammenden Augen: „Diese Stunde bietet dir deine Größe, Pescara! Laß sie nicht vorüber! Du würdest es bereuen! Du würdest daran sterben!“

„St! Wie du schreist! Wenn man lauschte! Hinter diesem Vorhang ... wenn ich selbst ... hältst du mich dessen für unfähig? Überzeuge dich doch und hebe die Decke!“

Morone war wieder völlig im Besitz seiner selbst, nachdem er die Scham und den Schreck der ersten Worte überwunden hatte. „Pescara“, sagte er, „ich habe stets gefunden, daß der Schlaueste und am meisten Argwöhnische endlich doch an eine Stelle tritt und an einem Abgrund steht, wo er trauen und glauben muß. So der Valentino mit dem Rovere, so mein geliebtester Herzog der Mohr mit seinen Hauptleuten und Schweizern.“

„Beide wurden verraten, Morone!“

„Ja, Pescara, aber der feine Mohr und der ruchlose Borgia, beide gingen sie vertrauend unter, und das war ein heller Schimmer von Menschlichkeit über dem Dunkel ihres verdienten Sturzes. Wenn ich das Größte wage und von dir das Größte fordere, werde ich in diesem heiligen Augenblicke so lächerlich sein, einen Vorhang zu heben wie ein betrogener Ehemann, der den versteckten Buhlen seines Weibes sucht? Nein, ich gebe mich preis! Höre mich an, und dann überliefere mich dem Blocke, wenn du darfst!“

„Das ist nicht klein“, sagte Pescara ohne Spott und fügte dann zweifelnd hinzu: „Ob ich dich höre? Meine Neugierde ist rege, das bekenne ich, und einem so heroischen Menschen darf ich doch nicht einfach die Türe weisen. Zuerst aber saget mir, Kanzler: habe ich Euch oder Eurem Fürsten Grund oder auch nur den geringsten Anlaß gegeben, meine Feldherrntreue zu beargwöhnen?“

Der Kanzler verneinte.

„Viel Unwahres wird geredet: die Majestät habe mich schlecht belohnt, und ich soll dieses schwer empfunden haben.

Fußet Ihr auf diesem Undanke des Kaisers und auf diesem Grolle Pescaras, so tut keinen Schritt weiter: Ihr würdet in den trügerischen Boden versinken."

„Da fuße ich nicht."

„Oder ermutigt Euch jene öffentliche Rede Italiens, die mir schmeichelt und mir droht, mich verherrlicht und verdächtigt? Diese italienische Meinung ist eine heimtückische Mache. Sie soll mich in Madrid entwurzeln und in Italien vergewaltigen. Ich habe vorgebeugt und die arglistigen Schriften wie in einen Käfig eingesperrte Schlangen dem Kaiser überliefert. Habet Ihr eure Finger auch in dieses Gift getaucht, Morone?"

Der Kanzler erbleichte. „Bei den Göttern der Unterwelt, daran trage ich keine Schuld!" rief er aus.

„Du willst mich nicht überlisten, Kanzler, so willst du mich überreden?"

„Nein."

„Was denn?"

„Überzeugen."

„Das Beste. Aber es wird Zeit kosten. Setzt Euch, Kanzler!" Er rückte mit rascher Bewegung zwei Stühle, und jetzt saßen sie sich gegenüber, Morone mit vorgebogenem Leib und Knie, während der Feldherr nachlässig zurücklehnte.

„Pescara, welches ist die schönste deiner Schlachten, das Wunder der Kriegskunst?"

Der Feldherr gab keine Antwort, da sich diese von selbst verstand, aber er tat einen leichten Seufzer.

„Und was hat der Kaiser aus deinem Siege gemacht?"

Ein Blitz fuhr aus dem grauen Auge Pescaras. „Er hat ihn verstümpert", murmelte er.

„Du gabst ihm einen erbeuteten König, und Karl weiß nichts mit ihm anzufangen! Er preßt ihn wie ein Wucherer. Er verlangt Vielfältiges und Unmögliches statt des Möglichen und Einfachen. Verzichte auf Italien, Bruder, so hätte ein großer Sieger zu König Franz geredet, das ist dein natürliches Lösegeld, und das kannst du, ohne deinem Frankreich weh zu tun. Verzichte und ziehe!"

Pescara lächelte. „Du bist ein gefährlicher Mensch, Morone, wenn du Gedanken errätst. Aber nicht ich, du hast ihnen Worte gegeben. Ich habe nichts gesprochen."

„Ich danke dem Kaiser!“ fuhr der Kanzler sich begeisternd fort. „Er hat die Siegesgöttin von Pavia beleidigt, und sie kehrt zu dir, mein Pescara, zurück! Nicht nur für, auch gegen den Kaiser hat sie gekämpft. Sie hat Italien gegen die Fremdherrschaft vereinigt. Sie hat ihm seinen Feldherrn gezeigt.

Mein Pescara, welche Sternstellung über dir und für dich! Die Sache reif und reif du selbst! Eine entscheidende Zeit, ein verzweifeltes Ringen, Götter und Titanen, Freiheit sich aufbäumend gegen Zwingherrschaft, die Welt heute noch Bewegung und Fluß, morgen vielleicht zur Lava erstarrend! Und eine Tat, die für dich bereit liegt und zu welcher du geboren wurdest! Zuckt dir die formende Hand nicht danach? Ein vernünftiges Werk, eine ewige Gründung! Blick auf die Karte und überschaue die Halbinsel zwischen zwei Meerfarben und dem Schnee der Gebirge! Befrage die Geschichte: ein lebendiges Geflecht, oft gewaltsam zerrissen und immer wieder zusammenwachsend, von Republiken und Fürsten, mit zwei alten Feinden, zwei falschen Ideen, zwei grausamen Chimären, Papst und Kaiser! Siehe den ausgestreckten Finger Gottes, daran sich eine neue Menschheit emporrichtet: eine sich selbst regierende und veredelnde Menschheit ohne höchstes Amt, weder weltliches noch geistliches, ein Reigen frei entwickelter Genien, ein Konzert gleichberechtigter Staaten –“

Pescara ergriff den beschwingten Redner am Arm, als wollte er ihn festhalten. „Fliege mir nicht davon, Girolamo!“ scherzte er.

Dieser riß sich los und: „Laß dich nicht hindern an diesem göttlichen Werke“, rief er, „durch abergläubische Vorurteile und veraltete Begriffe, die weder in deinem Kopfe, noch in deinem Herzen, noch in der Natur der Dinge sind. Ich kenne dich, Pescara: du bist ein Sohn Italiens und wie dieses erhaben über Treue und Gewissen!“

„Ihr seid doch ein lasterhaftes Geschlecht, ihr Italiener“, lächelte Pescara. „Aber du machst dich größer im Bösen, als du bist: denn diese Weisheit kommt nicht von dir, sondern euer Dämon, der Florentiner, hat sie dir eingeblasen. Lebt er noch?“

Der Kanzler wußte, wen Pescara meinte. „Er darbt, vergessen und verachtet“, erwiderte er, „unser größter Geist.“

„Verdientermaßen. Es gibt politische Sätze, die ihre Bedeutung haben für kühle Köpfe und besonnene Hände, die aber verderblich und verwerflich werden, sobald sie ein frecher Mund ausspricht oder eine strafbare Feder niederschreibt. Doch das sind Allgemeinheiten, und alles käme auf die Anwendung an. Wie denkst du dir zum Beispiel, Kanzler, das Tatsächliche meines Verrates?“

Dieser öffnete den Mund, als hätte er unerschöpflich zu reden. Da berührte ihn Pescara leise mit dem Finger. „Sachte, vorsichtig!“ warnte er. „Jetzt betrittst du ein schmales und schwankes Brett: es könnte kommen, daß ich dich nach deiner Rede als Verschwörer müßte in Fesseln legen lassen. Sprich nicht in deinem eigenen Namen, rate ich dir, sondern laß dir eine Maske bieten, wie du sie liebst, und warum nicht die des verschollenen florentinischen Sekretärs, ob er nun noch unter uns wandle oder schon im Geisterreiche? Rede, Niccolo Macchiavelli! Ich werde dich schweigend und bewundernd anhören und dir dann doch vielleicht beweisen, daß du für einen Staatsmann immer noch viel zu viel Einbildungskraft besitzest. Oh, ich will dich kritisieren, mein Niccolo! Aber beginne.“

Dieser fortgesetzt scherzende Ton des Feldherrn beleidigte den Kanzler und er empörte sich dagegen: „Jetzt sei des Spieles ein Ende. Erniedrige den nicht zum Schauspieler, welcher sein Leben wagt für die Rettung seines Vaterlandes! Pescara, ich bitte dich um Ernst!“

„Um Ernst? Es sei!“ erwiderte der Feldherr und schloß die Augen, wie um besser zu lauschen. Jetzt erschrak der Kanzler einen Augenblick vor der Blässe und Strenge des mageren Angesichts. Doch er war entschlossen.

„Es ist kein Übel, Erlaucht“, begann er, „was Ihr dem Kaiser berichtet habt; es ist gut, daß Ihr Euch solange als möglich sein Vertrauen erhaltet und Euch selbst dann noch nicht erkläret, wann der Papst und die Liga ihr Manifest werden erlassen haben. Inzwischen befestigt Ihr Eure Stellungen und sichtet Euer Heer.“

Pescara runzelte die Stirn.

„Leyva muß weg“, forderte der Kanzler.

Pescara zählte an den Fingern.

„Was rechnet Ihr, Pescara?“ fragte der Kanzler verwundert.

Dieser erwiderte ruhig: „Muß Leyva draufgehen, so dürfen meine deutschen Hauptleute auch nicht leben bleiben, denn sie hängen an Kaiser und Reich. Ihre Häupter müssen fallen. Oder vergifte ich sie in einem gastlichen Trunke? Was rätst du, Kanzler?“

Morone erbleichte.

„Und was fange ich mit meinen spanischen Edelleuten an? Lasse ich sie auch ermorden?“

„Die Kastilianer“, antwortete Morone mit klopfendem Herzen, „fallen wohl zum Kaiser zurück. Die andern verlockt Ihr mit unendlicher Beute. Sie widerstehen nicht, am wenigsten die neapolitanischen Aragonesen. Ich kenne diese Rasse: sie gleicht den räuberischen Helden der neuen Welt. Denkt nur an euren Del Guasto, welch ein Ungeheuer!“

Pescara widersprach nicht.

„Eure Gemeinen aber, die aus allen Ländern der Erde zusammengeflossen sind, beherrscht Ihr durch eure unerschütterliche Seele und durch Eure eiserne Kriegszucht, nicht zu vergessen einen regelmäßigen Sold, wie ihn der Kaiser nie zu geben vermochte, Euch aber gehören jetzt alle Schätze Italiens. Und erlittet Ihr eine Einbuße an Leuten, so füllt Ihr das Heer aus den Schweizern, die sich nun überallhin vermieten, seit sie aus Mangel an Führung und an einem Staatsgedanken ihre schon gewonnene Weltstellung und ihre auswärtige Politik verscherzt haben.“

„Schade“, redete Pescara mit sich selber. Er hatte eine Art Zärtlichkeit für die Schweizer, die er zweimal überwunden und von welchen er bei Bicocca, mit einer insbesondere gegen deren rasende Sturmläufe erfundenen Stellung des Geschützes, in wenigen Minuten ein volles tollkühnes Tausend vernichtet hatte. Er liebte dieses tapfere Volk, obwohl er seine Speerwunde von Pavia dem Stoß einer Schweizerlanze verdankte. „Ihre Freiheit wird ihnen bleiben, aber schade“, wiederholte er.

„Eures Heeres sicher“, fuhr der Kanzler fort –

„Nehme ich Mailand“, ergänzte Pescara. „Mein Plan ist entworfen.“

„Ihr braucht es nicht zu nehmen, da der Herzog ein Mitglied der Liga ist, deren Feldherr Ihr seid!“

„Richtig, das hatte ich vergessen. Auf alle Fälle, Mailand ist der Zentralpunkt. Und dann?“

„Gebietet Ihr über die Truppen der Heiligkeit, Venedigs und Neapels, die Kleinern nicht zu nennen.“

„Halt, Morone! Neapel ist spanisch.“

„Nach Neapel habet Ihr dann Euren Neffen gesendet als Euren Vizekönig, der es durch seine Grausamkeit in wenigen Wochen unterworfen haben wird.“

„Als meinen Vizekönig? Ich König von Neapel? Seit wann trage ich die Krone?“ fragte Pescara gelassen.

„Siehe, die geflügelten Füße, die sie Euch bringen, sind vor eurer Schwelle“, sprach der Kanzler errötend.

Die kalte Miene des Feldherrn erwärmte sich, wie von einem Strahl berührt, nicht aus einer Krone, sondern aus dem Lichtkreis seines nahenden Weibes.

„Weiter geträumt, Morone“, sagte er.

„Einmal an der Spitze der vereinigten italienischen Waffen und in unnehmbaren Stellungen“, fuhr der Kanzler mit erstaunlicher Sicherheit fort, „hindert nichts, daß Ihr Euch mit dem Kaiser auseinandersetzet, vielleicht sogar ohne Schlacht, denn ich weiß, daß Ihr, obschon, nein, weil der erste Feldherr der Zeit, das scharfsinnige Schachspiel und die umfassenden Berechnungen der Strategie jenen plötzlichen und immerhin blinden Entscheidungen der Walstatt vorzieht. Ich sage, vielleicht sogar ohne Blutvergießen, denn der Kaiser wird nicht so leicht einen neuen Feldherrn finden und ein zweites Heer in Italien zusammenbringen, nachdem er Euch und das Eurige verloren hat, wenigstens wenn ihm Frankreich und England zu tun geben, laut des von ihnen mit unserer Liga getroffenen Abkommens.“

„Ich kenne Euer Bündnis mit König Franz, sogar seinen Wortlaut“, warf Pescara hin, „kann aber keinen Wert darauf legen. Der König quält sich in seinem spanischen Kerker. Um eine Stunde früher auf ein gesatteltes Pferd zu springen, verrät er Eure Liga hundertmal, wie ich ihn zu kennen glaube.“

„Noch vor wenigen Tagen“, beteuerte der Kanzler mit einem komischen Gesicht, „hat mir die Regentin Louise von Paris geschrieben, sie halte das Bündnis fest wie ihre Tugend –“

Ein Pfiff durchschnitt das Gemach ... der Kanzler horchte verwundert. Es mochte ein Vogel am Fenster vorbeigeschwirrt sein.

„Es sind noch andere da, die den Kaiser beschäftigen“, fuhr er fort, „der Halbmond und die deutschen Fürsten.“

„Der Halbmond, ja“, urteilte der Feldherr. „Mit den deutschen Fürsten und selbst mit ihrer neuen Lehre könnte sich der Kaiser allenfalls vertragen. Meinst du nicht, Morone?“

Dieser antwortete denkend: „Es scheint so, aber ist doch nicht, wenn ich richtig sehe. Jedenfalls nicht mit der neuen Lehre. Der Kaiser bedarf der Kirche für sein schweres und dunkles Gemüt, das er von der Mutter geerbt hat. Der neue Glaube verlangt kräftigere Seelen.“

„Verstehst du etwas von diesen Dingen, Kanzler?“ fragte der Feldherr neugierig.

„Wie sollte ich, Pescara? Ich bin wie du und wir alle ein Bewohner der Wirklichkeit, ein Kind der Helle, das mit der antiken Weisheit über das Ende hinaus nichts sieht als Larven und Schemen und auf wogendem Nebel die riesigen Spiegelungen wider dieses unsers eigenen und irdischen Daseins. Unter denen aber, welche mit dem Volke Gut und Böse glauben und Leib und Seele und die Fabel eines letzten Gerichtes, wird jetzt, wie du weißt, unversöhnlich gestritten über die beste Rüstung an jenem Tage der blasenden Posaune. Unsere kluge Kirche öffnet ihre Buden und legt verständig ihren Vorrat an guten Werken zum Verkauf aus. Der deutsche Mönch aber zankt und schreit: Das ist Plunder! Werft euer Geld nicht weg! Ihr habt es umsonst. Eure Schulden sind bezahlt. Glaubt es nur, und sie sind nicht mehr! Solches aber zu glauben, braucht es eine große Tapferkeit, denn es ist unter dem Unglaublichen das Unglaublichste. Doch bringen es diese deutschen Köpfe fertig, so brauchen sie gar keine Pfaffheit mehr und sind in ihrer trotzigen Sicherheit uns Italienern gewaltig überlegen, die wir ungläubig sind oder abergläubisch.

Ich rede im Groben, Pescara. Aber diese Vorstellungen, nichtig an sich, werden im Leben zu den realsten Mächten, die kein Staatsmann vernachlässigen darf. Und du mit deiner großen Aufgabe am wenigsten, Pescara, wenn du auch selbst ein Gottloser bist, wie ich dich kenne.“

„Hier irrst du dich, Kanzler", sagte Pescara ernst. „Ich glaube an eine Gottheit, und wahrlich keine eingebildete. Doch in dem andern hast du recht. Ich habe es mit Augen gesehen. Am Abend meiner Schlacht – er meinte die von Pavia – sah ich im Lazarett zwei höchst frevelhafte Menschen sterben, einen Deutschen und einen Spanier, diesen unter seinen Reliquien und in den Armen zweier Priester zitternd und bebend, jenen allein, doch voller Zuversicht und Freude. Ich sprach ihn an, denn ich weiß ein paar deutsche Wörter, und erfuhr, daß er traue und trotze auf den reuigen Schächer. Doch lassen wir diese Farben der Seele. Zurück zu deiner Sache, denn ich meine, daß du noch nicht damit zu Ende bist."

„Gewiß nicht, Pescara. Dann erst, wann du durch das Schwert oder durch ein listiges Abkommen den Kaiser außer Spiel gesetzt haben wirst, dann erst baust du deine Größe und Italiens Freiheit. Die zwölf Arbeiten des Herkules! Doch du rufst alle Seiten und Eigenschaften deines Wesens unter die Waffen: Geduld und Entschluß, Begeisterung und Berechnung, Arglist und große Gesinnung. Kein Teilchen von dir wird müßig gehen. Du kennst dich noch gar nicht, Pescara! Dann erst wirst du dich zeigen als der, welcher du bist, in deinem ganzen Wuchse: für das Volk ein furchtbarer und wohltätiger Dämon, für das Heer ein unfehlbarer Sieger, für den Patrioten der Vollender Italiens, für den Gelehrten der wiederaufgelebte römische Ehrgeiz, für die Fürsten, soviel du ihrer bestehen läßt, der herrschende Bundesgenosse. Du beutest alle Möglichkeiten und Begünstigungen des Jahrhunderts aus. Du wirst der Verteidiger des Papstes und eroberst ihm seine Städte und Provinzen zurück, die du für dich behältst; du reitest als Schiedsrichter zwischen der verröchelnden Republik und den Medicäern in Florenz ein, und sie gehorchen dir beide. Ja sogar die stolze Fürstin der Hadria zwingst du in deinen Machtkreis! Ich sehe dich", jubelte Morone, „wie du ihr Doge wirst und dich dem Meere vermählst.

So wächst du, bis dich und dein herrliches Weib auf dem römischen Kapitol tausend frohlockende Arme vergötternd in die Lüfte heben und dich ganz Italien als seinen König zeigen, welches du dann, wie dir jetzt, ich fürchte, noch nicht möglich ist, als deinen Besitz und deinen Ruhm ein wenig lieben wirst, damit endend, womit ich angefangen habe, denn allein meine Liebe zu Italien, das Beste, das einzig Gute an mir, wirft mich dir zu Füßen, du Kaltherziger!“ Und er umfing das Knie des Feldherrn mit einer so inbrünstigen Gebärde, daß dieser aufspringend einer solchen Anbetung sich entzog, aber doch innerlich ergriffen schien, sei es daß ihn diese Wahrheit des Gefühls in einem lügnerischen Geist fesselte, sei es daß sein mächtiger Verstand die angedeuteten Züge seiner und Italiens möglicher Größe unwillkürlich zu einem lebensfähigen Ganzen zusammenschloß.

Er ließ den Kanzler und schritt mit über der Brust gekreuzten Armen mehrere Male langsam durch das Zimmer, zuletzt wie zufällig wieder vor ihm stehen bleibend. „Wie viele meiner Jahre verlangst du von mir, Morone?“ warf er hin.

„Viele, ohne Zweifel“, versetzte der Kanzler. „Je mehrere, desto besser! Nur mit jenen langen und fruchtbaren Pausen, welche die Dinge still und unaufhaltsam wachsen lassen, unzerstörlich scheinende Hindernisse zernagen, die Gewissen abstumpfen und beruhigen und selbst das ursprünglich Frevle entsühnen und heiligen, nur auf solchen breiten und notwendigen Stufen ist Bleibendes im Staate erreichbar. Dein bester Verbündeter, Pescara, ist das Leben. Zehn, zwanzig, warum nicht dreißig Jahre, Pescara? Du stehst ja in der Fülle der Kraft und schöpfst nur so mit der Hand aus der überströmenden Quelle. Du hast deinen Schatz kaum noch angegriffen, und nicht zum wenigsten darum haben dich die unsterblichen Götter Italiens zu diesem deinem herrlichen Werke berufen, weil du, römisch gesprochen, ein Jüngling bist und dich noch lange kein Todesschatten berühren darf!“

Ein plötzlich hervortretender harter und finsterer Zug hatte das Antlitz des Feldherrn verwandelt. Er traf den Kanzler mit einem so feindseligen Blick, daß dieser um einen Schritt zurückwich. „Weißt du“, drohte er, „daß, wenn mich mein Ehrgeiz überwältigen sollte, das erste Opfer dein Gebieter, der Sforza, wäre? Denn ich finge damit an, Euer Mailand dem Bourbon zu geben, der mein Alter ego, meine rechte Hand und ein Gonzaga ist. Ich würde es ihm gönnen! Überlieferst du mir den Sforza?“

„Bei allen Göttern, nein!“ schrie der entsetzte Kanzler. „Ich meinen Herzog verraten! Niemals! Nimmermehr! Und", rief er empört, „wie darfst du daran denken, Pescara, unsere reine und heilige Sache mit dem Bourbone zu beflecken!"

„Seht diesen Menschen!" verhöhnte ihn Pescara. „Gibt es etwas Frecheres? Dem armseligsten Fürsten will er Treue halten, und mutet mir zu, sie meinem erhabenen Kaiser zu brechen! Seht diesen unzusammenhängenden Geist! Er verlockt mich zum Verrat und will rein bleiben von Verrat!"

„Das ist etwas völlig anderes", wehklagte der Kanzler. „Der Konnetabel hat sein Vaterland verraten, und du rettest es, indem du von einem Fürsten abfällst, welcher nicht der deinige ist. Meinen Herzog preisgeben, meinen holdseligen Herrn! Der Mohr wird mir im Traume erscheinen!" ... er tat einen erbärmlichen Seufzer ... „Doch, dennoch, es sei! Aber jetzt, Pescara, widerstehe auch du nicht länger! Erbarmst du dich Italiens? Gib Antwort, Grausamer!" und die Tränen brachen ihm aus den Augen.

„Heute nicht, Morone!" tröstete ihn Pescara. „Wir sind beide ermüdet und bedürfen der Ruhe. Es ist die Stunde der Siesta." Er klingelte. „Ippolito", unterwies er den Knaben, „führe den Herrn, der ein großer Staatsmann ist, in den Turmflügel. Der Haushofmeister soll ihm die ganze Zimmerreihe des Oberstocks öffnen und ihn sorgfältig bedienen und reichlich bewirten lassen. Ihr findet eine gewählte Bibliothek, Kanzler, und wollet Ihr Luft schöpfen, so steigt in den Garten hinab, er ist schattig und reicht bis an die Wälle. Ich lade Euch nicht zu Tafel, da ich Donna Viktoria erwarte, der mein Abend gehört. Lasset Euch die Zeit nicht lange werden. Morgen sehen wir uns wieder."

„Wie wird mir der Tag vergehen?" jammerte der Kanzler.

„Alles geht vorüber. Noch eins: nähert Euch, ich bitte, den Wachtposten nicht, Ihr verstündet denn das Deutsche." Er sah den Kanzler erbleichen. „Fürchtet nichts", schloß er freundlich und entließ ihn.

Wie er sich wieder umwendete, näherten sich ihm der Herzog und Del Guasto, die ihr Versteck verlassen hatten, beide in der höchsten Aufregung, der bleiche Bourbon mit fieberhaft geröteten Wangen, Del Guasto mit lodernden Augen. Pescara erriet, daß das belauschte Gespräch und der gezeigte Ruhm sie beide verführt und bezaubert hatte. Del Guasto lechzte nach Beute und der Herzog nach dem reinigenden Lorbeer. Noch schwiegen sie, aber ihre dringende und flehende Gebärde wollte sich in Worte verwandeln. Da schloß ihnen Pescara den Mund.

„Herrschaften“, sagte er, „hier wurde Theater gespielt. Das Stück dauerte lange. Habt ihr nicht gegähnt in eurer Loge?“

Da schlug der Bourbon in plötzlich umspringender Stimmung eine gelle Lache auf. „Trauerspiel oder Posse?“ fragte er.

„Tragödie, Hoheit.“

„Und betitelt sich?“

„Tod und Narr“, antwortete Pescara.

VIERTES KAPITEL

Durch seine lange Zimmerreihe schritt der Kanzler von Mailand ruhelos auf und nieder. Die Fensterläden waren gegen die brennende Nachmittagssonne geschlossen, und nur durch eine Spalte schoß hin und wieder ein neckischer Strahl in die Dämmerung, einen grellen Streifen über die Fliesen ziehend, während die Tiefe der Gemächer im Geheimnis blieb. Doch nicht der schmalste Lichtblitz erhellte dem Kanzler die Seele Pescaras. Er hatte seinen ganzen Menschen preisgegeben, Pescara auch nicht ein Teilchen seiner selbst, und nicht nur ein Schuldiger und Geständiger war jetzt der Kanzler, sondern auch ein Gefangener oder nicht viel anders. Doch weit entfernt, daß seine Bloßstellung ihn gereut oder sein Halbgefängnis ihn geängstigt hätte: im Gegenteil, er schwelgte in der Großmut seiner völligen Hingabe. Nicht einmal sein schmählich verratener Herzog beunruhigte jetzt sein Gewissen, so gänzlich erfüllte ihn die Leidenschaft, sich Pescaras zu bemächtigen, und der Reiz seines Anschlages auf diesen einzigen Menschen, dessen große Haltung und ernstes Spiel in der eben beendeten Szene er aufrichtig bewunderte. Er setzte diese Szene fort: jedes Wort des Zwiegespräches wiederholte sich in seinem Ohr und selbst jede Miene und Gebärde desselben bildete sich ab in seinen Zügen und schwang in seinen Muskeln fort – doch über Sinn und Tragweite des Gesprochenen verstrickte er sich in unlösbare, in tödliche Zweifel. Eine Auslegung nach der andern verwarf er, um zuletzt zu dem wahrscheinlichen Schluß zu kommen, noch sei Pescara ungewiß, noch liege er im Kampf mit sich selber.

Da gedachte er sehnsüchtig der Bundesgenossin, die jede Stunde, jede Minute ihm bringen konnte, und der Wert Viktoria Colonnas deuchte ihm unermeßlich. Nur eine solche konnte einen solchen besiegen. Nicht ein aufstachelndes, herrschsüchtiges Weib, wie damals deren manches in Italien sein Wesen trieb, sondern die edelste Frau der Zeit führte seine Sache, und in dieser jede Schönheit und Tugend Italiens verkörpernden und von seinen Freveln und Sünden freien Gestalt erschien ihm sein Vaterland so unvergleichlich und der Ruhm, es sich selbst wiederzugeben, so einzig, daß hier sogar ein Pescara und gerade ein Pescara unmöglich widerstehen konnte. Ein mit unsittlichen Mitteln wirkendes Bündnis verklärte sich in diesen himmlischen Augen zu einer Reinheit, die den Namen einer „heiligen Liga“ in einem freien und weltlichen Sinne rechtfertigte. Die Bewunderung des göttlichen Weibes, welches, wie er glaubte, Italien zu retten berufen sei, wurde dem Kanzler zur Anbetung und seligen Inbrunst, denn er war der erhabensten und der gemeinsten Gefühle in gleicher Weise und Stärke fähig.

Jetzt, da die gewonnene Zuversicht sein Inneres erhellte, verlangte es ihn nach dem Tageslicht, er stieß einen Laden auf und stand, sich umblickend, in dem sogenannten Schlangensaal, von welchem sein Herzog ihm oft erzählt, den er selbst aber noch nie gesehen hatte. Über dem Getäfel lief die vier Wände entlang ein gemaltes Geflechte von Schlangen, je zwei sich umwindend, die eine der feuerspeiende Drache der Sforza, die andere das entsetzliche Wappenbild der Visconti, die Schlange mit dem Kind im Rachen. Legende oder Wahrheit, der süße Lionardo da Vinci galt als der Schöpfer des scheuseligen Kranzes: während seines langen Dienstes bei dem Mohren habe er einmal im herzoglichen Hause zu Novara sich aufgehalten und in wenigen Stunden dieses Spiel einer grausamen Laune begonnen und beendigt unter dem Vorwande einer Verherrlichung seines Fürstenhauses. Keine Unmöglichkeit, denn der Bildner des zärtlichsten Lächelns liebte zugleich die Fratze und das Grauen. Zuerst mit ergötzten, bald mit beängstigten Augen betrachtete der Kanzler den wilden Ring, das Werk einer unerschrockenen Einbildungskraft, die sich daran geübt hatte, den Ungetümen und dem nackten Kind in dem verschlingenden Rachen eine Folge von natürlichen Bewegungen zu geben. Dann plötzlich erschien es ihm, als lebe und drehe sich das Gewinde. Der Kanzler wendete sich schaudernd und trat wieder an das Fenster.

Er erblickte den einsamen Schloßgarten, der sich unter einem weiten Gewölbe von Bäumen in tiefdunkle Schatten verlor. Darüber das blendende Lichtmeer, und hin und wieder ein Bruchstück der gezackten Stadtmauer. Nur in einiger Entfernung stieg aus dem üppigsten Grün auf drei Terrassen eine kleine Villa, im Winkel und von zwei Seiten sichtbar, deren jede ein Bild bot, jene mit einem Turmbau endigend, diese in einen weinumwundenen Säulengang verlaufend. Es wollte Morone scheinen, das anmutige Landhaus, dessen Teile leicht auseinander herauswuchsen, müsse für Viktoria bestimmt und der Gedanke Pescaras sein, der ihr nicht in einem schweren und von dem Schritt der Wachen dröhnenden Schloß, sondern an einer gefälligen und friedlichen Stätte liebenden Empfang bereite. Auch deutete mancherlei drüben hin und her eilende Dienerschaft auf das Kommen eines Gastes, und jetzt glaubte er aus der entgegengesetzten Richtung den Lärm einer Ankunft zu vernehmen. Da litt es ihn nicht länger in den unbehaglichen Räumen, er suchte Treppe und Pforte und wandelte bald in einem grünen Schattenreich.

Seine Schritte führten ihn in ein weites Rondell, wo das lieblichste Halbdunkel herrschte und in dessen Mitte ein Brunnen seine schimmernde Schale mit einer langsam strömenden Flut durchsichtig und einschläfernd verschleierte. Vier breite Marmorsitze standen im Umkreis. Auf einem derselben, dessen Lehnen zwei Sphinxe bildeten, schlummerte der Feldherr, das Haupt über die Brust gesenkt.

Nach einem leichten Erstaunen näherte sich Morone auf vorsichtigen Füßen, um das schlafende Antlitz zu belauschen, ob nicht die jetzt willenlose Miene den verschwiegenen Gedanken abbilde und ausdrücke. Lange stand er davor. Nein, es träumte nicht ehrgeizig, dieses Haupt, noch sann es Verrat, sondern seine unbeherrschten Züge trugen, ohne die Spur von Triumph und List, einen Ausdruck, der kein anderer sein konnte als der des Leidens und der Entsagung. Wie Morone es betrachtete, erstarrte seine eigene aufgeregte Miene, denn die des stillen Hauptes war so überredend, daß auch ihn eine fatalistische Stimmung unwiderstehlich erfaßte, eine Gewißheit von dem Nichts der menschlichen Pläne und der Allgewalt des Schicksals. Nichts anderes sagte das mächtige Antlitz als Frömmigkeit und Gehorsam.

Da legte sich unversehens eine Hand auf die Schulter des

Kanzlers. Nach einem kleinen gespenstischen Schrecken, als ob ihn der Geist des vor ihm Schlummernden von hinten berühre, wandte er sich um und erblickte einen gelben Schädel und eine von Alter gebrochene Gestalt. Zwei braune kluge, aber unendlich wehmütige Augen waren ihr einziges Leben.

„Numa! Wahrhaftig, du hast mich erschreckt."

„Ich glaube es. Aber komm, Kanzler. Lassen wir ihn schlummern und setzen uns dort gegenüber, daß ich ihn von ferne beobachte." Sie taten es, und der Arzt, der wohl achtzig zählen mochte, doch sein feines Gehör bewahrt hatte, ließ sich mit dem Kanzler in ein lispelndes Gespräch ein. „Du glaubst gewonnen zu haben?" fragte er.

„Ich weiß nicht", sagte der Kanzler. „Est in votis."[1]

„Enttäusche dich, Girolamo! Ich sage dir, auch wenn er wollte, so kann er nicht."

„Er könnte nicht? Warum? Das tönt geheimnisvoll. Welcher Gott oder welche Göttin verbietet es ihm? Kreuzige mich nicht! Rede!"

„Dürfte ich reden, ich hätte dir von der Schwelle meines Hauses und aus Novara weggewinkt, aber meine Lippen sind gebannt. Doch ich darf dich, du Ärmster, auch nicht in dein Verderben stürzen lassen. Du verlierst hier deine Worte und vielleicht dein Leben. Er kann nicht, beteure ich dir! Es ist ihm versagt. Es ist ihm nicht beschieden. Fliehe! Es ist alles umsonst."

„Fliehen? Vor Pescara? Ich denke nicht daran und halte ihn fest umschlungen! Bei allen Dämonen, warum ist es ihm nicht beschieden?"

Da hauchte der Arzt, daß ihn Morone kaum verstehen konnte: „Ist nicht aller sterbliche Wandel in Zeit und Raum? Beide aber versagen diesem."

Er legte den Finger auf die Lippen, ihnen Schweigen gebietend, und dann gleich zum andern Male, um den Kanzler auf nahende Schritte aufmerksam zu machen. „Still! Siehe!" flüsterte er.

Auf leisen Sohlen kam Viktoria Colonna in den weiten grünen Saal, den Gatten an seinem Lieblingsplatz suchend. Noch trug ihr Kleid den Staub der Straße; sie mochte kaum vom

[1] lat.: Es ist mein Wunsch.

Pferd geglitten sein. Da sie ihn schlummern sah, blieb sie stehen und verlor sich in seinem Anblick. Dann zerfloß sie plötzlich in Tränen, aus einem Übermaß der Freude, oder es erschreckte sie der heilige Ernst der geliebten, nun von Mühen und Wunden tiefer gegrabenen Züge. Wenige Augenblicke aber, und sie trat zu ihm. Mit unendlicher Liebe legte sie die Hand unter das strenge Haupt und es sachte hebend, weckte sie es mit inbrünstigen Küssen. Pescara öffnete die Augen. Sanft drückte er sein Weib an die rechte Brust und gab ihr einen Kuß auf die Stirn.

Da sich der Feldherr erhob, hatte sich Morone in einer seltenen Regung von Keuschheit weggeschlichen und Pescara sah nur den Arzt vor sich. Die Linke um Viktoria schlingend, ergriff er mit der Rechten die Hand Numas und sprach zu seinem Weibe: „Das ist mein Arzt“, und diese, in ihrer feurigen Art, bog das Knie und bedeckte die schlaffe Hand mit Küssen. „Sie hat die Wunde meines Helden geschlossen!“ jubelte sie voller Dankbarkeit. Dann aber richtete sie sich auf und fragte in tiefer Erregung: „Messer Numa Dati?“

Der Alte verneigte sich.

Und Viktoria, von ihrem warmen Herzen hingerissen, wendete sich an den Gemahl, Mund gegen Mund, und klagte: „Ehe wir uns freuen, mußt du mir und diesem Recht schaffen! Unser Neffe hat ihm die Enkelin verleitet und weigert sich, der Frevler, seine Schuld durch die Ehe zu sühnen!“

„Ist es so, Numa?“ sagte der Feldherr und da der Greis traurig bejahte: „Warum hast du mir das verheimlicht?“

„Anfangs, Herrlichkeit, war es eine bloße Vermutung, da sie mein Haus und Novara heimlich verließ. Und wie durfte ich Euch, der sein eigenes großes Schicksal trägt, mit dem kleinen eines Mädchens beschäftigen? Erst heute erhielt ich Gewißheit, durch ein Schreiben aus Rom, von der Äbtissin, in deren Kloster das arme Kind sich geflüchtet hatte.“

Jetzt drängte sich Viktoria flehend an die linke Seite ihres Helden, der unter dem Druck des Frauenleibes einen körperlichen Schmerz zu empfinden schien. Um ihn zu verbergen und zu verwinden, tat er ein paar Schritte vorwärts.

Die drei standen vor den spielenden Lichtern des Brunnens. „Schönste Frau, mich hat herzlich verlangt Euch wiederzusehen“, sagte der Feldherr, „und da bist du ja, meine Seele!“ Er blickte ihr in die strahlenden Augen. „Aber deine edlen Lider sind ja noch ganz bestäubt von der Reise. Dein Tuch!“ Sie gab es ihm, der es netzte, und schloß die Augen, während er ihr Stirn und Lid und Wange wusch und badete.

„Ich erinnere mich deiner Enkelin ganz wohl, Numa, obwohl ich sie kaum gesehen habe. Tiefblaue Augen und kastanienbraune Haare, wie diese da, nicht wahr, und Julia heißt sie? Was ihre Sache betrifft, die dünkt mich schwer und tragisch. Nicht daß ich anstünde den Bösen, den du kennst, Viktoria – auch ich kann ihn nicht anders nennen – zur Ehe mit ihr zu zwingen, er würde sich fügen, ohne Zweifel, denn er ist mein Geschöpf und ich habe Macht über ihn. Aber ich frage mich, ob es gut sei, die Verschmähte an einen Herzlosen und Grausamen zu fesseln, der freilich durch seine Vermessenheit und Begabung in der Welt die höchsten Stufen erreichen wird. Und sie selbst? Wird sie es verlangen? Glaubst du, Viktoria? Hat sie es verlangt, die sich dir in Rom zu Füßen geworfen hat, wie ich vermute, da du sie kennst?“

„So tat sie“, sagte Viktoria mit flehender Stimme.

„Ertrug sie deinen reinen Anblick? Und im Ernst, du willst sie dem Mann geben, der sie verschmäht? Wenn sie mein Kind wäre, ich vergrübe sie ins Kloster. Ihr aber seid menschlich und barmherzig, Madonna. Und wer weiß, vielleicht liebt sie ihn noch, oder liebt und haßt ihn zugleich – ich verstehe das nicht. Doch ich will mich ihrer annehmen, sie habe die Wahl.“

Jetzt öffnete der Arzt den welken Mund. „Arme Julia! Welche Wahl! Selig, daß sie ihrer überhoben ist!“

„Wodurch?“ fragte Pescara.

„Durch eine dunkle, aber weise Gottheit.“

„Ich verstehe“, sagte der Feldherr rasch, „sie lebt nicht mehr.“

„Du sagst es, Herrlichkeit.“

„Sie hat sich ein Leid angetan?“ wehklagte Viktoria. „Da sei ihr Schutzengel davor!“

„Wer weiß es? Als sie in ihr Kloster zurückkam, nachdem sie sich Euch geoffenbart, ist sie gestorben. Ihr Geständnis muß sie getötet haben, und der Anblick eurer Reinheit, Madonna, wie die Herrlichkeit es gewollt hat. Vielleicht ein Herzschlag, vielleicht – das willige Mädchen ist mir in meiner Apotheke oft mit Verständnis und Geschick beigestanden."

Jetzt urteilte der Feldherr: „Das bleibe unberedet. Sie ist eingegangen in den Frieden und steht jetzt in Dienst und Pflicht einer heiligen Macht, die unserer erbärmlichen Gerechtigkeit spottet."

Viktoria weinte und der Greis flehte: „Ich kann nicht mehr! Es sei gut!"

„Ja, es ist gut", schloß der Feldherr.

Dann bot er Viktoria die Hand und sagte leichthin: „Edle Frau, ich habe Euch und mir, solange wir zusammensein dürfen, ein helleres Haus gerüstet als dieses alte Schloß mit seinen plumpen Deckenbalken, diese Wohnung des Verrates, denn auf seiner Zugbrücke wurde der Mohr ausgeliefert. Seht Ihr dort bei den Pinien die anmutige Baute, Madonna? Die habe ich Euch bestimmt: sie ziemt Eurem klaren Wandel."

Sie durchschritten den Park und langten am Fuße der drei Treppen an, wo der greise Arzt stehen blieb, Atem schöpfend und den Feldherrn zurückerwartend. Da Viktoria die dritte Treppe erstieg, erblickte sie zwei Bildwerke, welche rechts und links die höchste Stufe schmückten. „Das hat der junge Franz Sforza ersonnen, an welchem sein guter Geschmack immer noch das Beste ist", plauderte Pescara. „Diese Gruppen sind hübsche Gedanken aus seinem flüchtigen Kopfe. Die rechts zum Beispiel. Erst konnte ich nicht aus ihr klug werden, so sehr sie mir gefiel. Da sagte mir der Gärtner die Inschrift, die sie anfangs trug, die aber der feine Herzog verschwinden ließ, damit der Beschauer fühle und rate. Sie lautete ... doch das bringst du heraus, Geliebte?"

Viktoria, nachdem sie einen flüchtigen Blick auf die linke Gruppe, ein ungebunden kosendes Paar, geworfen hatte, betrachtete lange Zeit die rechte. Es waren zwei weibliche Gestalten, eine liegend und etwas wie eine Blume oder einen Schmetterling leichtsinnig zerpflückend, die andere stand, innig vertieft in sich selbst, oder in die Ferne verloren. Alle drei Mädchen aber, das kosende, das vergessende, das sich sehnende, hatten unter verschiedenem Ausdruck das gleiche Gesicht. Viktoria sann. Da blies ihr der Feldherr mutwillig ins Ohr, wie in der Schule ein Knabe einem Mädchen: „Tu die

Augen auf, ein paar Buchstaben sind noch lesbar." Viktoria entdeckte links, schwach ausgeprägt: Pres ..., rechts aber unterschied sie etwas deutlicher: Ass ... „Presenza und Assenza"[1], ergänzte sie beschämt, und der Feldherr sagte: „Die Gegenwart ist frech. Die Abwesenheit aber, die vergißt, ist gedankenlos. Ich preise die Abwesenheit: die Sehnsucht."

„Wir werden uns nicht mehr trennen, Ferdinand, wenn du mich lieb hast."

„Nur noch einmal. Für einige Tage, höchstens eine Woche, Madonna, bis ich Mailand werde genommen haben. Ihr folgt mir, und forthin, wenn Ihr wollt, trennen wir uns nicht mehr. Es liegt an dir, Viktoria", sagte er zärtlich.

„Ob ich will!"

„Erinnerst du dich, Geliebte", scherzte er wiederum, „daß du mir einmal in Ischia am plätschernden Strande gesagt hast, du begreifst nicht, wie ein Weib, das geliebt habe, jemals einem zweiten gehören könne? Es widerspricht der Liebe, sagtest du. Freilich, aber es hat Erfahrung und menschliche Natur für sich. Assenza, Assenza!"

Jetzt erhob sich Viktoria zu ihrem ganzen stolzen Wuchs und streckte den herrlichen Arm, von welchem der Ärmel zurückfiel, gegen den leuchtenden Himmel und schwor: „Nie gehöre ich einem andern, bei den reinen Strahlen dieser Sonne!"

Der Feldherr beschwichtigte: „Dort stehen deine Kammerfrauen, Kind, und bestaunen dein Gelübde, das sie dir wahrlich nicht nachtun werden." Er winkte den in ehrerbietiger Entfernung harrenden Zofen und beurlaubte sich bei der Marchesa. „Ihr werdet Euch umkleiden, Herrin, und ich selbst habe noch bis zur Abendstunde zu tun. Auf Wiedersehen hier, nach Sonnenuntergang, zum Spätmahle." Er wendete sich und ging, ohne nach ihr sich umzublicken. Unten an der Treppe nahm er den Arm des greisen Arztes, langsam mit ihm durch einen Zypressengang nach dem Schloß zurückwandelnd.

„Wie war die Nacht Eurer Herrlichkeit?" fragte der Alte.

„Wie gewöhnlich", antwortete Pescara. „Du hast gegen deinen Gastfreund reinen Mund gehalten, Numa?"

[1] Gegenwart und Vergangenheit.

„Ich erinnerte mich Eures Befehles ... Aber wie möget Ihr mit dem Kanzler und meinem armen Italien dieses grausame Spiel treiben! Wie dürfet Ihr es?"

„Ich spiele mit Italien, sagst du? Im Gegenteil, deine Landsleute, Numa, spielen mit mir: sie heucheln Leben und sind tot in ihren Übertretungen und Sünden."

Sie gingen eine Weile schweigend. „Weißt du, Numa", spottete jetzt der Feldherr, „daß mich neulich ein Astrologe besucht und mir das Horoskop gestellt hat? Er schätzte mich auf sechzig Jahre, ich fand das wenig."

Der Greis seufzte.

Wieder wandelten sie wortlos. Vor der schmalen Pforte der Burg beurlaubte Pescara den Alten. „Meine Feldherrn erwarten mich, Numa, ich habe sie auf diese Stunde beschieden." Da beschlich ihn noch ein Mitleid mit den guten braunen Augen und dem zahnlosen Mund, und er sagte freundlich: „Fürchte nichts, Numa. Ich werde dein Italien nicht mißhandeln, ich werde gerecht und milde verfahren."

In seinem Vorsaal fand der Feldherr den Herzog von Bourbon und Leyva sich gegenüberstehen, zwischen ihnen Del Guasto, als ob er sie auseinanderhielte, und dann noch einen vierten, der in einer Fensterbrüstung lehnte. Dieser war ein vornehmer Mann in Jahren, halb Mönch, halb Weltmann, mit einem bronzefarbenen Kopf und tiefen, unergründlichen Zügen, in einen kuttenähnlichen, weißen Mantel gehüllt. Wie Pescara ihn erblickte, schien der Feldherr leicht zu schaudern, ging aber auf ihn zu und begrüßte ihn.

„Was verschafft mir die Ehre, Moncada?"

Der andere erwiderte: „Erlaucht, ich bin in Sendung und ersuche im Namen des Vizekönigs um eine Unterredung."

„Ich gewähre sie", versetzte der Feldherr, „aber ich bitte Eure Gnade, sich kurz zu fassen am Vorabend des Feldzugs."

„Eine geheime Unterredung."

Pescara besann sich. „Eine geheime? Nicht, Ritter. Geschäftliches würde ich diesen zwei Herrschaften meinen Kollegen nicht vorenthalten. Erspart mir die Mühe. Mein Neffe hier ist verschwiegen. Was ist euer Auftrag? Sprecht, Ritter!" Er bot Moncada keinen Stuhl.

Dieser musterte die anwesenden Gesichter. „Nach Eurem

Willen", sagte er. „Erlaucht, der Vizekönig ist in tiefster Besorgnis. Die italienische Liga ist eine Tatsache, an welcher Erlaucht nicht zweifelt, da Sie durch Leyva den Vizekönig um Truppen ersuchen ließ, welche dieser freilich nicht entbehren kann, selbst ihrer bedürftig, um im Falle des ausbrechenden Krieges eine ehrfürchtige, aber drohende Bewegung gegen die irregegangene oder mißleitete Heiligkeit zu machen. Erlaucht gibt zu, daß unsere Heere im Süden und Norden der Halbinsel zusammenwirkend in denselben Plan eingreifen müssen. In diesem Sinne sendet mich der Vizekönig, Euch zu begleiten und ihn auf dem laufenden zu halten. Genehmigt, Erlaucht?"

Der Feldherr bejahte, seinen Unmut niederkämpfend.

„Ein anderes", fuhr Moncada fort. „Ich bedaure, daß Ihr mich nicht geheim empfangen habet, aber ich ergreife den Augenblick. Es wird gewünscht, in Madrid, daß Erlaucht, wenn Sie Mailand erobert haben wird, dort zum Heile der Monarchie, und um das Übel mit der Wurzel auszurotten, streng und durchgreifend verfahre. Es wird geraten: der abtrünnige Herzog werde in Ketten gelegt und nach Spanien gesendet; der trotzige lombardische Adel verliere seine Güter und besteige das Schafott; starke Besatzung und schwere Kriegssteuer bändige den Bürger; der Schrecken herrsche in Mailand!" Er suchte in der Miene des Feldherrn zu lesen.

Dieser stand ruhig. „Der Schrecken?" wiederholte er. „Niemals, solange ich lebe und meinem Kaiser diene! Mailand ist Reichsgebiet, und der Kaiser will nicht, daß das Reich mißhandelt werde. Wer wünscht? Wer rät? Verschont mich mit Räten und Wünschen, Moncada, ich brauche sie nicht."

„Hat der Herzog um Aufschub gebeten?" fragte Moncada mißtrauisch.

„Nein, Ritter."

„Durch seinen Kanzler?"

„Der Kanzler der Hoheit von Mailand bewohnt seit heute diese Burg. Eure Gnade kann ihn sprechen und sich bei ihm selbst erkundigen, Sie wird ihm damit ein Vergnügen machen, denn ich fürchte, daß er sich langweilt."

„Erlaucht hat ihn nicht empfangen? Keine Neugierde läßt mich fragen, sondern das Interesse der königlichen Sache, welcher wir alle hier dienen."

„Ich habe den Kanzler gesprochen, heute morgen, zwei Stunden.“

Diese Aufrichtigkeit setzte Moncada in Erstaunen, aber sie sagte ihm nichts Neues. Er war durch die spähenden Ohren, welche er unter dem Gesinde Pescaras besoldete, von der Ankunft und der Audienz Morones genau unterrichtet.

„Eine lange Beredung, da doch allein von der Unterwerfung des Herzogs die Rede sein konnte.“

Pescara schwieg. Geheimer Abscheu, so schien es, verbot ihm, den vor ihm Stehenden nur eines Wortes zu würdigen über das Nötige hinaus.

„Ich wundere mich“, sprach Moncada weiter, „daß Erlaucht nicht kurz abgebrochen, und ich erstaune, daß Sie diesen Niederträchtigen überhaupt empfangen hat, jetzt da jene Verleumdungen über Erlaucht Italien erfüllen.“

„Nicht weiter! Jedes Wort wäre eine Beleidigung und ein Zeitverlust! Ich habe diese Lügen meinem Kaiser berichtet. Das genügt. Ich kenne meine Feinde ...“

„Weise. Und ebenso weise, wenn Erlaucht Ihrer Unterredung mit Morone unverdächtige Zeugen gegeben hätte.“

„Das geschah“, erwiderte Pescara verächtlich. „Diese Herrschaften hier.“ Bourbon und Del Guasto nickten. „Was aber den Inhalt der Unterredung betrifft, nach welchem Ihr neugierig zu sein scheint, so werdet Ihr ihn der Antwort entnehmen, welche ich in Eurer Gegenwart, wenn Ihr es wünscht, dem Kanzler morgen zu geben gewillt bin, bevor er meinem Heerzug als ein Gefangener folgen wird. Hier in diesem Saale. Nun aber lasse ich Euch.“ Und er entfernte sich in sein inneres Gemach, wohin die drei andern ihm folgten.

Moncada stand allein. „Eine Maske“, überlegte er, „eine durchdachte Maske. Welch ein Antlitz verbirgt sie? ... Ich werde es wissen ... Du entrinnst mir nicht, ich umschwebe dich, Pescara!“ Er ging langsam weg in streitenden Gedanken.

Während die drei Feldherrn drinnen den Krieg vorbereiteten, blieb der Vorsaal eine Weile leer und unbehütet. Der Page Ippolito hatte sich zu der Herrin hinübergeschlichen, deren Ankunft er belauscht hatte und deren Schönheit und Leutseligkeit er kindlich bewunderte. Er brannte, sie zu begrüßen und ihr seine Dienste zu bieten. Dann aber bevölkerte sich der feierliche Saal mit einer lustigen Gesellschaft. Die fünf silbergrauen Windspiele des Konnetabel, närrische, noch ganz junge Tiere, hatten irgendeinen unbewachten Eingang in das Schloß gefunden und beschnupperten jetzt die Spalten der Tür, hinter welcher sie ihren Herrn vermuteten. Diese Rasse war Modesache. Nun kam auch der Windhund des Marchese, ein edles Tier und ein unermüdlicher Läufer, zu sehen, was es gebe, und war nicht sehr erbaut von dieser leichtsinnigen Sippe, die ihm nicht in diesen ernsten Raum zu gehören schien und der er knurrend sein Mißfallen kundgab.

Siehe, da erschien noch ein zartes, zierliches Windspiel, ein schneeweißes Geschöpf von den feinsten Formen, das auf schimmerndem Silberhalsband die Inschrift trug: „Ich gehöre der Viktoria Colonna." Zuerst mit Freude und Bewunderung empfangen, wurde das schmucke Spielzeug bald zu einem gejagten und gehetzten Wild, hinter welchem die ganze jugendliche Meute kläffend im Kreise herumfuhr. Da kam der Page hereingesprungen, nahm das Eigentum der Herrin, welche ihn danach gesendet haben mochte, in die Arme und flüchtete es aus dem Tumult, die wilde Jagd hinter sich ziehend, den besonnenen Läufer des Pescara ausgenommen. In demselben Augenblick trat Leyva aus dem innern Gemach und beschleunigte die allgemeine Flucht, indem er dem hintersten Hündchen des Konnetabel einen Tritt versetzte, daß es winselnd durch die Luft flog.

Der ergraute Feldherr hatte einen zornroten Kopf und ließ sich von Pescara, der ihn geleitete, kaum mehr an der Hand zurückhalten. „Leyva", sagte der Marchese, „ich bitte Euch, bleibt! Beherrscht Euch! Ich kann Euch nicht zwingen, gegen den Herzog gerecht zu sein, aber beobachtet wenigstens die Formen! Der Herzog benimmt sich musterhaft gegen Euch, mit tadelloser Courtoisie[1], Ihr aber zoget ihm die grinsende Miene eines Bauers, und jetzt lauft Ihr weg, ehe unsere Beratung geschlossen ist. Das ist kein Betragen, wie es sich für Eure Stellung und Euer Verdienst geziemt."

„Ich konnte den Verräter nicht länger ertragen, Pescara! Mit jeder Miene, jeder Bewegung hat mich der Hochmütige beleidigt! Nichts als Hohn! Seine Kälte verachtet mich, und

[1] franz. vornehmes Benehmen.

seine Verbeugungen spotten meiner. Ich möchte wissen, woher er das Recht nimmt, auf mich herabzusehen. Ich stehe über ihm, trotz seiner hohen Geburt, denn meine Ehre ist rein und ich bin ein treuer Knecht meines Königs, den seinigen aber hat er verraten! Er ist gezeichnet und sein glattes Gesicht garstiger als meine Wunde hier! Doch nicht alle Fürsten verachten mich, es gibt deren, die meinen Wert kennen. So dieser verständige Moncada, mit dem ich gereist bin. Der wenigstens hat mich seines Vertrauens gewürdigt."

Pescara wurde sehr ernst. „Leyva", sagte er, „Ihr gebt mir die Genugtuung, daß ich Euch immer für voll genommen habe. Ich frage nicht nach der Geburt, sondern ich nehme den Menschen, wie ich ihn erprobe. Habet Ihr mich je hochmütig gesehen oder kleindenkend erfunden? Du hast nichts gegen mich, Alter", sagte er zutraulich, „wir kennen uns." Er suchte mit den hellen grauen Augen die des Mitfeldherrn, der sie ihm aber, den Kopf senkend, hartnäckig entzog. „Nichts", murrte Leyva, „außer daß Ihr Freundschaft haltet mit dem andern. Doch ich habe Eile: Erlaucht schickt mir die Instruktionen nach. Ich besitze dergleichen gerne schriftlich. Leyva tut seine Pflicht. Zählt darauf!"

Der Feldherr ließ ihn gehen und streichelte nachdenklich den feinen Kopf seines Windspieles, das ihm denselben in die Hand zu legen gekommen war.

Dann trat er in sein Gemach zurück, wo er Bourbon und Del Guasto in einem aufgeregten Gespräch fand, wohl über den Kanzler, denn sie deuteten mit den Blicken in der Richtung der Turmgemächer. Der Feldherr lächelte. „Herrschaften", sagte er, „Ihr habt heute morgen eine wunderbare Rede belauscht und – noch wunderbarer – diese Rede hat mich nicht verführt, aber Euch meine Zeugen. Meine Treue blieb fest, und die Eurige wurde erschüttert, wie ich glaube: ein Triumph, den der Kanzler nicht beabsichtigte, der ihm aber schmeicheln darf."

Jetzt wendete er sich mit veränderter Miene gegen Del Guasto: „Don Juan, ich sah Eure Augen habgierig nach Beute flammen. Dankt es mir, daß ich Euch nicht zu Worte kommen und Euren Herrn den Kaiser verraten ließ. Denn gerade Ihr, Don Juan, müsset der Majestät unverbrüchliche Treue halten, wenn Ihr nicht ein Verbrecher werden wollet. Treue am Fürsten ist die einzige Tugend, deren Ihr zur Not fähig seid, und der letzte Ehrbegriff, der Euch übrigbleibt. Sie wird Eure Unerbittlichkeit adeln, wenn Ihr dieselbe gegen Abfall und Empörung ausübt, und Eure grausamen Triebe werden der irdischen Gerechtigkeit dienen. Nehmt das als meinen wohlgemeinten Rat, und nun geht und vermeidet heute die Augen Donna Viktorias. Euer Anblick ist ihnen verhaßt, sie können einen Mörder nicht ertragen."

„Einen Mörder?" Don Juan lehnte sich auf.

„Einen Mörder. Kennt Ihr Euer Opfer noch nicht? Ich nenne es Euch: es ist Julia, die Enkelin meines Numa Dati, gestorben in Rom am gebrochenen Herzen, und Ihr seid es, der sie umgebracht hat. Ihr geschah wohl, aber das mindert Euren Frevel nicht im geringsten. Fürchtet nicht, daß sie Euch erscheinen werde, sie ist versenkt in die Ruhe und überläßt Euch den Furien Eurer Seele, zu früher oder später Reue."

Del Guasto erbleichte, und sein Haar sträubte sich wie ein Gewirr von Schlangen. Nicht seine Tat erschreckte ihn, aber der furchtbare Richterernst des Feldherrn, dessen vernichtende Strafgewalt von jenseits des Grabes zu kommen schien. Er entwich bestürzt vor den Blitzen dieses Auges.

„Familienangelegenheiten", bemerkte Bourbon.

„Aber weißt du, Ferdinand, daß der Kanzler mich mehr, als du denkst, begeistert hat? Trotz seiner Schmähungen – er ist der einzige, dem ich nichts übelnehme – war er auf dem Wege, mich völlig zu betören, oder vielmehr du hast mich betört, da du sagtest, ich sei dein Alter ego und du würdest mir Mailand geben. Du hast dich über mich lustig gemacht, und ich Stumpfsinniger habe den Spaß nicht verstanden."

„Vergib, Karl! Ich war neugierig, ob der Kanzler seinem Herzog Treue hielte. Aber glaube mir, Karl, auch dir bleibt nichts als die Sache des Kaisers. Der Niedergang Italiens ist unaufhaltsam, es unterhöhlt sich selbst. Besieh dir doch die Sache: Italien bietet sich mir flehend und bedingungslos, mit einem Schein von Wahrheit und Größe, und zugleich zieht es mir mit vollendeter Tücke den Boden unter den Füßen weg, um mich zum Sprung über den Abgrund zu zwingen. Ich begreife bei solchen Gerüchten und Verleumdungen, daß mir

Madrid einen Aufseher und Belauscher sendet. Aber warum meinen Feind? Warum Moncada? Zwar er wird mir nichts anhaben, und ich werde mein Tagewerk zu Ende bringen und dir, Karl, werde ich geben, was ich kann, mein Amt und meine Nachfolge … Nicht wahr, Karl, du bist gerecht in Italien? Du quälst es nicht? Du drückst es nicht über das Maß? Das gelobst du mir. Obwohl sie es nicht um mich verdient haben. Ich kenne dich: du gehst menschlich mit ihnen um."

„Ausgenommen mit dem Heiligen Vater, der schlecht von mir gesprochen hat. Aber, Ferdinand, was redest du? Du erschreckst mich! Wir sind gleichen Alters, und eine Kugel kann mich vor dir oder uns beide zusammen niederstrecken. Dieser Moncada ist über dich gekommen wie ein Frost, ich sah dich zusammenschauern. Was liegt zwischen euch?"

Jetzt ging die Sonne unter und es klopfte leise an der Tür. Der eintretende Ippolito wendete sich flehend gegen seinen Herrn: „Erlaucht, lasse Madonna nicht warten. Die Tafel drüben ist gedeckt, und Madonna steht harrend auf der Terrasse, wenn sie nicht die Stufen herabsteigt."

„Gehe, mein Kind, und sage ihr, ich komme."

„Das tue ich nicht", versetzte Ippolito mit anmutigem Trotz, „sonst läßt sich Erlaucht mit Hoheit wieder in ein endloses hochpolitisches Gespräch ein und die süße Frau wird vergessen."

Der Feldherr litt den Knaben neben sich, und die Unterhaltung mit dem Herzog fortsetzend, um dessen Schulter er vertraulich den Arm geschlungen hatte, bediente er sich der spanischen Sprache, von welcher er wußte, daß sie von dem Pagen nicht verstanden wurde. „Was zwischen mir und Moncada liegt, Karl? Etwas Entsetzliches, ein Verdacht, der für mich eine Wahrheit ist, für welchen ich aber keinen Beweis habe als meine Überzeugung. Ich glaube, ja ich bin gewiß: dieser Mensch hat meinen Vater umgebracht." Er glättete die Locken des Kindes, das mit unschuldigen Augen zu ihm emporblickte.

„Es war nach der Wende des Jahrhunderts und ich wie dieser hier, jedenfalls nicht älter. Mein Vater, ein guter Feldherr und ein besserer Mann als ich, ein treuherziger Mann, ging in Sendung des damaligen Vizekönigs, des großen Gonsalvo, der später den spanischen Undank so grausam erfuhr, nach Barcelona, wo der alte Ferdinand eben Hof hielt. Dort erblickte er den letzten Sprossen unseres neapolitanischen Fürstenhauses, jenen unglücklichen Jüngling, der unter dem argwöhnischen Auge Ferdinands welken mußte, mit einem unfruchtbaren Weibe verheiratet. Arglos und unklug, wie der Vater war – ich sage dir, es gab keinen schlichteren Mann –, ließ er sich mit dem entthronten Prinzen in ein teilnehmendes Gespräch ein und besuchte ihn dann zuweilen im Palaste. Das reichte hin, ihn dem König verdächtig zu machen, und dieser Verdacht genügte, um ihm das Leben abzusprechen.

Ich erzähle dir die Sache, wie ich sie nachher erforscht und zusammengebracht habe, da, bei reiferem Verstande und erlangter Menschenkenntnis, die Vergangenheit Sinn und Bedeutung für mich gewann. Es ist höchst wahrscheinlich, daß der König selbst sein Opfer bezeichnete, wenn auch nur mit einem halben Wort oder einer kurzen Gebärde. Die Ausführung seines geheimen Spruches aber übernahm ein junger Mensch, den er um sich hatte und von dem es hieß, daß er sein natürlicher Sohn sei. Der junge Moncada, kein anderer, begegnete meinem Vater, der von dem Prinzen zurückkam, in einer Galerie des Schlosses und stieß ihn nieder. Kein Zweikampf, sondern ein Meuchelmord, denn die Rechte des Vaters war durch eine alte Verwundung gelähmt. Und Pescara fiel unschuldig, so wahr ich dich umschlungen halte, denn nichts lag dem Redlichen ferner als Intrige und Verschwörung. Ist das nicht verrucht? Und vielleicht glaubte der junge Moncada eine Pflicht zu erfüllen und als guter Christ zu handeln, da er dem Wink einer Königsbraue gehorchte. Ist das nicht abscheulich? Wäre so etwas bei Euch möglich, Karl?"

„In Frankreich? Je nachdem. Doch nein, so einfach nicht."

„Nach Jahren, da ich meine ersten Sporen verdient hatte, treffe ich den Moncada im Zelte meines Feldherrn und Schwiegervaters, des Fabricius Colonna. Er umarmt mich, nennt mich seinen jungen Helden, den aufgehenden Stern und die Hoffnung Spaniens. Er versichert mir, ich gleiche meinem Vater, den er gekannt habe, und das Blut erstarrt mir in den Adern, denn ich hatte die Gewißheit, daß mich der Mörder Pescaras liebkosend in den Armen halte."

„Du ließest ihn gehen?“

„Am Abende jenes Tages ging ich, ihm das Leben zu nehmen oder ihn das meinige nehmen zu lassen. Er war verschwunden. Ich konnte ihn nicht verfolgen. Wo hätte ich die Zeit dazu genommen, immer im Zelte und in der Mitte der Entscheidungen wie ich lebte? Aber der Geist des gemordeten Vaters folgte mir überall.

Später erfuhr ich, der Verhaßte habe sich in irgendeine Kartause geworfen, um eine Sünde zu büßen. Dann ist er jenseits des Meeres, in Kuba wieder aufgetaucht, wo ihm König Ferdinand reiche Besitzungen verlieh, und hat den kühnen Cortez nach Mexiko begleitet. Ich denke, um den ehrgeizigen Eroberer zu überwachen: denn Moncada lebt in den Gedanken und Plänen seines Vaters und ist im Zusammenhange mit jener fanatischen spanischen Partei am kaiserlichen Hofe, welcher die Burgunder und Niederländer glücklicherweise die Waage halten. Über das Meer zurückgekehrt, hat er sich ein Verdienst daraus gemacht, durch sein verborgenes Wirken Neuspanien der Krone erhalten zu haben, und steht in halb gefürchtetem Ansehen, auch bei dem Kaiser seinem Neffen. Jetzt ist er in Italien, um mich zu unterjochen oder zu verderben. Das ist Moncada.“

„Weißt du, Ferdinand“, sagte Bourbon, der aufmerksam gelauscht hatte, „ich hätte dir längst gern einen Gefallen getan. Räche ich dir den Vater und schaffe dir zugleich den Feind vom Halse? Nicht durch Meuchelmord, das ist nicht meine Art, sondern in geregeltem Duell, zu welchem ich schon einen Anlaß finde. Ich gefährde mich nicht, denn, ohne dir nahezutreten, du gibst zu: wir Franzosen fechten besser als ihr Spanier. Du bleibst außer Spiel, und mich schützt meine fürstliche Geburt. Willst du? Ich bin zu deiner Verfügung.“

Da antwortete Pescara mit fast verklärten, bläulich schimmernden Augen: „Nein. Es ist zu spät. Ich denke jetzt anders und gebe den Mörder der ewigen Gerechtigkeit.“

Pescara nahm Ippolito an der Hand und sagte: „Nun dürfen wir Madonna Viktoria nicht länger warten lassen.“

Er gab dem Herzog den Vortritt. Auf der Wendeltreppe fragte er den Knaben: „Die Herrin ist dir schon so lieb, die du heute zum ersten Male gesehen hast?“

„Sie war gleich so gütig“, erwiderte Ippolito, „und ihr sah die Schwester ähnlich, die ich jetzt nicht mehr sehen soll – helle Zähren rieselten ihm über die Wange – weil sie, wie mir der Großvater erzählte, in einem römischen Kloster ist und dort die Gelübde abgelegt hat. Und sie war sonst so fröhlich, die Julia, aber freilich in der letzten Zeit ist sie sehr still geworden. Wie mag sich die Schwester so jung begraben!“ Er sagte das, während sie ins Freie traten.

„Ich flehe, mich der erlauchten Frau vorzustellen“, bat der Konnetabel. „Jüngst fand ich, ein Buch öffnend, die Natur habe das Herrlichste gebildet und dann die Form zerbrochen, damit Viktoria Colonna einzig bleibe. Ihr gönnt mir den Anblick?“

Sie beschritten den langen Zypressengang, und jetzt gewahrten sie in einiger Entfernung einen bewegten Auftritt: eine vorwärts strebende weibliche Gestalt riß sich von einem Mann los, der ihr zu Füßen lag. In demselben Augenblick schrie Ippolito: „Dort ist der böse Zauberer, er will der Herrin ein Leid antun!“ und eilte spornstreichs Donna Viktoria zu Hilfe, während der Kanzler von den Knien aufsprang und hinter einer Lorbeerhecke verschwand.

Die Befreite eilte dem lächelnden Gemahl mit schnellen Füßen entgegen und mit einem so jungen und kräftigen Erröten, daß Pescara sie niemals schöner gesehen zu haben glaubte. Während ihr Gewand noch flog, sagte die nicht einmal außer Atem Gekommene: „Ein Flehender hat mich überfallen und beschworen, seine Sache bei Eurer Erlaucht zu führen: erbittet, ihn nicht allzulange auf Bescheid harren zu lassen, da er sich in Zweifel und Erwartung verzehre.“

„Er hat seine Fürbitterin gut gewählt, Madonna“, versetzte der Feldherr, „aber alles zu seiner Zeit. Jetzt gestattet, daß ich Euch die Hoheit Bourbon vorstelle.“ Viktoria, lebhaft wie sie war, verbarg einen Ausdruck frauenhafter Teilnahme nicht.

Der Herzog ließ nicht im geringsten merken, daß ihn der kniende Kanzler belustigt hatte. Er verneigte sich ehrerbietig und hielt sich fein und stolz aus Rücksicht für Pescara und im Bewußtsein seines schmachvollen Ruhmes, das ihn nie verließ. Er bewunderte die Schönheit Viktoriens, ohne sein dunkles Auge auf ihrem Antlitz oder ihrem Wuchs ruhen zu lassen. Er schmeichelte nicht, er streute keinen Weihrauch, sondern er sagte einfach: „Ich freue mich, Madonna Viktoria zu erblicken, die Gattin meines Freundes des Marchese, und huldige ihr nach Gebühr." Dann verwickelte er sie, zu ihrer Linken gehend, in ein leichtes und gefälliges, aber unbedeutendes Gespräch, und da sie ihn zur Tafel bat, bedankte er sich und schied unten an der Treppe des Landhauses mit ruhiger Höflichkeit. Viktoria, so bescheiden sie war, hatte mehr erwartet, schon aus Gewöhnung, denn ihr pflegte von den Berühmtheiten der Zeit auf das übertriebenste gehuldigt zu werden. Doch sie verwand leicht und belächelte ihre Enttäuschung, mit dem Feldherrn die Stufen hinansteigend in der schon wachsenden Dämmerung.

Die Mahlzeit war kurz, wie Pescara es liebte. Viktoria ließ es sich nicht nehmen, selbst dem Gemahl die Speisen vorzulegen, er aber rächte sich beim Nachtisch. Zwischen Eis, Früchten und Naschwerk erblickte er eine von seinem Zukkerbäcker kunstvoll geformte Mandelkrone. „Siehe da", scherzte er, „etwas für meine ehrgeizige Viktoria!" Er bot sie ihr, deren Herz zu pochen begann.

Sie erhoben sich und betraten das Nebenzimmer, das eine schwebende Ampel gleichmäßig erhellte und in seinem noch frischen Schmuck schimmern ließ. An den Wänden liefen Kinder mit Blumenkränzen, während das Lattenwerk der Decke in seinen Feldern grau auf Goldgrund gemalte Heroenbüsten zeigte, eine willkürlich gewählte Gesellschaft, auf den vier ampelhellen Mittelfeldern: Äneas, König David, Herkules und Pescara. Das ganze Gerät war ein Ruhebett, dessen Rücklehne in ihrem Kastanienholz mit ausgebrochenen Lettern die Schrift trug: „Hier muß man plaudern."

„Wie kommt es", fragte Viktoria, sich neben Pescara niederlassend, „daß mir der Konnetabel trotz seiner feinen Art einen unangenehmen Eindruck macht, daß er mich – gerade heraus gesagt – abstößt?"

„Der Arme!" scherzte Pescara. „Mars und Muse, Rauheit und Anmut, der garstige Leyva und die schöne Viktoria fühlen sich gleicherweise von dem Capetinger beleidigt, der sich doch gegen beide unsträflich benommen hat, wie ich bezeugen kann. Da muß sich etwas zwischen ihn und jeden andern, wer es sei, einschleichen, und ich glaube wohl, dieser entstellende Dunst und verhäßlichende Nebel ist sein Verrat, oder welchen Namen man dem Abfall von seinem Könige geben will."

Eine leichte Blässe überzog das Antlitz Viktorias.

„Verrat ..." Pescara dehnte die zwei Silben des Wortes. „Es ist begreiflich, daß ein edles Weib diese Sünde verabscheut. Ob ich meinem Fürsten Treue breche oder meinem Freunde oder meinem ahnungslosen Weibe oder selbst meinem Mitschuldigen, alles das sind Spielarten derselben Gesinnung ... Schon dein finsterer und großer Dichter, aus welchem du deine Seele erneuerst, wertet den Verrat als die schwerste Schuld, da ja in seiner Giudecca sein Cerberus oder Luzifer in jedem der drei Rachen einen Verräter zermalmt. Den ersten weiß ich: es ist jener, der den Heiland geküßt hat. Wer aber sind die zwei andern: die, welche Luzifer an den Füßen gepackt hält und die das Haupt nach unten schweben? Das ist mir in diesem Augenblicke nicht erinnerlich. Sprich doch die Stelle, du weißt ja die hundert Gesänge auswendig."

Viktoria rezitierte:

„Degli altri due, ch' hanno il capo di sotto,
Quel, che pende dal nero ceffo, è Bruto:
Vedi come si storce, e non fa motto:
E l'altro è Cassino, che par sì membrunto."[1]

Behaglich plauderte der Feldherr weiter: „Dieser schweigend sich windende Brutus ist gut, doch – mit der schuldigen Ehrfurcht – den dürren Cassius, dessen Magerkeit Julius Cäsar fürchtete, wie kann ihn Dante muskulös nennen? Überhaupt, Viktoria, wie gefällt dir diese Speise des Cerberus?"

Da antwortete Viktoria tapfer: „Herr, die Mörder Cäsars gehören nicht in die Hölle. Hier tadle ich meinen Dichter."

„Beileibe nicht!" neckte Pescara. „Und doch, brav, meine Römerin! Treue ist eine Tugend, aber nicht die höchste. Die höchste Tugend ist die Gerechtigkeit."

---

[1] Hier windet Brutus sich mit festem Schweigen,
Und aus dem dritten Maul bangt Cassius nieder,
An dessen Leib sich alle Muskeln zeigen.

So schaukelte Pescara sein Weib über dem Abgrund und dem Geheimnis seiner Seele und hinderte sie, Fuß zu fassen, die mit dem ganzen Ungestüm ihres Wesens Boden suchte, den Sieg erstrebend, den zu erringen sie nach Novara geeilt war. Auf immer neuen Wegen verfolgte sie das Ziel, von welchem Pescara sie fernhielt. Jetzt hatte sie die Eingebung, den größten lebenden Patrioten Italiens zu Hilfe zu nehmen.

„Ich mußte mich immer wundern, Pescara", sagte sie, „daß du, wie du bist, unter unsern Bildnern und Dichtern die lieblichen den gewaltigen vorziehst, den Ariost und Raphael dem erhabenen Dante und seinem späten, aber ebenbürtigen Bruder, dem Buonarotti – du selbst aber bist eine tiefe und verborgene Natur."

„Eben darum, Viktoria, wenn ich es bin. Die Kunst ist eine Ergötzung. Was aber deinen Michelangelo angeht, so mache mich nur nicht eifersüchtig auf den Zyklopen mit dem zertrümmerten Nasenbein, da du ihn so sehr bewunderst."

Viktoria lächelte. „Ich habe sein Angesicht nie gesehen und kenne nur seine Sistine."

„Die Propheten und Sibyllen? Diese habe ich vor Jahren auch betrachtet und aufmerksam, doch sind sie mir wieder verschwommen, bis auf ein paar Einzelheiten. Zum Beispiel der Mensch mit gesträubtem Haar, der vor einem Spiegel zurückbebt –"

„Worin er die Drohungen der Gegenwart erblickt", ergänzte sie erregt.

„Und dann die Karyatide, von einer ungeheuren Last zusammengedrückt, das kurze, viereckige, jammervolle Geschöpf! Das häßlichste Weib ohne Frage, wie du das schönste bist –"

„Eine Vergewaltigte, eine Unterjochte, eine Sklavin –"

„Nun tauchen mir auch die Propheten wieder auf: der kahle Sacharja, oder wer es sein mag, ein Bein oben, eines unten, der scheltende Hesekiel im Turban, Daniel schreibend, schreibend, schreibend. Auch die Sibyllen: die gekrümmte Alte mit der Habichtsnase, die glimmenden Augen in ein winziges Büchlein vertieft, mit der Nachbarin, die sich Öl in die erlöschende Ampel gießen läßt, und, die schönste von allen, die Jugendliche mit dem delphischen Dreifuß. Alles in rasender

Tätigkeit. Was soll dieser Sturm? Was predigen und weissagen diese?“

Da rief Viktoria in flammender Begeisterung, als säße sie selbst im Rate der Prophetinnen: „Sie bejammern die Knechtschaft Italiens und verkündigen den kommenden Retter und Heiland!“

„Nein“, urteilte Pescara streng, „die Stunde des Heils ist vorüber. Nicht Gnade verkündigen sie, sondern das Gericht.“

Viktoria erbebte, aber schon wieder war der strafende Ernst aus den Zügen Pescaras gewichen. „Verlassen wir jene prophetische Kapelle“, sagte er schmeichelnd, „und eine Kunst, die erschreckt und erschüttert. Mich aber darfst du nicht gemeint haben, da du von einem Heiland Italiens sprachest, obwohl ich freilich die Seitenwunde schon besäße“, schloß er mit einem jener herben Scherze, welche ihm eigentümlich waren.

Die ganze Zärtlichkeit Viktoriens überquoll, da Pescara jene Wunde nannte, welche ihre Tage und Nächte beschäftigt hatte, bis er ihr schrieb, sie habe sich geschlossen. Das liebende Weib umschlang ihn mit der Linken, und mit der Rechten strich sie ihm die rötlich blonden, vorne leicht gelockten Haare tief in die Stirn, so daß er im Ampellicht und in ihrer wonnigen Nähe ein ganz jugendliches Ansehen gewann.

Da überkam sie eine Erinnerung an einen zusammen verlebten, nicht allzufernen Tag. Es war in der Nähe von Tarent, auf einer ihrer Besitzungen. Dort hatten sie, freilich erst nach dem völligen Untergang einer sengenden Erntesonne, unter dem verglühenden Abendhimmel neben ihren noch rüstigen Schnittern zur Sichel gegriffen und sich jedes seine Garbe gebunden. Wieder sah sie den Feldherrn lässig auf der seinigen liegen, während sie die Schnittermädchen, leicht improvisierend, eine neue Kantilene lehrte nach dem Muster der dort im Süden gebräuchlichen, die dann das junge Volk bis in die Nacht zu wiederholen nicht müde wurde. Jenen Abend brachte sie jetzt dem Feldherrn ins Gedächtnis.

Es freute ihn. „Weißt du jenes Liedchen noch?“ fragte er.

„Wie sollte ich?“

„Nun, es gab da einen Reim: Schnitter und Zither. Sonst sagte das Liedchen nichts weiter, als daß, wie auf dem Felde, auch im Himmel gesungen und die Garbe getragen werde. Das bescheidene Liedchen klingt vielleicht noch im Munde des Volkes, wenn ich und später auch du längst verstummt sind, und, aufrichtig, es gefällt mir besser als ein mir neulich übersendetes Sonett, in welchem du feierlich zu mir redest. Ruhig, Viktoria! Es ist nicht von dir. Ich weiß, daß es nicht von dir ist."

Sie loderte vor Zorn. „Wer erkühnt sich", rief sie aus, „meine Maske zu nehmen und in meinem Namen zu dir zu reden? Wer ist der Freche? Wo ist das Machwerk, daß ich es zerreiße!"

„Oh, das wäre schade. Es sind Verse, die dir keine Schande machen. Hier." Der Feldherr zog ein Blatt aus dem Busen. Sie entriß es ihm und trat unter die Ampel. Mit wogender Brust und hastigen Lippen begann sie:

„Viktoria an Pescara.

Ich heiße Sieg, Pescara, und ich kröne
Mit Lorbeer deine Schlachten und Gefechte,
Doch wehe mir, wenn ich die Heimat knechte,
Mißbrauchend meines Namens stolze Töne.

Da ich mich dir vermählt in Jugendschöne,
Aus Römerblut und fürstlichem Geschlechte,
Gab ich dir in Italien Bürgerrechte
Und brachte dir die Liebe seiner Söhne.

Ich komme, Lohn zu fordern für ein Leben,
Nur dir geweiht in hellem Opferbrande!
Mein Held, was wirst du deinem Weibe geben?

Ich weiß die Geister, welche dich umschweben!
Zerschneidend mit dem Schwert Italiens Bande,
Belohnst du mich mit meinem Vaterlande!"

Nie verwandelte sich eine Stimmung seltsamer unter dem Eindruck eines Gedichtes: unmutig hatte die Colonna das Blatt ergriffen, bald besänftigte sie sich, dann sprach sie innig und die letzten Zeilen jubelte sie hingerissen. Jetzt bekannte sie offen: „So bin ich und solches hoffe ich, wenn ich dieses auch nicht geschrieben habe!"

Pescara blickte spöttisch. „Das Sonett", sagte er, „hat sich auf deinen Lippen wunderbar veredelt, aber es ist innerlich hohl und stammt aus einer niedrigen Seele. Liebe fordert keinen Lohn, Liebe gibt sich umsonst, Liebe rechnet nicht. Solches ist gemein. Nein, so kann Viktoria nicht denken. Ein Mietling hat diese Verse gemacht, und ich weiß seinen Namen: seine ungeheure Eitelkeit hat ihn gezwungen, die Maske frech zu lüften. Sieh her." Pescara wies mit dem Finger auf zwei winzige Buchstaben, ein P und ein A, in die untere rechte Ecke des Blattes gekritzelt. „Auch ein Göttlicher, wie er sich nennt! Ich sehe den Aretiner mit seinem Zeltgenossen, dem Giovanni Medici, dem zügellosesten Jüngling Italiens, weintriefend und witzereißend zusammensitzen und höre ihn lästern: ‚Glaube mir, Hans, es ist kein Leichtes, sich in die göttliche Viktoria hineinzudenken!' Und ein faunischer Jubel. Der Aretiner lacht, daß er fast mit dem Stuhl überschlägt, er schüttelt sich, er lacht aus vollem Halse –"

„Bräche er ihn, der Schamlose!" schluchzte Viktoria; denn Petrus Aretinus und sein Wesen waren schon damals weltkundig.

„Brav, meine Römerin!" begütigte Pescara. „In einem aber hat er recht, Geliebte: dein Vorname hat schon den Bräutigam begeistert. Es ist schön, mit dem Siege vermählt zu sein."

Aber die Colonna verstand keinen Scherz mehr. Sie war in den Tiefen ihrer Seele aufgewühlt, in den Wurzeln ihres Wesens erschüttert, voller Tränen und zugleich voller Glut und Leidenschaft. „Doch in dem andern hat er Unrecht!" redete sie heftig. „Ich weiß nicht, auf welchen Geist du lauschest, und mühe mich umsonst, in deinem Herzen zu lesen! Du spielst mit deinem Weibe! Du umarmst mich und du drückst mich weg! Hast du Grausamer mich doch nicht einmal meine Botschaft ausrichten lassen, die ich dir bringen wollte in dem Jubel meines Herzens!"

„Weil ich sie erriet. Ich tadle den Heiligen Vater, mein edles Weib zur Dienerin mißbraucht und dir, der Wahrhaften, eine Botschaft aufgelistet zu haben, eine Botschaft seiner und deiner unwürdig, voller Lüge und Sophismen, welche ich, in den nächsten Tagen schon, ihn nötigen werde zu widerrufen und zu verleugnen. Die Heiligkeit gibt mir Neapel, wenn ich es erobere, und absolviert mein Gewissen, wenn ich es abstumpfe. Ich aber glaube nicht an ein solches Binden und Lösen, nicht in weltlichen Dingen, weder ich noch irgendein anderer mehr, und", sagte er, „auch in geistlichen nicht. Das ist vorbei, seit Savonarola und dem germanischen Mönche."

„Und mein Italien, das du wie ein Magnet anziehst, läßt du es an dir scheitern? Achtest du es für nichts? Verachtest du es?" schrie Viktoria verzweifelnd.

Der Feldherr erwiderte sanft: „Wie dürfte ich ein Volk verachten, das mir dich gegeben hat? Aber ich will dir nicht verhehlen: Italien redet umsonst, es verliert seine Mühe. Ich kannte die Versuchung lange, ich sah sie kommen und sich gipfeln wie eine heranrollende Woge, und habe nicht geschwankt, nicht einen Augenblick, mit dem leisesten Gedanken nicht. Denn keine Wahl ist an mich herangetreten, ich gehörte nicht mir, ich stand außerhalb der Dinge."

Viktoria entsetzte sich. „Wie? Bist du kein Mensch? Bist du ein Geist ohne Fleisch und Blut? Betrittst du den Boden nicht, über den du wandelst?"

„Meine Gottheit", antwortete er, „hat den Sturm rings um meine Ruder beruhigt."

Da flehte Viktoria: „Deine Gottheit?" und sie umschlang ihn mit beiden Armen, „Ich lasse dich nicht, du nennest mir denn deinen Gott!"

Pescara löste sich sachte und erwiderte mit schmerzlichen Augen: „Wenn du es verlangst, aber komm mit mir in den Garten, ich muß Luft schöpfen."

Da sie auf die Terrasse traten, standen alle Sterne über ihnen, und drüben im alten Schloß erblickten sie noch ein einsames Licht von irdischer Farbe. „Dort", sagte sie mitleidig, „ist der Kanzler schlummerlos und verzehrt sich in Angst und Hoffnung." „Ich glaube nicht", versetzte Pescara, „eher hat er sich mit einem Mutwillen oder einer Nichtswürdigkeit in den Schlaf gelesen und seine niederbrennende Ampel leuchtet den Wänden." Er hatte es erraten. Nach qualvollen Stunden hatte sich Morone mit einem Catull eingeschläfert.

Der Feldherr nahm seinen Weg nach dem Boskett mit den weißen Marmorbänken, wo er zu ruhen pflegte. Sie saßen unter dem dunklen Laubdach, Hand auf Hand.

Da flüsterte Viktoria: „Nun rede!“ Der Feldherr aber schwieg.

Tritte nahten und eine andere Bank füllte sich mit Geflüster. „Steht es wirklich so mit dem Feldherrn, Moncada? Ich habe Mühe es zu glauben.“

„Auch ich glaube es noch nicht, Leyva, aber ich forsche. Erlange ich Gewißheit, so trete ich hervor und wir handeln. Der König darf sein Heer in Italien nicht verlieren.“

„Ihr meint?“

„Du ziehst deine Truppen zusammen und wir verhaften ihn.“

„Er wird sich zur Wehr setzen.“

„Dann fällt er.“

„Und die Majestät?“

„Besorge nichts, die Majestät bedarf unser, wir beherrschen sie. Verweigerst du mir deine Hilfe, so muß ich ihn durch eine gedungene Hand töten lassen. Kann ich auf dich zählen?“

„Ihr dürft ... eine schwere Tat ...“ Da zog ihn der andere fort. „Mir ist“, sagte er, „ich habe hier atmen hören.“

Wirklich, die feuchte Nachtluft drückte den lauschenden Feldherrn und benahm ihm den Atem. Er keuchte leise. Jetzt sagte auch er: „Gehen wir. Tau fällt und Verderben brütet in der Luft.“ Sie drängte sich an ihn.

Drei Hornstöße ertönten vom alten Schloß her.

„Ein Kurier. Ich werde heute noch zu lesen haben.“

„Ferdinand“, flehte sie, „du bist umlauert. Du wirst dem Kaiser verdächtig. Du bist verloren! Wirf dich Italien in die Arme! Da ist dein Heil und deine einzige Rettung!“

„Ich fürchte nichts“, sagte er. „Der Weg ist dunkel, aber meine Zuflucht ist offen.“

Jetzt standen sie in der kleinen Halle des Landhauses, und Pescara weckte den auf einem Schemel schlummernden Ippolito. „Geh hinüber“, befahl er, „und bringe, was eben angelangt ist.“ Dann sagte er zu Viktorien: „Ich meine, es ist von Madrid, vielleicht eine Zeile der Majestät selbst, die mir zuweilen schreibt, ohne das Wissen ihrer Minister. Ich bin doch begierig.“

Jetzt schlug die Turmuhr des alten Schlosses Mitternacht, müde und zitternd, mit so weit ausholenden Schlägen, daß je zwischen zweien ein Leben Raum zu haben schien. Der zwölfte Schlag – unwiderruflich.

Ippolito kratzte an der Tür und brachte ein Paket, das der Feldherr öffnete. Es enthielt, neben einigen anderen Briefschaften, einen kaiserlichen Erlaß, welcher den Marsch auf Mailand guthieß und den Oberfeldherrn bevollmächtigte, in der genommenen Stadt durchaus nach seinem Ermessen und gemäß den Umständen zu verfahren.

„Alles?“ fragte Pescara.

Da bog der Knabe ehrfürchtig das Knie, überreichte ein Briefchen, welches er dem Kurier mit Not abgerungen hatte, und entfernte sich. Es war überschrieben: „In die eigenen Hände des Marchese.“

„Vom Kaiser“, sagte Pescara und öffnete. „Da, Viktoria, lies vor. Er schreibt so kritzlig.“ Sie gehorchte. Es war nicht viel, wenige Zeilen, und lautete:

„Mein Pescara!

Ich bin es, der diese Vollmacht durchgesetzt hat gegen meine Minister. Ihr habt viele Feinde. Hütet Euch vor Moncada. Ich aber bin gläubig an Euch, denn ich habe für Euch gebetet und sah einen Engel, der Euch an der Hand hielt. Ich traue.

Ich Euer König.“

Pescara lächelte mühsam. „Karl traut zu leicht“, sagte er. „Das könnte ihn zu Schaden bringen mit einem andern, als ich bin. Aber – seltsam – er hat meinen Genius erblickt.“

„Jetzt nenne mir deine Gottheit!“ flehte Viktoria. „Ich beschwöre dich, Pescara, nenne sie mir!“

„Ich glaube, da ist sie selbst“, keuchte er heiser. Immer schwerer begann er zu atmen, er stöhnte, er ächzte, er röchelte. Ein furchtbarer Krampf beklemmte seine Brust. Er sank, mit der Hand nach dem gepeinigten Herzen langend, auf die Ottomane und rang nach Atem. Da kniete sich Viktoria neben ihn nieder, hielt und stützte ihn mit ihren Armen und litt mit ihm. Sie wollte Ippolito rufen und den Knaben nach seinem Großvater dem Arzt schicken, er verbot es mit einer Gebärde. Endlich entschlummerte er, aufs tiefste erschöpft, nachdem Viktoria geglaubt hatte, er stürbe ihr. Da sie sich der Tränen gesättigt, entschlummerte auch sie.

FÜNFTES KAPITEL

Als Viktoria erwachte, lag ihr Haupt auf einem leeren Pfühl, und durch das geöffnete Fenster strömte die Morgenluft. Sie sprang auf, den Gatten zu suchen, und fand ihn, der die Terrasse auf und nieder schritt und den der Schlummer erfrischt und wie neu belebt hatte. Sie wurde ungläubig an den nächtlichen grausamen Kampf in ihren Armen, er war ihr wie ein Traum.

Da begann Pescara: „Gestern, liebe Herrin, habet Ihr mich um den Namen meines Genius befragt und mir bangte, ihn vor Euch auszusprechen. Endlich hättet Ihr mir mein Geheimnis fast entrissen, denn es ist schwer, einem geliebten Weibe etwas vorzuenthalten. Da erschien er selbst und berührte mich. Ihr kennt ihn nun, und der gefürchtete Name bleibe unausgesprochen. Keine Tränen! Ihr habt sie gestern vergossen. Sondern sagt mir jetzt, wohin wünscht Ihr Euch zu begeben, während ich das Heer des Kaisers gegen Mailand führe?"

„Wie konntest du es mir so lange verbergen, Ferdinand?"

„Zuerst – nicht lange – verheimlichte ich es mir selbst ... doch nein, ich wußte mein Los schon am Schlachtabend von Pavia. Mit jener blutigen Wintersonne bin ich untergegangen. Meines Zieles und meiner gezählten Tage gewiß, wie hätte ich die deinigen vorzeitig verfinstern dürfen? Du sagtest mir zuweilen, es sei grausam, eine süß Schlummernde zu wecken, und littest es nicht. Ich aber bin nicht grausam."

„Du bist es", erwiderte sie, „sonst hättest du mich nicht so bitter getäuscht, sondern mich gerufen und dich von mir pflegen lassen."

„Niemand durfte darum wissen", sagte er.

„Und dein Arzt? Der mußte es wissen und ich zürne ihm, daß er mich belogen hat, da ich an ihn schrieb und ihn beschwor, mir die Wahrheit zu sagen!"

„Der arme Numa!" sagte der Feldherr. „Er ist schon unglücklich genug, daß er mich nicht heilen kann. Er riet mir damals eine lange Ruhe auf Ischia, ich aber sagte ihm: es ist umsonst. Doch wozu dies alles? ... Wohin gedenkst du zu gehen, Viktoria?"

„Nein, Ferdinand, sprich! Verheimliche mir nichts mehr!"

„Es ist umsonst, sagte ich ihm, die Lunge ist durchbohrt und das Herz leidet. Friste mich, Numa! Ziehe mich hinaus, in den Sommer, in den Herbst, bis zu den ersten Flocken! Soviel Zeit brauche ich, meinen Sieg zu vollenden. Und vor allem, sagte ich, halte reinen Mund! Niemand erfahre unser Geheimnis! Es würde die Kräfte des Feindes verdreifachen und mich und mein Heer verderben. Noch einmal, schweige! Ich will es! gebot ich ihm ... Und ich habe das Leben geheuchelt, so gut, daß mir Italien den Brautring bot!" Er lächelte. „Und ich werde noch einmal zu Pferde sitzen! Du aber, Viktoria, gelobst mir – doch kein Gelübde, du tust es mir zuliebe – nicht ungerufen mir nachzueilen durch die Staubwolke meines Marsches und über blutgetränkte Felder. Auch würdest du dem Kriegsvolke zu spotten geben, nicht über dich, gut und schön wie du bist, sondern über den verhätschelten Feldherrn. Also du bleibst. Aber wo? Hier?"

Viktoria besann sich, trostloses Leid in den Zügen. Dann sagte sie: „Gestern, wie ich herritt, kam ich, schon im Weichbilde der Stadt, an einem kleinen Frauenkloster vorüber. Es heißt, wie ich erfuhr, Heiligenwunden. Dort will ich deines Rufes harren, Buße tun und für deine Genesung beten."

„Für meine Genesung?" lächelte er. „Tue das. Auch wirst du dich in Heiligenwunden nicht langweilen; das Kloster, höre ich, hat herrliche Stimmen und ist berühmt wegen seines Chorgesanges. Reiten wir hin, bald, jetzt da es frisch und der Staub der Heerstraße noch nicht aufgewühlt ist." Er ging leichten Schrittes durch den Park nach dem alten Schloß hinüber, um satteln zu lassen.

Viktoria folgte mit langsamen Schritten, und da sie Numa den Arzt erblickte, der sich nach der Nacht des Feldherrn zu erkundigen kam, ging sie auf ihn zu mit schmerzlich bewegter Miene: sie wollte ihm vorwerfen, daß er ihr die Wirklichkeit verhehlt, und zugleich ihn beschwören, mit den letzten Mitteln und Geheimnissen seiner Kunst das geliebte Leben zu fristen. Da aber der Arzt die Colonna kommen sah, streckte er in dem

Gefühl seiner Ohnmacht die zitternden Hände abwehrend gegen sie aus, als flehe er: Schone meiner, ich vermag nichts! Sie verstand die Gebärde und ging ihres Weges, an Ippolito vorüber, der das Knie vor ihr bog, und den sie nicht gewahr wurde, zum großen Herzeleid des Knaben.

Im Schloßhof fand sie den schwer und kostbar geschirrten Rappen Pescaras und ihren ebenfalls gesattelten falben Berber. Der Feldherr hob sie zu Pferde, und sie ritten unter grüßendem Trommelwirbel über die sich senkende Zugbrücke hinaus in die unabsehbaren Reisfelder der lombardischen Ebene. Ihnen folgte in gemessener Entfernung ein Reitknecht des Pescara, ein von südlicher Sonne geschwärzter Kalabrese, und auf einem Maultier die römische Zofe Viktorias.

Hinter den Reisenden verhallten im Schloßhof die ungehörten Hilferufe des vergessenen Kanzlers. Er war aus schlimmen Träumen erwacht und schon in der Frühe durch die Gärten geirrt, immer wieder an Mauern und Wälle gelangend, hier von deutschen, dort von spanischen Wachtposten beobachtet. Die Schwaben ergötzten sich weidlich an seinem ausschweifenden Gebärdenspiel, während die Spanier einverstandene schadenfrohe Blicke tauschten: sie zweifelten nicht, der Feldherr habe den Minister des Feindes in die Falle gelockt, und versprachen sich, ihn morgen, wenn er dem Heere nachgeschleppt würde, nach Herzenslust zu quälen und gründlich auszuplündern. Endlich war er in das Rondell gekommen und erschöpft auf dieselbe Bank gesunken, wo er gestern den schlummernden Pescara gefunden und belauscht hatte. Da vernahm er den Salut der Torwache, rannte nach dem Schloßhof und wollte über die Brücke nachstürzen. Von dem Posten mit vorgestreckten Hellebarden empfangen, sah er jammernd den Feldherrn und Viktoria in den Dunst der Ferne entschwinden.

Es war nach einem leuchtenden ein trüber Tag. Kein Windhauch und nicht der leiseste Versuch einer Wolkenbildung. Keine Lerche stieg, kein Vogel sang, es dämmerte ein stilles Zwielicht wie über den Wiesen der Unterwelt. Das Frauenkloster wurde sichtbar und vergrößerte langsam seine friedlichen Mauern. Freilich ritten die beiden fast nur im Schritt, die verwitwende Viktoria in tiefem Schweigen, während, durch einen wunderbaren Gegensatz, das Gedächtnis des jetzt ausruhenden Feldherrn auf leichten und liebenden und inbrünstigen Schwingen in die Jugend zurückkehrte und die an seiner Seite Trauernde wieder in die reizenden und rührenden Gestalten des knospenden Mädchens und der zärtlichen Braut verwandelte. Er enthielt sich nicht, sie an kleine Dinge jener glücklichen Tage zu erinnern, aber er gewann ihrer Kümmernis kein Lächeln ab. Er war seines lastenden Geheimnisses ledig, dessen Bitterkeit sie jetzt auf einmal und in vollen Zügen kostete.

Nun waren sie schon so nahe, daß sie Chorgesang im Kloster vernahmen. „Was singen sie dort?“ fragte er gleichgültig. „Ich meine, ein Requiem“, sagte sie.

Wie sie vor dem Kloster abstiegen, da siehe, trat ihnen aus der Pforte die Äbtissin entgegen, hinter sich zwei bescheidene Nonnen. Sie mochte irgendein Kind in ein Reisfeld auf die Lauer gelegt haben, das nun auf schnellen nackten Füßen vorausgelaufen war. Die Äbtissin hatte die Ankunft Donna Viktorias in Novara schon gestern in Erfahrung gebracht und sich gleich geschmeichelt, die gottesfürchtige und leutselige Frau werde Heiligenwunden nicht unbesucht lassen, denn das Kloster besaß neben den geschulten Stimmen seines Chores noch eine größere Auszeichnung: die mystische und täglich sterbende Schwester Beate, welche die blutigen Male an ihrem kranken und abgezehrten Leib trug. Die unternehmende und beherzte Äbtissin hatte sich vorgenommen, von der Colonna, der sie Macht über den Gatten zutraute, den Nachlaß einer schweren Kriegssteuer zu erbitten, welche der gottlose und habgierige Feldherr – dieses Rufes genoß Pescara bei der italienischen Klerisei – zuwider den kanonischen Sätzen und gegen alle Billigkeit auf die Güter des Klosters gelegt hatte. Daß aber der Feldherr, der es vermied, eine christliche Stätte zu betreten, Madonna Viktoria begleiten würde, war der Äbtissin nicht im Traum eingefallen.

Sie begrüßte, eine angenehme Frau mit dunklen klugen Augen und blassen, gefälligen Zügen, das hohe Paar in wenigen gewählten Worten. Dann schwieg sie aufmerksam, die Rede Pescaras erwartend, dessen edle Erscheinung ihr Eindruck machte.

„Ehrwürdige“, begann der Feldherr, „Donna Viktoria wünscht während des Feldzuges, den ich morgen beginne und dessen Dauer ich auf eine Woche berechne, ein paar ruhige und fromme Tage hier in eurem Konvente zu genießen, bis ich sie nach Mailand rufen werde, nach vollendetem Kampfe. Habt Ihr ein schickliches Gemach zu vergeben?“

Rasch erwiderte die Äbtissin, das ihrige stehe zu Gebote.

„Ich verlange eine einfache Zelle wie die der geringsten Schwester, mit dem gewöhnlichen Geräte“, sagte Viktoria, deren Blässe die Äbtissin befremdete. Aber sie schrieb dieselbe der begreiflichen Sorge um den zu Felde ziehenden Gatten zu.

„Wenn sich Donna Viktoria eingerichtet hat“, schloß Pescara, „werde es mir gemeldet. Ich habe noch mit ihr zu sprechen, und bitte Klausur und Zelle betreten zu dürfen. Ausnahmsweise, da ich dem Kloster wohlwill. Ihr findet mich in der Kirche.“ Er verneigte sich und schritt auf diese zu.

Viktoria fragte, was die Nonnen gesungen hätten, und erhielt die Antwort: „Ein Requiem. Für die junge Julia Dati, die Enkelin unsers greisen Arztes, welche in Rom gestorben ist.“ Dann folgte sie der Äbtissin, während die beiden Nonnen zugeflüsterte Befehle auszurichten gingen.

Indessen durchmaß der Feldherr, ohne das Haupt zu entblößen oder irgendeine der üblichen Devotionen zu verrichten, die Länge der Kirche mit festem Gang, die Arme über dem Panzer kreuzend. Er hatte sich, da er auf dem Heimritt seinen in Novara feldmäßig einrückenden Truppen begegnen mußte, leicht behelmt und beharnischt, und schritt wie ein Held und Herrscher auf der Stätte des Gebetes und der Demut.

„Nein“, sprach er zu sich mit geschlossenem Mund, „es sei heute das letztemal. Ich will von ihr Abschied nehmen als ein Lebender. Ich will es ihr ersparen, mich leiden zu sehen. Sie soll mich wiederfinden, wenn ich ruhe.“

Sich allein glaubend, wurde er durch das Gitter des Chores belauscht. Diesen hatten die Nonnen wieder betreten, auf das Geheiß der Äbtissin, denn Pescara sollte die Stimmen ihres Klosters hören. Selbst die mystische Beate war gekommen und vereinigte ihren schwärmerischen Blick mit demjenigen vieler feurig braunen oder schwarzen Augen, welche die Heldengestalt verschlangen. Alle versammelten Himmelsbräute priesen die Colonna selig und beneideten ihre irdische Lust, während die glücklich Geglaubte nicht ferne davon in einer Zelle mit gerungenen Händen verzweifelte. Auch Schwester Beate erlag der Versuchung, diesen stolzen Herrn der Welt zu bewundern, überwand sich aber tapfer und flehte den Himmel inbrünstig an, der Colonna zum Heil ihrer Seele ihren Abgott zu entreißen. Aber diese heftigen Gefühle wichen dem harmloseren der Eitelkeit. Nach dem Geflüster einer kleinen Beratung und einem leisen Räuspern intonierten die Schwestern jubelnd ihr Prachtstück, ein Tedeum, das sich auch für den Sieger von Pavia besser eignete als irgendeine andere Prosa oder Sequenz.

Und er hätte wohl gelauscht, aber er stand regungslos, wie gebannt vor dem gekreuzigten und schon entseelten Christus eines großen Altarbildes, dessen helle Farben noch in voller Frische leuchteten. Doch es war nicht das göttliche Haupt, das er beschaute, sondern er betrachtete den Kriegsknecht, der seine Lanze in den heiligen Leib stieß. Dieser war offenbar ein Schweizer; der Maler mußte die Tracht und Haltung eines solchen mit besonderer Genauigkeit studiert oder frisch aus dem Leben gegriffen haben. Der Mann stand mit gespreizten Beinen, von denen das linke gelb, das rechte schwarz behost war, und stach mit den behandschuhten Fäusten von unten nach oben derb und gründlich zu. Kesselhaube, Harnischkragen, Brustpanzer, Arm- und Schenkelschienen, rote Strümpfe, breite Schuhe, nichts fehlte. Aber nicht diese Tracht, die er zur Genüge kannte, fesselte den Feldherrn, sondern der auf einem Stiernacken sitzende Kopf. Kleine, blaue, kristallhelle Augen, eingezogene Stumpfnase, grinsender Mund, blonder, krauser Knebelbart, braune Farbe mit rosigen Wangen, Ohrringe in Form einer Milchkelle, und ein aus Redlichkeit und Verschmitztheit wunderlich gemischter Ausdruck. Pescara wußte gleich, mit dem Gesichtergedächtnis des Heerführers, daß er diesen kleinen, breitschultrigen, behenden Gesellen, dessen schwarzgelbe Hose den Urner bedeutete, schon einmal gesehen habe. Aber wann und wo? Da schmerzte ihn plötzlich die Seite, als empfinge er einen Stich, und jetzt wußte er auch, wen er da vor sich hatte: es war der Schweizer, der ihm bei Pavia die Brust durchbohrt. Kein Zweifel. Den Lanzenstoß des neben ihm an die Erde Geduckten empfangend, hatte er einen Moment in dieses kristallene Auge geblickt und diesen Mund vergnüglich grinsen gesehen. Nach der Erkennung machte das unerwartete Wiederfinden auf den Feldherrn weiter keinen Eindruck und mit freundlicher Miene fragte er die Äbtissin, die jetzt neben ihm stand, um ihn zu Donna Viktoria abzuholen, wer das gemalt hätte. Sie antwortete, die Augen flüchtig niederschlagend: „Zwei Mantovaner, begabte junge Leute, aber von bedenklichen Sitten, die das Kloster gerne wieder scheiden sah."

Da Pescara die Zelle öffnete, sah er Viktoria auf den Knien liegen. Eine Weile schaute er schweigend, als wolle er nicht stören, durch ein Fenster des gekuppelten Rundbogens, in dessen Brüstung er sich gesetzt hatte, auf Rasenhügel und Grabkreuze, endlich fragte er: „Was tust du, Viktoria?"

„Buße", sagte sie.

„Für wen?"

Sie erhob sich und antwortete mit noch gefalteten Händen: „Ich tue Buße für mich und Euch und Italien. Für dieses seiner stolzen Frevel und ungewöhnlichen Sünden wegen, an denen es zugrunde gehen wird, da Ihr der einzige waret, der es retten konnte. Für mich, weil ich gekommen bin, Euch in Versuchung zu führen. Für Euch, da Ihr diese Erde verlassen wollt. Ich habe gebetet für Euer unvergängliches Teil, aber der Himmel – sie schüttelte traurig das Haupt – hat mich noch nicht erhört."

Er zog sie auf die Bank der Fensterbrüstung und nahm sie bei der Hand, wie der Bruder die Schwester. Eine Lust sich hinzugeben überkam ihn, sei es, weil das Geheimnis zwischen ihm und seinem Weibe weggenommen war, oder in dem unbewußten Wunsch, das letzte Beisammensein zu verlängern.

„Kleingläubige", begann er heiter, „überlasse mich meinem dunklen Beschützer! Als ein Knabe glaubte ich mit der Mutter, die eine Heilige war, an das, was die Kirche verheißt; jetzt sehe ich rings das Fluten der Ewigkeit. Der Todesengel war mir nahe, schon in meiner ersten Schlacht, da, von ihm bezeichnet, mein Zeltgenosse – dein Bruder, Viktoria – lautlos, eine Kugel im Herzen, zusammenbrach. Ich habe ihm manche Hekatombe geschlachtet, und auch er hat mich oft, fast auf jeder Walstatt, grüßend berührt; denn es scheint, ich bin verwundbarer als andere. Aber Zeit hat es gebraucht, bis ich den Schnitter lieben lernte. Noch in den Wochen nach Pavia, da ich wußte, daß er mich erwählt hatte, habe ich mich gegen ihn gesträubt und aufgebäumt und empört wie ein trotziger Jüngling. Allmählich aber ahnte ich und jetzt bin ich gewiß, daß er die rechte Stunde kennt. Der Knoten meines Daseins ist unlösbar, er zerschneidet ihn."

Die bleiche Viktoria hing an seinen Lippen und staunte mit starren Augen, als sehe sie den herrlichsten Palast brennen und von der lodernden Flamme jeden Säulenknauf beleuchtet.

„Ich sage dir, Weib", fuhr er fort, „mein Pfad versinkt vor mir! Ich gehe unter an meinen Siegen und an meinem Ruhme. Wäre ich ohne meine Wunde, dennoch könnte ich nicht leben. Drüben in Spanien Neid, schleichende Verleumdung, hinfällige und endlich untergrabene Hofgunst, Ungnade und Sturz; hier in Italien Haß und Gift für den, der es verschmäht hat.

Wäre ich aber von meinem Kaiser abgefallen, so würde ich an mir selbst zugrunde gehen und sterben an meiner gebrochenen Treue, denn ich habe zwei Seelen in meiner Brust, eine italienische und eine spanische, und sie hätten sich getötet. Auch glaube ich nicht, daß ich ein lebendiges Italien hätte schaffen können. Zwar es trägt die strahlende Ampel des Geistes, doch es hat sich aufgelehnt in der unbändigen Lust eines strotzenden Daseins gegen ewige Gesetze. Es büße, du hast es gesagt, Viktoria; in Fesseln leidend, lerne es die Freiheit. Dieses spanische Weltreich aber, das in blutroten Wolken aufsteigt jenseits und diesseits des Meeres, erfüllt mich mit Grauen: Sklaven und Henker. Ich spüre die grausame Ader in mir selbst. Und das Entsetzlichste: ich weiß nicht, welcher mönchische Wahnsinn! Dein verderbtes Italien aber ist wenigstens menschlich."

Viktorias Augen verklärten sich, da sie sah, daß Pescara Italien liebte. „Du hättest ihm Freiheit und Freiheit ihm Tugend gegeben!" rief sie, doch Pescara fuhr fort, als hätte er nicht gehört: „Nun aber bin ich aus der Mitte gehoben, ein

Erlöster, und glaube, daß mein Befreier es gut mit mir meint und mich sanft von hinnen führen wird. Wohin? In die Ruhe. Und jetzt laß uns scheiden, Viktoria." Er wollte ihr die Tränen vom Auge küssen, fand aber den zärtlichsten Mund, der ihm entgegenkam.

„Noch eines", sagte er. „Laß die Welt über mich urteilen, wie sie will. Ich bin jenseits der Kluft. Lebe wohl! Begleite mich nicht! Besuche mich in Mailand, aber nicht, bevor ich rufe!"

Viktoria versprach, um nicht Wort zu halten.

Da Pescara sich bei der Äbtissin verabschiedete, brauchte sie ihr Anliegen gar nicht auszusprechen. Der Feldherr gewährte den Nachlaß der Kriegssteuer als ein selbstverständliches Gegengeschenk für die seinem Weibe gegebene Herberge. Über dieses Ende einer ökonomischen Bedrängnis und eines schmalen Tisches ward eine solche Freude im Kloster, daß die Schwestern zu Ehren ihres Gastes die Tafel mit den ausgesuchtesten Leckerbissen besetzten. Doch Viktorias Platz blieb leer.

Sachte ritt Pescara, von den Segnungen des Klosters begleitet, gegen die Türme der Stadt zurück. Sein feuriger Rappe schien sich über den gemessenen Gang zu wundern. Die auf der Ebene gellende Feldmusik und die überall marschierenden Truppen verrieten ihm den Beginn eines Feldzuges. Er schnoberte, als wittere er schon den Pulverdampf, und schritt stolz, als trage er den Sieg.

Abschied ist schwer, dachte der Feldherr, ich möchte ihn nicht wiederholen. Noch einmal hatte sich das Leben an ihn gedrängt und er das Beste des Daseins, Schönheit und Herzenskraft, in den Armen gehalten. Der Jüngling war in ihm aufgelodert und wenige Augenblicke, nachdem er Viktorien so erbaulich zugeredet, lehnte er sich auf gegen die Vernichtung. Das edle Blut, das in den sterblichen Adern rinnt, die Tatkraft, empörte sich gegen den ewigen Frieden. Ein Zorn blitzte auf in seinen hellen grauen Augen gegen seinen Mörder, den er im Bild wiedererblickt, und er schlug mit der gepanzerten Rechten gegen seine Brust, als zerdrücke er darauf die Wespe, die ihn gestochen hatte. Jetzt wieherte auch der Rappe und setzte sich in kurzen Galopp, von dem Feldherrn unwissentlich mit der Ferse berührt oder so verwachsen mit ihm, daß er seinen Unmut mitfühlte.

In dieser Stimmung gewahrte Pescara auf einem nahen Reisfeld die wechselnden Stellungen eines tollen Kampfes, welcher dasselbe zerstampfte. Ein einzelner wehrte sich verzweifelt gegen eine Übermacht. Der zerlumpte kleine Kerl in gelben und schwarzen Fetzen focht wütend mit seiner Speerhälfte wider ein Dutzend Spanier. Zwei hatte er hingestreckt, wurde jetzt aber von den übrigen überwältigt, und schon saß ihm eine Schwertspitze an der Kehle, als der auf ihm kniende Spanier von einem andern zurückgerissen wurde, welcher auf den heransprengenden Feldherrn deutete.

Pescara winkte, und der Trupp mit dem Gefangenen folgte ihm unter eine mächtige Eiche, die an der Landstraße stand, weitum der einzige Baum in der schwülen Ebene. Der Feldherr stieg ab und lehnte sich an den bemoosten Riesenstamm. Seine Brust keuchte von dem raschen Ritt und es kam ihm gelegen, sie zu beruhigen, Rast haltend unter dem Vorwand eines Verhöres.

Der spanische Wachtmeister berichtete: sie hätten einen Schweizer durch das Getreide laufen sehen, wohl einen Versprengten von Pavia, welcher bislang sich irgendwo untergeduckt, und ihn gehascht, da es möglicherweise ein mailändischer Spion sei. Seinen Vortrag beendend, blickte der spanische Spitzbart zu einem starken Ast auf, welchen die Eiche waagrecht hervorstieß.

Pescara deutete die Spanier weg, die sich in einiger Entfernung wachehaltend verteilten, und musterte dann den Schweizer vom Wirbel zur Zehe. So verrostet der Harnisch und so zerlumpt das schwarzgelbe Unterkleid war, erkannte er doch gleich die Tracht des Klosterbildes und nicht minder die glitzernden Augen und jetzt, wahrhaftig, verzog der vor ihm Stehende sein Gesicht zu jenem lächelnden Grinsen, sei es aus Angst, sei es weil auch er sich den Feldherrn ins Gedächtnis zurückrief.

„Heb' auf und gib", befahl dieser und zeigte auf den Lanzenstumpf, welchen einer der Kriegsknechte zu den Füßen des Gefangenen geworfen hatte als Beweisstück für die Verwundung seiner Kameraden. Es war eine vordere Spießhälfte, deren Spitze blutete. Der Schweizer gehorchte, und der Feldherr betastete prüfend die Spitze mit dem Finger; dann warf er den Stummel weg.

„Wie heißt du?" fragte er.

„Bläsi Zgraggen aus Uri", war die Antwort.

Der Feldherr verzichtete darauf, diesen unmundlichen Geschlechtsnamen zu wiederholen, der von dem zerrissenen Kamm eines Schweizergebirges zu stammen schien, und bediente sich des Vornamens, welchen er italianisierte. „Biagio", sagte er, „du hast mir zwei Leute verwundet; ich denke, ich lasse dich hier aufknüpfen."

Bläsi Zgraggen versetzte trotzig: „Laßt Ihr mich henken, so ist es weniger wegen dieses letzten Handels, sondern eher weil ich –"

„Schweig!" gebot der Feldherr. Er konnte sich rächen, indem er dem Kriegsrecht freien Lauf ließ, aber eine solche Rache weder sich selbst noch seinem Opfer eingestehen. „Wie bist du hier zurückgeblieben?" fragte er.

Zgraggen, der ein geläufiges Lombardisch sprach, begann herzhaft: „Auf dem Felde von Pavia wurde ich verwundet und niedergeritten und lag, den geknickten Spieß neben mir. Nächtlicherweile schleppte ich mich dann den Bergen zu, hungernd und bettelnd. Herr, sehet Ihr rechts von den zwei Pappeln das lange rote Dach? Dort haust die Narracivallia mit ihrem Manne. Dieser dingte mich zur Feldarbeit – bis sich der Krieg verzogen hätte, jetzt käme ich doch nicht über die Grenze. Hernachmals machte mir die Narracivallia Augen. Da erschienen mir im Schlaf der Vater und die beiden Großväter, die nur alle noch daheim leben, wenn auch die Ahnen in großer Schwachheit. Zuerst kam der Vater, hob den Finger und sagte: ‚Nimm dich in acht, Bläsi!' Dann kam der väterliche Ahn, faltete die Hände und sagte: ‚Denk' an deine Seele, Bläsi!' Zuletzt kam der mütterliche Ahn, zeigte die Tür und sagte: ‚Lauf, Bläsi!' Da schoß ich auf und suchte meine Kleider. Freilich meine seidenen Handschuhe und meinen gekettelten Kragen hatte mir die Narracivallia abgeschwatzt, um damit in der Kirche Staat zu machen. Ich war nur noch meines halben Verstandes mächtig und verlor auch diesen, da ich im Morgenlicht bei Heiligenwunden eintrete zum englischen

Gruß und – denket Euch meinen Schrecken – mich selber erblickte, wie ich leibe und lebe und Gott ersteche!“

„Ei“, lächelte Pescara.

„Ein Schelmstück!“ zürnte Zgraggen. „Wisset, Herr, ein paar Pinsler hatten sich seither mit ihrem Zeuge da herumgetrieben und ließen sich einmal in der Meierei ein Glas Milch geben. Der eine faßt mich ins Auge. ‚Da haben wir, den wir brauchen‘, sagt er und beschaut mein Schwarzgelb. ‚Mann, holt Euren Spieß und Harnisch.‘ Ich tue ihm den Willen. Jetzt heißt mich der Pinsler die Beine spreiten, spreitet sie gleichfalls und reißt mich ab auf ein Stück Leinwand. Dann versprachen mir die Spitzbuben mein Konterfei zu hohen Ehren zu bringen, ich aber stehe in Heiligenwunden und steche in den Salvator!“

Der Feldherr empfand ein gewissen Wohlwollen für den ehrlichen Gesellen. „Nimm“, rief er in einer seltsamen Laune und streckte dem Urner seinen vollen Beutel entgegen. Dieser nahm ihn mit der Rechten und ließ die Goldstücke zählend in die Linke gleiten, ernsthaft und bedächtig. Dann schob er die Dukaten in die Tasche und wollte den Beutel dem Feldherrn zurückstellen.

„Behalte! Er hat goldene Schleifen!“

Der Urner schickte den Beutel den Dukaten nach. „Wo stellt Ihr mich ein, Herr?“ fragte er. Er konnte sich nichts denken, als daß ihn Pescara geworben und ihm Handgeld gegeben habe.

Pescara erwiderte: „Ich habe dich nicht gedingt und ich meine, nachdem dich die drei so ernst vermahnt haben, kehrst du am besten in deine Heimat zurück und nährst dich redlich, wie es im Sprichwort heißt.“

„Aber warum denn schenkt Ihr mir so viel Geld, wo ich Euch nichts zuliebe getan habe?“ sagte Zgraggen. Sondern viel Leides, setzte er in Gedanken hinzu. Diese Vergeltung Pescaras überstieg das Fassungsvermögen des Urners und beängstigte seine Rechtlichkeit.

„Aus Großmut“, scherzte der Feldherr.

Bläsi kannte das Wort nicht. Da fiel ihm ein, es werde Großtun bedeuten, und da er im Lager oft gesehen hatte, wie Prahlerei das Geld mit vollen Händen wegwirft, beruhigte er sich dabei. „Ja so“, sagte er. Pescara aber winkte, sein Roß vorzuführen.

„Und damit du durchkommst“, sprach der Feldherr schon im Bügel, „nimm noch das.“ Er warf ihm eine Passiermarke zu, und wenig fehlte, Zgraggen hätte gedankt. Wenigstens wollte er noch langes Leben wünschen; aber den Feldherrn zum Abschied anschauend, erkannte er das Siechtum in diesem Antlitz mit seinen Älpleraugen, welche das alle Welt täuschende geistige Leben desselben nicht bestach. Unwillkürlich wünschte er: „Gott gebe Euch selige Urständ, Herr!“ Dann über seine eigene Rede und ihre böse Bedeutung bestürzt, lief er querfeldein mit seinem halben Spieß, den er sorglich aufgehoben und nun als Reisestab führte. Die Spanier hatten verwundert zugesehen, der alte Wachtmeister aber schüttelte bedenklich und abergläubisch den Kopf über die seltsame Freigebigkeit seines sparsamen Feldherrn.

Der Trupp, welcher den Urner gefangen hatte, gehörte zu dem Heerhaufen, der jetzt in einer Staubwolke hinter schlagenden Trommeln heranrückte. Der Feldherr ritt seinen Tapfern entgegen, von brausendem Jubel empfangen, und lenkte das Roß zwischen die Feldmusik und die erste Kompanie, deren Hauptmann ehrerbietig Raum gab.

Eine Weile blieb er allein an der Spitze der Truppen. Da nahte von Novara ein Reitender in weißem Mantel und gesellte sich zu ihm. Zusammen ritten sie durch das Schloßtor. Schweigend folgte der Begleiter dem Gang Pescaras und überschritt hinter ihm die Schwelle des Gemaches.

Pescara wendete sich. „Was wollt Ihr, Moncada?“ fragte er, und dieser antwortete: „Eine Unterredung ohne Zeugen, die Ihr mir nicht zum zweiten Male verweigern werdet.“

„Ich stehe zu Diensten.“

„Erlaucht“, begann der Ritter, „ich habe, wie Ihr erlaubtet, den Kanzler drüben gesprochen. Er war voller Angst und Blässe und beteuerte mit tausend Eiden, er sei gekommen, Aufschub und leichtere Bedingungen zu erlangen, nur dieses habe ihn nach Novara geführt. Dann schwatzte er wild durcheinander wie das böse Gewissen. Dieser Mensch ist ein Abgrund von Lüge, in welchem der Blick sich verliert. Ich bin sicher, daß er im Namen der Liga hier ist.“

„Nicht anders“, sagte der Feldherr.

„Und daß er Euch die Führung derselben angeboten hat?“

„Nicht anders.“

Jetzt entstand Lärm im Vorzimmer. Ippolito beiseite werfend, verwildert, mit rasenden Mienen und verrückten Augen stürzte der Kanzler herein. Ihm folgten auf dem Fuße, beide schon gepanzert, Bourbon und Del Guasto, denen er auf dem Gang begegnet, und die ihn zurückhalten wollten. In Verzweiflung warf er sich dem Feldherrn zu Füßen, während Moncada langsam in den Hintergrund zurückwich.

„Mein Pescara“, schrie der Geängstigte, „alle Geduld nimmt ein Ende! Ich kann die Marter nicht länger ertragen. Jede Minute dehnt sich mir zur qualvollen Ewigkeit. Ich vergehe. Sei barmherzig und gib mir deine Antwort!“

Pescara erwiderte mit Ruhe: „Vergebt, Kanzler, wenn ich Euch habe warten lassen. Meine Zeit war nicht frei, doch eben wollte ich nach Euch schicken. Eure gestrige Rede hat mich beschäftigt, denn das Los eines Volkes ist keine Kleinigkeit – aber bitte, setzt Euch, ich kann nicht sprechen, wenn Eure Gebärden so heftig dareinreden.“

Der Kanzler packte krampfhaft die Lehne eines Sessels.

„Ich habe die Sache gewogen ... doch, Kanzler, lassen wir zuerst alles Persönliche, denkt weg von Euch selbst und von mir, es bleibt die Frage: verdient Italien zu dieser Stunde die Freiheit und taugt es, so wie es jetzt beschaffen ist, sie zu empfangen und zu bewahren? Ich meine nein.“ Der Feldherr sprach langsam, als prüfe er jedes seiner Worte auf der Waage der Gerechtigkeit.

„Zweimal hat Freiheit in Italien gelebt, zu verschiedenen Zeiten. In der beginnenden römischen Republik, da das Staatswohl alles war. Dann in jenen herrlichen Gemeinwesen, Mailand, Pisa und den anderen. Jetzt aber steht es an der Schwelle der Knechtschaft, denn es ist los und ledig aller Ehre und jeder Tugend. Da kann niemand helfen und retten, weder ein Mensch noch ein Gott. Wie wird verlorene Freiheit wiedergewonnen? Durch einen aus der Tiefe des Volkes kommenden Stoß und Sturm der sittlichen Kräfte. Ungefähr wie sie jetzt in Germanien den Glauben erobern mit den Flammen des Hasses und der Liebe.

Aber hier! Wo in Italien ist, ich sage nicht Glaube und Gewissen, da das für euch veraltete Dinge sind, sondern nur Rechtssinn und Überzeugung? Nicht einmal Ehre und Scham ist euch geblieben, nur die nackte Selbstsucht. Was vermöget ihr Italiener? Verführung, Verrat und Meuchelmord. Worauf zählt ihr? Auf die Gunst der Umstände, auf die Würfel des Zufalls, auf das Spiel der Politik. So gründet, so erneuert sich keine Nation. Wahrlich, ich sage dir, Kanzler" – und Pescara erhob die Stimme wie zu einem Urteilsspruch –, „dein Italien ist willkürlich und phantastisch, wie du selbst es bist und deine Verschwörung!"

„Wahrheit", ließ sich die Stimme Moncadas vernehmen.

„Auch der Held, Morone, den ihr Euch erwählt habt, entbehrt des Daseins."

Doch diese leisen letzten Worte Pescaras wurden überschrien. Morone hatte schnell den Kopf gewendet und den Ritter erblickt: wie er seinen Anschlag dem Spanier preisgegeben sah, geriet er in Wut, seine Züge verzerrten sich und er tobte wie ein Besessener. „Falsch und grausam! Falsch und grausam! Oh ich mit Blindheit Geschlagener!" Dann von sinnloser Rachgier überwältigt, schrie er gegen Moncada: „Wisset es, Ritter, dieser" – er wies auf den Feldherrn – „ist der Schuldige! Seinetwillen die ganze Verschwörung! Ich bin seine Kreatur, und nun opfert mich der Unmensch!"

Jetzt sprang der Herzog dazwischen, der mit Del Guasto hinter Pescara stehend den leidenschaftlichen Auftritt genoß. „Saute, Paillasse mon ami, saute pour tout le monde!"[1] verhöhnte er Morone. „Ja, wenn wir nicht gelauscht hätten, wir zwei, hinter dem roten Vorhang und der goldenen Quaste dort! Ich muß dir das mal erzählen, Schatz, es ist zum Totlachen. Hörtest du nicht, wie ich dich auspfiff?" Dann plötzlich ernst werdend, richtete er den Blick fest auf Moncada, legte die Hand auf die Brust und beteuerte: „Bei meinem königlichen Blute, der Feldherr hat in jener gestrigen Stunde nicht haarbreit geschwankt in seiner Ehre und Treue!"

Morone war vernichtet. Del Guasto legte Hand an ihn und zog ihn mit sich fort. „Herr Kanzler", spottete er, „bedanket Euch, unser Lauschen erspart Euch die Folter." Auch

[1] frz.: Spring, mein Freund Hanswurst, spring für alle.

der Herzog ging, einer bittenden Gebärde Pescaras gehorchend.

„Erlaucht“, begann Moncada, „hier bin ich überzeugt. Mit diesem habet Ihr nur Euer Spiel getrieben, vielleicht herablassender, als für spanischen Stolz sich geziemte. Mit einem solchen Menschen konspiriert kein Pescara. Aber, Erlaucht, in seiner ohnmächtigen Wut hat dieser Verlogene Wahrheit gesprochen, wenn er Euch beschuldigte, der Urheber der italienischen Verschwörung zu sein. Nicht der Urheber, aber der Begünstiger. Sie nicht entmutigend, habt Ihr sie genährt und großgezogen. Es war leicht, ein entschiedenes Wort zu sprechen und ihr Halt zu gebieten mit einer entrüsteten und weithin sichtbaren Gebärde. Das habet Ihr nicht getan: Ihr stundet als eine dunkle und deutbare Gestalt.“

„Ritter“, unterbrach ihn Pescara, „nicht Euch habe ich Rechenschaft zu geben von meinem Tun und Lassen, sondern allein meinem Kaiser.“

„Eurem König“, versetzte Moncada. „Ihn so zu nennen, gebietet Euch die Ehrfurcht, denn ein König von Spanien ist mehr als der Kaiser. Und der Enkel Ferdinands wird ein König von Spanien werden. Karl entwickelt sich langsam, unter verschiedenen und streitenden Einflüssen, aber sein spanisches Blut wird erstarken und sein deutsches Blut in ihm aufsaugen bis auf den letzten Tropfen. Er verabscheut die Ketzerei und seine Frömmigkeit wird ihn zum Spanier machen.“ Er sagte das mit einem stillen Lächeln und schwärmerisch erglänzenden Augen.

„Avalos“, fuhr er fort, „deine Väter haben für den Glauben gegen die maurischen Heiden gekämpft, bis dein Ahn mit jenem Alfons nach Neapel schiffte. Kehre zu deinem Ursprung zurück! Das edelste Blut fließt in deinen Adern. Wie kannst du, der das Große liebt, zaudern zwischen dem spanischen Weltgedanken und den erbärmlichen italienischen Machenschaften? Unser ist die Erde, wie sie einst den Römern gehorchte. Siehe die wunderbaren Wege Gottes: Kastilien und Aragon vermählt, Burgund und Flandern erworben, das gewonnene Kaisertum, eine entdeckte und eroberte neue Welt, und, das alles beherrschend, ein gestähltes Volk mit einem gesegneten, zwiefach in Heidenblut getauften Schwerte! Was dir jener Elende bot, Spanien gibt es dir tausendfältig: Schätze, Länder, Ruhm und – den Himmel!

Denn für den Himmel kämpfen wir und für den katholischen Glauben, daß eine Kirche herrsche auf Erden. Sonst wäre Gott vergeblich Mensch geworden. Voraussehend, wie in diesen Tagen die Hölle den Apostolischen Stuhl besudeln und ihre letzte Ketzerei, den germanischen Mönch, ausspeien werde, erschuf er den Spanier, jenen zu reinigen und diese zu zertreten. Darum gibt er uns die Welt zur Beute, denn alles Irdische hat himmlische Zwecke. Ich habe lange darüber gesonnen in meinem sizilischen Kloster, und wähnte wohl selbst der Auserwählte zu sein zu diesem geistlichen Kriegsdienste. Da wurde er mir in einem Gesichte gezeigt, der andere, der Berufene. Ich war solcher Ehre unwürdig, meiner Sünde wegen, und trat in die Welt zurück."

Pescara schwieg und betrachtete den Verzückten.

„Aber ich wirke, solange es Tag ist. Kein Jahr ist um, ich stand hinter Ferdinand Cortez, da ihm auf dem Berge der Dämon die goldenen Zinnen Mexikos zeigte, wie er dir, Pescara, jetzt Italien zeigt. Diese Hand hielt den Strauchelnden zurück, und nun strecke ich sie gegen dich, Pescara, daß du ein Sohn Spaniens bleibest, welches die Welt ist, und das der in der Glorie schwebende katholische Ferdinand beschützt."

Jetzt brach der Feldherr sein Schweigen und zürnte: „Nenne mir jenen nicht, er hat mir den Vater getötet!"

Moncada seufzte schwer.

„Du bereust?"

Der Ritter schlug sich zerknirscht die Brust und murmelte, mit sich selbst sprechend: „Meine Sünde ... meine Sünde ... ungebeichtet und ungespeist!"

Da erriet Pescara, daß dieser Fromme nicht seinen Mord bereue, sondern daß er ihn vollbracht an einem geistlich Unvorbereiteten. „Weiche von mir!" gebot er.

Moncada trat zurück bis zur Schwelle, wie aus einem Traum erwachend. Dann sammelte er sich und sagte: „Verzeihung, Erlaucht! Ich war abwesend. Noch ein nüchternes Wort. Ich kenne Euer Ziel nicht. Noch bin ich nicht Euer Feind. So oder so werdet Ihr Mailand nehmen. Dieser erste Schritt enthält weder Treue noch Untreue. Ich erwarte Euren zweiten, ob Ihr den Herzog absetzet und die Empörung straft. Tut Ihr es nicht, so verratet Ihr Spanien und Euren König!“ Und er verschwand.

Pescara zog sich zurück und genoß Speise. Dann empfing er vor seinem flackernden Kaminfeuer, das an einem Herbstabend nicht fehlen durfte, den Herzog mit Del Guasto und gab ihnen seine letzten Befehle. Den Rest der Zeit benützte er, um seine geheimen Papiere zu sichten: was sich um einen Mächtigen dreht, eine Welt von Schlechtigkeit. Er vernichtete das meiste, es in den Herd werfend: er wollte niemanden verderben. Auch das Geheimschreiben des Kaisers sollte verschwinden, doch seine Asche nicht mit der übrigen sich vermengen. Er ließ ein glimmendes Kohlenbecken bringen, in dessen bläulichen Flämmchen er den Brief seines Kaisers verbrannte. Als er zu Ende war, hatten sich seine Kerzen schon zur Hälfte verzehrt: es ging auf Mitternacht. Pescara kreuzte die Arme über der Brust und verfiel in ein so tiefes Sinnen, daß er die Schritte eines Eintretenden nicht vernahm. Da sprach es zu ihm: „Was ist dein Ziel, Avalos?“ er erblickte Moncada.

Der Feldherr griff mit der Hand in das erloschene Kohlenbecken, schloß sie und streckte sie gegen Moncada. „Mein Ziel?“ sagte er und öffnet die Hand: Staub und Asche.

Jetzt gellten Drommetenrufe durch das Schloß. Trommelwirbel folgten. Alles geriet in Bewegung. Der Feldherr ließ sich von seiner Dienerschaft waffnen. Als er bei flackerndem Fackellicht, das sich auf Speeren und Rüstungen spiegelte, die gepflasterte Halle des Erdgeschosses betrat, erblickte er sein schwarzes Tier, welches, kostbar geschirrt, mit ungeduldigen Hufen Funken aus dem Boden schlug, daneben eine Sänfte mit zwei leichten Trabern. Beide hatte er befohlen, die Wahl dem Augenblick vorbehaltend. Mit einem Seufzer bestieg er die Sänfte, seine wiederbeginnenden Schmerzen darin zu verbergen, und verschwand durch das Tor, während sein verschmähtes Schlachtroß sich zornig gebärdete und den Reitknecht, welcher es besteigen wollte, abwarf. Es mußte seinem Herrn ledig nachgeführt werden.

Nun wurde auch der gefangene Kanzler gebracht. Spanische

Soldaten umringten ihn, beraubten ihn seiner Kette, seiner Ringe, seines Beutels und setzten ihn, nicht auf sein edles Maultier aus dem mailändischen Marstalle, sondern rücklings auf einen armseligen Esel, dessen Schwanz sie ihm nach ihrer grausamen Art durch die gefesselten Hände zogen. Dann ging es durch das Tor unter einem höllischen Gelächter, in welches der Kanzler aus Verzweiflung mit einstimmte.

LETZTES KAPITEL

Inzwischen verlebte in dem aus einer Burg des Glückes zu einer Behausung der Angst gewordenen Kastell von Mailand Franz Sforza jammervolle Tage und noch schlimmere Nächte, hilf- und ratlos nach seinem Kanzler rufend. Er hatte den Besuch Del Guastos erhalten, der ihm zu melden kam, sein Feldherr habe vor ablaufender Frist den Kanzler von Mailand empfangen, dieser ihm aber, statt der erwarteten Zugeständnisse, im Namen der Hoheit ebenso törichte als verbrecherische Eröffnungen gemacht, die den Feldherrn bestimmen, ohne Verzug, übrigens ganz im Sinne seiner ersten Drohung, auf Mailand zu marschieren und gegen die Hoheit als einen Hochverräter zu verfahren. Del Guasto hatte sich an dem Zittern des Herzogs geweidet und war aus der Stadt verschwunden. Während sich die kaiserlichen Truppen in raschen Märschen näherten und selbst da sie schon auf den Wällen von Mailand in Sicht waren, hatte der Kleinmütige zwischen Übergabe und Verteidigung geschwankt, wurde dann aber von ein paar tapferen lombardischen Edelleuten auf den Weg der Ehre gerissen und endlich selbst von einer kriegerischen Stimmung angewandelt, deren er kraft seines großväterlichen Blutes nicht völlig unfähig war. Er ließ sich mit einer kunstvoll geschmiedeten Rüstung bekleiden und setzte sich einen Helm von herrlicher getriebener Arbeit auf das schwache Haupt.

Es ist Tatsache, daß er in der großen Schanze stand, in dem Augenblick, da Pescara seine Truppen gegen dieselbe zum Sturm führte. Mit bebender Stimme befahl der Herzog das Feuer seiner auserlesenen Geschütze. Wie sich der Rauch verzog, lag das Feld mit Spaniern bedeckt. Zwischen Toten und Verwundeten schritt Pescara, wenige mehr neben sich und noch unerreicht von den vielen unter der Führung Del Guastos ihm stürmisch Nacheilenden. Er war ohne Harnisch. Der Helm war ihm vom Kopf gerissen und sein dunkler Mantel flatterte zerfetzt. In flammend rotem Kleide, mit gelassenen und gleichmäßigen Schritten ging er weit voran, einen blitzenden Zweihänder schwingend. Es war, als schritte der Würger Tod in Person gegen die Schanze, und da sich dort in demselben Augenblick die böse Kunde verbreitete, der Bourbone habe das Südtor genommen und Leyva stürme an der nördlichen Pforte, packte der bleiche Schreck die Besatzung. Die wieder geladenen Stücke blieben ungelöst, die Hauptleute, die sich den Furchtbetörten entgegenwarfen, wurden niedergetreten, und die panische Flucht riß den Herzog mit sich fort.

Wie er, in seinen Palast zurückgekehrt, mit irrenden Schritten den Thronsaal betrat, siehe, da stürzte vor seinen Augen die goldbrokatene und mit Löwen und Adlern durchwirkte Bekleidung des Thronhimmels zusammen. In der allgemeinen Verwirrung hatte sich der herzogliche Tapezierer in den Saal geschlichen und das Prachtstück gelockert, um es zu entwenden, war dann aber vor dem sich nahenden Getöse unverrichteter Dinge entwichen. Von dem schlimmen Omen erschreckt, warf sich der Herzog verzweifelnd in einen Lehnstuhl und bedeckte das Gesicht mit beiden Händen, sein Los und den Sieger erwartend.

Dieser ließ nicht lange auf sich harren. Ein kurzer Lärm – die treue schweizerische Palastwache wurde niedergestreckt oder entwaffnet – und Pescara betrat den Saal, barhaupt und ohne Schwert, hinter ihm Karl Bourbon, behelmt, in voller Rüstung, den Degen in blutender Faust. Er war, der erste auf der Sturmleiter, mit derselben in den Stadtgraben zurückgeworfen worden, ohne sich jedoch ernstlich zu verletzen.

Der Marchese verneigte sich vor seinem Besiegten, der sich von seinem Sitz aufraffte. „Hoheit beruhige sich“, sprach Pescara. „Ich komme nicht als Feind, sondern um Hoheit aufs neue in Pflicht zu nehmen für Ihren Lehensherrn, den Kaiser.“

Sforza erhob die Augen, und da er in dem überlegenen Antlitz weder Hohn noch Strafe las, sondern eher teilnehmende Einsicht und Milde, brach der haltlose Knabe in Tränen aus und stammelte: „In meinem Herzen bin ich der Majestät immer treu gewesen, sie hat keinen ergebeneren Diener und bessern Lehensmann, aber ich Unseliger wurde mißleitet, wurde irregeführt ... mein höllischer Kanzler ... auch den bewaffneten Widerstand habe ich nicht befohlen ... ich wurde geschoben, gestoßen ... von dem Valabrega und ein paar anderen Edelleuten ... bei allen Aposteln und Märtyrern, ich bin kein italienischer Patriot, sondern der bedrängteste Fürst in der unmöglichsten Lage!“

Diese völlige Zerknirschung des Enkels und Urenkels zweier Heroen schien den Feldherrn peinlich zu berühren. Doch ließ er der Buße freien Lauf, weigerte aber, scheinbar aus Ehrerbietung, dem endlich Verstummenden seine Hand, welche dieser zu ergreifen suchte. Er befürchtete, der gänzlich Vernichtete möchte sie küssen.

Während dieser Selbsterniedrigung, und sie im Grunde seines verbitterten Herzens kostend, schlürfte Karl Bourbon, welcher hinter Pescara stehengeblieben war, in langsamen Zügen einen vollen Becher, den er sich von einem herbeigewinkten Pagen hatte holen und reichen lassen.

„Hoheit“, sagte der Feldherr, „ich habe Vollmacht. Wenn Sie davon durchdrungen ist, daß Sie sich in ein falsches und gefährliches Spiel eingelassen hat, und wenn sich der feste Wille in Ihr gestalten kann, forthin ihr Heil da zu suchen, wo es ist, bei dem Kaiser, und von der Majestät nimmermehr zu weichen, wage ich es, auf meine Verantwortlichkeit, Ihr Verzeihung zu gewähren und Ihre Hand darauf anzunehmen. Hoheit darf es mir glauben, Sie fährt in jedem Falle besser mit dem Kaiser als mit der Liga.“

Jetzt sah er, wie die unverhoffte Milde den Sohn des Mohren plötzlich wieder mißtrauisch machte, wie der vom Schicksal zum Argwohn Erzogene eine List vermutete und wie seine Hand zögerte und zitterte. „Hoheit darf trauen“, sprach er kraftvoll. „Der Kaiser und ich halten Wort.“

Sforza gab die Hand und der Feldherr fügte freundlich hinzu: „Ich kenne die schwierige Lage der Hoheit und – wenn ich es aussprechen darf – Ihre durch eine unglückliche Jugend erkrankte und entkräftete Seele. Sie bedarf vor allem der Stetigkeit. In der Bahn des Kaisers wandelnd und verharrend, wird Sie von keiner Zeitwelle verschleudert werden. Ich persönlich“, schloß er, seine Lehrhaftigkeit mildernd, in einem fast herzlichen Ton, „war der Hoheit immer zugetan, aus Dank für meine Vorbilder, ihre zwei herrlichen Ahnen, obwohl mir die beiden“, scherzte er, „in meiner Jugend manchen Schlaf geraubt haben: ein solcher Reiz und Stachel liegt in Männlichkeit und Seelengröße.“

Franz Sforza getröstete sich dieser Freundschaft, fragte aber doch ängstlich: „Und ich bleibe Herzog? Euer Wort, Pescara?“

„Unverbrüchlich. Wenn ich etwas über den Kaiser vermag, und wenn Ihr es vermöget, Eure Seele zu befestigen.“

„Und meinem Kanzler geschieht nichts?“

„Ich glaube nein, Hoheit“, versprach Pescara.

„Und er bleibt mein Minister?“

Der Feldherr konnte ein Lächeln nicht verwinden über die Unzertrennlichkeit dieses Paares. „Hoheit vergißt, daß Sie soeben Girolamo Morone den verderblichsten aller Ratgeber genannt hat. Ich empfehle Hoheit, sich von der kaiserlichen Majestät für dieses schwierige Amt einen anderen und weiseren Kopf zu erbitten. Es gibt deren in Italien, es braucht kein Spanier zu sein.“

„Nichts da, Hoheit! Ihren Kanzler bekommt Sie nicht heraus!“ mischte sich jetzt der Bourbon ins Gespräch. „Diese Helena ist mein Beutestück.“

Franz Sforza starrte Bourbon mit angstvollen Augen an. „Der hier?“ stöhnte er. „Er will mein Mailand! Er träumt lange davon. Hilf mir, mächtiger Pescara!“

Da schmetterte Bourbon, als zerstöre er sich selbst, mit einem zornigen Wurf sein kristallenes Glas an den Marmorboden, daß es mit schrillem Mißton in Scherben zerfuhr. „Hoheit“, rief er, „da liegt mein Fürstentum Mailand!“

Während die Scherben flogen, trat Moncada mit Leyva ein, dieser von oben bis unten mit Staub und Blut besudelt. „Erlaucht“, begann der Ritter, „ich beglückwünsche Sie zu Ihrem heutigen schönen Siege, der, wieder in voller Kraft erfochten, sich an so viele andere reiht. Ich hielt mich geziemend im Vorzimmer. Doch da ich bechern und lachen hörte, und als auch Leyva anlangte, der das Nordtor genommen und ebenfalls seinen Trunk verdient hat, wagte ich den Eintritt, und ich glaube zur rechten Stunde. Denn ich meine: hier wird Gericht gehalten werden, und Hoheit Bourbon hat diesem verräterischen Herzog in symbolischer Weise seinen verdienten Untergang verkündigt. Aber nicht so stürmisch, Hoheit! Ich denke, der Feldherr setzt ein Kriegsgericht zusammen, bei dem ich als ein Angehöriger des königlichen Hauses Sitz und Stimme beanspruchen darf. Natürlich ein vorläufiges Gericht, in Erwartung des Entscheides aus Madrid."

Pescara blieb kalt. „So tue ich", sagte er. „Ich ernenne zu Richtern meine zwei Kollegen die Hoheit Bourbon und Leyva. Ich präsidiere. Euch, Ritter, muß ich ausschließen, weil Ihr keinen Rang bekleidet. Hier meine Beglaubigung." Er zog aus seinem Wams die kaiserliche Vollmacht.

Moncada ergriff das Schreiben und las: „Nach seinem Ermessen ... gemäß den Umständen ... hm ... Erlaucht erlaube ... diese kaiserliche Weisung scheint zu sagen, daß Sie bevollmächtigt ist, alle militärischen und bürgerlichen Maßregeln in dem genommenen Mailand nach Belieben zu treffen, präjudiziert aber in keiner Weise die Rechte und Interessen der katholischen Majestät. Ich werde daher bleiben als ein stummer, aber aufmerksamer Zuhörer."

„Sei es", sagte Pescara geduldig.

Jetzt regte sich auch Leyva und verlangte, daß Girolamo Morone vorgeführt werde. „Er ist im Palast", sagte er. „Ich sah ihn gefesselt einbringen unter den Verwünschungen und Kotwürfen des mailändischen Volkes, das ihm sein ganzes Elend zurechnet." Pescara gab den Befehl.

Eine peinliche Pause. Stühle wurden gerückt von der verlegenen Dienerschaft, welche ihrem verklagten Herrn ehrerbietig den herzoglichen Sessel mit Krone und Wappen brachte, und als Morone erschien, nicht ohne Spuren von Mißhandlung, sah er die drei Feldherrn als Richter sitzen, Pescara in der Mitte, und vor ihnen seinen Herzog. „Mut, Fränzchen", flüsterte er ihm zu, neben den er sich aus alter Gewohnheit gestellt hatte, „wirf du nur alles auf mich!"

Pescara nahm das Wort: „Die Hoheit von Mailand beteuert an der Treue gegen ihren Lehensherrn festzuhalten und nur vorübergehend fehlgetreten und in den Schein der Felonie gekommen zu sein unter den Einflüsterungen dieses Mannes da." Der Herzog nickte mit dem Haupt.

„So ist es! Ich bekenne, daß ich der allein Schuldige bin!" sprach der Kanzler unerschrocken.

„Auch die Verteidigung von Mailand gegen das kaiserliche Heer beteuert die Hoheit nicht befohlen zu haben, sondern sie versichert, es sei die eigenmächtige Tat einiger aufrührerischer Lombarden, und ich halte es für glaublich. Wie urteilt Leyva?“

Leyva verzog das häßliche Gesicht und murrte: „Dieser Franz Sforza ist der Felonie schuldig und durch die nackte Tatsache überführt. Er werde in schärfstem Gewahrsam gehalten. Der Kaiser, wie ich meine, wird ihn absetzen und nach Spanien bringen lassen.“

„Und wie urteilt Sie?“ Pescara hatte sich gegen Bourbon gewendet.

Der Konnetabel spielte mit seinem zerrissenen Handschuh und bemerkte mit melodischer Stimme: „Die Hoheit wurde betört von dem wunderlichen Gaukler da, der auch mich und viele andere bezaubert hat, bis er an unserm Feldherrn seinen Meister fand. Aber sie scheint mir wieder zur Besinnung gekommen zu sein, und ich meine, daß ihr die Schmach des Gefängnisses anzutun weder schicklich wäre noch auch notwendig ist, da sich ja die Stadt in unsern Händen befindet. Die Hoheit von Mailand bleibe frei.“

„Zwei Stimmen gegen eine, denn so lautet auch meine Meinung“, entschied Pescara. Moncada schwieg mit verschlungenen Armen, Leyva, dessen große Narbe sich mit Blut zu füllen schien, zerrte den Schnurrbart, Bourbon aber erhob sich, bot Franz Sforza den Arm und geleitete ihn aus dem Saal.

Draußen stieß er mit Del Guasto zusammen, der ihm zuflüsterte, es sei befremdend: die Truppen Leyvas zögen sich gegen den Palast. Bourbon runzelte die Stirn. „Beobachtet und berichtet!“ gebot er. Del Guasto wollte enteilen, rief aber zurück: „Noch eins: ich höre, Donna Viktoria sei am Tore angelangt und verlange nach dem Feldherrn.“

Da Bourbon in den Sall zurücktrat, forderte eben Leyva den Kerker, die Folter und, nach vervollständigtem Bekenntnis, Block und Beil für den erbleichenden Morone.

„Auf die Folter!“ stöhnte dieser. „Wenn Ihr mich windet wie ein Tuch, so werdet Ihr nichts anderes als Blut und Schweiß aus mir herauspressen. Ich habe mich vor dem Feldherrn ausgebeichtet. Du bist nicht grausam, Pescara!“

„Pfui, Leyva!“ rief Bourbon, sich wieder in den Kreis setzend. „Will sich der Herr an den Zuckungen dieses närrischen Gesichtes ergötzen? Das leide ich nicht. Ich lasse mir meinen Morone nicht verdrehen. Zittre nicht, Girolamo! Dir wird kein Haar gekrümmt: du wirst mein Schreiber. Mein gnädiges Urteil lautet: Girolamo sitze in seinem Hause und man bewache ihn, bis ich mir ihn vom Kaiser werde erbeten haben."

„Mir scheint, das genügt", entschied der Feldherr. „Morone hat gestanden vor drei glaubwürdigen Zeugen, deren einer ich selber bin. Keine unnütze Marter, sondern sichere Haft. Zwei Stimmen gegen eine. Nehmt ihn, Hoheit. Mir ahnt, daß Girolamo Morone sich noch einmal umwandelt und in kaiserliche Dienste tritt."

Da schrie Morone unklug vor Freude über das geschenkte Leben und die erlassene Folter: „Pescara, ohne dich kein Italien! Das ist vorbei. Mach mit mir, was du willst. Ich bin das Geschöpf deiner Großmut und Güte ... Und wenn noch weiter geredet werden soll, so erfahrt, Herrschaften, und darin ist alles andere enthalten: die Liga ist dem Kopfe der Heiligkeit entsprungen, wie Athene der Stirne des Zeus ..." Seine Zunge stand plötzlich still, da er neben sich einen ansehnlichen Mann im Reisekleid gewahrte, der eben eingetreten war. Dann rief er: „Das weiß niemand besser als der da!" Es war Guicciardin, dessen Blicke neugierig im Kreise umliefen, endlich aber unverwandt auf dem Antlitze des Pescara haften blieben.

„Ich störe, Erlaucht?" sagte er. „Doch ich werde mich kurz fassen. Ich komme mit Eilpost von der Heiligkeit, die diesmal besser einen anderen geschickt hätte. Die Heiligkeit läßt Erlaucht wissen, sie habe auf die erste Kunde der eröffneten Feindseligkeiten einen ihrer Vertrautesten nach Madrid gesendet, den Kaiser zu unterrichten, daß sie dem Bündnis der italienischen Staaten fremd geblieben ist. Eine heilige Liga existiert nicht. Der oberste Hirte schaudert vor dem Schwert."

„Halleluja!" rief der Kanzler, den die Lebensfreude berauscht und völlig toll gemacht zu haben schien, der Feldherr aber entgegnete: „Wie, Guicciardin? Eben hat Morone an den Tag gebracht, daß die Liga das Werk der Heiligkeit ist. Was ist Wahrheit?"

„Beides", versetzte Guicciardin. „Mein Auftrag ist ausgerichtet und damit gut." Er verbeugte sich und verließ den

Saal, aber Bourbon, in den der Satan fuhr, rief dem Gesandten des Papstes nach: „Florentiner, sage deinem Herrn, ich werde nach Rom kommen, seiner Wahrhaftigkeit den Pantoffel zu küssen, mit lauter Lutheranern und Marranen, und nachts will ich meine brennende Kerze umwerfen, daß der Heiligkeit ein Licht aufgehe!" Die Lache, die der Unselige aufschlug, scholl gellend wieder aus der Kuppelwölbung und aus den Ecken des Saales wie aus dem Munde schadenfroher Dämonen, so daß Guicciardin erschreckend umblickte. Der Feldherr wies nun auch den Kanzler mit seiner Wache weg, sei es daß er es für unziemlich hielt, das Haupt der Christenheit preiszugeben, oder er war der menschlichen Komödie müde.

Da sich Guicciardin und der Kanzler draußen zusammenfanden, fragte jener: „Man führt dich zum Blocke?"

„Bewahre!"

„Durchgeschlüpft? Unvergleichlicher! Doch wie begab es sich in Novara?"

„Oh, ich kam auf den Esel zu sitzen ... Dieser Pescara ist das Rätsel der Sphinx ..."

„Das ich errate, Kanzler, aus seinem Antlitz. Es trägt die hippokratischen Züge, und ich werde vielleicht der Heiligkeit eine Todesnachricht zu bringen haben. Erinnerst du dich noch, Girolamo, was ich dir in den vatikanischen Gärten sagte, von einem möglichen letzten Hindernis in der Brust Pescaras? Wenn ich wörtlich wahr geredet? Wenn der Feldherr bei Pavia den Tod empfing und ihn verheimlicht hat? Wenn wir einen nicht mehr Versuchbaren in Versuchung führten?"

Der Kanzler schlug sich vor die Stirn: „Du sagst es, Guicciardin! Ähnliches, das ich damals nicht verstand, hat mir der Arzt des Feldherrn, Messer Numa Dati, in Novara angedeutet."

„Also die Wahrheit", schloß der Florentiner. „Nicht Pescara trog. Wir selbst haben uns betrogen. Oh Weisheit der Menschen!" Mit dieser Betrachtung schieden die beiden.

Im Thronsaal herrschte eine unheimliche Luft. Die drei Feldherrn und der bei ihnen zurückgebliebene Moncada standen in weiten Entfernungen. Pescara völlig entkräftet wie es schien, hatte sich auf den über den Thron ausgebreiteten Goldbrokat geworfen. Blässe bedeckte sein Gesicht, die Brust arbeitete. Bourbon maß den Saal in leichtfertigem Tanzschritt, während er Moncada scharf beobachtete. Dieser, in einer Fensterbrüstung lehnend, winkte aus einer andern Leyva zu sich und flüsterte ihm ins Ohr: „Es ist Zeit. Er hat sich enthüllt. Tot oder lebendig ...“

Jetzt rief auch Pescara den Herzog. „Setze dich neben mich, Karl“, keuchte er leise. „Führst du Papier und Stift?“

„Um Gottes willen, Ferdinand, merkst du nichts? Du bist bedroht! Die beiden flüstern. Leyva ist verdächtig. Sie wollen dich verhaften!“

„Führst du Papier und Stift?“ wiederholte der Feldherr. Der Herzog gab sie. Nach ein paar Zügen sagte Pescara: „Meine Hand zittert, schreibe du, Karl.“

„Ferdinand, bist du blind? Siehst du nicht, wie Moncada sich regt?“

„Er wird mich nicht erreichen“, sagte der Feldherr und diktierte mit gepreßter Stimme: „An die Majestät des Kaisers. Erhabener Herr, Mailand ist Euer. Pescara hält Treue bis zum letzten Atemzug. Lohnt sie ihm mit drei Erfüllungen ...“

„Ich beschwöre dich, Ferdinand! Er kommt auf dich zu! Ermanne dich! Wir fechten ... Ich rufe die Wachen ...“ Bourbon wollte aufspringen, Pescara aber hielt ihn fest: „Schreibe! Er erreicht mich nicht, sage ich dir. Wo bist du? ... mit drei Erfüllungen: Majestät schütze Sforza! Majestät begnadige Morone! Majestät gebe mein Kommando dem Konnetabel! ...“

„Er steht wenige Schritte vor dir! Zieh! Wo hast du deinen Degen?“

„Ich vergieße kein Blut mehr ...“ Pescara unterzeichnete, und der Stift entglitt seiner Hand. Mit einem schwachen Schrei und erlöschenden Augen sank er in die Arme seines Freundes.

Moncada, der jetzt ganz nahe getreten war, stand bestürzt. „Was ist dem Feldherrn?“ fragte er, und ihn betrachtend: „Verschieden?“

„Geschieden!“ weinte der Herzog.

„Ein Herzschlag. Der Feldzug hat ihn getötet“, sagte Moncada und hob das Papier auf, das zu Boden gefallen war. Er las, und bei der dritten Bitte angelangt, stand er sinnend. Dann übergab er, ohne die Miene zu ändern, das Papier dem Herzog mit den Worten: „Wir ehren seinen letzten Willen. Hoheit hat das Kommando. Hoheit befehle!“

Bourbon erschien als ein Heimatloser und Entwerteter dem Sohne Ferdinands des Katholischen ungefährlich und war, ohne Pescara, auch Leyva minder verhaßt, denn um die Gunst des großen Feldherrn hatte dieser den Konnetabel beneidet.

Karl Bourbon winkte sie weg und bettete Pescara auf den Goldbrokat. Der Palast war ganz still geworden, und selbst die Wachen an den Toren schritten leise, in der Meinung, der Feldherr halte zu dieser Stunde Siesta, wie seine Gewohnheit war. Auch der Herzog, das geliebte Haupt im Schoße haltend, versank in einen Mittagstraum, er vergaß das tragische Los des Toten und das eigene aus Ruhm und Schmach geflochtene, er empfand nur einen dumpfen Schmerz über den Verlust des einzigen Freundes.

Stimmen erschollen vor der Saalpforte. „Nein, Madonna, er ruht!“ verbot Del Guasto und Viktoria rief durchdringend: „Weiche, Böser! Ich will zu ihm!“ Bourbon vernahm nahende Schritte, er wendete nicht einmal das Haupt. Er legte den Finger an den Mund und flüsterte: „Leise, Madonna! Der Feldherr schlummert.“

Viktoria trat zu dem Gatten. Pescara lag ungewaffnet und ungerüstet auf dem goldenen Bett des gesunkenen Thronhimmels. Der starke Wille in seinen Zügen hatte sich gelöst und die Haare waren ihm über die Stirn gefallen. So glich er einem jungen, mageren, von der Ernte erschöpften und auf seiner Garbe schlafenden Schnitter.

Das Amulett

ERSTES KAPITEL

Heute am vierzehnten März 1611 ritt ich von meinem Sitze am Bieler See hinüber nach Courtion zu dem alten Boccard, den Handel um eine mir gehörige mit Eichen und Buchen bestandene Halde in der Nähe von Münchweiler abzuschließen, der sich schon eine Weile hingezogen hatte. Der alte Herr bemühte sich in langwierigem Briefwechsel um eine Preiserniedrigung. Gegen den Wert des fraglichen Waldstreifens konnte kein ernstlicher Widerspruch erhoben werden, doch der Greis schien es für seine Pflicht zu halten, mir noch etwas abzumarkten. Da ich indessen guten Grund hatte, ihm alles Liebe zu erweisen und überdies Geldes benötigt war, um meinem Sohn, der im Dienste der Generalstaaten steht und mit einer blonden runden Holländerin verlobt ist, die erste Einrichtung seines Hausstandes zu erleichtern, entschloß ich mich, ihm nachzugeben und den Handel rasch zu beenden.

Ich fand ihn auf seinem altertümlichen Sitze einsam und in vernachlässigtem Zustande. Sein graues Haar hing ihm unordentlich in die Stirn und hinunter auf den Nacken. Als er meine Bereitwilligkeit vernahm, blitzten seine erloschenen Augen auf bei der freudigen Nachricht. Rafft er doch in seinen alten Tagen, uneingedenk, daß sein Stamm mit ihm verdorren und er seine Habe lachenden Erben lassen wird.

Er führte mich in ein kleines Turmzimmer, wo er in einem wurmstichigen Schrank seine Schriften verwahrte, hieß mich Platz nehmen und bat mich, den Kontrakt schriftlich aufzusetzen. Ich hatte meine kurze Arbeit beendet und wandte mich zu dem Alten um, der unterdessen in den Schubladen gekramt hatte, nach seinem Siegel suchend, das er verlegt zu haben schien. Wie ich ihn alles hastig durcheinanderwerfen sah, erhob ich mich unwillkürlich, als müßt' ich ihm helfen. Er hatte eben wie in fieberischer Eile ein geheimes Schubfach geöffnet, als ich hinter ihn trat, einen Blick hineinwarf und – tief aufseufzte.

In dem Fache lagen nebeneinander zwei seltsame, beide mir nur zu wohl bekannte Gegenstände: ein durchlöcherter Filzhut, den einst eine Kugel durchbohrt hatte, und ein großes rundes Medaillon von Silber mit dem Bilde der Mutter Gottes von Einsiedeln in getriebener, ziemlich roher Arbeit.

Der Alte kehrte sich um, als wollte er meinen Seufzer beantworten, und sagte in weinerlichem Tone:

„Jawohl, Herr Schadau, mich hat die Dame von Einsiedeln noch behüten dürfen zu Haus und im Felde; aber seit die Ketzerei in die Welt gekommen ist und auch unsre Schweiz verwüstet hat, ist die Macht der guten Dame erloschen, selbst für die Rechtgläubigen! Das hat sich an Wilhelm gezeigt – meinem lieben Jungen." Und eine Träne quoll unter seinen grauen Wimpern hervor.

Mir war bei diesem Auftritte weh ums Herz und ich richtete an den Alten ein paar tröstende Worte über den Verlust seines Sohnes, der mein Altersgenosse gewesen und an meiner Seite tödlich getroffen worden war. Doch meine Rede schien ihn zu verstimmen, oder er überhörte sie, denn er kam hastig wieder auf unser Geschäft zu reden, suchte von neuem nach dem Siegel, fand es endlich, bekräftigte die Urkunde und entließ mich dann bald ohne sonderliche Höflichkeit.

Ich ritt heim. Wie ich in der Dämmerung meines Weges trabte, stiegen mit den Düften der Frühlingserde die Bilder der Vergangenheit vor mir auf mit einer so drängenden Gewalt, in einer solchen Frische, in so scharfen und einschneidenden Zügen, daß sie mich peinigten.

Das Schicksal Wilhelm Boccards war mit dem meinigen aufs engste verflochten, zuerst auf eine freundliche, dann auf eine fast schreckliche Weise. Ich habe ihn in den Tod gezogen. Und doch, so sehr mich dies drückt, kann ich es nicht bereuen und müßte wohl heute im gleichen Falle wieder so handeln, wie ich es mit zwanzig Jahren tat. Immerhin setzte mir die Erinnerung der alten Dinge so zu, daß ich mit mir einig wurde, den ganzen Verlauf dieser wundersamen Geschichte schriftlich niederzulegen und so mein Gemüt zu erleichtern.

ZWEITES KAPITEL

Ich bin im Jahre 1553 geboren und habe meinen Vater nicht gekannt, der wenige Jahre später auf den Wällen von St. Quentin fiel. Ursprünglich ein thüringisches Geschlecht, hatten meine Vorfahren von jeher in Kriegsdienst gestanden und waren manchem Kriegsherrn gefolgt. Mein Vater hatte sich besonders den Herzog Ulrich von Württemberg verpflichtet, der ihm für treu geleistete Dienste ein Amt in seiner Grafschaft Mümpelgard anvertraute und eine Heirat mit einem Fräulein von Bern vermittelte, deren Ahn einst sein Gastfreund gewesen war, als Ulrich sich landesflüchtig in der Schweiz umtrieb. Es duldete meinen Vater jedoch nicht lange auf diesem ruhigen Posten, er nahm Dienst in Frankreich, das damals die Pikardie gegen England und Spanien verteidigen mußte. Dies war sein letzter Feldzug.

Meine Mutter folgte dem Vater nach kurzer Frist ins Grab und ich wurde von einem mütterlichen Ohm aufgenommen, der seinen Sitz am Bieler See hatte und eine feine und eigentümliche Erscheinung war. Er mischte sich wenig in die öffentlichen Angelegenheiten, ja er verdankte es eigentlich nur seinem in die Jahrbücher von Bern glänzend eingetragenen Namen, daß er überhaupt auf Berner Boden geduldet wurde. Er gab sich nämlich von Jugend auf viel mit Bibelerklärung ab, in jener Zeit religiöser Erschütterung nichts Ungewöhnliches; aber er hatte, und das war das Ungewöhnliche, aus manchen Stellen des heiligen Buches, besonders aus der Offenbarung Johannis, die Überzeugung geschöpft, daß es mit der Welt zu Ende gehe und es deshalb nicht rätlich und ein eitles Werk sei, am Vorabend dieser durchgreifenden Krise eine neue Kirche zu gründen, weswegen er sich des ihm zuständigen Sitzes im Münster zu Bern beharrlich und grundsätzlich entschlug. Wie gesagt, nur seine Verborgenheit schützte ihn vor dem gestrengen Arm des geistlichen Regimentes.

Unter den Augen dieses harmlosen und liebenswürdigen

Mannes wuchs ich – wo nicht ohne Zucht, doch ohne Rute – in ländlicher Freiheit auf. Mein Umgang waren die Bauernjungen des benachbarten Dorfes und dessen Pfarrer, ein strenger Calvinist, durch den mich mein Ohm mit Selbstverleugnung in der Landesreligion unterrichten ließ.

Die zwei Pfleger meiner Jugend stimmten in manchen Punkten nicht zusammen. Während der Theologe mit seinem Meister Calvin die Ewigkeit der Höllenstrafen als das unentbehrliche Fundament der Gottesfurcht ansah, getröstete sich der Laie der einstigen Versöhnung und fröhlichen Wiederbringung aller Dinge. Meine Denkkraft übte sich mit Genuß an der herben Konsequenz der calvinischen Lehre und bemächtigte sich ihrer, ohne eine Masche des festen Netzes fallen zu lassen; aber mein Herz gehörte sonder Vorbehalt dem Oheim. Seine Zukunftsbilder beschäftigten mich wenig, nur einmal gelang es ihm, mich zu verblüffen. Ich nährte seit langem den Wunsch, einen wilden jungen Hengst, den ich in Biel gesehen, einen prächtigen Falben, zu besitzen, und näherte mich mit diesem großen Anliegen auf der Zunge eines Morgens meinem in ein Buch vertieften Oheim, eine Weigerung befürchtend, nicht wegen des hohen Preises, wohl aber wegen der landeskundigen Wildheit des Tieres, das ich zu schulen wünschte. Kaum hatte ich den Mund geöffnet, als er mit seinen leuchtend blauen Augen mich scharf betrachtete und mich feierlich anredete: „Weißt du, Hans, was das fahle Pferd bedeutet, auf dem der Tod sitzt?“

Ich verstummte vor Erstaunen über die Sehergabe meines Oheims; aber ein Blick in das vor ihm aufgeschlagene Buch belehrte mich, daß er nicht von meinem Falben, sondern von einem der vier apokalyptischen Reiter sprach.

Der gelehrte Pfarrer unterwies mich zugleich in der Mathematik und sogar in den Anfängen der Kriegswissenschaft, soweit sie sich aus den bekannten Handbüchern schöpfen läßt; denn er war in seiner Jugend als Student in Genf mit auf die Wälle und ins Feld gezogen.

Es war eine ausgemachte Sache, daß ich mit meinem siebzehnten Jahre in Kriegsdienste zu treten habe; auch das war für mich keine Frage, unter welchem Feldherrn ich meine ersten Waffenjahre verbringen würde. Der Name des großen

Coligny erfüllte damals die ganze Welt. Nicht seine Siege, deren hatte er keinen erfochten, sondern seine Niederlagen, welchen er durch Feldherrnkunst und Charaktergröße den Wert von Siegen zu geben wußte, hatten ihn aus allen lebenden Feldherrn hervorgehoben, wenn man ihm nicht den spanischen Alba an die Seite setzen wollte; diesen aber haßte ich wie die Hölle. Nicht nur war mein tapferer Vater treu und trotzig zum protestantischen Glauben gestanden, nicht nur hatte mein bibelkundiger Ohm vom Papsttum einen üblen Begriff und meinte es in der Babylonerin der Offenbarung vorgebildet zu sehn, sondern ich selbst fing an mit warmem Herzen Partei zu nehmen. Hatte ich doch schon als Knabe mich in die protestantische Heerschar eingereiht, als es im Jahre 1567 galt die Waffen zu ergreifen, um Genf gegen einen Handstreich Albas zu sichern, der sich aus Italien längs der Schweizer Grenze nach den Niederlanden durchwand. Den Jüngling litt es kaum mehr in der Einsamkeit von Chaumont, so hieß der Sitz meines Oheims.

Im Jahre 1570 gab das Pazifikationsedikt von St. Germain en Laye den Hugenotten in Frankreich Zutritt zu allen Ämtern und Coligny, nach Paris gerufen, beriet mit dem König, dessen Herz er, wie die Rede ging, vollständig gewonnen hatte, den Plan eines Feldzugs gegen Alba zur Befreiung der Niederlande. Ungeduldig erwartete ich die jahrelang sich verzögernde Kriegserklärung, die mich zu Colignys Scharen rufen sollte; denn seine Reiterei bestand von jeher aus Deutschen und der Name meines Vaters mußte ihm aus frühern Zeiten bekannt sein.

Aber diese Kriegserklärung wollte noch immer nicht kommen und zwei ärgerliche Erlebnisse sollten mir die letzten Tage in der Heimat verbittern.

Als ich eines Abends im Mai mit meinem Ohm unter der blühenden Hoflinde das Vesperbrot verzehrte, erschien vor uns in ziemlich kriechender Haltung und schäbiger Kleidung ein Fremder, dessen unruhige Augen und gemeine Züge auf mich einen unangenehmen Eindruck machten. Er empfahl sich der gnädigen Herrschaft als Stallmeister, was in unsern Verhältnissen nichts andres als Reitknecht bedeutete, und schon war ich im Begriff ihn kurz abzuweisen, denn mein Ohm hatte ihm bis jetzt keine Aufmerksamkeit geschenkt, als der Fremdling mir alle seine Kenntnisse und Fertigkeiten herzuzählen begann.

„Ich führe die Stoßklinge", sagte er, „wie wenige und kenne die hohe Fechtschule aus dem Fundament."

Bei meiner Entfernung von jedem städtischen Fechtboden empfand ich gerade diese Lücke meiner Ausbildung schmerzlich und trotz meiner instinktiven Abneigung gegen den Ankömmling ergriff ich die Gelegenheit ohne Bedenken, zog den Fremden in meine Fechtkammer und gab ihm eine Klinge in die Hand, mit welcher er die meinige so vortrefflich meisterte, daß ich sogleich mit ihm abmachte und ihn in unsre Dienste nahm.

Dem Ohm stellte ich vor, wie günstig die Gelegenheit sei, noch im letzten Augenblick vor der Abreise den Schatz meiner ritterlichen Kenntnisse zu bereichern.

Von nun an brachte ich mit dem Fremden – er bekannte sich zu böhmischer Abkunft – Abend um Abend oft bis zu später Stunde in der Waffenkammer zu, die ich mit zwei Mauerlampen möglichst erleuchtete. Leicht erlernte ich Stoß, Parade, Finte, und bald führte ich, theoretisch vollkommen fest, die ganze Schule richtig und zur Befriedigung meines Lehrers durch; dennoch brachte ich diesen in helle Verzweiflung dadurch, daß es mir unmöglich war, eine gewisse angeborene Gelassenheit loszuwerden, welche er Langsamkeit schalt und mit seiner blitzschnell zuckenden Klinge spielend besiegte.

Um mir das mangelnde Feuer zu geben, verfiel er auf ein seltsames Mittel. Er nähte sich auf sein Fechtwams ein Herz von rotem Leder, das die Stelle des pochenden anzeigte, und auf das er im Fechten mit der Linken höhnisch und herausfordernd hinwies. Dazu stieß er mannigfache Kriegsrufe aus, am häufigsten: „Alba hoch! – Tod den niederländischen Rebellen!" – Oder auch: „Tod dem Ketzer Coligny! An den Galgen mit ihm!" – Obwohl mich diese Rufe im Innersten empörten und mir den Menschen noch widerlicher machten, als er mir ohnehin war, gelang es mir nicht mein Tempo zu beschleunigen, da ich schon als pflichtschuldig Lernender ein Maß von Behendigkeit aufgewendet hatte, das sich nun einmal nicht überschreiten ließ. Eines Abends, als der Böhme gerade ein fürchterliches Geschrei anhob, trat mein Oheim besorgt durch die Seitentüre ein, zu sehen was es gäbe, zog sich aber gleich entsetzt zurück, da er meinen Gegner mit dem Ausruf: „Tod den Hugenotten!“ mir einen derben Stoß mitten auf die Brust versetzen sah, der mich, galt es Ernst, durchbohrt hätte.

Am nächsten Morgen, als wir unter unsrer Linde frühstückten, hatte der Ohm etwas auf dem Herzen und ich denke, es war der Wunsch, sich des unheimlichen Hausgenossen zu entledigen, als von dem Bieler Stadtboten ein Schreiben mit einem großen Amtssiegel überbracht wurde. Der Ohm öffnete es, runzelte im Lesen die Stirn und reichte es mir mit den Worten: „Da haben wir die Bescherung! – Lies, Hans, und dann wollen wir beraten, was zu tun sei.“

Da stand nun zu lesen, daß ein Böhme, der sich vor einiger Zeit in Stuttgart als Fechtmeister niedergelassen, sein Weib, eine geborne Schwäbin, aus Eifersucht meuchlerisch erstochen; daß man in Erfahrung gebracht, der Täter habe sich nach der Schweiz geschlagen, ja, daß man ihn, oder jemand, der ihm zum Verwechseln gleiche, im Dienste des Herrn zu Chaumont wolle gesehen haben; daß man diesen, dem in Erinnerung des seligen Schadau, seines Schwagers, der Herzog Christoph sonderlich gewogen sei, dringend ersuche, den Verdächtigen zu verhaften, selbst ein erstes Verhör vorzunehmen und bei bestätigtem Verdachte den Schuldigen an die Grenze liefern zu lassen. Unterzeichnet und besiegelt war das Schreiben von dem herzoglichen Amte in Stuttgart.

Während ich das Aktenstück las, blickte ich nachdenkend einmal darüber hinweg nach der Kammer des Böhmen, die sich, im Giebel des Schlosses gelegen, mit dem Auge leicht erreichen ließ und sah ihn am Fenster beschäftigt, eine Klinge zu putzen. Entschlossen den Übeltäter festzunehmen und der Gerechtigkeit zu überliefern, erhob ich doch unwillkürlich das Schreiben in der Weise, daß ihm das große, rote Siegel, wenn er gerade herunterlauerte, sichtbar wurde, seinem Schicksal eine kleine Frist gebend, ihn zu retten.

Dann erwog ich mit meinem Ohm die Festnehmung und den Transport des Schuldigen; denn daß er dieses war, daran zweifelten wir beide keinen Augenblick.

Hierauf stiegen wir, jeder eine Pistole in der Hand, auf die

Kammer des Böhmen. Sie war leer; aber durch das offene Fenster über die Bäume des Hofes weg – weit in der Ferne, wo sich der Weg um den Hügel wendet, sahen wir einen Reiter galoppieren, und jetzt beim Hinuntersteigen trat uns der Bote von Biel, der das Schreiben überbracht hatte, jammernd entgegen, er suche vergeblich sein Roß, welches er am hintern Hoftor angebunden, während ihm selbst in der Küche ein Trunk gereicht wurde.

Zu dieser leidigen Geschichte, die im Lande viel Aufsehen erregte und im Munde der Leute eine abenteuerliche Gestalt gewann, kam noch ein anderer Unfall, der machte, daß meines Bleibens daheim nicht länger sein konnte.

Ich ward auf eine Hochzeit nach Biel geladen, wo ich, da das Städtchen kaum eine Stunde entfernt liegt, manche, wenn auch nur flüchtige Beziehungen hatte. Bei meiner ziemlich abgeschlossenen Lebensweise galt ich für stolz, und mit meinen Gedanken in der nahen Zukunft, die mich, wenn auch in bescheidenster Stellung, in die großen Geschicke der protestantischen Welt verflechten sollte, konnte ich den Händeln und dem Stadtklatsch der kleinen Republik Biel kein Interesse abgewinnen. So lächelte mir diese Einladung nicht besonders, und nur das Drängen meines ebenso zurückgezogenen, doch dabei leutseligen Oheims bewog mich, der Einladung Folge zu leisten.

Den Frauen gegenüber war ich schüchtern. Von kräftigem Körperbau und ungewöhnlicher Höhe des Wuchses, aber unschönen Gesichtszügen, fühlte ich wohl, wenn ich mir davon auch nicht Rechenschaft gab, daß ich die ganze Summe meines Herzens auf eine Nummer zu setzen habe, und die Gelegenheit dazu, so schwebte mir dunkel vor, mußte sich in der Umgebung meines Helden finden. Auch stand bei mir fest, daß ein volles Glück mit vollem Einsatz mit dem Einsatze des Lebens wolle gewonnen sein.

Unter meinen jugendlichen Bewunderungen nahm neben dem großen Admiral sein jüngerer Bruder Dandelot die erste Stelle ein, dessen weltkundige stolze Brautfahrt meine Einbildungskraft entzündete. Seine Flamme, ein lothringisches Fräulein, hatte er vor den Augen seiner katholischen Todfeinde, der Guisen, aus ihrer Stadt Nancy weggeführt, in festlichem

Zuge unter Trompetenschall dem herzoglichen Schlosse vorüberreitend.

Etwas Derartiges wünschte ich mir vorbestimmt.

Ich machte mich also nüchternen und verdrossenen Herzens nach Biel auf den Weg. Man war höchst zuvorkommend gegen mich und gab mir meinen Platz an der Tafel neben einem liebenswürdigen Mädchen. Wie es schüchternen Menschen zu gehen pflegt, geriet ich, um jedem Verstummen vorzubeugen, in das entgegengesetzte Fahrwasser und, um nicht unhöflich zu erscheinen, machte ich meiner Nachbarin lebhaft den Hof. Uns gegenüber saß der Sohn des Schultheißen, eines vornehmen Spezereihändlers, der an der Spitze der aristokratischen Partei stand; denn das kleine Biel hatte gleich größeren Republiken seine Aristokraten und Demokraten. Franz Godillard, so hieß der junge Mann, der vielleicht Absichten auf meine Nachbarin haben mochte, verfolgte unser Gespräch, ohne daß ich anfänglich dessen gewahr wurde, mit steigendem Interesse und feindseligen Blicken.

Da fragte mich das hübsche Mädchen, wann ich nach Frankreich zu ziehen gedächte.

„Sobald der Krieg erklärt ist gegen den Bluthund Alba!" erwiderte ich eifrig.

„Man dürfte von einem solchen Manne in weniger respektwidrigen Ausdrücken reden!" warf mir Godillard über den Tisch zu.

„Ihr vergeßt wohl", entgegnete ich, „die mißhandelten Niederländer! Keinen Respekt ihrem Unterdrücker, und wäre er der größte Feldherr der Welt!"

„Er hat Rebellen gezüchtigt", war die Antwort, „und ein heilsames Beispiel auch für unsre Schweiz gegeben."

„Rebellen!" schrie ich und stürzte ein Glas feurigen Cortaillod hinunter. „So gut, oder so wenig Rebellen, als die Eidgenossen auf dem Rütli!"

Godillard nahm eine hochmütige Miene an, zog die Augenbrauen erst mit Wichtigkeit in die Höhe und versetzte dann grinsend: „Untersucht einmal ein gründlicher Gelehrter die Sache, wird es sich vielleicht weisen, daß die aufrührerischen Bauern der Waldstätte gegen Österreich schwer im Unrecht und offener Rebellion schuldig waren. Übrigens gehört das nicht hierher; ich behaupte nur, daß es einem jungen Menschen ohne Verdienst, ganz abgesehen von jeder politischen Meinung, übel ansteht, einen berühmten Kriegsmann mit Worten zu beschimpfen."

Dieser Hinweis auf die unverschuldete Verzögerung meines Kriegsdienstes empörte mich aufs tiefste, die Galle lief mir über und: „Ein Schurke", rief ich aus, „wer den Schurken Alba in Schutz nimmt!"

Jetzt entstand ein sinnloses Getümmel, aus welchem Godillard mit zerschlagenem Kopfe weggetragen wurde und ich mich mit blutender, vom Wurf eines Glases zerschnittener Wange zurückzog.

Am Morgen erwachte ich in großer Beschämung, voraussehend daß ich, ein Verteidiger der evangelischen Wahrheit, in den Ruf eines Trunkenboldes geraten würde.

Ohne langes Besinnen packte ich meinen Mantelsack, beurlaubte mich bei dem Oheim, dem ich mein Mißgeschick andeutete, und der nach einigem Hin- und Herreden sich damit einverstanden erklärte, daß ich den Ausbruch des Krieges in Paris erwarten möge, steckte eine Rolle Gold aus dem kleinen Erbe meines Vaters zu mir, bewaffnete mich, sattelte meinen Falben und machte mich auf den Weg nach Frankreich.

DRITTES KAPITEL

Ich durchzog ohne nennenswerte Abenteuer die Freigrafschaft und Burgund, erreichte den Lauf der Seine und näherte mich eines Abends den Türmen von Melun, die noch eine kleine Stunde entfernt liegen mochten, über denen aber ein schweres Gewitter hing. Ein Dorf durchreitend, das an der Straße lag, erblickte ich auf der steinernen Hausbank der nicht unansehnlichen Herberge zu den Drei Lilien einen jungen Mann, welcher wie ich ein Reisender und ein Kriegsmann zu sein schien, dessen Kleidung und Bewaffnung aber eine Eleganz zeigte, von der meine schlichte calvinistische Tracht gewaltig abstach. Da es in meinem Reiseplan lag, vor Nacht Melun zu erreichen, erwiderte ich seinen Gruß nur flüchtig, ritt vorüber und glaubte noch den Ruf: „Gute Reise, Landsmann!“ hinter mir zu vernehmen.

Eine Viertelstunde trabte ich beharrlich weiter, während das Gewitter mir schwarz entgegenzog, die Luft unerträglich dumpf wurde und kurze, heiße Windstöße den Staub der Straße in Wirbeln aufjagten. Mein Roß schnaubte. Plötzlich fuhr ein blendender und krachender Blitzstrahl wenige Schritte vor mir in die Erde. Der Falbe stieg, drehte sich und jagte in wilden Sprüngen gegen das Dorf zurück, wo es mir endlich unter strömendem Regen vor dem Tor der Herberge gelang, des geängsteten Tieres Herr zu werden.

Der junge Gast erhob sich lächelnd von der durch das Vordach geschützten Steinbank, rief den Stallknecht, war mir beim Abschnallen des Mantelsacks behilflich und sagte: „Laßt es Euch nicht reuen, hier zu nächtigen, Ihr findet vortreffliche Gesellschaft.“

„Daran zweifle ich nicht!“ versetzte ich grüßend.

„Ich spreche natürlich nicht von mir“, fuhr er fort, „sondern von einem alten ehrwürdigen Herrn, den die Wirtin Herr Parlamentrat nennt – also ein hoher Würdenträger – und von seiner Tochter oder Nichte, einem ganz unvergleichlichen

Fräulein … Öffnet dem Herrn ein Zimmer!“ Dies sprach er zu dem herantretenden Wirt, „und Ihr, Herr Landsmann, kleidet Euch rasch um und laßt uns nicht warten, denn der Abendtisch ist gedeckt.“

„Ihr nennt mich Landsmann?“ entgegnete ich französisch, wie er mich angeredet hatte. „Woran erkennt Ihr mich als solchen?“

„An Haupt und Gliedern!“ versetzte er lustig. „Vorerst seid Ihr ein Deutscher, und an Eurem festen und gesetzten Wesen erkenne ich den Berner. Ich aber bin Euer treuer Verbündeter von Fryburg und nenne mich Wilhelm Boccard.“

Ich folgte dem voranschreitenden Wirt in die Kammer, die er mir anwies, wechselte die Kleider und stieg hinunter in die Gaststube, wo ich erwartet war. Boccard trat auf mich zu, ergriff mich bei der Hand und stellte mich einem ergrauten Herrn von feiner Erscheinung und einem schlanken Mädchen im Reitkleide vor mit den Worten: „Mein Kamerad und Landsmann“ … dabei sah er mich fragend an.

„Schadau von Bern“, schloß ich die Rede.

„Es ist mir höchst angenehm“, erwiderte der alte Herr verbindlich, „mit einem jungen Bürger der berühmten Stadt zusammenzutreffen, der meine Glaubensbrüder in Genf so viel zu danken haben. Ich bin der Parlamentrat Chatillon, dem der Religionsfriede erlaubt, nach seiner Vaterstadt Paris zurückzukehren.“

„Chatillon?“ wiederholte ich in ehrfurchtsvoller Verwunderung. „Das ist der Familienname des großen Admirals.“

„Ich habe nicht die Ehre, mit ihm verwandt zu sein“, versetzte der Parlamentrat, „oder wenigstens nur ganz von fern; aber ich kenne ihn und bin mit ihm befreundet, so weit es der Unterschied des Standes und des persönlichen Wertes gestattet. Doch setzen wir uns, meine Herrschaften. Die Suppe dampft und der Abend bietet noch Raum genug zum Gespräch.“

Ein Eichentisch mit gewundenen Füßen vereinigte uns an seinen vier Seiten. Oben war dem Fräulein, zu ihrer Rechten und Linken dem Rat und Boccard und mir am untern Ende der Tafel das Gedeck gelegt. Nachdem unter den üblichen Erkundigungen und Reisegesprächen das Mahl beendigt und zu einem bescheidenen Nachtisch das perlende Getränk der benachbarten Champagne aufgetragen war, fing die Rede an zusammenhängender zu fließen.

„Ich muß es an euch loben, ihr Herren Schweizer“, begann der Rat, „daß ihr nach kurzen Kämpfen gelernt habt, euch auf kirchlichem Gebiete friedlich zu vertragen. Das ist ein Zeichen von billigem Sinn und gesundem Gemüt und mein unglückliches Vaterland könnte sich an euch ein Beispiel nehmen. – Werden wir denn nie lernen, daß sich die Gewissen nicht meistern lassen, und daß ein Protestant sein Vaterland so glühend lieben, so mutig verteidigen und seinen Gesetzen so gehorsam sein kann, als ein Katholik!“

„Ihr spendet uns zu reichliches Lob!“ warf Boccard ein. „Freilich vertragen wir Katholiken und Protestanten uns im Staate leidlich; aber die Geselligkeit ist durch die Glaubensspaltung völlig verdorben. In früherer Zeit waren wir von Fryburg mit denen von Bern vielfach verschwägert. Das hat nun aufgehört und langjährige Bande sind zerschnitten. Auf der Reise“, fuhr er scherzend zu mir gewendet fort, „sind wir uns noch zuweilen behilflich; aber zu Hause grüßen wir uns kaum.

Laßt mich euch erzählen: Als ich auf Urlaub in Fryburg war – ich diene unter den Schweizern seiner allerchristlichsten Majestät –, wurde gerade die Milchmesse auf den Plaffeyer Alpen gefeiert, wo mein Vater begütert ist und auch die Kirchberge von Bern ein Weidrecht besitzen. Das war ein trübseliges Fest. Der Kirchberg hatte seine Töchter, vier stattliche Bernerinnen, mitgebracht, die ich, als wir Kinder waren, auf der Alp alljährlich im Tanze schwenkte. Könnt ihr glauben, daß nach beendigtem Ehrentanze die Mädchen mitten unter den läutenden Kühen ein theologisches Gespräch begannen und mich, der ich mich nie viel um diese Dinge bekümmert habe, einen Götzendiener und Christenverfolger schalten, weil ich auf den Schlachtfeldern von Jarnac und Moncontour gegen die Hugenotten meine Pflicht getan?“

„Religionsgespräche“, begütigte der Rat, „liegen jetzt eben in der Luft; aber warum sollte man sie nicht mit gegenseitiger Achtung führen und in versöhnlichem Geiste sich verständigen können? So bin ich versichert, Herr Boccard, daß Ihr mich wegen meines evangelischen Glaubens nicht zum Scheiterhaufen verdammt, und daß Ihr nicht der letzte seid, die Grausamkeit zu verwerfen, mit der die Calvinisten in meinem armen Vaterland lange Zeit behandelt worden sind.“

„Seid davon überzeugt!“ erwiderte Boccard. „Nur dürft Ihr nicht vergessen, daß man das Alte und Hergebrachte in Staat und Kirche nicht grausam nennen darf, wenn es sein Dasein mit allen Mitteln verteidigt. Was übrigens die Grausamkeiten betrifft, so weiß ich keine grausamere Religion als den Calvinismus.“

„Ihr denkt an Servet?“ – sagte der Rat mit leiser Stimme, während sich sein Antlitz trübte.

„Ich dachte nicht an menschliche Strafgerichte“, versetzte Boccard, „sondern an die göttliche Gerechtigkeit, wie sie der finstere neue Glaube verunstaltet. Wie gesagt, ich verstehe nichts von der Theologie, aber mein Ohm, der Chorherr in Fryburg, ein glaubwürdiger und gelehrter Mann, hat mich versichert, es sei ein calvinistischer Satz, daß eh' es Gutes oder Böses getan hat, das Kind schon in der Wiege zur ewigen Seligkeit bestimmt oder der Hölle verfallen sei. Das ist zu schrecklich, um wahr zu sein!“

„Und doch ist es wahr“, sagte ich, des Unterrichts meines Pfarrers mich erinnernd, „schrecklich oder nicht, es ist logisch!“

„Logisch?“ fragte Boccard. „Was ist logisch?“

„Was sich nicht selbst widerspricht“, ließ sich der Rat vernehmen, den mein Eifer zu belustigen schien.

„Die Gottheit ist allwissend und allmächtig“, fuhr ich mit Siegesgewißheit fort, „was sie voraussieht und nicht hindert, ist ihr Wille, demnach ist allerdings unser Schicksal schon in der Wiege entschieden.“

„Ich würde Euch das gern umstoßen“, sagte Boccard, „wenn ich mich jetzt nur auf das Argument meines Oheims besinnen könnte! Denn er hatte ein treffliches Argument dagegen ...“

„Ihr tätet mir einen Gefallen“, meinte der Rat, „wenn es Euch gelänge, Euch dieses trefflichen Argumentes zu erinnern.“ –

Der Fryburger schenkte sich den Becher voll, leerte ihn langsam und schloß die Augen. Nach einigem Besinnen sagte er heiter: „Wenn die Herrschaften geruhn, mir nichts einzuwerfen und mich meine Gedanken ungestört entwickeln zu lassen, so hoff' ich nicht übel zu bestehn. Angenommen also, Herr Schadau, Ihr wäret von Eurer calvinistischen Vorsehung seit der Wiege zur Hölle verdammt – doch bewahre mich Gott vor solcher Unhöflichkeit – gesetzt denn, ich wäre im voraus verdammt; aber ich bin ja, Gott sei Dank, kein Calvinist" ... Hierauf nahm er einige Krumen des vortrefflichen Weizenbrotes, formte sie mit den Fingern zu einem Männchen, das er auf seinen Teller setzte mit den Worten: „Hier steht ein von Geburt an zur Hölle verdammter Calvinist. Nun gebt acht, Schadau! – Glaubt Ihr an die Zehn Gebote?"

„Wie, Herr?" fuhr ich auf.

„Nun, nun, man darf doch fragen. Ihr Protestanten habt so manches Alte abgeschafft! Also Gott befiehlt diesem Calvinisten: Tue das! Unterlasse jenes! Ist solches Gebot nun nicht eitel böses Blendwerk, wenn der Mann zum voraus bestimmt ist, das Gute nicht tun zu können und das Böse tun zu müssen? Und einen solchen Unsinn mutet Ihr der höchsten Weisheit zu? Nichtig ist das, wie dies Gebilde meiner Finger!" und er schnellte das Brotmännchen in die Höhe.

„Nicht übel!" meinte der Rat.

Während Boccard seine innere Genugtuung zu verbergen suchte, musterte ich eilig meine Gegengründe; aber ich wußte in diesem Augenblick nichts Triftiges zu antworten und sagte mit einem Anfluge unmutiger Beschämung: „Das ist ein dunkler, schwerer Satz, der sich nicht leichthin erörtern läßt. Übrigens ist seine Behauptung nicht unentbehrlich, um den Papismus zu verwerfen, dessen augenfällige Mißbräuche Ihr selbst, Boccard, nicht leugnen könnt. Denkt an die Unsitten der Pfaffen!"

„Es gibt schlimme Vögel unter ihnen", nickte Boccard.

„Der blinde Autoritätsglaube ..."

„Ist eine Wohltat für menschliche Schwachheit", unterbrach er mich, „muß es doch in Staat und Kirche wie in dem kleinsten Rechtshandel eine letzte Instanz geben, bei der man sich beruhigen kann!"

„Die wundertätigen Reliquien!"

„Heilten der Schatten St. Petri und die Schweißtüchlein St.

Pauli Kranke“, versetzte Boccard mit großer Gelassenheit, „warum sollten nicht auch die Gebeine der Heiligen Wunder wirken?“

„Dieser alberne Mariendienst ...“

Kaum war das Wort ausgesprochen, so veränderte sich das helle Angesicht des Fryburgers, das Blut stieg ihm mit Gewalt zu Haupte, zornrot sprang er vom Sessel auf, legte die Hand an den Degen und rief mir zu: „Wollt Ihr mich persönlich beleidigen? Ist das Eure Absicht, so zieht!“

Auch das Fräulein hatte sich bestürzt von seinem Sitz erhoben und der Rat streckte beschwichtigend beide Hände nach dem Fryburger aus. Ich erstaunte, ohne die Fassung zu verlieren über die ganz unerwartete Wirkung meiner Worte.

„Von einer persönlichen Beleidigung kann nicht die Rede sein“, sagte ich ruhig. „Wie konnte ich ahnen“, daß Ihr, Boccard, der in jeder Äußerung den Mann von Welt und Bildung bekundet und der, wie Ihr selbst sagt, gelassen über religiöse Dinge denkt, in diesem einzigen Punkte eine solche Leidenschaft an den Tag legen würdet.“

„So wisset Ihr denn nicht, Schadau, was im ganzen Gebiete von Fryburg und weit darüber hinaus bekannt ist, daß Unsere Liebe Frau von Einsiedeln ein Wunder an mir getan hat?“

„Nein, wahrlich nicht“, erwiderte ich. „Setzt Euch, lieber Boccard, und erzählt uns das.“

„Nun, die Sache ist weltkundig und abgemalt auf einer Votivtafel im Kloster selbst.

In meinem dritten Jahr befiel mich eine schwere Krankheit und ich blieb infolge derselben an allen Gliedern gelähmt. Alle erdenklichen Mittel wurden vergeblich angewendet, aber kein Arzt wußte Rat. Endlich tat meine liebe gute Mutter barfuß für mich eine Wallfahrt nach Einsiedeln. Und, siehe da, es geschah ein Gnadenwunder! Von Stund an ging es besser mit mir, ich erstarkte und gedieh und bin heute, wie Ihr seht, ein Mann von gesunden und geraden Gliedern! Nur der guten Dame von Einsiedeln danke ich es, wenn ich heute meiner Jugend froh bin und nicht als ein unnützer, freudeloser Krüppel mein Herz in Gram verzehre. So werdet Ihr es begreifen, liebe Herrn, und natürlich finden, daß ich meiner Helferin zeitlebens zu Dank verbunden und herzlich zugetan bleibe.“

Mit diesen Worten zog er eine seidene Schnur, die er um den Hals trug und an der ein Medaillon hing, aus dem Wams hervor und küßte es mit Inbrunst.

Herr Chatillon, der ihn mit einem seltsamen Gemisch von Spott und Rührung betrachtete, begann nun in seiner verbindlichen Weise: „Aber glaubt Ihr wohl, Herr Boccard, daß jede Madonna diese glückliche Kur an Euch hätte verrichten können?“

„Nicht doch!“ versetzte Boccard lebhaft, „Die Meinigen versuchten es an manchem Gnadenorte, bis sie an die rechte Pforte klopften. Die Liebe Frau von Einsiedeln ist eben einzig in ihrer Art.“

„Nun“, fuhr der alte Franzose lächelnd fort, „so wird es leicht sein, Euch mit Eurem Landsmann zu versöhnen, wenn dies bei Eurem wohlwollenden Gemüt und heitern Naturell, wovon Ihr uns allen schon Proben gegeben habt, noch notwendig sein sollte. Herr Schadau wird seinem harten Urteil über den Mariendienst in Zukunft nicht vergessen die Klausel anzuhängen: mit ehrenvoller Ausnahme der Lieben Frau von Einsiedeln.“

„Dazu bin ich gerne bereit“, sagte ich auf den Ton des alten Herrn eingehend, freilich nicht ohne eine innere Wallung gegen seinen Leichtsinn.

Da ergriff der gutmütige Boccard meine Hand und schüttelte sie treuherzig. Das Gespräch nahm eine andere Wendung und bald erhob sich der junge Fryburger gute Nacht wünschend und sich beurlaubend, da er morgen in der ersten Frühe aufzubrechen gedenke.

Nun erst, da das erregte Hin- und Herreden ein Ende genommen hatte, richtete ich meine Blicke aufmerksamer auf das junge Mädchen, das unserm Gespräch stillschweigend mit großer Spannung gefolgt war, und erstaunte über ihre Unähnlichkeit mit ihrem Vater oder Oheim. Der alte Rat hatte ein fein geschnittenes, fast furchtsames Gesicht, welches kluge, dunkle Augen bald wehmütig, bald spöttisch, immer geistvoll beleuchteten; die junge Dame dagegen war blond und ihr unschuldiges, aber entschlossenes Antlitz beseelten wunderbar strahlende blaue Augen.

„Darf ich Euch fragen, junger Mann“, begann der Parlamentrat, „was Euch nach Paris führt? Wir sind Glaubensgenossen und wenn ich Euch einen Dienst leisten kann, so verfügt über mich."

„Herr", erwiderte ich, „als Ihr den Namen Chatillon ausspracht, geriet mein Herz in Bewegung. Ich bin ein Soldatenkind und will den Krieg, mein väterliches Handwerk, erlernen. Ich bin ein eifriger Protestant und möchte für die gute Sache so viel tun, als in meinen Kräften steht. Diese beiden Ziele habe ich erreicht, wenn mir vergönnt ist, unter den Augen des Admirals zu dienen und zu fechten. Könnt Ihr mir dazu verhelfen, so erweist Ihr mir den größten Dienst."

Jetzt öffnete das Mädchen den Mund und fragte: „Habt Ihr denn eine so große Verehrung für den Herrn Admiral?"

„Er ist der erste Mann der Welt!" antwortete ich feurig.

„Nun, Gasparde", fiel der Alte ein, „bei so vortrefflichen Gesinnungen dürftest du für den jungen Herrn ein Fürwort bei deinem Paten einlegen."

„Warum nicht?" sagte Gasparde ruhig, „wenn er so brav ist, wie er das Aussehen hat. Ob aber mein Fürwort fruchten wird, das ist die Frage. Der Herr Admiral ist jetzt, am Vorabend des flandrischen Krieges, vom Morgen bis in die Nacht in Anspruch genommen, belagert, ruhelos, und ich weiß nicht, ob nicht schon alle Stellen vergeben sind, über die er zu verfügen hat. Bringt Ihr nicht eine Empfehlung mit, die besser wäre als die meinige?"

„Der Name meines Vaters", versetzte ich etwas eingeschüchtert, „ist vielleicht dem Admiral nicht unbekannt." – Jetzt fiel mir aufs Herz, wie schwer es dem unempfohlenen Fremdling werden könnte, bei dem großen Feldherrn Zutritt zu erlangen, und ich fuhr niedergeschlagen fort: „Ihr habt recht, Fräulein, ich fühle, daß ich ihm wenig bringe: ein Herz und einen Degen, wie er über deren tausende gebietet. Lebte nur sein Bruder Dandelot noch! Der stünde mir näher, an den würde ich mich wagen! War er doch von Jugend auf in allen Dingen mein Vorbild: Kein Feldherr, aber ein tapferer Krieger; kein Staatsmann, aber ein standhafter Parteigenosse; kein Heiliger, aber ein warmes treues Herz!" –

Während ich diese Worte sprach, begann Fräulein Gasparde zu meinem Erstaunen erst leise zu erröten und ihre mir rätselhafte Verlegenheit steigerte sich, bis sie mit Rot wie übergossen war. Auch der alte Herr wurde sonderbarerweise verstimmt und sagte spitz:

„Was werdet Ihr wissen, ob Herr Dandelot ein Heiliger war oder nicht! Doch ich bin schläfrig, heben wir die Sitzung auf. Kommt Ihr nach Paris, Herr Schadau, so beehrt mich mit Euerm Besuche. Ich wohne auf der Insel St. Louis. Morgen werden wir uns wohl nicht mehr sehen. Wir halten Rasttag und bleiben in Melun. Jetzt aber schreibt mir noch Euern Namen in diese Brieftasche. So! Gehabt Euch wohl, gute Nacht." –

VIERTES KAPITEL

Am zweiten Abend nach diesem Zusammentreffen ritt ich durch das Tor St. Honoré in Paris ein und klopfte müde, wie ich war, an die Pforte der nächsten, kaum hundert Schritte vom Tor entfernten Herberge.

Die erste Woche verging mir in der Betrachtung der mächtigen Stadt und im vergeblichen Aufsuchen eines Waffengenossen meines Vaters, dessen Tod ich erst nach mancher Anfrage in Erfahrung brachte. Am achten Tage machte ich mich mit pochendem Herzen auf den Weg nach der Wohnung des Admirals, die mir unfern vom Louvre in einer engen Straße gewiesen wurde.

Es war ein finsteres, altertümliches Gebäude und der Pförtner empfing mich unfreundlich, ja mißtrauisch. Ich mußte meinen Namen auf ein Stück Papier schreiben, das er zu seinem Herrn trug, dann wurde ich eingelassen und trat durch ein großes Vorgemach, das mit vielen Menschen gefüllt war, Kriegern und Hofleuten, die den durch ihre Reihen Gehenden mit scharfen Blicken musterten, in das kleine Arbeitszimmer des Admirals. Er war mit Schreiben beschäftigt und winkte mir zu warten, während er einen Brief beendete. Ich hatte Muße, sein Antlitz, das mir durch einen gelungenen, ausdrucksvollen Holzschnitt, der bis in die Schweiz gelangt war, sich unauslöschlich eingeprägt, mit Rührung zu betrachten.

Der Admiral mochte damals fünfzig Jahre zählen, aber seine Haare waren schneeweiß und eine fieberische Röte durchglühte die abgezehrten Wangen. Auf seiner mächtigen Stirn, auf den magern Händen traten die blauen Adern hervor und ein furchtbarer Ernst sprach aus seiner Miene. Er schaute wie ein Richter in Israel.

Nachdem er sein Geschäft beendet hatte, trat er zu mir in die Fensternische und heftete seine großen blauen Augen durchdringend auf die meinigen.

„Ich weiß, was Euch herführt“, sagte er, „Ihr wollt der guten Sache dienen. Bricht der Krieg aus, so gebe ich Euch eine Stelle in meiner deutschen Reiterei. Inzwischen – seid Ihr der Feder mächtig? Ihr versteht Deutsch und Französisch?" –

Ich verneigte mich bejahend.

„Inzwischen will ich Euch in meinem Kabinett beschäftigen. Ihr könnt mir nützlich sein! So seid mir denn willkommen. Ich erwarte Euch morgen um die achte Stunde. Seid pünktlich."

Nun entließ er mich mit einer Handbewegung und wie ich mich vor ihm verbeugte, fügte er mit großer Freundlichkeit bei:

„Vergeßt nicht den Rat Chatillon zu besuchen, mit dem Ihr unterwegs bekannt geworden seid."

Als ich wieder auf der Straße war und dem Erlebten nachsinnend den Weg nach meiner Herberge einschlug, wurde mir klar, daß ich für den Admiral kein Unbekannter mehr war und ich konnte nicht im Zweifel sein, wem ich es zu verdanken hatte. Die Freude, an ein ersehntes Ziel, das mir schwer zu erreichen schien, so leicht gelangt zu sein, war mir von guter Vorbedeutung für meine beginnende Laufbahn und die Aussicht unter den Augen des Admirals zu arbeiten, gab mir ein Gefühl von eigenem Wert, das ich bisher noch nicht gekannt hatte. Alle diese glücklichen Gedanken traten aber fast gänzlich zurück vor etwas, das mich zugleich anmutete und quälte, lockte und beunruhigte, vor etwas unendlich Fragwürdigem, von dem ich mir durchaus keine Rechenschaft zu geben wußte. Jetzt nach langem vergeblichen Suchen wurde es mir plötzlich klar. Es waren die Augen des Admirals, die mir nachgingen. Und warum verfolgten sie mich? Weil es ihre Augen waren. Kein Vater, keine Mutter konnten ihrem Kinde getreuer diesen Spiegel der Seele vererben! Ich geriet in eine unsagbare Verwirrung. Sollten, konnten ihre Augen von den seinigen abstammen? War das möglich? Nein, ich hatte mich getäuscht. Meine Einbildungskraft hatte mir eine Tücke gespielt und um diese Gauklerin durch die Wirklichkeit zu widerlegen, beschloß ich eilig, in meine Herberge zurückzukehren und dann auf der Insel St. Louis meine Bekannten von den Drei Lilien aufzusuchen.

Als ich eine Stunde später das hohe schmale Haus des Parlaments betrat, das, dicht an der Brücke St. Michel gelegen, auf der einen Seite in die Wellen der Seine, auf der andern über eine Seitengasse hinweg in die gotischen Fenster einer kleinen Kirche blickte, fand ich die Türen des untern Stockwerks verschlossen und als ich das zweite betrat, stand ich unversehens vor Gasparde, die an einer offenen Truhe beschäftigt schien.

„Wir haben Euch erwartet“, begrüßte sie mich, „und ich will Euch zu meinem Ohm führen, der sich freuen wird, Euch zu sehn.“

Der Alte saß behaglich im Lehnstuhle, einen großen Folianten durchblätternd, den er auf die dazu eingerichtete Seitenlehne stützte. Das weite Gemach war mit Büchern gefüllt, die in schön geschnitzten Eichenschränken standen. Statuetten, Münzen, Kupferstiche bevölkerten, jedes an der geeigneten Stelle, diese friedliche Gedankenstätte. Der gelehrte Herr hieß mich, ohne sich zu erheben, einen Sitz an seine Seite rücken, grüßte mich als alten Bekannten und vernahm mit sichtlicher Freude den Bericht über meinen Eintritt in die Bedienung des Admirals.

„Gebe Gott, daß es ihm diesmal gelinge!“ sagte er. „Uns Evangelischen, die wir leider am Ende doch nur eine Minderheit unter der Bevölkerung unserer Heimat sind, ohne verruchten Bürgerkrieg Luft zu schaffen, gab es zwei Wege, nur zwei Wege: entweder auswandern über den Ozean in das von Kolumbus entdeckte Land – diesen Gedanken hat der Admiral lange Jahre in seinem Gemüte bewegt und, hätten sich nicht unerwartete Hindernisse dagegen erhoben, wer weiß! – Oder das Nationalgefühl entflammen und einen großen, der Menschheit heilbringenden auswärtigen Krieg führen, wo Katholik und Hugenott Seite an Seite fechtend in der Vaterlandsliebe zu Brüdern werden und ihren Religionshaß verlernen könnten. Das will der Admiral jetzt, und mir, dem Manne des Friedens brennt der Boden unter den Füßen, bis der Krieg erklärt ist! Die Niederlande vom spanischen Joche befreiend, werden unsre Katholiken widerwillig in die Strömung der Freiheit gerissen werden. Aber es eilt! Glaubt mir, Schadau, über Paris brütet eine dumpfe Luft. Die Guisen suchen einen Krieg zu vereiteln, der den jungen König selbständig und sie entbehrlich machen würde. Die Königinmutter ist zweideutig – durchaus keine Teufelin, wie die Heißsporne unserer Partei sie schildern, aber sie windet sich durch von heute auf morgen, selbstsüchtig nur auf das Interesse ihres Hauses bedacht. Gleichgültig gegen den Ruhm Frankreichs, ohne Sinn für Gutes und Böses, hält sie das Entgegengesetzte in ihren Händen und der Zufall kann die Wahl entscheiden. Feig und unberechenbar wie sie ist, wäre sie freilich des Schlimmsten fähig! – Der Schwerpunkt liegt in dem Wohlwollen des jungen Königs für Coligny, und dieser König ..." hier seufzte Chatillon, „nun, ich will Eurem Urteil nicht vorgreifen! Da er den Admiral nicht selten besucht, so werdet Ihr mit eigenen Augen sehen."

Der Greis schaute vor sich hin, dann plötzlich den Gegenstand des Gesprächs wechselnd und den Titel des Folianten aufblätternd frug er mich: „Wißt Ihr, was ich da lese? Seht einmal!"

Ich las in lateinischer Sprache: Die Geographie des Ptolemäus, herausgegeben von Michael Servetus.

„Doch nicht der in Genf verbrannte Ketzer?" frug ich bestürzt.

„Kein anderer. Er war ein vorzüglicher Gelehrter, ja, so weit ich es beurteilen kann, ein genialer Kopf, dessen Ideen in der Naturwissenschaft vielleicht später mehr Glück machen werden, als seine theologischen Grübeleien. – Hättet Ihr ihn auch verbrannt, wenn Ihr im Genfer Rat gesessen hättet?"

„Gewiß, Herr!" antwortete ich mit Überzeugung. „Bedenkt nur das eine: was war die gefährlichste Waffe, mit welcher die Papisten unsern Calvin bekämpften? Sie warfen ihm vor, seine Lehre sei Gottesleugnung. Nun kommt ein Spanier nach Genf, nennt sich Calvins Freund, veröffentlicht Bücher, in welchen er die Dreieinigkeit leugnet, wie wenn das nichts auf sich hätte, und mißbraucht die evangelische Freiheit. War es nun Calvin nicht den Tausenden und Tausenden schuldig, die für das reine Wort litten und bluteten, diesen falschen Bruder vor den Augen der Welt aus der evangelischen Kirche zu stoßen und dem weltlichen Richter zu überliefern, damit keine Verwechslung zwischen uns und ihm möglich sei und wir nicht unschuldigerweise fremder Gottlosigkeit geziehen werden?"

Chatillon lächelte wehmütig und sagte: „Da Ihr Euer Urteil

über Servedo so trefflich begründet habt, müßt Ihr mir schon den Gefallen tun, diesen Abend bei mir zu bleiben. Ich führe Euch an ein Fenster, das auf die Laurentiuskapelle hinüberschaut, deren Nachbarschaft wir uns hier erfreuen und wo der berühmte Franziskaner Panigarola heute abend predigen wird. Da werdet Ihr vernehmen, wie man Euch das Urteil spricht. Der Pater ist ein gewandter Logiker und ein feuriger Redner. Ihr werdet keines seiner Worte verlieren und – Eure Freude dran haben. – Ihr wohnt noch im Wirtshause? Ich muß Euch doch für ein dauerndes Obdach sorgen – was rätst du, Gasparde?" wandte er sich an diese, die eben eingetreten war.

Gasparde antwortete heiter: „Der Schneider Gilbert, unser Glaubensgenosse, der eine zahlreiche Familie zu ernähren hat, wäre wohl froh und hochgeehrt, wenn er dem Herrn Schadau sein bestes Zimmer abtreten dürfte. Und das hätte noch das Gute, daß der redliche, aber furchtsame Christ unseren evangelischen Gottesdienst wieder zu besuchen wagte, von diesem tapferen Kriegsmanne begleitet. – Ich gehe gleich hinüber und will ihm den Glücksfall verkündigen." – Damit eilte die Schlanke weg.

So kurz ihre Erscheinung gewesen war, hatte ich doch aufmerksam forschend in ihre Augen geschaut und ich geriet in neues Staunen. Von einer unwiderstehlichen Gewalt getrieben, mir ohne Aufschub dieses Rätsels Lösung zu verschaffen, kämpfte ich nur mit Mühe eine Frage nieder, die gegen allen Anstand verstoßen hätte, da kam mir der Alte selbst zu Hilfe, indem er spöttisch fragte: „Was findet Ihr Besonderes an dem Mädchen, daß Ihr es so starr betrachtet?"

„Etwas sehr Besonderes", erwiderte ich entschlossen, „die wunderbare Ähnlichkeit ihrer Augen mit denen des Admirals."

Wie wenn er eine Schlange berührt hätte, fuhr der Rat zurück und sagte gezwungen lächelnd: „Gibt es keine Naturspiele, Herr Schadau? Wollt Ihr dem Leben verbieten, ähnliche Augen hervorzubringen?"

„Ihr habt mich gefragt, was ich Besonderes an dem Fräulein finde", versetzte ich kaltblütig, „diese Frage habe ich beantwortet. Erlaubt mir eine Gegenfrage: Da ich hoffe, Euch weiterhin besuchen zu dürfen, der ich mich von Euerm Wohlwollen und von Eurem überlegenen Geiste angezogen fühle, wie wünscht Ihr, daß ich fortan dieses schöne Fräulein begrüße? Ich weiß, daß sie von ihrem Paten Coligny den Namen Gasparde führt, aber Ihr habt mir noch nicht gesagt, ob ich die Gunst habe, mit Eurer Tochter oder mit einer Eurer Verwandten zu sprechen."

„Nennt sie, wie Ihr wollt!" murmelte der Alte verdrießlich und fing wieder an, in der Geographie des Ptolemäus zu blättern.

Durch dies absonderliche Benehmen ward ich in meiner Vermutung bestärkt, daß hier ein Dunkel walte, und begann die kühnsten Schlüsse zu ziehn. In der kleinen Druckschrift, die der Admiral über seine Verteidigung von St. Quentin veröffentlicht hatte und die ich auswendig wußte, schloß er ziemlich unvermittelt mit einigen geheimnisvollen Worten, worin er seinen Übertritt zum Evangelium andeutete. Hier war von der Sündhaftigkeit der Welt die Rede, an welcher er bekannte, auch selber teilgenommen zu haben. Konnte nun Gaspardes Geburt nicht im Zusammenhange stehen mit diesem vorevangelischen Leben? So streng ich sonst in solchen Dingen dachte, hier war mein Eindruck ein anderer; es lag mir diesmal ferne, einen Fehltritt zu verurteilen, der mir die unglaubliche Möglichkeit auftat, mich der Blutsverwandten des erlauchten Helden zu nähern, – wer weiß, vielleicht um sie zu werben. Während ich meiner Einbildungskraft die Zügel schießen ließ, glitt wahrscheinlich ein glückliches Lächeln durch meine Züge, denn der Alte, der mich insgeheim über seinen Folianten weg beobachtet hatte, wandte sich gegen mich mit unerwartetem Feuer:

„Ergötzt es Euch, junger Herr, an einem großen Mann eine Schwäche entdeckt zu haben, so wißt: Er ist makellos! – Ihr seid im Irrtume. Ihr betrügt Euch!"

Hier erhob er sich wie unwillig und schritt das Gemach auf und nieder, dann, plötzlich den Ton wechselnd, blieb er dicht vor mir stehen, indem er mich bei der Hand faßte: „Junger Freund", sagte er, „in dieser schlimmen Zeit, wo wir Evangelischen aufeinander angewiesen sind und uns wie Brüder betrachten sollen, wächst das Vertrauen geschwind; es darf keine Wolke zwischen uns sein. Ihr seid ein braver Mann und Gasparde ist ein liebes Kind. Gott verhüte, daß etwas Verdecktes Eure Begegnung unlauter mache. Ihr könnt schweigen, das trau' ich Euch zu; auch ist die Sache ruchbar und könnte Euch aus hämischem Munde zu Ohren kommen. So hört mich an!

Gasparde ist weder meine Tochter noch meine Nichte; aber sie ist bei mir aufgewachsen und gilt als meine Verwandte. Ihre Mutter, die kurze Zeit nach der Geburt des Kindes starb, war die Tochter eines deutschen Reiteroffiziers, den sie nach Frankreich begleitet hatte. Gaspardes Vater aber", hier dämpfte er die Stimme, – „ist Dandelot, des Admirals jüngerer Bruder, dessen wunderbare Tapferkeit und frühes Ende Euch nicht unbekannt sein wird. Begrüßt Gasparde als meine Nichte, ich liebe sie wie mein eigenes Kind. Im übrigen haltet reinen Mund, und begegnet ihr unbefangen."

Er schwieg und ich brach das Schweigen nicht, denn ich war ganz erfüllt von der Mitteilung des alten Herrn. Jetzt wurden wir, uns beiden nicht unwillkommen, unterbrochen und zum Abendtisch gerufen, wo mir die holdselige Gasparde den Platz an ihrer Seite anwies. Als sie mir den vollen Becher reichte und ihre Hand die meinige berührte, durchrieselte mich ein Schauer, daß in diesen jungen Adern das Blut meines Helden rinne. Auch Gasparde fühlte, daß ich sie mit andern Augen betrachte als kurz vorher, sie sann und ein Schatten der Befremdung glitt über ihre Stirn, die aber schnell wieder hell wurde, als sie mir fröhlich erzählte, wie hoch sich der Schneider Gilbert geehrt fühle, mich zu beherbergen.

„Es ist wichtig", sagte sie scherzend, „daß Ihr einen christlichen Schneider an der Hand habt, der Euch die Kleider streng nach hugenottischem Schnitt verfertigt. Wenn Euch Pate Coligny, der jetzt beim König so hoch in Gunsten steht, bei Hofe einführt und die reizenden Fräulein der Königinmutter Euch umschwärmen, da wäret Ihr verloren, wenn nicht Eure ernste Tracht sie gebührend in Schranken hielte."

Während dieses heiteren Gespräches vernahmen wir über die Gasse, von Pausen unterbrochen, bald langgezogene, bald heftig ausgestoßene Töne, die den verwehten Bruchstücken eines rednerischen Vortrags glichen, und als bei einem zufälligen Schweigen ein Satz fast unverletzt an unser Ohr schlug, erhob sich Herr Chatillon unwillig.

„Ich verlasse Euch!“ sagte er, „der grausame Hanswurst da drüben verjagt mich“ – mit diesen Worten ließ er uns allein.

„Was bedeutet das?“ fragte ich Gasparde.

„Ei“, sagte sie, „in der Laurentiuskirche drüben predigt Pater Panigarola. Wir können von unserem Fenster mitten in das andächtige Volk hineinsehen und auch den wunderlichen Pater erblicken. Den Oheim empört sein Gerede, mich langweilt der Unsinn, ich höre gar nicht hin, habe ich ja Mühe in unsrer evangelischen Versammlung, wo doch die lautere Wahrheit gepredigt wird, mit Andacht und Erbauung, wie es dem heiligen Gegenstande geziemt, bis ans Ende aufzuhorchen.“ –

Wir waren unterdessen ans Fenster getreten, das Gasparde ruhig öffnete.

Es war eine laue Sommernacht und auch die erleuchteten Fenster der Kapelle standen offen. Im schmalen Zwischenraum hoch über uns flimmerten Sterne. Der Pater auf der Kanzel, ein junger blasser Franziskanermönch mit südlich feurigen Augen und zuckendem Mienenspiel, gebärdete sich so seltsam heftig, daß er mir erst ein Lächeln abnötigte; bald aber nahm seine Rede, von der mir keine Silbe entging, meine ganze Aufmerksamkeit in Anspruch.

„Christen“, rief er, „was ist die Duldung, welche man von uns verlangt? Ist sie christliche Liebe? Nein, sage ich, dreimal nein! Sie ist eine fluchwürdige Gleichgültigkeit gegen das Los unsrer Brüder! Was würdet ihr von einem Menschen sagen, der einen andern am Rande des Abgrunds schlummern sähe und ihn nicht weckte und zurückzöge? Und doch handelt es sich in diesem Falle nur um Leben und Sterben des Leibes. Um wieviel weniger dürfen wir, wo ewiges Heil oder Verderben auf dem Spiele steht, ohne Grausamkeit unsern Nächsten seinem Schicksal überlassen! Wie, es wäre möglich, mit den Ketzern zu wandeln und zu handeln, ohne den Gedanken auftauchen zu lassen, daß ihre Seelen in tödlicher Gefahr schweben? Gerade unsere Liebe zu ihnen gebietet uns, sie zum Heil zu überreden und, sind sie störrisch, zum Heil zu zwingen, und sind sie unverbesserlich, sie auszurotten, damit sie nicht durch ihr schlechtes Beispiel ihre Kinder, ihre Nachbarn, ihre Mitbürger in die ewigen Flammen mitreißen! Denn ein christliches Volk ist ein Leib, von dem geschrieben steht: Wenn dich dein Auge ärgert, so reiße es aus! Wenn dich deine rechte Hand ärgert, so haue sie ab und wirf sie von dir, denn, siehe, es ist dir besser, daß eines deiner Glieder verderbe, als daß dein ganzer Leib in das nie verlöschende Feuer geworfen werde!" –

Dies ungefähr war der Gedankengang des Paters, den er aber mit einer leidenschaftlichen Rhetorik und mit ungezügelten Gebärden zu einem wilden Schauspiel verkörperte. War es nun das ansteckende Gift des Fanatismus oder das grelle von oben fallende Lampenlicht, die Gesichter der Zuhörer nahmen einen so verzerrten und, wie mir schien, blutdürstigen Ausdruck an, daß mir auf einmal klar wurde, auf welchem Vulkan wir Hugenotten in Paris stünden.

Gasparde wohnte der unheimlichen Szene fast gleichgültig bei und richtete ihr Auge auf einen schönen Stern, der über dem Dach der Kapelle mild leuchtend aufstieg.

Nachdem der Italiener seine Rede mit einer Handbewegung geschlossen, die mir eher einer Fluchgebärde als einem Segen zu gleichen schien, begann das Volk in dichtem Gedränge aus der Pforte zu strömen, an deren beiden Seiten zwei große brennende Pechfackeln in eiserne Ringe gesteckt wurden. Ihr blutiger Schein beleuchtete die Heraustretenden und erhellte zeitweise auch Gaspardes Antlitz, die das Volksgewühl mit Neugierde betrachtete, während ich mich in den Schatten zurückgelehnt hatte. Plötzlich sah ich sie erblassen, dann flammte ihr Blick empört auf und als der meinige ihm folgte, sah ich einen hohen Mann in reicher Kleidung ihr mit halb herablassender, halb gieriger Gebärde einen Kuß zuwerfen. Gasparde bebte vor Zorn. Sie ergriff meine Hand und indem sie mich an ihre Seite zog, sprach sie mit vor Erregung zitternder Stimme in die Gasse hinunter:

„Du beschimpfst mich, Memme, weil du mich schutzlos glaubst! Du irrst dich! Hier steht einer, der dich züchtigen wird, wenn du noch einen Blick wagst!" –

Hohnlachend schlug der Kavalier, der wenn nicht ihre Rede, doch die ausdrucksvolle Gebärde verstanden hatte, seinen Mantel um die Schulter und verschwand in der strömenden Menge.

Gaspardes Zorn löste sich in einen Tränenstrom auf und sie erzählte mir schluchzend, wie dieser Elende, der zu dem Hofstaat des Herzogs von Anjou, des königlichen Bruders, gehöre, schon seit dem Tage ihrer Ankunft sie auf der Straße verfolge, wenn sie einen Ausgang wage, und sich sogar durch die Begleitung ihres Oheims nicht abhalten lasse, ihr freche Grüße zuzuwerfen.

„Ich mag dem lieben Ohm bei seiner erregbaren und etwas ängstlichen Natur nichts davon sagen. Es würde ihn beunruhigen, ohne daß er mich beschützen könnte. Ihr aber seid jung und führt einen Degen, ich zähle auf Euch! Die Unziemlichkeit muß um jeden Preis ein Ende nehmen. – Nun lebt wohl, mein Ritter!" fügte sie lächelnd hinzu, während ihre Tränen noch flossen, „und vergeßt nicht, meinem Ohm gute Nacht zu sagen!" –

Ein alter Diener leuchtete mir in das Gemach seines Herrn, bei dem ich mich beurlaubte.

„Ist die Predigt vorüber?" fragte der Rat. „In jüngeren Tagen hätte mich das Fratzenspiel belustigt; jetzt aber, besonders seit ich in Nîmes, wo ich das letzte Jahrzehnt mit Gasparde zurückgezogen gelebt habe, in Namen Gottes Mord und Auflauf anstiften sah, kann ich keinen Volkshaufen um einen aufgeregten Pfaffen versammelt sehen, ohne die Beängstigung, daß sie nun gleich etwas Verrücktes oder Grausames unternehmen werden. Es fällt mir auf die Nerven." –

Als ich die Kammer meiner Herberge betrat, warf ich mich in den alten Lehnstuhl, der außer einem Feldbett ihre ganze Bequemlichkeit ausmachte. Die Erlebnisse des Tages arbeiteten in meinem Kopf fort und an meinem Herzen zehrte es wie eine zarte, aber scharfe Flamme. Die Turmuhr eines nahen Klosters schlug Mitternacht, meine Lampe, die ihr Öl aufgebraucht hatte, erlosch, aber taghell war es in meinem Innern.

Daß ich Gaspardes Liebe gewinnen könne, schien mir nicht unmöglich; Schicksal, daß ich es mußte, und Glück, mein Leben dafür einzusetzen.

FÜNFTES KAPITEL

Am nächsten Morgen zur anberaumten Stunde stellte ich mich bei dem Admiral ein und fand ihn in einem abgegriffenen Taschenbuch blätternd.

„Dies sind“, begann er, „meine Aufzeichnungen aus dem Jahre siebenundfünfzig, in welchem ich St. Quentin verteidigte und mich dann den Spaniern ergeben mußte. Da steht unter den tapfersten meiner Leute, mit einem Kreuz bezeichnet, der Name Sadow, mir dünkt, es war ein Deutscher. Sollte dieser Name mit dem Eurigen derselbe sein?“

„Kein anderer als der Name meines Vaters! Er hatte die Ehre, unter Euch zu dienen und vor Euren Augen zu fallen!“

„Nun denn“, fuhr der Admiral fort, „das bestärkt mich in dem Vertrauen, das ich in Euch setze. Ich bin von Leuten, mit denen ich lange zusammenlebte, verraten worden, Euch trau' ich auf den ersten Augenblick und ich glaube, er wird mich nicht betrügen.“

Mit diesen Worten ergriff er ein Papier, das mit seiner großen Handschrift von oben bis unten bedeckt war: Schreibt mir das ins Reine, und wenn Ihr Euch daraus über manches unterrichtet, das Euch das Gefährliche unserer Zustände zeigt, so laßt's Euch nicht anfechten. Alles Große und Entscheidende ist ein Wagnis. Setzt Euch und schreibt.“ –

Was mir der Admiral übergeben hatte, war ein Memorandum, das er an den Prinzen von Oranien richtete. Mit steigendem Interesse folgte ich dem Gange der Darstellung, die mit der größten Klarheit, wie sie dem Admiral eigen war, sich über die Zustände von Frankreich verbreitete. Den Krieg mit Spanien um jeden Preis und ohne jeden Aufschub herbeizuführen, dies, schrieb der Admiral, ist unsere Rettung. Alba ist verloren, wenn er von uns und von Euch zugleich angegriffen wird. Mein Herr und König will den Krieg; aber die Guisen arbeiten mit aller Anstrengung dagegen; die katholische Meinung, von ihnen aufgestachelt, hält die französische Kriegslust im Schach, und die Königinmutter, welche den Herzog von Anjou dem König auf unnatürliche Weise vorzieht, will nicht, daß dieser ihren Liebling verdunkle, indem er sich im Feld auszeichnet, wonach mein Herr und König Verlangen trägt, und was ich ihm als treuer Untertan gönne und, so viel an mir liegt, verschaffen möchte.

Mein Plan ist folgender: Eine hugenottische Freischar ist in diesen Tagen in Flandern eingefallen. Kann sie sich gegen Alba halten – und dies hängt zum großen Teil davon ab, daß Ihr gleichzeitig den spanischen Feldherrn von Holland her angreift – so wird dieser Erfolg den König bewegen, alle Hindernisse zu überwinden und entschlossen vorwärts zu gehn. Ihr kennt den Zauber eines ersten Gelingens.

Ich war mit dem Schreiben zu Ende, als ein Diener erschien und dem Admiral etwas zuflüsterte. Ehe dieser Zeit hatte, sich von seinem Sitz zu erheben, trat ein sehr junger Mann von schlanker, kränklicher Gestalt heftig erregt ins Gemach und eilte mit den Worten auf ihn zu:

„Guten Morgen, Väterchen! Was gibt es Neues? Ich reite auf einige Tage nach Fontainebleau. Habt Ihr Nachricht aus Flandern?“ Jetzt wurde er meiner gewahr und auf mich hindeutend frug er herrisch: „Wer ist der da?“ –

„Mein Schreiber, Sire, der sich gleich entfernen wird, wenn Eure Majestät es wünscht.“

„Weg mit ihm!“ rief der junge König, „Ich will nicht belauscht sein, wenn ich Staatsgeschäfte behandle! Vergeßt Ihr, daß wir von Spähern umstellt sind? – Ihr seid zu arglos, lieber Admiral!“

Jetzt warf er sich in einen Lehnstuhl und starrte ins Leere; dann, plötzlich aufspringend, klopfte er Coligny auf die Schulter und als hätte er mich, dessen Entfernung er eben gefordert, vergessen, brach er in die Worte aus:

„Bei den Eingeweiden des Teufels! wir erklären Seiner katholischen Majestät nächstens den Krieg!“ Nun aber schien er wieder in den früheren Gedankengang zurückzufallen, denn er flüsterte mit geängstigter Miene: „Neulich noch, erinnert Ihr Euch, als wir beide in meinem Kabinett Rat hielten, da raschelte es hinter der Tapete. Ich zog den Degen, wißt Ihr?

und durchstach sie zweimal, dreimal! Da hob sie sich, und wer trat darunter hervor? Mein lieber Bruder, der Herzog von Anjou mit einem Katzenbuckel!“ Hier machte der König eine nachahmende Gebärde und brach in unheimliches Lachen aus. „Ich aber“, fuhr er fort, „maß ihn mit einem Blick, den er nicht ertragen konnte und der ihn flugs aus der Tür trieb.“

Hier nahm das bleiche Antlitz einen Ausdruck so wilden Hasses an, daß ich es erschrocken anstarrte.

Coligny, für den ein solcher Auftritt wohl nichts Ungewöhnliches hatte, dem aber die Gegenwart eines Zeugen peinlich sein mochte, entfernte mich mit einem Wink.

„Ich sehe, Eure Arbeit ist vollendet“, sagte er, „auf Wiedersehen morgen.“ –

Während ich meinen Heimweg einschlug, ergriff mich ein unendlicher Jammer. Dieser unklare Mensch also war es, von dem die Entscheidung der Dinge abhing. – Wo sollte bei so knabenhafter Unreife und flackernder Leidenschaftlichkeit die Stetigkeit des Gedankens, die Festigkeit des Entschlusses herkommen? Konnte der Admiral für ihn handeln? Aber wer bürgte dafür, daß nicht andere, feindliche Einflüsse sich in der nächsten Stunde schon dieses verworrenen Gemütes bemächtigten! Ich fühlte, daß nur dann Sicherheit war, wenn Coligny in seinem König eine selbstbewußte Stütze fand; besaß er in ihm nur ein Werkzeug, so konnte ihm dieses morgen entrissen werden.

In so böse Zweifel verstrickt, verfolgte ich meinen Weg, als sich eine Hand auf meine Schulter legte. Ich wandte mich und blickte in das wolkenlose Gesicht meines Landsmannes Boccard, der mich umhalste und mit den lebhaftesten Freudenbezeugungen begrüßte.

„Willkommen, Schadau, in Paris!“ rief er, „Ihr seid, wie ich sehe, müßig, das bin ich auch, und da der König eben verritten ist, so müßt Ihr mit mir kommen, ich will Euch das Louvre zeigen. Ich wohne dort, da meine Kompanie die Wache der inneren Gemächer hat. – Es wird Euch hoffentlich nicht belästigen“, fuhr er fort, da er in meinen Mienen kein ungemischtes Vergnügen über seinen Vorschlag las, „mit einem königlichen Schweizer Arm in Arm zu gehn? Da ja Euer Abgott Coligny die Verbrüderung der Parteien wünscht, so würde ihm das Herz im Leibe lachen ob der Freundschaft seines Schreibers mit einem Leibgardisten."

„Wer hat Euch gesagt ..." unterbrach ich ihn erstaunt –

„Daß Ihr des Admirals Schreiber seid?" lachte Boccard. „Guter Freund, am Hofe wird mehr geschwatzt, als billig ist! Heute morgen beim Ballspiel war unter den hugenottischen Hofleuten die Rede von einem Deutschen, der bei dem Admiral Gunst gefunden hätte, und aus einigen Äußerungen über die fragliche Persönlichkeit erkannte ich zweifellos meinen Freund Schadau. Es ist nur gut, daß Euch jenes Mal Blitz und Donner in die Drei Lilien zurückjagten, sonst wären wir uns fremd geblieben, denn Eure Landsleute im Louvre hättet Ihr wohl schwerlich aus freien Stücken ausgesucht! Mit dem Hauptmann Pfyffer muß ich Euch gleich bekannt machen!"

Dies verbat ich mir, da Pfyffer nicht nur als ausgezeichneter Soldat, sondern auch als fanatischer Katholik berühmt war, willigte aber gern ein, mit Boccard das Innere des Louvre zu besichtigen, da ich den viel gepriesenen Bau bis jetzt nur von außen betrachtet hatte.

Wir schritten nebeneinander durch die Straßen und das freundliche Geplauder des lebenslustigen Fryburgers war mir willkommen, da es mich von meinen schweren Gedanken erlöste.

Bald betraten wir das französische Königsschloß, das damals zur Hälfte aus einem finstern mittelalterlichen Kastell, zur andern Hälfte aus einem neuen prächtigen Palast bestand, den die Medicäerin hatte ausführen lassen. Diese Mischung zweier Zeiten vermehrte in mir den Eindruck, der mich, seit ich Paris betreten, nie verlassen hatte, den Eindruck des Schwankenden, Ungleichartigen, der sich widersprechenden und miteinander ringenden Elemente.

Nachdem wir viele Gänge und eine Reihe von Gemächern durchschritten hatten, deren Verzierung in keckem Steinwerk und oft ausgelassener Malerei meinem protestantischen Geschmack fremd und zuweilen ärgerlich war, Boccard aber herzlich belustigte, öffnete mir dieser ein Kabinett mit den Worten: „Dies ist das Studierzimmer des Königs."

Da herrschte eine greuliche Unordnung. Der Boden war mit Notenheften und aufgeblätterten Büchern bestreut. An den

Wänden hingen Waffen. Auf dem kostbaren Marmortisch lag ein Waldhorn.

Ich begnügte mich von der Tür aus einen Blick in dies Chaos zu werfen, und weitergehend frug ich Boccard, ob der König musikalisch sei.

„Er bläst herzzerreißend“, erwiderte dieser, „oft ganze Vormittage hindurch und, was schlimmer ist, ganze Nächte, wenn er nicht hier nebenan“, er wies auf eine andere Tür, „vor dem Amboß steht und schmiedet, daß die Funken stieben. Jetzt aber ruhen Waldhorn und Hammer. Er ist mit dem jungen Chateauguyon eine Wette eingegangen, welchem von ihnen es zuerst gelinge, den Fuß im Munde das Zimmer auf und nieder zu hüpfen. Das gibt ihm nun unglaublich zu tun.“

Da Boccard sah, wie ich traurig wurde und es ihm auch sonst passend scheinen mochte, das Gespräch über das gekrönte Haupt Frankreichs abzubrechen, lud er mich ein, mit ihm das Mittagsmahl in einem nicht weit entlegenen Gasthaus einzunehmen, das er mir als ganz vorzüglich schilderte.

Um abzukürzen, schlugen wir eine enge, lange Gasse ein. Zwei Männer schritten uns entgegen.

„Sieh“, sagte mir Boccard, „dort kommt Graf Guiche, der berüchtigte Damenfänger und der größte Raufer vom Hofe, und neben ihm – wahrhaftig – das ist Lignerolles. Wie darf sich der am hellen Tage blicken lassen, da er doch ein vollgültiges Todesurteil auf dem Halse hat!“

Ich blickte hin und erkannte in dem vornehmeren der Bezeichneten den Unverschämten, der gestern abend im Scheine der Fackeln Gasparde mit frecher Gebärde beleidigt hatte. Auch er schien sich meiner näherschreitend zu erinnern, denn sein Auge blieb unverwandt auf mir haften. Wir hatten die halbe Breite der engen Gasse inne, die andere Hälfte den uns entgegenkommenden frei lassend. Da Boccard und Lignerolles auf der Mauerseite gingen, mußten der Graf und ich hart aneinander vorüber.

Plötzlich erhielt ich einen Stoß und hörte den Grafen sagen: „Gib Raum, verdammter Hugenott!“

Außer mir wandte ich mich nach ihm um, da rief er lachend zurück: „Willst du dich auf der Gasse so breit machen wie am Fenster?“

Ich wollte ihm nachstürzen, da umschlang mich Boccard und beschwor mich: „Nur hier keine Szene! In diesen Zeiten würden wir in einem Augenblick den Pöbel von Paris hinter uns her haben, und, da sie dich an deinem steifen Kragen als Hugenotten erkennen würden, wärst du unzweifelhaft verloren! Daß du Genugtuung erhalten mußt, versteht sich von selbst. Du überläßt mir die Sache, und ich will froh sein, wenn sich der vornehme Herr zu einem ehrlichen Zweikampf versteht. Aber an dem Schweizer Namen darf kein Makel haften und wenn ich mit dem deinigen auch mein Leben einsetzen müßte!

Jetzt sage mir um aller Heiligen willen, bist du mit Guiche bekannt? Hast du ihn gegen dich aufgebracht? Doch nein, das ist ja nicht möglich! Der Taugenichts war übler Laune und wollte sie an deiner Hugenottentracht auslassen."

Unterdessen waren wir in das Gasthaus eingetreten, wo wir rasch und in gestörter Stimmung unser Mahl hielten.

„Ich muß meinen Kopf zusammenhalten", sagte Boccard, „denn ich werde mit dem Grafen einen harten Stand haben."

Wir trennten uns und ich kehrte in meine Herberge zurück, Boccard versprechend, ihn dort zu erwarten. Nach Verlauf von zwei Stunden trat er in meine Kammer mit dem Ausruf: „Es ist gut abgelaufen! Der Graf wird sich mit dir schlagen, morgen bei Tagesanbruch vor dem Tore St. Michel. Er empfing mich nicht unhöflich, und als ich ihm sagte, du wärest aus gutem Hause, meinte er, es sei jetzt nicht der Augenblick, deinen Stammbaum zu untersuchen, was er kennenzulernen wünsche sei deine Klinge."

„Und wie steht es damit?" fuhr Boccard fort, „Ich bin sicher, daß du ein methodischer Fechter bist, aber ich fürchte, du bist langsam, langsam, zumal einem so raschen Teufel gegenüber."

Boccards Gesicht nahm einen besorgten Ausdruck an, und nachdem er nach ein paar Übungsklingen gerufen – es befand sich zu ebener Erde neben meinem Gasthaus ein Fechtsaal – gab er mir eine derselben in die Hand und sagte: „Nun zeige deine Künste!"

Nach einigen Gängen, die ich im gewohnten Tempo durchfocht, während Boccard mich vergeblich mit dem Rufe: Schneller, schneller! anfeuerte, warf er seine Klinge weg und stellte sich ans Fenster, um eine Träne vor mir zu verbergen, die ich aber schon hervordringen gesehen hatte.

Ich trat zu ihm und legte meine Hand auf seine Schulter.

„Boccard“, sagte ich, „betrübe dich nicht. Alles ist vorherbestimmt. Ist meine Todesstunde auf morgen gestellt, so bedarf es nicht der Klinge des Grafen, um meinen Lebensfaden zu zerschneiden. Ist es nicht so, wird mir seine gefährliche Waffe nichts anhaben können.“

„Mache mich nicht ungeduldig!“ versetzte er, sich rasch nach mir umdrehend. „Jede Minute der Frist, die uns bleibt, ist kostbar und muß benützt werden – nicht zum Fechten, denn in der Theorie bist du unsträflich und dein Phlegma“, hier seufzte er, „ist unheilbar. Es gibt nur ein Mittel dich zu retten. Wende dich an Unsere Liebe Frau von Einsiedeln, und wirf nicht ein, du seist Protestant – einmal ist keinmal! Muß es sie nicht doppelt rühren, wenn einer der Abtrünnigen sein Leben in ihre Hände befiehlt! Du hast jetzt noch Zeit für deine Rettung viele Ave Maria zu sprechen, und glaube mir, die Gnadenmutter wird dich nicht im Stich lassen! Überwinde dich, lieber Freund, und folge meinem Rat.“

„Laß mich in Ruhe, Boccard!“ versetzte ich über seine wunderliche Zumutung ungehalten und doch von seiner Liebe gerührt.

Er aber drang noch eine Weile vergeblich in mich. Dann ordneten wir das Notwendige für morgen und er nahm Abschied.

In der Tür wandte er sich noch einmal zurück und sagte: „Nur einen Stoßseufzer, Schadau, vor dem Einschlafen!“

SECHSTES KAPITEL

Am nächsten Morgen wurde ich durch eine rasche Berührung aus dem Schlaf geweckt. Boccard stand vor meinem Lager.

„Auf!“ rief er, „Es eilt, wenn wir nicht zu spät kommen sollen! Ich vergaß gestern dir zu sagen, von wem der Graf sich sekundieren läßt, von Lignerolles. Ein Schimpf mehr, wenn du willst! Aber es hat den Vorteil, daß im Falle du –“ er seufzte – „deinen Gegner ernstlich verwunden solltest, dieser ehrenwerte Sekundant gewiß reinen Mund halten wird, da er tausend gute Gründe hat, die öffentliche Aufmerksamkeit in keiner Weise auf sich zu ziehen.“

Während ich mich ankleidete, bemerkte ich wohl, daß dem Freund eine Bitte auf dem Herzen lag, die er mit Mühe niederkämpfte.

Ich hatte mein noch in Bern verfertigtes, nach Schweizer Sitte auf beiden Seiten mit derben Taschen versehenes Reisewams angezogen und drückte meinen breitkrempigen Filz in die Stirn, als mich Boccard auf einmal in großer Gemütsbewegung heftig umhalste und, nachdem er mich geküßt, seinen Lockenkopf an meine Brust lehnte. Die überschwengliche Teilnahme erschien mir unmännlich und ich drückte das duftende Haupt mit beiden Händen beschwichtigend weg. Mir deuchte, daß sich Boccard in diesem Augenblick etwas an meinem Wams zu schaffen machte; aber ich gab nicht weiter darauf acht, da die Zeit drängte.

Wir gingen schweigend durch die morgenstillen Gassen, während es leise zu regnen anfing, durchschritten das Tor, das eben geöffnet worden war, und fanden in kleiner Entfernung vor demselben einen mit verfallenden Mauern umgebenen Garten. Diese verlassene Stätte war zu der Begegnung ausersehn.

Wir traten ein und erblickten Guiche mit Lignerolles, die unser harrend zwischen den Buchenhecken des Hauptganges auf und nieder schritten. Der Graf grüßte mich mit spöttischer Höflichkeit. Boccard und Lignerolles traten zusammen, um Kampfstelle und Waffen zu regeln.

„Der Morgen ist kühl“, sagte der Graf, „ist es Euch genehm, so fechten wir im Wams.“

„Der Herr ist nicht gepanzert?“ warf Lignerolles hin, indem er eine tastende Bewegung nach meiner Brust machte.

Guiche bedeutete ihn mit einem Blick, es zu lassen.

Zwei lange Stoßklingen wurden uns geboten. Der Kampf begann und ich merkte bald, daß ich einem an Behendigkeit mir überlegenen und dabei völlig kaltblütigen Gegner gegenüberstehe. Nachdem er meine Kraft mit einigen spielenden Stößen wie auf dem Fechtboden geprüft hatte, wich seine nachlässige Haltung. Es wurde tödlicher Ernst. Er zeigte Quart und stieß Sekunde in beschleunigtem Tempo. Meine Parade kam genau noch rechtzeitig: wiederholte er dieselben Stöße um eine Kleinigkeit rascher, so war ich verloren. Ich sah ihn befriedigt lächeln und machte mich auf mein Ende gefaßt.

Blitzschnell kam der Stoß, aber die geschmeidige Stahlklinge bog sich hoch auf, als träfe sie einen harten Gegenstand, ich parierte, führte den Nachstoß und rannte dem Grafen, der, seiner Sache sicher, weit ausgefallen war, meinen Degen durch die Brust. Er verlor die Farbe, wurde aschfahl, ließ die Waffe sinken und brach zusammen.

Lignerolles beugte sich über den Sterbenden, während Boccard mich von hinnen zog.

Wir folgten dem Umkreis der Stadtmauer in flüchtiger Eile bis zum zweitnächsten Tor, wo Boccard mit mir in eine kleine ihm bekannte Schenke trat. Wir durchschritten den Flur und ließen uns hinter dem Hause unter einer dicht überwachsenen Laube nieder. Noch war in der feuchten Morgenfrühe alles wie ausgestorben. Der Freund rief nach Wein, der uns nach einer Weile von einem verschlafenen Schenkmädchen gebracht wurde. Er schlürfte in behaglichen Zügen, während ich den Becher unberührt vor mir stehen ließ. Ich hatte die Arme über der Brust gekreuzt und senkte das Haupt. Der Tote lag mir auf der Seele.

Boccard forderte mich zum Trinken auf, und nachdem ich ihm zu Gefallen den Becher geleert hatte, begann er:

„Ob nun gewisse Leute ihre Meinung ändern werden über Unsere Liebe Frau von Einsiedeln?"

„Laß mich zufrieden!" versetzte ich unwirsch, „Was hat denn sie damit zu schaffen, daß ich einen Menschen getötet?"

„Mehr als du denkst!" erwiderte Boccard mit einem vorwurfsvollen Blick. „Daß du hier neben mir sitzest, hast du nur ihr zu danken! Du bist ihr eine dicke Kerze schuldig!"

Ich zuckte die Achseln.

„Ungläubiger!" rief er und zog, in meine linke Brusttasche langend, triumphierend das Medaillon daraus hervor, welches er um den Hals zu tragen pflegte, und das er heute morgen während seiner heftigen Umarmung mir heimlich in das Wams geschoben haben mußte.

Jetzt fiel es mir wie eine Binde von den Augen.

Die silberne Münze hatte den Stoß aufgehalten, der mein Herz durchbohren sollte. Mein erstes Gefühl war zornige Scham, als ob ich ein unehrliches Spiel getrieben und entgegen den Gesetzen des Zweikampfes meine Brust geschützt hätte. Darin mischte sich der Groll, einem Götzenbild mein Leben zu schulden.

„Läge ich doch lieber tot", murmelte ich, „als daß ich bösem Aberglauben meine Rettung verdanken muß!"

Aber allmählich lichteten sich meine Gedanken. Gasparde trat mir vor die Seele und mit ihr alle Fülle des Lebens. Ich war dankbar für das neugeschenkte Sonnenlicht, und als ich wieder in die freudigen Augen Boccards blickte, brachte ich es nicht über mich, mit ihm zu hadern, so gern ich es gewollt hätte. Sein Aberglaube war verwerflich, aber seine Freundestreue hatte mir das Leben gerettet.

Ich nahm von ihm mit Herzlichkeit Abschied und eilte ihm voraus durch das Tor und quer durch die Stadt nach dem Hause des Admirals, der mich zu dieser Stunde erwartete.

Hier brachte ich den Vormittag am Schreibtisch zu, diesmal mit der Durchsicht von Rechnungen beauftragt, die sich auf die Ausrüstung der nach Flandern geworfenen hugenottischen Freischar bezogen. Als der Admiral in einem freien Augenblick zu mir trat, wagte ich die Bitte, er möchte mich nach Flandern schicken, um an dem Einfall teilzunehmen und ihm rasche Nachricht von dem Verlauf desselben zu senden.

„Nein, Schadau“, antwortete er kopfschüttelnd, „ich darf Euch nicht Gefahr laufen lassen, als Freibeuter behandelt zu werden und am Galgen zu sterben. Etwas anders ist es, wenn Ihr nach erklärten Feindseligkeiten an meiner Seite fallen solltet. Ich bin es Eurem Vater schuldig, Euch keiner andern Gefahr auszusetzen, als einem ehrlichen Soldatentod!“

Es mochte ungefähr Mittag sein, als sich das Vorzimmer in auffallender Weise füllte und ein immer erregter werdendes Gespräch hörbar wurde.

Der Admiral rief seinen Schwiegersohn, Teligny, herein, der ihm berichtete, Graf Guiche sei diesen Morgen im Zweikampf gefallen, sein Sekundant, der verrufene Lignerolles, habe die Leiche vor dem Tore St. Michel durch die gräfliche Dienerschaft abholen lassen und ihr, bevor er sich flüchtete, nichts anderes zu sagen gewußt, als daß ihr Herr durch die Hand eines ihm unbekannten Hugenotten gefallen sei.

Coligny zog die Brauen zusammen und brauste auf: „Habe ich nicht streng untersagt – habe ich nicht gedroht, gefleht, beschworen, daß keiner unsrer Leute in dieser verhängnisvollen Zeit einen Zwist beginne oder aufnehme, der zu blutigem Entscheide führen könnte! Ist der Zweikampf an sich schon eine Tat, die kein Christ ohne Gründe auf sein Gewissen laden soll, so wird er in diesen Tagen, wo ein ins Pulverfaß springender Funke uns alle verderben kann, zum Verbrechen an unsern Glaubensgenossen und am Vaterlande.“

Ich blickte von meinen Rechnungen nicht auf und war froh, als ich die Arbeit zu Ende gebracht hatte. Dann ging ich in meine Herberge und ließ mein Gepäck in das Haus des Schneiders Gilbert bringen.

Ein kränklicher Mann mit einem furchtsamen Gesichtchen geleitete mich unter vielen Höflichkeiten in das mir bestimmte Zimmer. Es war groß und luftig und überschaute, das oberste Stockwerk des Hauses bildend, den ganzen Stadtteil, ein Meer von Dächern, aus welchem Turmspitzen in den Wolkenhimmel aufragten.

„Hier seid Ihr sicher!“ sagte Gilbert mit feiner Stimme und zwang mir damit ein Lächeln ab.

„Mich freut es“, erwiderte ich, „bei einem Glaubensbruder Herberge zu nehmen.“

„Glaubensbruder?“ lispelte der Schneider, „sprecht nicht so laut, Herr Hauptmann. Es ist wahr, ich bin ein evangelischer Christ, und – wenn es nicht anders sein kann – will ich auch für meinen Heiland sterben; aber verbrannt werden, wie es mit Dubourg auf dem Greveplatze geschah! – ich sah damals als kleiner Knabe zu – hu, davor hab' ich einen Schauder!“

„Habt keine Angst“, beruhigte ich, „diese Zeiten sind vorüber, und das Friedensedikt gewährleistet uns allen freie Religionsübung.“

„Gott gebe, daß es dabei bleibe!“ seufzte der Schneider. „Aber Ihr kennt unsern Pariser Pöbel nicht. Das ist ein wildes und ein neidisches Volk und wir Hugenotten haben das Privilegium sie zu ärgern. Weil wir eingezogen, züchtig und rechtschaffen leben, so werfen sie uns vor, wir wollen uns als die Bessern von ihnen sondern; aber, gerechter Himmel! Wie ist es möglich die Zehn Gebote zu halten und sich nicht vor ihnen auszuzeichnen!“

Mein neuer Hauswirt verließ mich und bei der einbrechenden Dämmerung ging ich hinüber in die Wohnung des Parlamentrats. Ich fand ihn höchst niedergeschlagen.

„Ein böses Verhängnis waltet über unsrer Sache“, hub er an. „Wißt Ihr es schon, Schadau? Ein vornehmer Höfling, Graf Guiche, ward diesen Morgen im Zweikampf von einem Hugenotten erstochen. Ganz Paris ist voll davon und ich denke, Pater Panigarola wird die Gelegenheit nicht versäumen, auf uns alle als auf eine Genossenschaft von Mördern hinzuweisen und seinen tugendhaften Gönner – denn Guiche war ein eifriger Kirchgänger – in einer seiner wirkungsvollen Abendpredigten als Märtyrer des katholischen Glaubens auszurufen … Der Kopf schmerzt mich, Schadau, und ich will mich zur Ruhe begeben. Laßt Euch von Gasparde den Abendtrunk kredenzen.“

Gasparde stand während dieses Gesprächs neben dem Sitz des alten Herrn, auf dessen Rückenlehne sie sich nachdenkend stützte. Sie war heute sehr blaß und tiefernst blickten ihre großen blauen Augen.

Als wir allein waren, standen wir uns einige Augenblicke schweigend gegenüber. Jetzt stieg der schlimme Verdacht in mir auf, daß sie, die selbst mich zu ihrer Verteidigung aufgefordert, nun vor dem Blutbefleckten schaudernd zurücktrete. Die seltsamen Umstände, die mich gerettet hatten und die ich Gasparde nicht mitteilen konnte, ohne ihr calvinistisches Gefühl schwer zu verletzen, verwirrten mein Gewissen mehr, als die nach Mannesbegriffen leichte Blutschuld es belastete. Gasparde fühlte mir an, daß meine Seele beschwert war, und konnte den Grund davon allein in der Tötung des Grafen und den daraus unsrer Partei erwachsenden Nachteilen suchen.

Nach einer Weile sagte sie mit gepreßter Stimme: „Du also hast den Grafen umgebracht?“

„Ich“, war meine Antwort.

Wieder schwieg sie. Dann trat sie mit plötzlichem Entschluß an mich heran, umschlang mich mit beiden Armen und küßte mich inbrünstig auf den Mund.

„Was du immer verbrochen hast“, sagte sie fest, „ich bin deine Mitschuldige. Um meinetwillen hast du die Tat begangen. Ich bin es, die dich in Sünde gestürzt hat. Du hast dein Leben für mich eingesetzt. Ich möchte es dir vergelten, doch wie kann ich es?“

Ich faßte ihre beiden Hände und rief: „Gasparde, laß mich, wie heute, so morgen und immerdar dein Beschützer sein! Teile mit mir Gefahr und Rettung, Schuld und Heil! Eins und untrennbar laß uns sein bis zum Tode!“

„Eins und untrennbar!“ sagte sie.

SIEBTES KAPITEL

Seit dem verhängnisvollen Tage, an dem ich Guiche getötet und Gaspardes Liebe gewonnen hatte, war ein Monat verstrichen. Täglich schrieb ich im Kabinett des Admirals, der mit meiner Arbeit zufrieden schien und mich mit steigendem Vertrauen behandelte. Ich fühlte, daß ihm die Innigkeit meines Verhältnisses zu Gasparde nicht unbekannt geblieben war, ohne daß er es jedoch mit einem Wort berührt hätte.

Während dieser Zeit hatte sich die Lage der Protestanten in Paris sichtlich verschlimmert. Der Einfall in Flandern war mißlungen und der Rückschlag machte sich am Hofe und in der öffentlichen Stimmung fühlbar. Die Hochzeit des Königs von Raparra mit Karls reizender, aber leichtfertiger Schwester erweiterte die Kluft zwischen den beiden Parteien, statt sie zu überbrücken. Kurz vorher war Jeanne d'Albret, die wegen ihres persönlichen Wertes von den Hugenotten hochverehrte Mutter des Navarresen, plötzlich gestorben, an Gift, so hieß es.

Am Hochzeitstage selber schritt der Admiral, statt der Messe beizuwohnen, auf dem Platze vor Notre-Dame in gemessenem Gange auf und nieder und sprach, er der sonst so Vorsichtige, ein Wort aus, das in bitterster Feindseligkeit gegen ihn ausgebeutet wurde. „Notre-Dame", sagte er, „ist mit den Fahnen behängt, die man uns im Bürgerkriege abgenommen; sie müssen weg und ehrenvollere Trophäen an ihre Stelle!" Damit meinte er spanische Fahnen, aber das Wort wurde falsch gedeutet.

Coligny sandte mich mit einem Auftrag nach Orleans, wo deutsche Reiterei lag. Als ich von dort zurückkehrte und meine Wohnung betrat, kam mir Gilbert mit entstellter Miene entgegen.

„Wißt Ihr schon, Herr Hauptmann", jammerte er, „daß der Admiral gestern meuchlerisch verwundet worden ist, als er aus dem Louvre nach seinem Palast zurückkehrte? Nicht tödlich, sagt man; aber bei seinem Alter und der kummervollen Sorge, die auf ihm lastet, wer kann wissen, wie das endet! Und stirbt er, was soll aus uns werden?“

Ich begab mich schleunig nach der Wohnung des Admirals, wo ich abgewiesen wurde. Der Pförtner sagte mir, es sei hoher Besuch im Hause, der König und die Königinmutter. Dies beruhigte mich, da ich in meiner Arglosigkeit daraus schloß, unmöglich könne Katharina an der Untat Anteil haben, wenn sie selbst das Opfer besuche. Der König aber, versicherte der Pförtner, sei wütend über den tückischen Angriff auf das Leben seines väterlichen Freundes.

Jetzt wandte ich meine Schritte zurück nach der Wohnung des Parlamentrats, den ich in lebhaftem Gespräch mit einer merkwürdigen Persönlichkeit fand, einem Manne in mittleren Jahren, dessen bewegtes Gebärdenspiel den Südfranzosen verriet und der den St.-Michaels-Orden trug. Noch nie hatte ich in klugere Augen geblickt. Sie leuchteten von Geist und in den zahllosen Falten und Linien um Augen und Mund bewegte sich ein unruhiges Spiel scharfsinniger Gedanken.

„Gut, daß Ihr kommt, Schadau!“ rief mir der Rat entgegen, während ich unwillkürlich das unschuldige Antlitz Gaspardes, in dem nur die Lauterkeit einer einfachen und starken Seele sich spiegelte, mit der weltklugen Miene des Gastes verglich, „gut, daß Ihr kommt! Herr Montaigne will mich mit Gewalt nach seinem Schloß in Perigord entführen.“

„Wir wollen dort den Horaz zusammen lesen“, warf der Fremdling ein, „wie wir es vor Zeiten in den Bädern von Aix taten, wo ich das Vergnügen hatte, den Herrn Rat kennenzulernen.“

„Meint Ihr, Montaigne“, fuhr der Rat fort, „ich dürfe die Kinder allein lassen? Gasparde will sich nicht von ihrem Paten und dieser junge Berner sich nicht von Gasparde trennen.“

„Ei was“, spottete Herr Montaigne sich gegen mich verbeugend, „sie werden, um sich in der Tugend zu stärken, das Buch Tobiä zusammen lesen!“ und den Ton wechselnd, da er mein ernstes Gesicht sah: „Kurz und gut“, schloß er, „Ihr kommt mit mir, lieber Rat!“

„Ist denn eine Verschwörung gegen uns Hugenotten im Werke?“ fragte ich aufmerksam werdend.

„Eine Verschwörung?“ wiederholte der Gascogner. „Nicht daß ich wüßte! Wenn nicht etwa eine solche, wie sie die Wolken anzetteln, bevor ein Gewitter losbricht. Vier Fünfteile einer Nation von dem letzten Fünfteil zu etwas gezwungen, was sie nicht wollen – das heißt zum Krieg in Flandern – das kann die Atmosphäre schon elektrisch machen. Und, nehmt es mir nicht übel, junger Mann, ihr Hugenotten verfehlt euch gegen den ersten Satz der Lebensweisheit: daß man das Volk, unter dem man wohnt, nicht durch Mißachtung seiner Sitten beleidigen darf.“

„Rechnet Ihr die Religion zu den Sitten eines Volkes?“ fragte ich entrüstet.

„In gewissem Sinne, ja“, meinte er, „doch diesmal dachte ich nur an die Gebräuche des täglichen Lebens: Ihr Hugenotten kleidet euch düster, tragt ernsthafte Mienen, versteht keinen Scherz und seid so steif wie eure Halskragen. Kurz, ihr schließt euch ab, und das bestraft sich in der größten Stadt wie auf dem kleinsten Dorfe! Da verstehn die Guisen das Leben besser! Eben kam ich vorüber, als der Herzog Heinrich vor seinem Palast abstieg und den umstehenden Bürgern die Hände schüttelte, lustig wie ein Franzose und gemütlich wie ein Deutscher! So ist es recht! Sind wir ja alle vom Weibe geboren und ist doch die Seife nicht teuer!“

Mir schien, als ob der Gascogner schwere Besorgnis unter diesem scherzhaften Ton verberge, und ich wollte ihn weiter zur Rede stellen, als der alte Diener einen Boten des Admirals meldete, welcher mich und Gasparde unverzüglich zu sich berief.

Gasparde warf einen dichten Schleier über und wir eilten.

Unterwegs erzählte sie mir, was sie in meiner Abwesenheit ausgestanden hatte. „An deiner Seite durch einen Kugelregen zu reiten, wäre mir ein Spiel dagegen!“ versicherte sie. „Der Pöbel in unsrer Straße ist so giftig geworden, daß ich das Haus nicht verlassen konnte, ohne mit Schimpfworten verfolgt zu werden. Kleidete ich mich nach meinem Stande, so schrie man mir nach: Seht die Übermütige! Legte ich schlichtes Gewand an, so hieß es: Seht die Heuchlerin! – Einen Tag oder eine Woche hielte man das schon aus; aber wenn man kein Ende davon absieht! – Unsere Lage hier in Paris erinnert mich an die jenes Italieners, den sein Feind in einen Kerker mit vier kleinen Fenstern werfen ließ. Als er am nächsten Morgen erwachte, waren deren nur noch drei, am folgenden zwei, am dritten noch eins, kurz, er begriff, daß sein höllischer Feind ihn in eine Maschine gesperrt hatte, die sich allmählich in einen erdrückenden Sarg verwandelte."

Unter diesen Reden waren wir in die Wohnung des Admirals gelangt, der uns sogleich zu sich beschied.

Er saß aufrecht auf seinem Lager, den verwundeten linken Arm in der Schlinge, blaß und ermattet. Neben ihm stand ein Geistlicher mit eisgrauem Bart. Er ließ uns nicht zu Wort kommen.

„Meine Zeit ist bemessen", sprach er, „hört mich an und gehorcht mir! Du, Gasparde, bist mir durch meinen teuren Bruder blutverwandt. Es ist jetzt nicht der Augenblick etwas zu verhüllen, das du weißt und diesem nicht verborgen bleiben darf. – Deiner Mutter ist durch einen Franzosen Unrecht geschehn; ich will nicht, daß auch du unseres Volkes Sünden mitbüßest. Wir bezahlen, was unsere Väter verschuldet haben. Du aber sollst, so viel solches an mir liegt, auf deutscher Erde ein frommes und ruhiges Leben führen."

Dann sich zu mir wendend, fuhr er fort: „Schadau, Ihr werdet Eure Kriegsschule nicht unter mir durchmachen. Hier sieht es dunkel aus. Mein Leben geht zur Neige und mein Tod ist der Bürgerkrieg. Mischt Euch nicht darein, ich verbiete es Euch. – Reicht Gasparde die Hand, ich gebe sie Euch zum Weibe. Führt sie ohne Säumnis in Eure Heimat. Verlaßt dieses ungesegnete Frankreich, sobald Ihr meinen Tod erfahrt. Bereitet ihr eine Stätte auf Schweizer Boden; dann nehmt Dienste unter dem Prinzen von Oranien und kämpft für die gute Sache!"

Jetzt winkte er dem Greis und forderte ihn auf, uns zu trauen.

„Macht es kurz", flüsterte er, „ich bin müde und bedarf Ruhe."

Wir ließen uns an seinem Lager auf die Knie nieder und der Geistliche verrichtete sein Amt, unsere Hände zusammenfügend und die liturgischen Worte aus dem Gedächtnis sprechend.

Dann segnete uns der Admiral mit seiner ebenfalls verstümmelten Rechten.

„Lebt wohl!“ schloß er, legte sich nieder und kehrte sein Antlitz gegen die Wand.

Da wir zögerten, das Gemach zu verlassen, hörten wir noch die gleichmäßigen Atemzüge des ruhig Entschlummerten.

Schweigend und in wunderbarer Stimmung kamen wir zurück und fanden Chatillon noch in lebhaftem Gespräch mit Herrn Montaigne.

„Gewonnen Spiel!“ jubelte dieser, „Der Papa willigt ein und ich selbst will ihm seinen Koffer packen, denn darauf verstehe ich mich vortrefflich.“

„Geht, lieber Oheim!“ mahnte Gasparde, „und macht Euch keine Sorge um mich. Das ist von nun an die Sache meines Gemahls.“ Und sie drückte meine Hand an ihre Brust. Auch ich drang in den Rat, mit Montaigne zu verreisen.

Da mit einem Male, wie wir alle ihm zuredeten und ihn überzeugt glaubten, fragte er: „Hat der Admiral Paris verlassen?“ Und als er hörte, Coligny bleibe und werde trotz des Drängens der Seinigen bleiben, auch wenn sein Zustand die Abreise erlauben sollte, da rief Chatillon mit glänzenden Augen und mit einer festen Stimme, die ich nicht an ihm kannte:

„So bleibe auch ich! Ich bin im Leben oftmals feig und selbstsüchtig gewesen; ich stand nicht zu meinen Glaubensgenossen wie ich sollte; in dieser letzten Stunde aber will ich sie nicht verlassen.“

Montaigne biß sich die Lippe. Unser aller Zureden fruchtete nun nichts mehr, der Alte blieb bei seinem Entschluß.

Jetzt klopfte ihm der Gascogner auf die Schulter und sagte mit einem Anflug von Hohn:

„Alter Junge, du betrügst dich selbst, wenn du glaubst, daß du aus Heldenmut so handelst. Du tust es aus Bequemlichkeit. Du bist zu träge geworden, dein behagliches Nest zu verlassen selbst auf die Gefahr hin, daß der Sturm es morgen wegfegt. Das ist auch ein Standpunkt und in deiner Weise hast du recht.“

Jetzt verwandelte sich der spöttische Ausdruck auf seinem Gesichte in einen tief schmerzlichen, er umarmte Chatillon, küßte ihn und schied eilig.

Der Rat, welcher seltsam bewegt war, wünschte allein zu sein.

„Verlaßt mich, Schadau!“ sagte er, mir die Hand drückend, „und kommt heute abend noch einmal vor Schlafengehen.“

Gasparde, die mich begleitete, ergriff unter der Tür plötzlich die Reisepistole, die noch in meinem Gürtel stak.

„Laß das!“ warnte ich. „Sie ist scharf geladen.“

„Nein“, lachte sie, den Kopf zurückwerfend, „ich behalte sie als Unterpfand, daß du uns diesen Abend nicht versäumst!“ und sie entfloh damit ins Haus.

ACHTES KAPITEL

Auf meinem Zimmer lag ein Brief meines Oheims im gewohnten Format, mit den wohlbekannten altmodischen Zügen überschrieben. Der rote Abdruck des Siegels mit seiner Devise: Pèlerin et Voyageur![1] war diesmal unmäßig groß geraten.

Noch hielt ich das Schreiben ungeöffnet in der Hand, als Boccard ohne anzuklopfen hereinstürzte.

„Hast du dein Versprechen vergessen, Schadau?“ rief er.

„Welches Versprechen?“ fragte ich mißmutig.

„Schön!“ versetzte er mit einem kurzen Lachen, das gezwungen klang. „Wenn das so fortgeht, so wirst du nächstens deinen eignen Namen vergessen! Am Vorabend deiner Abreise nach Orleans, in der Schenke Zum Mohren, hast du mir feierlich gelobt, dein längst gegebenes Versprechen zu lösen und unsern Landsmann, den Hauptmann Pfyffer, einmal zu begrüßen. Ich lud dich dann in seinem Auftrage zu seinem Namensfest in das Louvre ein.

„Heute nun ist Bartholomäustag. Der Hauptmann hat zwar viele Namen, wohl acht bis zehn; da aber unter diesen allen der geschundene Barthel in seinen Augen der größte Heilige und Märtyrer ist, so feiert er als guter Christ diesen Tag in besonderer Weise. Bliebst du weg, er legte dir's als hugenottischen Starrsinn aus.“

Ich besann mich freilich, von Boccard häufig mit solchen Einladungen bestürmt worden zu sein und ihn von Woche zu Woche vertröstet zu haben. Daß ich ihm auf heute zugesagt, war mir nicht erinnerlich, aber es konnte sein.

„Boccard“, sagte ich, „heute ist mir's ungelegen. Entschuldige mich bei Pfyffer und laß mich zu Hause.“

Nun aber begann er auf die wunderlichste Weise in mich zu dringen, jetzt scherzend und kindischen Unsinn vorbringend, jetzt flehentlich mich beschwörend. Zuletzt fuhr er auf:

[1] Pilger und Reisender.

„Wie? Hältst du so dein Ehrenwort?“ – Und unsicher wie ich war, ob ich nicht doch vielleicht mein Wort gegeben, konnte ich diesen Vorwurf nicht auf mir sitzen lassen und willigte endlich, wenn auch ungern, ein, ihn zu begleiten. Ich marktete, bis er versprach, in einer Stunde mich freizugeben, und wir gingen nach dem Louvre.

Paris war ruhig. Wir trafen nur einzelne Gruppen von Bürgern, die sich über den Zustand des Admirals besprachen.

Pfyffer hatte ein Gemach zu ebener Erde im großen Hof des Louvre inne. Ich war erstaunt, seine Fenster nur spärlich erleuchtet zu sehn und Totenstille zu finden statt fröhlichen Festlärms. Wie wir eintraten, stand der Hauptmann allein in der Mitte des Zimmers, vom Kopf bis Fuß bewaffnet und in eine Depesche vertieft, die er aufmerksam zu lesen, ja zu buchstabieren schien, denn er folgte den Zeilen mit dem Zeigefinger der linken Hand. Er wurde meiner ansichtig und, auf mich zutretend, fuhr er mich barsch an:

„Euren Degen, junger Herr! Ihr seid mein Gefangener.“ – Gleichzeitig näherten sich zwei Schweizer, die im Schatten gestanden hatten. Ich trat einen Schritt zurück.

„Wer gibt Euch ein Recht an mich, Herr Hauptmann?“ – rief ich aus. „Ich bin der Schreiber des Admirals.“

Ohne mich einer Antwort zu würdigen, griff er mit eigener Hand nach meinem Degen und bemächtigte sich desselben. Die Überraschung hatte mich so außer Fassung gebracht, daß ich an keinen Widerstand dachte.

„Tut eure Pflicht!“ befahl Pfyffer. Die beiden Schweizer nahmen mich in die Mitte und ich folgte ihnen wehrlos, einen Blick grimmigen Vorwurfs auf Boccard werfend. Ich konnte mir nichts anders denken, als daß Pfyffer einen königlichen Befehl erhalten habe, mich wegen meines Zweikampfes mit Guiche in Haft zu nehmen.

Zu meinem Erstaunen wurde ich nur wenige Schritte weit nach der mir wohlbekannten Kammer Boccards geführt. Der eine Schweizer zog einen Schlüssel hervor und versuchte zu öffnen, aber vergeblich. Es schien ihm in der Eile ein unrechter übergeben worden zu sein und er sandte seinen Kameraden zurück, um von Boccard, der bei Pfyffer geblieben war, den rechten zu fordern.

In dieser kurzen Frist vernahm ich lauschend die rauhe, scheltende Stimme des Hauptmanns: „Euer freches Stücklein kann mich meine Stelle kosten! In dieser Teufelsnacht wird uns hoffentlich keiner zur Rede stellen; doch wie bringen wir morgen den Ketzer aus dem Louvre fort? Die Heiligen mögen mir's verzeihn, daß ich einem Hugenotten das Leben rette, aber einen Landsmann und Bürger von Bern dürfen wir von diesen verfluchten Franzosen auch nicht abschlachten lassen, da habt Ihr wiederum recht, Boccard ..."

Jetzt ging die Tür auf, ich stand in dem dunklen Gelaß, der Schlüssel wurde hinter mir gedreht und ein schwerer Riegel vorgeschoben.

Ich durchmaß das mir von manchem Besuche her wohlbekannte Gemach, in quälenden Gedanken auf und nieder schreitend, während sich das mit Eisenstäben vergitterte, hochgelegene Fenster allmählich erhellte, denn der Mond ging auf. Der einzige wahrscheinliche Grund meiner Verhaftung, ich mochte die Sache wenden wie ich wollte, war und blieb der Zweikampf. Unerklärlich waren mir freilich Pfyffers unmutige letzte Worte; aber ich konnte dieselben mißhört haben, oder der tapfere Hauptmann war etwas bezecht. Noch unbegreiflicher, ja haarsträubend, erschien mir das Benehmen Boccards, dem ich nie und nimmer einen so schmählichen Verrat zugetraut hätte.

Je länger ich die Sache übersann, in desto beunruhigendere Zweifel und unlösbarere Widersprüche verstrickte ich mich.

Sollte wirklich ein blutiger Plan gegen die Hugenotten bestehen? War das denkbar? Konnte der König, wenn er nicht von Sinnen war, in die Vernichtung einer Partei willigen, deren Untergang ihn zum willenlosen Sklaven seiner ehrgeizigen Vettern von Lothringen machen mußte?

Oder war ein neuer Anschlag auf die Person des Admirals geschmiedet, und wollte man einen seiner treuen Diener von ihm entfernen? Aber ich erschien mir zu unbedeutend, als daß man zuerst an mich gedacht hätte. Der König hatte heftig gezürnt über die Verwundung des Admirals. Konnte ein Mensch, ohne dem Wahnsinn verfallen zu sein, von warmer Neigung zu stumpfer Gleichgültigkeit oder wildem Hasse in der Frist weniger Stunden übergehen?

Während ich so meinen Kopf zerbrach, schrie mein Herz, daß mein Weib mich zu dieser Stunde erwarte, die Minuten zähle, und ich hier gefangen sei, ohne ihr Nachricht geben zu können.

Noch immer schritt ich auf und nieder, als die Turmuhr des Louvre schlug; ich zählte zwölf Schläge. Es war Mitternacht. Da kam mir der Gedanke, einen Stuhl an das hohe Fenster zu rücken, in die Nische zu steigen, es zu öffnen und, an die Eisenstäbe mich anklammernd, in die Nacht auszuschauen. Das Fenster blickte auf die Seine. Alles war still. Schon wollte ich wieder ins Gemach herunterspringen, als ich meinen Blick noch über mich richtete und vor Entsetzen erstarrte.

Rechts von mir, auf einem Balkon des ersten Stockwerks, so nahe, daß ich sie fast mit der Hand erreichen konnte, erblickte ich, vom Mondlicht taghell erleuchtet, drei über das Geländer vorgebeugte, lautlos lauschende Gestalten. Mir zunächst der König mit einem Antlitz, dessen nicht unedle Züge die Angst, die Wut, der Wahnsinn zu einem Höllenausdruck verzerrten. Kein Fiebertraum kann schrecklicher sein als diese Wirklichkeit. Jetzt da ich das längst Vergangene niederschreibe, sehe ich den Unseligen wieder mit den Augen des Geistes – und ich schaudere. Neben ihm lehnte sein Bruder, der Herzog von Anjou, mit dem schlaffen, weibisch grausamen Gesichtchen und schlotterte vor Furcht. Hinter ihnen, bleich und regungslos, die Gefaßteste von allen, stand Katharina, die Medicäerin mit halbgeschlossenen Augen und fast gleichgültiger Miene.

Jetzt machte der König, wie von Gewissensangst gepeinigt, eine krampfhafte Gebärde, als wollte er einen gegebenen Befehl zurücknehmen, und in demselben Augenblick knallte ein Büchsenschuß, mir schien im Hofe des Louvre.

„Endlich!“ flüsterte die Königin erleichtert und die drei Nachtgestalten verschwanden von der Zinne.

Eine nahe Glocke begann Sturm zu läuten, eine zweite, eine dritte heulte mit; greller Fackelschein glomm auf wie eine Feuersbrunst, Schüsse knatterten und meine gespannte Einbildungskraft glaubte Sterbeseufzer zu vernehmen.

Der Admiral lag ermordet, daran konnte ich nicht mehr zweifeln. Aber was bedeuteten die Sturmglocken, die erst vereinzelt, dann immer häufiger fallenden Schüsse, die Mordrufe, die jetzt von fern an mein lauschendes Ohr drangen? Geschah das Unerhörte? Wurden alle Hugenotten in Paris gemeuchelt?

Und Gasparde, meine mir vom Admiral anvertraute Gasparde, war mit dem wehrlosen Alten diesen Schrecken preisgegeben! Das Haar stand mir zu Berge, das Blut gerann mir in den Adern. Ich rüttelte an der Tür aus allen Kräften, die eisernen Schlösser und das schwere Eichenholz wichen nicht. Ich suchte tastend nach einer Waffe, nach einem Werkzeug, um sie zu sprengen, und fand keines. Ich schlug mit den Fäusten, stieß mit den Füßen gegen die Tür und schrie nach Befreiung, draußen im Gang blieb es totenstill.

Wieder schwang ich mich auf in die Fensternische und rüttelte wie ein Verzweifelter an dem Eisengitter, es war nicht zu erschüttern.

Ein Fieberfrost ergriff mich und meine Zähne schlugen aufeinander. Dem Wahnsinn nahe warf ich mich auf Boccards Lager und wälzte mich in tödlicher Bangigkeit. Endlich als der Morgen zu grauen begann, verfiel ich in einen Zustand zwischen Wachen und Schlummern, der sich nicht beschreiben läßt. Ich meinte mich noch an die Eisenstäbe zu klammern und hinauszublicken auf die rastlos flutende Seine. Da plötzlich erhob sich aus ihren Wellen ein halbnacktes, vom Mondlicht beglänztes Weib, eine Flußgöttin auf ihre sprudelnde Urne gestützt, wie sie in Fontainebleau an den Wasserkünsten sitzen, und begann zu sprechen. Aber ihre Worte richteten sich nicht an mich, sondern an eine Steinfrau, die dicht neben mir die Zinne trug, auf welcher die drei fürstlichen Verschwörer gestanden.

„Schwester", fragte sie aus dem Fluß, „weißt vielleicht du, warum sie sich morden? Sie werfen mir Leichnam auf Leichnam in mein strömendes Bett und ich bin schmierig von Blut. Pfui, pfui! Machen vielleicht die Bettler, die ich abends ihre Lumpen in meinem Wasser waschen sehe, den Reichen den Garaus?"

„Nein", raunte das steinerne Weib, „sie morden sich, weil sie nicht einig sind über den richtigen Weg zur Seligkeit." – Und ihr kaltes Antlitz verzog sich zum Hohn, als belache sie eine ungeheure Dummheit ...

In diesem Augenblick knarrte die Tür, ich fuhr auf aus

meinem Halbschlummer und erblickte Boccard, blaß und ernst, wie ich ihn noch nie gesehen hatte, und hinter ihm zwei seiner Leute, von welchen einer einen Laib Brot und eine Kanne Wein trug.

„Um Gottes willen, Boccard“, rief ich und stürzte ihm entgegen, „was ist heute nacht vorgegangen? ... Sprich!“

Er ergriff meine Hand und wollte sich zu mir auf das Lager setzen. Ich sträubte mich und beschwor ihn zu reden.

„Beruhige dich!“ sagte er. „Es war eine schlimme Nacht. Wir Schweizer können nichts dafür, der König hat es befohlen.“

„Der Admiral ist tot?“ frug ich, ihn starr ansehend.

Er bejahte mit einer Bewegung des Hauptes.

„Und die andern hugenottischen Führer?“

„Tot. Wenn nicht der eine oder andere, wie der Navarrese, durch besondere Gunst des Königs verschont blieb.“

„Ist das Blutbad beendigt?“

„Nein, noch wütet es fort in den Straßen von Paris. Kein Hugenott darf am Leben bleiben.“

Jetzt zuckte mir der Gedanke an Gasparde wie ein glühender Blitz durchs Gehirn und alles andere verschwand im Dunkel.

„Laß mich!“ schrie ich. „Mein Weib! Mein armes Weib!“

Boccard sah mich erstaunt und fragend an. „Dein Weib? Bist du verheiratet?“

„Gib Raum, Unseliger!“ rief ich und warf mich auf ihn, der mir den Ausweg vertrat. Wir rangen miteinander und ich hätte ihn übermannt, wenn nicht einer seiner Schweizer ihm zu Hilfe gekommen wäre, indes der andere die Tür bewachte.

Ich wurde auf das Knie gedrückt.

„Boccard!“ stöhnte ich. „Im Namen des barmherzigen Gottes – bei allem, was dir teuer ist – bei dem Haupte deines Vaters – bei der Seligkeit deiner Mutter – erbarm' dich meiner und laß mich frei! Ich sage dir, Mensch, daß mein Weib da draußen ist – daß sie vielleicht in diesem Augenblick gemordet – daß sie vielleicht in diesem Augenblick mißhandelt wird! Oh, oh!“ – und ich schlug mit geballter Faust gegen die Stirn.

Boccard erwiderte begütigend, wie man mit einem Kranken spricht: „Du bist von Sinnen, armer Freund! Du könntest nicht fünf Schritte ins Freie tun, bevor dich eine Kugel niederstreckte! Jedermann kennt dich als den Schreiber des Admirals. Nimm Vernunft an! Was du verlangst, ist unmöglich."

Jetzt begann ich auf den Knien liegend zu schluchzen wie ein Kind.

Noch einmal, halb bewußtlos wie ein Ertrinkender, erhob ich das Auge nach Rettung, während Boccard schweigend die im Ringen zerrissene Seidenschnur wieder zusammenknüpfte, an der die Silbermünze mit dem Bildnis der Madonna tief niederhing.

„Im Namen der Muttergottes von Einsiedeln!" – flehte ich mit gefalteten Händen.

Jetzt stand Boccard wie gebannt, die Augen nach oben gewendet und etwas murmelnd wie ein Gebet. Dann berührte er das Medaillon mit den Lippen und schob es sorgfältig wieder in sein Wams.

Noch schwiegen wir beide, da trat, eine Depesche emporhaltend, ein junger Fähnrich ein.

„Im Namen des Königs und auf Befehl des Hauptmanns", sagte er, „nehmt zwei Eurer Leute, Herr Boccard, und überbringt eigenhändig diese Order dem Kommandanten der Bastille." – Der Fähnrich trat ab.

Jetzt eilte Boccard, nach einem Augenblick des Besinnens, das Schreiben in der Hand, auf mich zu:

„Tausche schnell die Kleider mit Cattani hier!" flüsterte er. „Ich will es wagen. Wo wohnt sie?"

„Isle St. Louis."

„Gut. Labe dich noch mit einem Trunk, du hast Kraft nötig."

Nachdem ich eilig meiner Kleider mich entledigt, warf ich mich in die Tracht eines königlichen Schweizers, gürtete das Schwert um, ergriff die Hellebarde und Boccard, ich und der zweite Schweizer, wir stürzten ins Freie.

NEUNTES KAPITEL

Schon im Hofe des Louvre bot sich meinen Augen ein schrecklicher Anblick. Die Hugenotten vom Gefolge des Königs von Navarra lagen hier, frisch getötet, manche noch röchelnd, in Haufen übereinander. Längs der Seine weitereilend, begegneten wir auf jedem Schritt einem Greuel. Hier lag ein armer Alter mit gespaltetem Schädel in seinem Blute, dort sträubte sich ein totenblasses Weib in den Armen eines rohen Lanzenknechts. Eine Gasse lag still wie das Grab, aus einer andern erschollen noch Hilferufe und mißtönige Sterbeseufzer.

Ich aber, unempfindlich für diese unfaßbare Größe des Elends, stürmte wie ein Verzweifelter vorwärts, so daß mir Boccard und der Schweizer kaum zu folgen vermochten. Endlich war die Brücke erreicht und überschritten. Ich stürzte in vollem Lauf nach dem Haus des Rats, die Augen unverwandt auf seine hochgelegenen Fenster geheftet. An einem derselben wurden ringende Arme sichtbar, eine menschliche Gestalt mit weißen Haaren ward hinausgedrängt. Der Unglückliche, es war Chatillon, klammerte sich einen Augenblick noch mit schwachen Händen an das Gesims, dann ließ er es los und stürzte auf das Pflaster. An dem Zerschmetterten vorüber, erklomm ich in wenigen Sprüngen die Treppe und stürzte in das Gemach. Es war mit Bewaffneten gefüllt und ein wilder Lärm erscholl aus der offenen Tür des Bibliothekzimmers. Ich bahnte mir mit meiner Hellebarde den Weg und erblickte Gasparde, in eine Ecke gedrängt und von einer gierigen, brüllenden Meute umstellt, die sie, meine Pistole in der Hand und bald auf diesen, bald auf jenen zielend, von sich abhielt. Sie war farblos wie ein Wachsbild und aus ihren weit geöffneten blauen Augen sprühte ein schreckliches Feuer.

Alles vor mir niederwerfend, mit einem einzigen Anlauf, war ich an ihrer Seite und „Gott sei Dank, du bist es!“ rief sie noch und sank mir dann bewußtlos in die Arme.

Unterdessen war Boccard mit dem Schweizer nachgedrungen. „Leute!“ drohte er, „Im Namen des Königs verbiete ich euch, diese Dame nur mit einem Finger zu berühren! Zurück, wem sein Leben lieb ist! Ich habe Befehl, sie ins Louvre zu bringen!“

Er war neben mich getreten, und ich hatte die ohnmächtige Gasparde in den Lehnstuhl des Rats gelegt.

Da sprang aus dem Getümmel ein scheußlicher Mensch mit blutigen Händen und blutbeflecktem Gesicht hervor, in dem ich den verfemten Lignerolles erkannte.

„Lug und Trug!“ schrie er, „Das, Schweizer? – Verkappte Hugenotten sind's und von der schlimmsten Sorte! Dieser hier – ich kenne dich wohl, vierschrötiger Halunke – hat den frommen Grafen Guiche gemordet und jener war dabei. Schlagt tot! Es ist ein verdienstliches Werk, diese schurkischen Ketzer zu vertilgen! Aber rührt mir das Mädel nicht an – die ist mein!“

Und der Verwilderte warf sich wütend auf mich.

„Bösewicht“, rief Boccard, „dein Stündchen ist gekommen! Stoß zu, Schadau!“ Rasch drängte er mit geschickter Parade die ruchlose Klinge in die Höhe und ich stieß dem Buben mein Schwert bis an das Heft in die Brust. Er stürzte.

Ein rasendes Geheul erhob sich aus der Rotte.

„Weg von hier!“ winkte mir der Freund. „Nimm dein Weib auf den Arm und folge mir!“

Jetzt griffen Boccard und der Schweizer mit Hieb und Stoß das Gesindel an, das uns von der Tür trennte, und brachen eine Gasse, durch die ich, Gasparde tragend, schleunigst nachschritt.

Wir gelangten glücklich die Treppen hinunter und betraten die Straße. Hier hatten wir vielleicht zehn Schritte getan, da fiel ein Schuß aus einem Fenster. Boccard schwankte, griff mit unsicherer Hand nach dem Medaillon, riß es hervor, drückte es an die erblassenden Lippen und sank nieder.

Er war durch die Schläfe getroffen. Der erste Blick überzeugte mich, daß ich ihn verloren hatte, der zweite, nach dem Fenster gerichtete, daß ihn der Tod aus meiner Reiterpistole getroffen, welche Gaspardes Hand entfallen war und die jetzt der Mörder frohlockend emporhielt. Die scheußliche Horde an den Fersen, riß ich mich mit blutendem Herzen von dem Freunde los, bei dem sein treuer Soldat niederkniete, bog um die nahe Ecke in das Seitengäßchen, wo meine Wohnung gelegen war, erreichte sie unbemerkt und eilte durch das ausgestorbene Haus mit Gasparde hinauf in meine Kammer.

Auf dem Flur des ersten Stockwerkes schritt ich durch breite Blutlachen. Der Schneider lag ermordet, sein Weib und seine vier Kinder, am Herd in ein Häuflein zusammengesunken, schliefen den Todesschlummer. Selbst der kleine Pudel, des Hauses Liebling, lag verendet bei ihnen. Blutgeruch erfüllte das Haus. Die letzte Treppe ersteigend, sah ich mein Zimmer offen, die halbzerschmetterte Tür schlug der Wind auf und zu.

Hier hatten die Mörder, da sie mein Lager leer fanden, nicht lange geweilt, das ärmliche Ausssehen meiner Kammer versprach ihnen keine Beute. Meine wenigen Bücher lagen zerrissen auf dem Boden zerstreut, in eines derselben hatte ich, als mich Boccard überraschte, den Brief meines Ohms geborgen, er war herausgefallen und ich steckte ihn zu mir. Meine kleine Barschaft trug ich noch von der Reise her in einem Gurt auf dem Leib.

Ich hatte Gasparde auf mein Lager gebettet, wo die Bleiche zu schlummern schien, und stand neben ihr, überlegend, was zu tun sei. Sie war unscheinbar wie eine Dienerin gekleidet, wohl in der Absicht, mit ihrem Pflegevater zu fliehen. Ich trug die Tracht der Schweizergarde.

Ein wilder Schmerz bemächtigte sich meiner über all das frevelhaft vergossene teure und unschuldige Blut. „Fort aus dieser Hölle!“ sprach ich halblaut vor mich hin.

„Ja, fort aus dieser Hölle!“ wiederholte Gasparde, die Augen öffnend und sich auf dem Lager in die Höhe richtend. „Hier ist unsres Bleibens nicht! Zum ersten nächsten Tor hinaus!“

„Bleibe noch ruhig!“ erwiderte ich. „Unterdessen wird es Abend und die Dämmerung erleichtert uns vielleicht das Entrinnen.“

„Nein, nein“, versetzte sie bestimmt, „keinen Augenblick länger bleibe ich in diesem Pfuhl! Was liegt am Leben, wenn wir zusammen sterben! Laß uns geradewegs auf das nächste

Tor zugehn. Werden wir überfallen und wollen sie mich mißhandeln, so erstichst du mich, und erschlägst ihrer zwei oder drei, so sterben wir nicht ungerächt. – Versprich mir das!“

Nach einigem Überlegen willigte ich ein, da es auch mir besser schien, um jeden Preis der Not ein Ende zu machen. Konnte doch der Mord morgen von neuem beginnen, waren doch die Tore nachts strenger bewacht als am Tage.

Wir machten uns auf den Weg, durch die blutgetränkten Gassen langsam nebeneinander wandelnd unter einem wolkenlosen, dunkelblauen Augusthimmel.

Unangefochten erreichten wir das Tor.

Im Torweg vor dem Pförtchen der Wachtstube stand mit verschränkten Armen ein lothringischer Kriegsmann mit der Feldbinde der Guisen, der uns mit stechendem Blick musterte.

„Zwei wunderliche Vögel!“ lachte er. „Wo hinaus, Herr Schweizer, mit Eurem Schwesterchen?“

Das Schwert lockernd schritt ich näher, entschlossen ihm die Brust zu durchbohren; denn ich war des Lebens und der Lüge müde.

„Bei den Hörnern des Satans! Seid Ihr es, Herr Schadau?“ sagte der lothringische Hauptmann, bei dem letzten Wort seine Stimme dämpfend. „Tretet ein, hier stört uns niemand.“

Ich blickte ihm ins Gesicht und suchte mich zu erinnern. Mein ehemaliger böhmischer Fechtmeister tauchte mir auf.

„Ja freilich bin ich es“, fuhr er fort, da er meinen Gedanken mir im Auge las, „und bin's, wie mir dünkt, zur gelegenen Stunde.“

Mit diesen Worten zog er mich in die Stube und Gasparde folgte.

In dem dumpfigen Raum lagen auf einer Bank zwei betrunkene Kriegsknechte, Würfel und Becher neben ihnen am Boden.

„Auf, ihr Hunde!“ fuhr sie der Hauptmann an. Der eine erhob sich mühsam. Er packte ihn am Arm und stieß ihn vor die Türe mit den Worten: „Auf die Wache, Schuft! Du bürgst mir mit deinem Leben, daß niemand passiert!“ – Den andern, der nur einen grunzenden Ton von sich gegeben hatte, warf er von der Bank und stieß ihn mit dem Fuß unter dieselbe, wo er ruhig fortschnarchte.

„Jetzt belieben die Herrschaften Platz zu nehmen!“ und er zeigte mit einer Handbewegung auf den schmutzigen Sitz.

Wir ließen uns nieder, er rückte einen zerbrochenen Stuhl herbei, setzte sich rittlings darauf, den Ellbogen auf die Lehne stützend, und begann in familiärem Tone:

„Nun laßt uns plaudern! Euer Fall ist mir klar, Ihr braucht ihn mir nicht zu erläutern. Ihr wünscht einen Paß nach der Schweiz, nicht wahr? – Ich rechne es mir zur Ehre, Euch einen Gegendienst zu leisten für die Gefälligkeit, mit der Ihr mir seinerzeit das schöne württembergische Siegel gezeigt habt, weil Ihr wußtet, ich sei ein Kenner. Eine Hand wäscht die andere. Siegel gegen Siegel. Diesmal kann ich Euch mit einem aushelfen.“

Er kramte in seiner Brieftasche und zog mehrere Papiere heraus.

„Seht, als ein vorsichtiger Mann ließ ich mir für alle Fälle von meinem gnädigen Herzog Heinrich für mich und meine Leute, die wir gestern nacht dem Admiral unsere Aufwartung machten“, diese Worte begleitete er mit einer Mordgebärde, vor der mir schauderte, „die nötigen Reisepapiere geben. Der Streich konnte fehlen. Nun, die Heiligen haben sich dieser guten Stadt Paris angenommen! – Einer der Pässe – hier ist er – lautet auf einen beurlaubten königlichen Schweizer, den Furier Koch. Steckt ihn zu Euch! Er gewährt Euch freie Straße durch Lothringen an die Schweizer Grenze. Das wäre nun in Ordnung. – Was das Fortkommen mit Eurem Schätzchen betrifft, zu dem ich Euch, ohne Schmeichelei, Glück wünsche“, hier verneigte er sich gegen Gasparde, „so wird die schöne Dame schwerlich gut zu Fuße sein. Da kann ich Euch denn zwei Gäule abtreten, einen sogar mit Damensattel – denn auch ich bin nicht ungeliebt und pflege selbander zu reiten. Ihr gebt mir dafür vierzig Goldgulden bar, wenn Ihr es bei Euch habt, sonst genügt mir Euer Ehrenwort. Sie sind etwas abgejagt, denn wir wurden Hals über Kopf nach Paris aufgeboten; aber bis an die Grenze werden sie noch durchhalten.“ Und er rief durch das Fensterchen einem Stalljungen, der am Tor herumlungerte, den Befehl zu, schleunigst zu satteln.

Während ich ihm das Geld, fast mein ganzes Besitztum, auf die Bank vorzählte, sagte der Böhme:

„Ich habe mit Vergnügen vernommen, daß Ihr Eurem Fechtmeister Ehre gemacht habt. Freund Lignerolles hat mir alles erzählt. Er wußte Euren Namen nicht, aber ich erkannte Euch gleich aus seiner Beschreibung. Ihr habt den Guise erstochen! Alle Wetter, das will etwas heißen. Ich hätte Euch das nie zugetraut. Freilich meinte Lignerolles, Ihr hättet Euch die Brust etwas gepanzert. Das sieht Euch nicht gleich, doch zuletzt hilft sich jeder wie er kann."

Während dieses grausigen Geplauders saß Gasparde stumm und bleich. Jetzt wurden die Tiere vorgeführt, der Böhme half ihr, die unter seiner Berührung zusammenschrak, kunstgerecht in den Sattel, ich schwang mich auf das andere Roß, der Hauptmann grüßte, und wir sprengten durch den hallenden Torweg und über die donnernde Brücke gerettet von dannen.

ZEHNTES KAPITEL

Zwei Wochen später, an einem frischen Herbstmorgen, ritt ich mit meinem jungen Weibe die letzte Höhe des Gebirgszuges hinan, der die Freigrafschaft von dem neuenburgischen Gebiete trennt. Der Grat war erklommen, wir ließen unsre Pferde grasen und setzten uns auf ein Felsstück.

Eine weite friedliche Landschaft lag in der Morgensonne vor uns ausgebreitet. Zu unsern Füßen leuchteten die Seen von Neuenburg, Murten und Biel; weiterhin dehnte sich das frischgrüne Hochland von Fryburg mit seinen schönen Hügellinien und dunklen Waldsäumen; die eben sich entschleiernden Hochgebirge bildeten den lichten Hintergrund.

„Dies schöne Land also ist deine Heimat und endlich evangelischer Boden?" fragte Gasparde.

Ich zeigte ihr links das in der Sonne blitzende Türmchen des Schlosses Chaumont.

„Dort wohnt mein guter Ohm. Noch ein paar Stunden, und er heißt dich als sein geliebtes Kind willkommen! – Hier unten an den Seen ist evangelisches Land, aber dort drüben, wo du die Turmspitzen von Fryburg erkennen kannst, beginnt das katholische."

Als ich Fryburg nannte, verfiel Gasparde in Gedanken. „Boccards Heimat!" sagte sie dann. „Erinnerst du dich noch, wie froh er an jenem Abend war, als wir uns zum ersten Male bei Melun begegneten! Nun erwartet ihn sein Vater vergebens, und für mich ist er gestorben."

Schwere Tropfen sanken von ihren Wimpern.

Ich antwortete nicht, aber blitzschnell zog an meiner Seele die Geschichte der verhängnisvollen Verkettung meines Loses mit dem meines heitern Landsmannes vorüber und meine Gedanken verklagten und entschuldigten sich untereinander.

Unwillkürlich griff ich an meine Brust auf die Stelle, wo Boccards Medaille mir den Todesstoß aufgehalten hatte.

Es knisterte in meinem Wams wie Papier; ich zog den vergessenen, noch ungelesenen Brief meines Ohms heraus und erbrach das unförmliche Siegel. Was ich las versetzte mich in schmerzliches Erstaunen. Die Zeilen lauteten:

Lieber Hans!

Wenn Du dieses liesest, bin ich aus dem Leben oder vielmehr bin ich in das Leben gegangen.

Seit einigen Tagen fühle ich mich sehr schwach, ohne gerade krank zu sein. In der Stille leg' ich ab Pilgerschuh und Wanderstab. Dieweil ich noch die Feder führen kann, will ich Dir selbst meine Heimfahrt melden und den Brief an Dich eigenhändig überschreiben, damit eine fremde Handschrift Dich nicht betrübe. – Bin ich hinüber, so hat der alte Jochem den Auftrag, ein Kreuz zu meinem Namen zu setzen und den Brief zu siegeln. Rot, nicht schwarz. Ziehe auch kein Trauergewand um mich an, denn ich bin in der Freude. Ich lasse Dir mein irdisches Gut, vergiß Du das himmlische nicht.

Dein treuer Ohm Renat.

Daneben war mit ungeschickter Hand ein großes Kreuz gemalt. Ich kehrte mich ab und ließ meinen Tränen freien Lauf. Dann erhob ich das Haupt und wandte mich zu Gasparde, die mit gefalteten Händen an meiner Seite stand, um sie in das verödete Haus meiner Jugend einzuführen.

M.V.
BIBLIOTHEK DER WELT-LITERATUR

LUDWIG ANZENGRUBER

DIE HERZFALTE

Ludwig Anzengruber ging in die Literaturgeschichte ein als bedeutendster Dramatiker des ausgehenden Realismus und letzter großer Klassiker des absteigenden Wiener Volksstückes. In seinen antiklerikalen, liberalen Tendenzstücken trat er den Kampf an gegen Engherzigkeit, Scheinfrömmigkeit und Intoleranz. Seine Dorfkomödien und bäuerlichen Dramen, teilweise in österreichisch gefärbtem Dialekt, sind von kraftvoller Urwüchsigkeit, befreiendem Humor und bunter Situationskomik.

224 Seiten, DM 7,80.

ISBN 3-8118-0019-1

M.V. BIBLIOTHEK DER WELT-LITERATUR

THEODOR FONTANE

IRRUNGEN WIRRUNGEN

MATHILDE MÖHRING

L'ADULTERA

Theodor Fontane, der Meister des psychologischen Gesellschaftsromans, gibt in den drei in diesem Band zusammengefaßten Romanen herrliche, mit Humor, Lebensweisheit und Menschenkenntnis erfüllte Milieuschilderungen des Berlin um die Jahrhundertwende. 384 Seiten, DM 9,80.

ISBN 3-8118-0017-5

M.V.
BIBLIOTHEK
DER WELT-
LITERATUR

ALEXEJ KONSTANTINOWITSCH TOLSTOJ

IWAN DER SCHRECKLICHE

Tolstoj beschreibt in diesem wohl besten und meistgelesenen russischen historischen Roman die späte Regierungszeit Iwans des Schrecklichen. Hinter der Absicht des Autors, die Tyrannei zu entlarven, steht weniger die Verurteilung des Tyrannen, als ein verzweifeltes Staunen über das widerstandslose Erdulden der Untertanen.

416 Seiten, DM 9,80.

ISBN 3-8118-0023-X